続・南紀州

向かい風

第五部・一九七五年・春
第六部・別れ
第七部・新しい時代
第八部（終章）・向かい風

祥賀谷 悠

本の泉社

続・南紀州　向かい風　〈もくじ〉

（前編）南紀州　荒南風《あらはえ》のとき

続・『南紀州』の主な登場人物

萩原　洋子……洋としのぶの次女。この物語の中心人物で地方紙の記者。
萩原　洋……しのぶの夫で、復員後に病死する。
萩原しのぶ……洋の妻、洋子の母。
萩原　耕治……洋の弟。中国で匪賊に入るが、帰国後に白浜で旅館を開く。
山城　公……洋の友人で八路軍に入り、復員後に日本共産党員となる。
李　海云……戦前、東京大学に留学し、のちに北京で洋と出逢う。張浩宇の母。
ジュヌヴィエーヴ…中国の漢口で耕治と出逢い妻となる。通称ジュヴィ。
ジャン・アロン……ジュヴィの甥。パリ在住。
ミレーユ・アロン…ジャンの母、パリ市役所に勤務。
萩原　良介……洋子の兄、京都大学で日本共産党に入る。卒業後、高校教師に。
張　浩宇……洋子に思いを寄せる医師。中国共産党員だが、パリで中国の民主化活動に参加。李海云の息子。
遠井　縁……良介と結婚し良を出産。後に癌で死亡。
赤石　由紀……洋子の学生時代からの親友。
西山　晃……フリーの記者。黒沢とカンボジアで行動をともにする。
黒沢　拓……戦場カメラマンで、洋子の恋人。カンボジアで消息不明に。
萩原　良……良介と縁の娘。

前編のあらすじ

物語の舞台は南紀州の西富田村。天皇制軍部が中国への侵略を拡げる前夜、農民として生きる萩原家の人々は、否応なしに時代の波に翻弄される。

地場産業の砥石場で起きた労働争議は、村全体を巻きこむ大争議に発展、同盟休校で子どもまでが巻き込まれる。資本側で働く萩原良作は政友会の党員になる。

長男・洋は出征して満州へ。次男の耕治は大陸で匪賊に入る。洋の妻しのぶは二児を抱え夫の帰りを待つが、敗戦後五年が過ぎても夫は帰らない。

やがて、シベリア抑留から帰った洋は農作業と砥石工に復帰する。終生の友である山城公は大陸で八路軍に入ったが、帰国し日本共産党の活動を始める。

洋としのぶの次女・洋子は青春時代を迎えるが、大学受験に失敗。マルクス主義に惹かれながらも大阪で働きだすが、恋人の子を身ごもり……。傷つきながらも懸命に人生を切り拓こうともがきながら、洋子は立命館大学に進み、新しい世界に歩み出そうとする。

続・南紀州

向かい風

第五部・一九七五年・春

（四十八）

外がまだ暗い早朝に起きて、新年の餅をつくのが萩原家だけでなく、この地方の農家の古くからの慣わしであった。年末の三十日には一家あげての早朝の餅つきだと、もう洋子の躰が覚えていた。

思えば、米という作物は実に豊かな食べ物である。洋子は、籾《もみ》のままで籾蔵に保存している米を何度も見てきた。米ほど何年でも保存できる食べ物は他にはないだろう。それに栄養が詰まっている。他の何がなくても、人は米さえ食べていれば生きていられる。世界中の食べ物の中でもっとも理想的と言われる所以である。

父がいなくなった萩原の家で、餅をつくのは良介と洋子の役割になった。洋子がまだ小さいころ、父からうるち米ともち米の見分け方を教えてもらった。いつも主食にしているうるち米は籾殻を取ると半透明だが、もち米は白く濁っている。洋子はそのどちらも好きだった。もち米は餅だけでなく赤飯やおこわにも使うが、甘くておいしいもち米は洋子の好みだった。

萩原家では、白い餅、ヨモギ餅、あんころ餅、いも餅、それに小米《こごめ》餅と、これをすべて砥石山で作った直径六十センチの石の臼《うす》でつくのであった。杵《きね》は樫の木で作ったものと桜の樹で作ったものと、昔から洋子の家にはその二種類があった。餅つきは夜が明けきらない寒い早朝からはじまって、すべてが終わるのは昼近くになっていた。ついた餅はそれぞれ手で丸めたり、四角の木枠に入れて形を整えたりして、最終的にもろ蓋に並べて終わる。洋子は、このつきたての白い柔らかい餅に、たっぷりと天然はちみつを垂らして食べるのが大好きだった。この世のものとは思えない美味なのだ。もうひとつ、洋子は芋もちが大好きだった。ふかしたサツマイモを入れて餅をつくだけのものだが、この芋もちは冷えても固くならず、芋の甘みと餅本来の甘みがミックスして口の中に広がり、何ともいえず美味しいのであった。これを至福のときと言わずに何を至福と言うのだろう、そう思うほど贅沢な味わいなのであった。

一九七五年の新年は穏やかな晴天ではじまった。しかし、翌日は荒れた天気となり、紀伊半島の正月にしては落ち着かないものだった。冬休みではあったが、洋子は年末のお墓掃除、新年を迎える餅つき、正月の耕治の旅館での一日と、ゆっくりする間もなく過ごし、大学に戻った。

立命館大学広小路キャンパスのすぐ西、寺町通りはさほど広い通りではない。キャンパスを出てこの通りを横切れば、御所の清和院御門がある。洋子はその近くの喫茶店「青山」のジュークボックスで、ときどきビートルズを聴くのが好きだった。低音部の音がよく、躰に響くようなジュークボックスの感覚が好きだった。洋子がその後に好んで聴くようになったのはサイモンとガーファンクルで、この「青山」のジュークボックスにはどちらのレコードも入っていて、一人になって考え事をするときなどはここでゆっくりしていた。

学生食堂のバイト仲間の赤石由紀が、自分が入っているアパートに空き部屋ができたから引っ越さないかと誘ってくれていた。由紀のアパートは「青山」の前の御所・清和院御門からまっすぐに西へ、御所の向こうの千本中立売というところにあった。洋子は、そこは自転車で大学に通える場所でもあり、由紀に年が明けたら移ろうかなと伝えていた。

由紀は日本文学を勉強しているが、洋子と同じく世界中の有名な小説を乱読していた。洋子より遅れて学生食堂のバイトに来たのだが、話すうちに気心が分かり、波長が合い親密になった。「文学なんかやる女は堅気の人間じゃないわ」というのが由紀の口癖で、その通り本人は一風変わったところがあった。それにいくらかコケティッシュなところがあり、真偽のほどは分からないが男からの誘いも多いと本人は言う。由紀は大阪の出身で、高校時代からの民青の活動家で、いまも文学部自治会の活動に参加している。

「由紀ちゃん、遅刻やで」

洋子が十五分も遅れて「青山」に姿を見せた由紀に声をかけた。ミニスカートがよく似合っていた。

「悪い悪い」

そう言いながら、由紀は洋子の前に座った。

「正月はどうだった、正月でも白浜は観光客が多いん」

レモンティを注文したあとで、由紀が訊いた。

「正月はいつも超満員やわ。前もって予約してなかったら、どこの旅館も民宿も泊れんわ」

「そうなん、やっぱり白浜って人気あるんやなあ」

「うん、夏と冬と、それにゴールデンウイークはいっぱいや」

「今度行くときは、洋ちゃんの叔父さんがやってる旅館にするわな」

「うん、いつでも言うてよ」

「ところでな、今度の学友会のベトナム戦争反対のデモやけど、土曜日の夕方やから、洋ちゃんも参加してくれる」

「うん、土曜日なら行ける。いっつも平日の夕方やろ、バイトと重なってるし出られへんかったからなあ」

　デモへの参加は久しぶりだと洋子は思った。

「で、ベトナムの状況はどんなん」

　洋子は、ニュースで報道する程度のことしか知らなかったので訊いた。

「うちもそれほど詳しいわけやないけどな、去年からの解放勢力の作戦が成功して、傀儡《かいらい》政権に相当な打撃を与えてるらしいわ。とにかくな、南の経済はひどい混乱状態なんやて。五十パーセントの企業が閉鎖されててな、三百五十万人が失業してしまって、人口の七割がまともに食べられんようなことになってるらしい」

「七割もそんな状態なん」

「らしいわ。あと一押しで傀儡政権つぶれるんと違うかなあ」

「じゃさあ、もう一押しでパリ協定の実現する新しい政権ができるってことやろ、すごいなあ」

「そうみたい。なんせな、去年のウォーターゲイト事件でニクソンが失脚したやろ、あれでアメリカ政府内がガタついてるもんなあ、そやからいまチャンスやと思うんや」

　由紀の説明は分かりやすかった。

「由紀ちゃん、ほんまに詳しいなあ。どっから情報仕入れるん」

「党から。ある程度の状況は党の支部会議で地区の人が来て教えてくれる。日本共産党とベトナム労働党とは仲がいいらしいし、詳しい情報があるみたい」

「ええなあ、そういうの聞きたいなあ」

「洋ちゃん、党に入ったらどうよ。うちみたいなもんでもやってるんやから、洋ちゃんなら十分やってゆけるで」

「由紀ちゃん見てたらそんな気になるわ。また西島さんたちと話してみる。そいでさあ、アメリカを追い出すのはいつごろなん」

「そこまでは分からんわ。でもな、新しい軍が次々と結成されてるみたい。で、なんとか山脈にある道路から南下してるみたい。フタロだったかフォタロだったか、その省の全体を解放したみたいやし、ちょっといままでにない進撃なんやて。省の全体を解放するらて、そんなん初めてやわ。これって、アメリカが反撃できてないってことやし、事態は人民軍に相当有利に進んでいるような気がするって、地区の人も言うてはったよ」

「由紀ちゃんの話、テレビのニュースよりずっと分かりやすいわ」

由紀の話は洋子の胸を躍らせた。ベトナム人民の勝利は、それは黒沢の身にも明るいニュースだと思った。カンボジアでの革命はベトナムとは相当違うと、プノンペンから届いた黒沢のハガキには書かれていた。ハガキはたった一枚届いたきりで、いま、どこで、どうしているかは分からない。

「南が解放されたら、カンボジアにも影響するやろうか」

「彼氏のことか、心配やなあ。ベトナムが解放されたらかあ、そりゃ悪い影響にはならんのと違うん。いや、でもあっこは王政の国でベトナムとはまた違うもんなあ。どうなんやろなあ、クメール・ルージュって毛沢東派みたいやしなあ。でさあ、彼氏はいつ帰ってくるか分からんの」

「うん、二、三ヶ月で帰るって言うて行ったんやけどな、まだ何にも言うてこんわ」

「はよ南が解放されたらええのになあ」

そう、由紀がしみじみと言った。

「由紀ちゃん、アメリカを追い出したらベトナムに行ってみたいわ」

「ほんまやなあ、はよ行けるようになったらええのになあ」

洋子は引っ越しの詳しい打ち合わせをして、由紀と別れた。

引っ越しは唯研の仲間が知り合いから軽トラックを借りてきてくれ、二往復ですべての荷物を運び終えた。荷物と言っても、大きなものは机や布団、三面鏡くらいのもので、あとは電気ストーブやトースター、扇風機などで、その他は衣類や書籍だった。

千本中立売の学生アパートは六畳で、一階に四部屋、二階に四部屋あった。洋子が入ったのは一階の部屋で、由紀はその真上の部屋だった。近所には西陣織を家業にしている家が何軒もあり、昼間は布を織る機械の音が絶え間なく聞こえていた。同時に、そこは水上勉の小説「五番町夕霧楼」の舞台になった界隈で、いまもピンク映画館やストリップ劇場も営業していた。

「それにしてもすごいとこやね」

洋子は、部屋の整理を手伝いに二階から降りて来た由紀に言った。

「そうなんやて、うちも最初はびっくりしたわ。そいでもな、住んでみたらなかなかええとこなんや。表通りにはマリアとナポリっていう茶店があるしな、中華料理の店もそこの角を曲がったらあるやろ、風呂も近いしな、なかなか住みやすいんやて」

由紀はここが気に入っているみたいだ。

「そこの中立売通りを横切ったらボーリング場があるんやけどな、早朝ボールならゲーム二百円なんやけど、学生は百五十円なんや。休みの朝にでも行こう」

「へえ、安いなあ。行こう行こう」

と、ボーリング好きの洋子もそれは嬉しかった。

「洋ちゃんて、けっこう海外の文学読んでるなあ。読んでみたいのあるわ、貸してくれる」

そんなことを言いながら、由紀は段ボール箱から本を出して部屋の隅に積み上げながら、読みたい本を別にして置いていた。

そんな姿を見ながら、もっと早く親しくなっておけばよかったと洋子は思った。食堂のバイトは洋子の方が早く入ったので先輩だった。あとでバイトに来た由紀は、入学のすぐあとから自治会活動をはじめていて、狭いキャンパスで毎日のようにビラを撒いたり、ハンドマイクで演説をしたりしていたので、顔はよく知られていた。

「由紀ちゃんはいつ党に入ったん」

「十八の誕生日のあと入った」

「すごいなあ」

「ていうか、あんまり考えんと入ったなあ。両親が党員だったし、それが正しいんやって思ってたからなあ。党に入っても、活動は民青の高校班やったから、民青の延長みたいなもんやったわ」

「ふうん、そうなんや」

とは言ったものの、洋子はそんな簡単に党に入れるのかと不思議だった。

「親に勧められたん」

「違う。親は何にも言わんかったけど、親の友だちの党員のおっちゃんが、由紀ちゃんも十八になったし入党せんかって言うてきたから、ええよって入ったん。まあ、基本的なことは民青で勉強してたから知ってたし、正しいって思ってたから」

そんな入党の仕方もあるのかと、洋子は由紀の話を聞いても不思議な気がした。

「私は、入党するってね、生涯を党に捧げることやって思ってるん。そやし、そこの決意っていうか、そこまで自分をゼロにして党と革命に一生を捧げる決意がまだ出来てない」

「ええっ。洋ちゃんってそこまで考えてるん、びっくりしたわ。それって、多喜二のころの話やん。いまはそんな考えは古いで」

「そうなんかなあ、古いんかなあ」

「だって洋ちゃん、藤圭子の唄やあるまいし、命あずけますってことやろ。そんなこと言うてたら、だあれも党なんかに入れへんで」

「そうなん、私、そんな話初めて聞いたわ。命を賭けんでもええんや」

「当たり前やろ、現に党員としてやってるうちが言うんやから間違いないよ」

由紀の話は洋子にとって新鮮だった。洋子に入党の話をもってきた唯研のメンバーからは感じられない党の雰囲気が、この由紀の話にはあった。由紀は両親が共産党員で、生まれたときからその家庭で育ってきた、言ってみれば生まれながらにして党の環境のなかにあったといえる。そこで自然と身についたものがあるんだろうと洋子は思った。由紀が党について話すとき、洋子はそこに何らの気負いも、身構えも感じなかった。

「由紀ちゃんを見てたら、共産党員ってことが板についてる感じするわ」

「板についてるってか、うちはかまぼこみたいやなあ」

二人は笑った。

「洋ちゃんの日本共産党はさあ、理論から接近したもんやろ。うちは違うねん、理論はあとから勉強したもんやねん。そこが違うとこや。どっちがええんか悪いんか知らんけどな、そんなことどっちでもええやん。要は、どうやって日本革命を前進させるかってことやろ」

そう言う由紀が、洋子にはとても頼もしく見えた。

「それにしてもさあ、初めて洋ちゃんを見たときはとても共産党なんかとは縁のない、どっかの金持ちのお嬢さんやとばっかり思ったわ。なんでこんな女優さんみたいな人が、こんな汚いとこでバイトしてるんなよって」

「あはは、私、どうしてもええとこのお嬢さんみたいに見えてしまうんよ、ごめんね、ああ申し訳ない」

また二人は声を出して笑った。

「由紀ちゃん、手伝ってもろたから晩ごはんおごるわ。どっかこの近くで食べるとこある」

「サンキュ、この向こうに中華の店あるから。そこな、『赤旗』の日刊紙を店に置いてるんや」

「日刊紙、すごいなあ。じゃ、そこへ行こう」

中華の店は時間が早く、客は誰もいなかった。由紀は、チャーハンと餃子、スープを、洋子は、野菜炒めとライス、それにスープを注文した。運ばれてきたライスを一口食べて、洋子はすぐにいい米を使っていると感じた。

「由紀ちゃん、ここ、いい米使ってるなあ」

「そうなん、分かるん」

「食べたら分かるよ」

「さすが、田舎の出身やなあ」

そう言ってから、由紀はカウンターの奥の店の主人に声をかけた。

「おっちゃん、このご飯、ええ米使ってるって、この洋ちゃんが言うてるけど、そうなん」

カウンターの奥でタバコを吸っていた主人が笑顔になって答えた。

「米を誉めてくれるん嬉しいなあ。田舎の実家の米を使ってるんや。うまいやろ」

「美味しいお米ですねえ」

「今日からうちのアパートに越してきた洋ちゃん。おっちゃん、美人の若い子の客が増えて嬉しいやろ」

由紀が、大きな声でそんなことを主人に言った。

「洋ちゃんかあ、よろしく頼んまっさ。故郷《くに》はどこですか」

「和歌山県の白浜です」

「わあ、ええとこの出やなあ。うちは和歌山市に親戚あるけど、白浜にも行ったことあるで」

「おっちゃん、洋ちゃんの叔父さんは旅館やさかな、白浜に行くときは言うてや。ほんで、洋ちゃんも赤旗の仲間やからね」

　由紀が主人に声をかけた。

「えっ、そうなんか。よっしゃ分かった。じゃ、今日はサービスして二人にビール一本出すわ」

　そう言って、主人は冷えた瓶ビールとグラスを持ってきた。

「おっちゃんも男やなあ、べっぴんの娘が二人も来たら甘いなあ。遠慮なく頂きます」

　由紀はそう言いながら、グラスにビールを注いだ。

「じゃ、洋ちゃんの引っ越しを祝して、カンパーイ」

「カンパーイ」

　二人は一気にグラスのビールを飲みほした。

「なあ、由紀ちゃんは卒業したらどうするん」

　洋子が訊いた。

「まだ決めてない。洋ちゃんは」

「私もまだ。けどな、田舎はお祖母ちゃんとお母ちゃんだけで農業やってるし、帰らんならんかも知れんね」

「ふうん、そうかあ、大変やなあ。うちは自由の身やし、家とか関係ないわ。自分の好きにできるんやけどな」

　この日、二人はそんなことを喋りながら、その中華の店で長居をした。


　その夜、洋子は書こうと思っていた李海云さんへの手紙を書いた。

　李お母さん
　哀しい報せを書かなければなりません。父・萩原洋が亡くなりました。風邪をこじらせて肺炎になり、それが原因でした。
　父の死を目の当たりにして、人の死はこんなにも突然にやってくるのかと、私は茫然としています。
　考えてみますと、両親は自分にとってもっとも身近な人ですが、そのもっとも身近な人との交流があまりないことに気づきます。生まれたときから、両親はいつも側にいて当然でした。親にしてみれば、自分の分身でもあるわけですから、話などしなくても分かっているという気持ちなんでしょうか。まだ人の親になっていない自分には、その辺のことは分かりません。

私は、父の人生を考えました。なかでも、父の子どものころ、青春時代、戦地での出来事、捕虜時代の悲惨などは、まったくと言っていいほど知りません。張さんと京都で知り合って、そして偶然にもお母さんと出逢って、父の中国での一時期のことを知ることができました。しかし、それ以外は結局は父の口から語られませんでした。

父は、私も含めて子どもたちに多くを語る人ではありませんでした。どんな風に私を見ていたのか、いまとなっては分かる術もありません。

父に、北京で李お母さんと逢ったことを知らせたとき、父は多くを語りませんでした。李さんは元気なのかと、それだけを私に尋ねました。私は、父が自分で話すのならともかく、こちらから詳しい話を訊くのはよそうと思っていました。父はきっと、北京で李お母さんと過ごした二日間は胸にしまっておきたかったんだろうと、私はそう思っています。

いつかまた、そちらにお伺いして、美味しい料理をご馳走になりたいです。それまで、お元気でお過ごしください。

張浩宇さんによろしくお伝えください。

萩原洋子

(四十九)

珍しくジュヴィから電話があった。パリの実家に行く時期を四月の下旬にしたいとのことで、洋子の都合を確かめる電話だった。洋子は、何を放ってでも都合をつけるからとジュヴィに言った。とは言え、新年度がはじまったばかりで、七日間の日程を取るのは大変だった。

由紀が、「いいなあ、いいなあ、私もパリに行きたいなあ」と言った。

四月の下旬に、洋子とジュヴィはエール・フランス機でパリへと飛び立った。シャルル・ドゴール空港は出来たばかりで、世界中の人々で賑わう、広大な敷地をもつ空港だった。洋子はもちろんジュヴィも初めてで、キョロキョロしながら歩いた。二人は空港からバスに乗り、モンマルトルで下車した。

モンマルトルは坂道の街だった。

「ジュヴィさん、モンマルトルって、話には聞いてたけど、すっごい素敵な街やなあ。歴史を感じるし、歩いてる人まで素敵に見えるわ」

洋子は大きなバッグを肩にかけて、坂道を登りながらそばのジュヴィに言った。

「ここはね、古い街並みやもん。そやから地元の住民だけと違って、パリのなかのパリって感じで、市民みんなが大事に思ってるん。観光客にもみんな親切にしてるで」

「ジュヴィさんはこの坂道や路地で、小さい時分から走り回って遊んでたんですか」

「うん、そう。で、ちょっと大きなったら、この坂を下ってな、セーヌ河まで足を延ばしたり、逆に坂の上まで行って寺院の周りで遊んだわ」

坂の頂上にそびえ立っているのは、有名なサクレ・クール大聖堂だった。通りからはその寺院の真っ白な外壁が見えて、それがパリの青空に映えていた。

ジュヴィの実家は、ラスバイユ大通りからバビロン通りの坂を上ってゆく途中の路地にあった。昔ながらの古びた家で、情緒たっぷりのたたずまいである。

ジュヴィは重い木製のドアを押し開け、家に入った。洋子も続いて入った。

「ママ、着いたよ」

そうジュヴィが声を出すと、奥からお母さんのエチエンヌが両手を広げてやってきた。二人はしばらく抱擁し、ジュヴィはお母さんに何かを言われていたが、洋子には分からない。多分、元気だったかい、よく帰ってきたねと、そんな声をかけられたんだろう。次にお母さんは洋子を抱きしめ、笑顔で何かを言った。「洋子さんですね、よく来てくれました。まあ、なんて美しい娘さんでしょう」って、そう言ってるとジュヴィが通訳してくれた。

「初めてお目にかかります。洋子です。ここに来るのを楽しみにしていました。本当にお母さんにお会いできてうれしいです」と洋子が言うと、それをまたジュヴィが通訳してお母さんに言ってくれた。

階段を下りてくる足音がして、お父さんのクーポーが降りて来た。見た感じでは、お母さんよりも歳をとって老けた感じがした。皺の多い老人の顔だが、若いころは二枚目だったろうなと洋子はその面立ちを見て思った。クーポーは両手で洋子の手をとり、挨拶を交わした。お父さんも満面の笑顔で歓迎する言葉を言ってくれた。滞在中に寝起きする二階の部屋に荷物を置き、それから居間に降りてソファに座った。

「大きなお家ですね」

洋子はジュヴィに言った。

玄関だけでは分からなかったが、家は二つの建物がくっついていた。

「隣が空き家になって、それをあとから買ったみたい。戦争前には隣はなかったの」

ジュヴィがそんな説明をして、次にご両親にこんな話をしたんだよと説明をした。

「ママ、洋子さんと街を歩くから出かけるね。食事は外でとるから」

ジュヴィはお母さんにそう言って、洋子を街に誘った。

「路地がいっぱいあるんやねえ」

洋子は、眼に映るものが何もかも珍しかった。すれ違う若い男性のなかには、「お嬢さん、こんにちは。とてもきれいですね」と、洋子に笑顔で声をかけてくる人もいた。ジュヴィは、それを笑いながら通訳してくれる。

モンマルトルには、世界中から芸術家や学生などが集まってきているとジュヴィは言った。

路地の角を曲がると、いきなり賑やかな広場に出た。思い思いの場所で絵を描いている人たちがいた。ここは似顔絵を描いてくれる有名なテルトル広場だとジュヴィが言った。建物の前にはオープンカフェがいくつもあり、レストランも賑わっている。

「あーあ、ほんまに懐かしいわあ。ちっとも変ってないわあ」

ジュヴィは大きな声でそう言ってから、洋子を見た。

「洋子さん、今夜は飲んで食べような」

「はい、いいですねえ」

ふと横を見ると、「海抜百三十メートル」と書かれたプレートがあった。

「ジュヴィさん、この辺はけっこう高いんですね」

「うん、ここはね、パリのなかでも高台やね。あそこに、ほら、あの白い教会、あれが大聖堂やけど、あそこに上ってから下を見たらパリが一望できる。明日、行くけどね」

ジュヴィは後をふり向き、坂の頂上にそびえている白亜の大聖堂を指さして言った。

モンマルトルの至るところ、坂道にそって樹木が植えられている。その樹々が春の新緑をつけて人々の眼を楽しませている。ジュヴィと洋子は、人々で賑わっているテルトル広場のとある屋外レストランの椅子に座った。すぐに男性のウエイターが注文を取りにやってきた。

「洋子さん、肉料理、それとも魚」

「肉でお願いします」

ジュヴィは手際よく注文した。

「洋子さん、ワインでええやろ。パリに来たらワインやもんなあ」

「はい、赤が飲みたいです」

「ワインはね、いまもそうやと思うんやけどね、ボルドー産とブルゴーニュ産が有名なん。私はボルドーが好みなんやけどね、今日は特別の日やさか高級なんを飲もうかな」

「わあ、さんせーい」

と洋子も笑顔で応えた。

ジュヴィは、何とかジュリアンと洋子には聞こえたが、ワインを注文した。

「どう、憧れのパリは」

ジュヴィは、道行く人たちを眺めながら、辺りを見回している洋子に訊いた。

「想像以上に素敵な街です。こんなところで生まれて育ったジュヴィさんが羨ましいです。よく思いきって日本に来ましたねえ」

ワインが運ばれて来た。ウエイターがワイングラスに注いでくれた。

「洋子さんの初めてのパリと、私の久しぶりのパリに、カンパーイ」

ジュヴィがそう言ったので、洋子がグラスをカチンと当てようと前に出した。

「洋子さん、ワインはね、グラスが繊細やからカチンッてさせへんね」

「えっ、知らんかった。ごめんなさい。じゃ、カンパーイ」

洋子はそう言ってから、一口飲んでみた。

「わあ、美味しいなあ、これ。日本で飲むのとまったく違うなあ」

洋子がそう言ったので、ジュヴィも満足そうだった。

「で、さっきの話の続きやけど、私、だいぶ悩んだわ。でも、結局、耕治について日本に行こうって思ったん」

「ご両親は反対したでしょう」

「そりゃ反対したよ。でも、結局、娘の言うことに従ってくれたん。ありがたい親です」

「耕治のおっちゃんはここに挨拶に来たんですか」

「来た。来たけど、あのころはねえ、ナチス軍が占領していた直後で、パリの街も人も、何というか、荒れてましたね。そんな時代でしたよ」

「おっちゃんは、ジュヴィさんと結婚させてって、お願いしたん」

「そうそう。でもね、日本はナチスと同じでファシズムだったし、なかなか両親が許してくれへんかった」

料理が運ばれてきた。美味しそうな盛りつけがしてある。さすがパリだと洋子は思った。

「ジュヴィさんは出会ったときから、その、何というか、おっちゃんと恋に落ちたんですか」

「違うの。出会ったときは警戒した。だって、あんな時代だったたし、私は中国は初めてで、右も左も分からないときだったからね。でもね、同じアパートに住んでるから、何度も何度も顔を合わすわけよ。それで、あの人、見かけによらず優しいのよ。それで段々と親しくなって、なんとなく好きになってしまった」

「ロマンティックな話やわあ」

「でも、色んなことがあったなあ。あの人はピストルを持っててね。まあ、戦争中だったし、危険なことやってたからね」

「私、その辺のことゆっくり聞きたいわあ」

「多分面白い話がいっぱいあると思うわ。それでおカネも稼げたみたいやし。そこら辺のことは、いまでも私にちゃんと話さないわ」

「おっちゃんも、悪いことをしてたんやろうねえ」

ジュヴィと洋子は、ワインを飲みながら、飽きずに話をした。

夕暮れになるといっそう人々が増え、見るからにアジア系、アフリカ系などの人たちも多く見かけるようになった。

「ジュヌヴィエーヴ、ジュヌヴィエーヴ」

突然、ジュヴィの名前を呼ぶ女性の大きな声がした。

ジュヴィは声の主をふり返った。

「カトリーヌ、カトリーヌなの」

ジュヴィはそう叫んで立ち上がった。

二人は抱擁し、洋子には分からない何かを話している。

「洋子さん、同級生のカトリーヌ。何十年ぶりよ」

洋子も立ち上がり、カトリーヌと握手をした。

「アンシャテイ」

洋子は、覚えたばかりのフランス語で初めましてと挨拶をした。

カトリーヌはジュヴィの横の椅子に座り、少し話し込んでいたがどこかに立ち去った。

「実家に帰ってるんやって言うたら、会いに行くさかて。カトリーヌは幼なじみの仲良しなんよ」

洋子はクスっと笑った。華の都パリのモンマルトルで、お洒落なオープンレストランで食事をしているのに、ジュヴィが話す日本語は白浜訛りで、それが洋子にはおかしかった。

「ジュヴィさんにとってのモンマルトルは、私にとっての西富田みたいなところやから、ほんまに懐かしいやろね」

「うん、そうやわ。私は、パリと中国の漢口と白浜と、その三つの街しか知らんもんなあ。そのうち、白浜がもう一番長く住んでるんやもん」

ワインは一本が空になった。ジュヴィは二本目を注文した。

「あのころは、耕治さんに恋をしてたころやけど、あの人しか眼に入らなかったもんなあ。他の選択肢なんかなかったわ」

「よっぽどおっちゃんに惚れてたんやねえ」

「何て言うか、パリの大学で気に入った、好きな男も何人かいたよ。いたけど、耕治さんはパリジャンとはまるで違って見えたなあ。例えがええかどうか分からんけどな、アメリカの西部劇に出てくるような男なんよ。パリの男にはない魅力が耕治さんにはあったんやて。あんな戦争の時代だったからかなあ、力強く生きてるって感じがしたなあ」

「野性的ってこと」

「そやなあ、私、十八やったしね、そういうとこが魅力的やったなあ」

「なるほどなあ、何となく分かるような気がするなあ。おっちゃんは一人で朝鮮に行って、それから中国に行って、そのとき十六歳やったもんなあ、行動力があったんやなあ」

「まあ、そういうとこが私を惹きつけたんやなあ」

こんな話、これまでジュヴィとしたことがないと洋子は思った。そんな機会もなかったからだが、パリのモンマルトルでこんな風に食事をしながら語り合うなんてと、洋子は感慨深かった。

「洋子さんはどうなん、北京の医者とそれからカメラマンと、どっちなん」

「どっちかって訊かれたら、そらカメラマンのほうやけど。そやけどね、ジュヴィさんがおっちゃんに惚れてたほど、私はまだ惚れ込んでないと思うなあ」

ワインのせいだろうか、パリの街での会話だからか、洋子は多弁になっている。

「私、まだよく分からんなあ、女やさかて、女は惚れた男について行くのがいいのかどうか」

「どういうこと」

「つまり、惚れてたら、その男と結婚して、子どもを産んで、子育てをして、自分のしたいことは出来なくても、男についてゆくって、それでいいのかなあって……、そういう気持ちがあるん」

「よく分かる。私はあの人について行こうって思ってね、それでいいって思ったけど、洋子さんの言ってることも考えたなあ」

「やっぱり、本気で好きになったら、命がけで好きになったら、彼について行こうって思うようになるんかなあ」

「私は、最終的にそう思ったわ。それに、いまと違って女は男に従って生きるもんやて、パリでもそういう時代やったさかなあ。もちろん、そういう生き方をせん女もたくさん知ってるけどね」

テルトル広場に夕暮れが迫っていた。さっきまで陽の光が当たっていたサクレ・クール大聖堂の白亜の建物も、陽が落ちて色が変わった。大聖堂に上って行く階段にはたくさんの若い男女が手をつないだり、肩を寄せ合ったり、寄り添って腰に手をまわしたり、あるいは抱き合ってキスをしたりしていた。

「一番上まで上ったら、景色がいいんでしょうね」

と洋子が言った。

「明日、行ってみようか。あの中央の石の階段は丁度三百段あるん。上るんえらいで。でも、パリが一望できるさか、きっと気に入ると思うわ」

ジュヴィという呼び方は、中国で彼女と耕治が出会ったころに、耕治が愛称として名づけたものだ。ジュヴィの正式な名前は、ジュヌヴィエーヴ・アロンという。お父さんのクーポー・アロンと、お母さんのエチエンヌ・アロンはともにパリの生まれ育ちということだ。モンマルトルの路地にあるジュヴィの実家は、お祖父さんの代から住んでいるとのことで、戦後、隣の家を購入し、いまはそこにジュヴィのお兄さんの家族が住んでいるという。年老いたクーポーとエチエンヌは、息子のそばで暮らしている。ジュヴィのお兄さんのファビアンは少し大きなレストランを経営しているとか。

その夜、アロン家の居間には洋子、ジュヴィ、ジュヴィの両親、ファビアンの妻で公務員のミレーユ、十九歳になる息子のジャンの六人が集まっていた。ファビアンはまだ帰っていなかった。

「ジャン君て苦み走ったいい顔立ちですね」

洋子がそう言ってジャンを誉めた。

するとジャンは、

「洋子さんも背が高くってモデルみたいだ」

と言ったので、一同が笑いにつつまれた。

「今夜は洋子さんがお客さんだから、洋子さん、何でも訊いていいよ」

ジュヴィはそう洋子に日本語で言い、そのあとみんなに通訳した。

「私、まずお父さんとお母さんにお訊きしたいのは、戦争中、大変だったことについてです」

それをジュヴィが両親に通訳した。

「それはあまり思い出したくないことだが」

と前置きして、クーポーが話しはじめた。

「ナチス・ドイツにパリを占領されたときが一番つらかったよ。武力で脅され、至るところにナチス軍がいて、もう生きた心地がしなかった。それでも、抵抗運動・レジスタンスに参加する勇気のある人々が現れて、私たちはその人々にみんな協力したよ。ナチスがパリを追い出されたときの喜びは、いまでも忘れられないよ」

そう話すクーポーを見つめていたエチエンヌが話しはじめた。

「日本軍も中国で野蛮なことをしたようだけど、ナチスも野蛮な軍隊でした。私たち若い女性は、できるだけナチスの眼に触れないように息をひそめて暮らしました。でも、レジスタンスの人々は勇敢でしたよ。私も何度もレジスタンスの人たちに助けられましたよ」

このお母さんの話を受けてミレーユが話をはじめた。

「私は市の職員ですが、労働組合の幹部には共産党員がたくさんいます。実際にレジスタンスの運動をやっていた人たちもいますから、当時の苦労話をよく聞きます。ですから、私は共産党の人たちを尊敬しています」

洋子は、まさかパリでこんな話が聞けるとは思ってもいなかったので感激した。

「実は、私は大学でマルクス主義を勉強しているんです。ですから、いまのお話には感激しました」

「私の職場には『ユマニテ』（フランス共産党機関紙）が届けられます。そこにマルシェ（共産党書記長）の演説などが載りますから、ときどき読んでいます」

ミレーユが言った。

「すごいですね」

と洋子はミレーユに言った。

「洋子さん、日本はヒロシマを経験していますが、日本の人々はあの原子爆弾の悲劇をどう思っていますか」

ミレーユは真剣な顔で洋子に尋ねた。

洋子は驚いた。そんなことを質問されるとは思っていなかったからだ。それに洋子自身の知識もわずかなものだった。

「私はヒロシマにもナガサキにも行ったことがないんです。でも、日本では学校の教科書で原子爆弾と水素爆弾について勉強します。日本人のほとんどは、絶対にヒロシマとナガサキをくり返してはならないと思っています」

「ぼくも洋子さんに質問していいですか」

ジャンはそう言って話しはじめた。

「実は、ぼくはいつかジュヴィおばさんを訪ねて日本に行こうと思っていたんです。だから、日本語を、片言ですが、勉強しています。日本に行って、日本の音楽を聴きたいのです。洋子さんはどんな音楽が好きですか」

「音楽ですか、音楽は私は専門的には分かりません。ただ、私にはずっと好きなグループがいて、ビートルズですが、それをよく聴いています」

「ビートルズのファンですか、どんな曲が好きですか」

ジャンが身を乗り出して訊いてきた。

「どんなって、全部好きです。ビートルズはすべての曲を聴いていますから」

「わあ、驚いたなあ。洋子さん、素晴らしいです」

孫のジャンと洋子のやりとりを聞いていたエチエンヌが、洋子のほうを向いてゆっくりと話し出した。

「洋子さんのことはね、いままでジュヌヴィエーヴの手紙で詳しく聞いていましたが、実際に会ってみて、ほんとにいい娘さんだと分かりました。遠い日本に娘が行ってしまって、私たちはずっと心配していました。しかし、あなたのような人がそばにいてくれるので、遠く離れていても安心です。ほんとに会えてよかったです」

お母さんのエチエンヌが、途中から洋子の手をとってそう言ってくれた。それを聞いて、洋子は一瞬、涙が出そうになった。

一日中、ジャンが洋子を案内してくれることになった。

昨夜、遅くまで歓談が続いたが、終わりごろになってジュヴィが、明日はジャンが洋子さんを案内してと言ったのだ。ジャンは即答でそれを快諾し、どんなところに行きたいかと洋子に尋ねた。洋子は、一番海抜の高いところ、一番美しいところ、一番賑やかなところと言い、この三つ以外は、ジャンのお勧めのところを案内してと注文したのだった。

ジャンは好青年だった。世界で一番美しい街に住んでいると、大抵のフランス人は自負しているとジュヴィが教えてくれた。確かに、ジャンもそうだった。パリが世界の中心だと考えているようだった。その点はちょっと鼻持ちならない青年だが、女性に対する優しい言動は徹底したものだった。それはにわか仕立てのものではなく、身についたものだと洋子は思った。

「まず賑やかな場所にいくから」

と、ジャンは英語で洋子に言い、連れて行ったのは、昨日から眼についていたサクレ・クール大聖堂のあるモンマルトルの丘だった。ジャンが言うには、ここが一番有名な観光地で、世界中からの人々がここにやってくるということだった。

「この石の階段を休まずに上ったら、ぼくは君を尊敬する」

　とジャンは頂上にそびえる白亜の大聖堂を見上げながら洋子に言った。

「私が休まずに上ったらお昼も晩もご飯をご馳走してね」

　洋子は片言の英語でそう言った。

「あんたはこの洋子さんの健脚を知らないからね」

と、洋子は日本語でジャンに言って、ゆっくりと上りはじめた。ジャンは、洋子が何を言ったのか意味が分からずきょとんとしていた。階段を上るときは急いではいけないことを洋子は知っている。ゆっくりと上がるのはコツだ。

「レッツゴー」

　洋子は言って、上りはじめた。

　二百を過ぎた辺りからきつくなったが、そこは山歩きで鍛えられている洋子のこと、三百の階段を休まずに上った。

　ジャンは三分の二の辺りで、もう無理という感じでへたばって休憩している。

「ハリーアップ、ハリーアップ」

　洋子はジャンに向かって大声で叫んだ。

　モンマルトルの頂上から眺めるパリ市内は素晴らしい景色だった。セーヌ河がゆったりと街中を流れていた。

「これが華の都パリの眺めかあ」

　洋子はそうつぶやいて嘆息した。

　腰を降ろしてジャンが到着するのを待っていた。やがてジャンはへとへとになりながら上って来た。彼はしばらくは息を整えるのが精一杯で、声が出ない。

「ぼくはこれまで、ここを休まずに上った人を数人しか知らない。まして女性の君が上ったのは驚きだ。なぜ、君はここを休まずに上れたのか」

　ジャンはまずそう訊いてきた。

　女性の君が、という言い方が気に入らなかったが、それはまたあとで詳しく話してあげますよと、洋子は言った。

　ジャンは近くの売店で飲み物を二つ買って、洋子に一つをくれた。オレンジジュースだった。それを飲みながら、洋子はジャンに言った。

「日本ではシャンゼリゼってところが有名だけど、そこには行くの」

「あんなところはつまらないよ、それにいつでも行けるさ。それより、今日は天気がいいからセーヌ河で船に乗ってみよう」

ジャンはそう言って、腰を上げた。

「セーヌ河まで歩いて何分ですか」

洋子がそう訊くと、ジャンは、そんなことは分からないとばかりに首をかしげ、笑った。

「昼食は街のレストランがいい、それとも河下りの船で食べるのがいい」

「ええっ、船の上でも食べられるの、船で食べる」

洋子は即答した。

パリはどこを歩いてもさまざまな人種の人々が行き交っている。ジャンは、春と秋は季節がいいから世界からの観光客が多いと説明した。

乗船場に着くと、ジャンはチケットの購入窓口に直行した。

「次の次の便にするからね。その方がいい席に座れるから」

そう言って、ジャンは三十分後に出発する船を選んだ。

船は、エッフェル塔のふもとからスタートした。進むにつれて、左手にコンコルド広場、ルーブル美術館が見えてきた。

右手にはオルセー美術館、ノートルダム大聖堂。その次はフランス国立図書館。

洋子は、ジャンの案内はさすがだと思った。名前を知っている有名な場所を河から眺められる、こんなことは一生に一度しかないだろうと思った。

モンマルトルの丘のふもとにあるマルティール通りは緑も多く素敵な場所だった。のんびりとして、洋子は昔ながらのパリの生活を見る思いだった。スイーツを取りそろえた上品なカフェや感じのいいレストランが軒を連ねていた。歩いているだけでも楽しい気分になった。

マルティール通りで一息ついたので、洋子はペール・ラシューズに連れて行ってとジャンに頼んだ。日本を発つ前から、そこには足を運びたいと思っていたからだ。その墓地にはバルザックやショパンなど有名な芸術家が眠っているが、洋子は何よりもパリ・コミューンの兵士たちが眠る「コミューン兵士たちの壁」に参拝したかったのだ。パリ・コミューンの兵士たちが銃殺されたのは一八七一年のことだから、ほぼ百年前のこと。その壁の前にはたくさんの花束が置かれていたので、洋子は驚いた。

「あれから百年も経っているのに、こんなに花束が供えられている」

ジャンにそう言うと、

「コミューンの兵士は、レジスタンスの活動家と同じで尊敬されている」

とジャンは言った。

最後に、二人はモンパルナスタワーに登った。それはパリで唯一エッフェル塔の高さを超える建物で、景観を台無しにすると反対運動も起きたらしいが、結局は建設されたんだとジャンは説明した。

「モンパルナスタワーの最上階からの眺めはパリで一番美しい。なぜならパリで唯一モンパルナスタワーが見えない場所だからだ」などと皮肉って言われている、ジャンはそんなことを解説してくれた。

「洋子さんは大学で何を学んでいるんですか」

ジャンが訊いてきた。

「文学部ですが、主にマルクス主義哲学と文学を勉強しています」

「将来はどういう方面で仕事をするのですか」

そう訊かれて、洋子は返事に困った。

「まだ決まっていません」

「でも、マルクス主義なら政治の分野で仕事をするんじゃないの」

「確かにそれもあるけど、まだそこまで考えていない」

「僕の母はフランス共産党の支持者です。若いころからずっとだって言ってました」

「ジャンはどうなの」

「ぼくも左翼ですね。マルシェ書記長はあまり好きじゃないけど」

そう言ってジャンは笑った。

「ぼくが日本に行けば、洋子さん、案内してくれますか」

ジャンがそう尋ねた。

「もちろんです。日本に来る予定はあるんですか」

「いえ、まだないです。でも、伯母が暮らしているところだから、一度は訪ねてみたいです」

モンパルナスタワー五十六階のレストランは最高だっ

た。パリの夜景を眼下に見ての夕食は、最高の時間だ。

「約束通り、ここも僕のおごりです。何でも好きなものを注文してください。ただし、お願いですから最高級のワインだけは注文しないで。おカネがいくらあっても足りないので」

そう言ってジャンは笑った。

ジャンが案内してくれたパリは大都市だった。華の都と言われるように、華やかで世界の人々を魅了する街だった。しかし、インドシナを植民地にして覇権をほしいままにする資本主義の大国でもある。旧植民地から来た多くの黒人や、客引きの売春婦たちやホームレスも目についた。公園には屋台があり、地下鉄の列車のなかでギターを弾き歌う若いストリートミュージシャンたち。観光客向けの安ホテルで働く不機嫌な中年女性達。

洋子は、東京や大阪にもある社会の下層で苦しんでいる人々がパリにもいることを知った。

（五十）

サイゴンが陥落した。

モンマルトルの家に戻って、洋子はこの驚愕の事実をジュヴィから聞かされた。テレビでは、解放軍の若い兵士たちが戦車に乗ってサイゴン市内に入る映像を、繰り返し流していた。あのサイゴンが解放された。洋子は胸が熱くなり、涙がこみあげてきた。

このニュースを黒沢はどこで聞いているのだろうか。もう日本に帰ってきているのだろうか。最後に受けとったハガキには、情勢は急速に動いているから日本に戻るのは少し先になると書かれていた。だとすると、まだカンボジアのどこかにいるのだろうかと、黒沢の身の安全を願った。

「米軍や南の政権の人たちはヘリコプターで逃げたみたいやわ」

国営テレビのニュースを見ながら、ジュヴィが解説してくれた。

「四月三十日は歴史的な日になったわ」

とつぶやきながら、洋子は京都にいる学友たちの喜ぶ顔が浮かんできた。

折りにふれベトナム人民支援のデモに参加してきた洋

子は、この侵略戦争とたたかう人民のたたかいをいつも注視していた。今年に入ってから、解放戦線側の優勢がマスコミでも報道されていた。今年中に南ベトナムからアメリカ帝国主義を一掃するんだと、その決意でたたかっている様子を『赤旗』を通じて知っていた。しかし、それがこんなに早く達成されるとは思ってもいなかった。

「タンソニュット空港で激しい攻防戦があったみたい」

ジュヴィはそんなことを言いながら、食い入るように新聞を読んでいる。

「ジュヴィさん、ベトナムに行ったことあるん」

「あるっていうか、トランジットで立ち寄っただけやわ。上空から街並みを眺めただけ」

「ふうん、どんな感じだった」

「見えたのは畑とか田んぼとかで、家もすごい田舎の家って感じだった」

「今日のメーデーは世界中でめちゃくちゃ盛り上がるやろなあ」

と洋子はつぶやいた。

「じゃあ洋子さん、パリのメーデーに行ってみる。ミレーユは職場から当然行くし、ジャンも誘ったら行くわ」

「わあ、行ってみたいなあ」

「ジャンに言ってみる」

そう言って、ジュヴィは隣の家に行った。

ジュヴィはすぐに戻って来た。

「洋子さんをメーデーに連れて行ってあげてって言うたら、即答でOKって。あの子、洋子さんを気に入ってるみたやわ」

「無理もない」

洋子がそう答えると、ジュヴィが声を上げて笑った。

ベトナム侵略戦争はアメリカがしかけた野蛮な侵略であり、大義の欠片もないものであった。ベトナム国民の徹底的な抵抗と反撃により、この侵略戦争はアメリカが描いていた筋道を大きく外れ、勝てる見通しのない戦争に陥っていた。

七十年代に入ってから発生したオイルショックは石油の値をはね上げ、アメリカからの援助に頼っていた南ベトナム傀儡《かいらい》政権は窮地に立たされていた。

この事態のもとで、北と南の革命勢力の側は軍事攻勢をかけるときだと判断し、南北の中間点にある中部高原のバンメトートに大規模な攻勢をかけたのであった。その結果、南の傀儡《かいらい》政権の側は雪崩を打って敗走した。この結果を受けて、ベトナム労働党首脳部は「ホーチミン作戦」の実行を決めたのであった。

もう一つの背景として、アメリカ国民の変化があった。この年の1月に締結されたパリ協定によって、アメリカ国民のなかにベトナム離れというべき空気が大きくなっていた。その空気を一気に爆発させたのがウオーターゲート事件（ニクソンによる民主党本部への電話盗聴）であった。これによってニクソンは大統領辞任に追い込まれ、革命勢力が攻勢に出てもアメリカ軍の再投入はムリという状況が生まれたのであった。

一九七五年四月二十九日の早朝、北ベトナム軍はサイゴンに入り、南ベトナム大統領官邸を包囲した。そして、傀儡政権の大統領チャン・バン・フォンに辞任を要求した。大統領は辞任した。

アメリカ軍は米軍放送を通じてリング・クロスビーの「ホワイト・クリスマス」の曲を放送し続け、在ベトナムアメリカ人にたいして脱出を呼びかけていた。

翌三十日の午前十一時三十分、北ベトナム人民軍の戦車部隊が大統領官邸に入り、サイゴンは陥落、南北ベトナムの歴史的統一が実現した。このニュースは即刻ベトナム全土、そして全世界で報道され、ベトナムは勝利の歓喜に湧いたのであった。

ベトナム侵略戦争での犠牲者は、南北ベトナム兵士が百十万人、一般国民が百九十万人、合わせて三百万人という数に上った。また、アメリカ軍の戦死者は五万八千人であった。

インドシナ半島の小さな国・ベトナムで三百万にも上る国民を失った痛手は、その後のベトナムの国づくりに大きな困難をもたらした。

「やっと終わったわあ」

涙を拭きながら、洋子はジュヴィに言った。

「洋子さん、一生懸命に署名を集めてたもんなあ」

「大学の知り合いに頼まれたんやけど、戦争してる人たちに署名がどんな役に立つんやろうって、そんなこと考えて集めたけど、アメリカを追い出したいまとなったら、ちょっとは役に立てたんかなあって思うわ」

「アメリカの前はフランスが植民地にしてたから、私はフランス人やさか、なんか責任って言うか、申し訳ないなあって思うわ」

「なるほど、それは何となく分かる。私がアジアの人たちに感じる罪の意識みたいなもんやなあ」

パリの空に五月のさわやかな風が吹いていた。メーデーの会場は、「共和国広場」だった。広場の周囲には数限りない赤旗が林立している。その深紅の色がメーデー会場を盛り上げている。

「大きな広場やなあ」

周囲を見渡して、洋子はそんなことを言った。

ジャンは母親のミレーユを探して動いたが、迷子にならないようにと洋子の手を引いて歩いた。洋子は、ジャンのこんなちょっとした仕草に、日本の男とフランスの男との違いを感じた。日本では、男が女の手をとって歩くのは、普通は好き合っている場合だが、ジャンは、それが当たり前であるかのように振る舞っている。洋子は少し気恥ずかしさを覚えたが、周りではそれを気にする気配などまったくない。

ミレーユはパリの市職員の労働組合だが、そこだけでもたくさんの労働者がいて、ジャンは何人かに話しかけていた。しばらく探すとミレーユが見つかった。

周りの労働者たちは、明らかにアジア人だと分かる洋子が気になるらしく、興味ありげに洋子を見た。

「日本から来た私の親戚の洋子さんです」

と、ミレーユが仲間の労働者たちに説明したので、洋子は周りに「ボンジュー」と何度も挨拶をした。パリに来て、最初はボンジュールと発音していたのだが、現地の人々の発音はボンジューと聞こえ、「ル」はない。それで、洋子はボンジューと発音するようにしたのだ。

中央舞台では色んな人たちが入れ代わり立ち代わり演壇で演説をしていた。

「洋子さん、ここで一緒にデモしましょう」

ミレーユはそう言った。

会場は、民主労働総連合や全国教職員組合などの労働者が中心でごった返していた。デモは、この広場からバスティーユ広場までの約二キロだという。

三・四十人の労働者が大通りいっぱいに横に並んでがっちり腕を組み、デモ行進するさまは迫力があった。巨大な潮のようだった。こんなデモは初めての経験だった。しかも、晴れ渡ったパリの空の下で。洋子は「インターナショナル」の曲に感動を覚え、胸の高鳴りを感じながらデモ行進をした。

労働者のデモが解散したころ、極左派の一部が解散地のバスティーュ広場で機動隊に向かって「警官帰れ」「われわれは国家を破壊するぞ」などと叫び、石やプラカードを投げていた。機動隊がガス弾を発射し、広場は逃げまどう極左派で騒然となっていた。

「過激な行動をする人たちは日本でもいます。どこの国でも同じですね」

洋子はそう言った。

「テレビのニュースで日本のゼンキョウトウを観たことがあるよ。フランスと同じだなって思ったよ」

ジャンはそう言った。

ジュヴィのご両親、クーポーとエチエンヌは共に八十歳だった。その晩、洋子の頼みに応じて、クーポーが戦争当時のパリの様子を話してくれた。ジュヴィが通訳してくれた内容は次のようなものだった。

「当時、わしは郵便局で働いていたんだ。六月に入ったころから、もうすぐドイツ軍がパリに攻めてくるだろうというニュースでもちきりだった。みんな、どうなるのかと不安におののいていた。しかし、軍の発表は統一されてなくて、一方では、大々的な疎開を呼びかけていたし、他方では、パリは守られていると放送したりでね、混乱していたよ。

そうこうしているうちに、軍の上層部は、パリを無防備都市にすると決めた。それでパリをドイツ軍の破壊から救おうとしたわけなんだ。パリを戦場にして戦ったところで、ほんの数日間、ドイツ軍の勝利を遅らせるだけの結果だし、美しいパリの街が壊されるのは明らかだったからね。そのころには、もう毎日のように荷車や馬車に家財道具を積み込んで、北の方から南の田舎を目指して疎開する行列がパリを通過して行ってな、それを見ながら、パリから逃げ出す市民が大勢出てきたよ。

六月十三日だった。ドイツ軍の先頭部隊がパリの近くに来たというニュースが流れ、ドイツ軍最高司令部の要求が明らかにされた。

それは、ほぼ無条件でパリへの侵入を認めよというものだった。パリの軍政長官はいったんはドイツ軍の要求を拒否したんだが、パリを総攻撃するぞと脅かされて、結局はこれを受諾した。忘れもせんよ、ついに六月十四日、金曜日の夜明けに、ドイツ軍はパリに入って来た。

朝の八時ごろだった。革のジャケットを着たオートバイ兵に先導されて、自動車部隊が果てしなく続いて、パリを通りすぎて南へ向って行った。ドイツ軍のこの行軍を、パリ市民は怒りとも悲しみとも分からない涙をためて、じっと見つめていたよ。しかし、多くのパリ市民はドイツ軍の行軍に気がつかなかったので、ドイツのカギ十字の旗がエッフェル塔や公共の建物にひるがえったのを見て、初めてパリが占領されたのを知ったんだ。

ドイツ軍は装甲車やラウドスピーカーつきのトラックで市内を走り回り、交差点という交差点には戦車と機関銃部隊を配置した。

十時ごろだった。ドイツ国旗が凱旋門の上にひるがえり、軍楽隊が行進曲を演奏していた。ドイツ軍はエリゼー広場に向かって整然と行進した。

街のいたるところでパリ市民を味方につけようと、車のスピーカーから宣伝を繰り広げていたよ。

やがて大勢の市民が街頭に姿を見せはじめたが、みんな、行進するドイツ軍兵士の立派な体格とすばらしい装備に圧倒されていた。実際、そのときはドイツ軍兵士は規律正しかったし、友好的だった。まだゲシュタポがパリに入っていなかったからさ。

パリは沈黙の街となり、市民たちはよろい戸をしめて家の中に引きこもったまま、緊張した時をすごしていた。学生たちが多いカルチエ・ラタンも静まり返っていたよ。

ドイツ国旗がひるがえる凱旋門。おぞましい光景だった。夜間外出禁止令のため、午後九時になると、市民たちは潮のひくように家に引きこもり、パリの街は、不気味なほど陰気に静まりかえっていた。

パリ市民のなかに自殺する者が相次いだ。有名な脳外科医のドマルテル教授もそうだった。彼は、この朝「ナチの支配下ではとても生きてはいけない」、という遺書をのこしてストリキニーネをあおって命を絶ったんだ。

レジスタンスの連中は勇敢で立派だったよ。当時、共和国臨時政府はアフリカのアルジェに置かれていて、フランス解放軍とレジスタンスの全国抵抗評議会をその傘下に置いていた。臨時政府代表のシャルル・ド・ゴールは、戦後の影響力を確保するために、臨時政府の手による早期のパリ解放が必要だと考えていた。だから全国抵抗評議会に参加している共産党などの左派勢力が主導してのパリ解放を望んでいなかった。

ド・ゴールは連合国軍ヨーロッパ戦域最高司令官・アイゼンハワー大将にパリ攻略を急ぐよう何度も要請したが、アイゼンハワーの司令部はドイツ軍の抵抗がまだまだ強固であるなどとして動かなかったんだよ」

クーポーはそこまで話して、ゆっくりと紅茶を飲んだ。そうしてまた話しはじめた。

「一九四〇年の初夏だった、ドイツ軍はフランスの北半分を占領した。南半分はそれからしばらく持ちこたえていたが、一九四二年にはドイツの占領地域となったんだ。

この当時のパリは、ナチへの抵抗活動に参加した人々、逆に、ナチに積極的に協力した人々、この二つを除けば、大半のフランス人は妥協的で曖昧な態度をとった。

それから、ナチに追われているレジスタンスの活動家をかくまった勇敢な人が、同時に生活のためにドイツ派の工場で働いていたケースもあった。

それから、これはフランスの恥部だが、真実を話しておこう。それは、ナチに協力したフランスの女性への虐待がフランス人によって行われたことだ。

ドイツ人兵士と性的関係を持ったとされたフランス人女性たちは、一九四四年の夏の解放の時に、フランス全土で丸刈りという暴力を行った。

よく知られているように、連合軍が一九四四年の六月にノルマンディからフランスに上陸した。これに地元のレジスタンス組織も加わった。各地でドイツ軍と激しい戦火を交え徐々に村や町が解放されていった。

だが同時に、これとは対照的な暗い面もあった。ドイツに協力した人物に対する処刑や復讐、つまり無法な粛清が行われたんだ。

占領されていた当時、かなりのフランス人男性が労働者としてドイツに徴用され、家を長期間留守にしていた。フランスに残った女性たち、特に戦争捕虜の妻たちは、家の外で仕事をして家族を養う必要があった。自活の手段を探す未婚の女性たちもいた。

ドイツ軍は、このような女性に雇用の機会を与えた。しかし、ドイツ人のところで働いているだけでなく、親密な関係になったフランス人女性を見ることは、フランスの男性には耐えがたかった。

フランス解放の時、フランス人男性は占領下での鬱屈を晴らすために、ドイツ軍兵士でなく、弱い女を「丸刈り」にしたんだよ。およそ二万人の女性の髪が切られた。県庁、市庁舎、警察、広場、学校、大通りなどの公共の場でそれが行われた。地下から出てきたレジスタンスの多くのメンバーはこの野蛮な虐待を非難し止めさせようとしたが、多くの群衆の虐待行為はフランス全土に広まったんだ。

ナチの支配というもとで、毎日毎日、恐怖にさらされながら生活せねばならなかった人々を尻目に、ドイツの軍人と親しくなることで後ろ盾を得て、豊かさを享受した女性たちが相当数いたことは事実だ。あるいは、ドイツ兵と実際に恋人同士になった女性もいただろう。

だが、そういう女性たちを誰が裁けるだろうか。丸刈りの対象となったのは、その多くが十代後半から二十代後半の若い女性だった。未婚もおれば既婚もいた。ひどい時代だったよ。戦争は人間を動物に変えてしまうんだ」

クーポーは話し終えて、目頭を押さえた。洋子はクーポーのそばに寄り、手をとった。

「メルシーボクゥー、メルシーミル・フォア」

洋子は何度も何度もそう言って、クーポーにお礼の気持ちを伝えた。

帰国の前日、洋子はジャンを誘って日本に持って帰る土産物を探しに街に出た。ジャンは、とりあえずお茶でもしながら相談しようと、シャンゼリゼ通りの屋外カフェに腰を降ろした。

「私の希望はね、大きなものではなく、旅行カバンにたくさん入れられて、日持ちがするもので、値段の安いもの」

「ううん、それって難しい注文です」

ジャンはそう言って、頭を抱えて考えている。

「お菓子はどう」

ジャンが訊いた。

「お菓子は食べたら無くなるからダメ。長く置いておけるものがいい」

ジャンはコーラを飲みながら行き交う女性たちを眺めていた。

「ジャン、あなたは女性ばかり見てる」

洋子は笑いながらそう言った。

「でもね、いい考えが浮かんだよ。さあ、探しに行こう」

と、ジャンは立ち上がろうとした。

「待ってよ、いい考えって、何」

「いいから、僕に任せて」

そう言って、ジャンは洋子の手を引いて歩き出した。

「教えなさいよ、何を探しに行くの」

「いいからいいから」

そう言って、ジャンはある雑貨屋さんに入って行った。

「なるほど」

と、洋子は小さくつぶやいた。

「ヨーコ、カムヒアー」

ジャンの呼ぶ声がした。

「これはどう」

と、ジャンが手に取って洋子に差し出したのは、布製のお洒落なデザインの買い物袋だった。袋の下の方に、Made by Paris Champs Elysees（パリ・シャンゼリゼ製）と縫い込まれてあった。大きさもいいし、これならバッグに入れてもかさばらない。シャンゼリゼという縫い込みがお洒落だ、と洋子は思った。

「ジャン、これ、最高やわ」

ジャンは親指を立てて笑った。

洋子は色んなデザインのものを取り混ぜて十個買った。配るのは、由紀と唯研のいつものメンバーだけだから三個ほどは余る。余っても、これなら使い道はありそうだ。

ジュヴィは、もうしばらくパリに残るというので、洋子は一人で帰国することになっていた。パリに来てほんとによかった。洋子は心底そう感じていた。


その晩、夕食のテーブルでささやかな洋子の送別会が行われた。

最初、ジュヴィが話しはじめた。

「明日、洋子さんが日本に帰ります。今夜はささやかな送別会です。初めてパリに来た印象や、パリで感じたことなど、一番最後に洋子さんから話してもらいますので、みんな一通りお別れの言葉を送ってください。では、そうですね、最初はジャン、それからミレーユさん、お父さん、お母さんの順番で話してください」

ジャンが立ち上がった。

「ヨーコさん、僕はあなたが好きです」

と、ジャンがいきなり切り出したので、一同が声を上げて笑った。

「ヨーコさんがあの大聖堂の三百の石段を一度も休まずに登ったのを見たとき、ぼくはヨーコさんを好きになりました」

このジャンの発言にみんなが騒ぎ出した。

「ほんとうなの」

と、口々に言うのであった。

「静かにして」

ジャンが両手でジェスチャーした。

「男でも、普通は一気に登れる人はそうそういません。ヨーコさんに、なぜそんなことができるのか尋ねました。小さい、少女のころから山の中を駆け巡って足腰を鍛えてきたからだと、ヨーコさんは言いました。素晴らしい女性だと思いました。今回、ヨーコさんと会話するために、ぼくは英語を話す時間が持てました。日ごろから、英語なんか話したことがありません。会話するのに時間はかかりましたが、ほんとにいい経験になりました。お礼を言わなければなりません。いつか、日本のジュヌヴィエーブ伯母さんのところに行こうと思っています。そのときは、今度はヨーコさんが案内してくれるそうです。ヨーコさん、あなたは最高の女性です」

ジャンのスピーチは素晴らしいと、洋子は感激した。みんなが拍手をした。

ミレーユさんが話し出した。

「ヨーコさん、あなたのような素敵な女性に出会えて、ほんとに感激しています。パリは世界中の人たちの憧れの街だと言われていますが、この街を楽しんでくれましたか。ジャンからヨーコさんの素晴らしさをたくさん聞きました。この子ったら、ぼくは恋に落ちたと言うんです。でも、私、ジャンの気持ちが分かります。ほんとに素敵な女性なんですもの。いままで日本の人と接したことがありませんでしたが、ヨーコさんを知って日本の人がどんな人たちなのかが分かりました。あなたに出会えてほんとによかったです。どうもありがとう」

みんなが大きな拍手をした。洋子はミレーユと抱擁した。

「じゃ、お父さんも一言どうぞ」

「ヨーコさん、私はこれまで日本という国について色々勉強していました。文化や経済や政治、娘が結婚して行った国ですからね、いろんなことを調べたんですよ。しかし、どんな勉強より、今回、ヨーコさんが来てくれて、日本という国が分かった気がしています。あなたは大きな花のような女性ですね。明るくて、優しい気持ちを持っていて、とても聡明でいらっしゃる。ジュヌヴィエーヴのそばにあなたのような若いお嬢さんがいてくれて、ほんとに感謝しています。この家を、パリの自分の家だと思ってください。そして、いつでも好きなときに来てください。ありがとう」

洋子は、クーパーに抱きついてお礼を言った。なんという優しい言葉なんだろうかと、洋子は感激した。

「じゃ、お母さんも一言」

ジュヴィがエチエンヌに言った。

「明日でお別れって、ほんとに寂しいです。私もお父さんと同じ気持ちです。いままで、日本は男尊女卑の国だと聞いていたんですよ。ですから、娘が日本人と結婚するって聞いたときには、もう不安で不安でたまりませんでした。でも、日本は東洋の端っこの国で、遠いところですし、簡単には会いに行けません。最初はね、ほんとは娘を恨みましたよ。家族を放って、よりによって日本みたいな大変な国になぜ行くのかってね。コージさんに取られてしまったみたいでね、寂しかったです。

でも、ヨーコさんと出会って、いままでの気持ちが変わりました。あなたのような素晴らしい娘さんが家族にいるなんて、私はもう……」

エチエンヌはそこまで言うと、感極まって泣き出してしまった。

洋子がエチエンヌを抱きしめると、エチエンヌはさらに大きな声で泣いた。

「お母さん、もう泣かないの。はい、じゃ、これから洋子さんに話してもらいますから」

ジュヴィがそう言って、洋子を促した。

「私、生まれてからこんなに感激したことありません。ジュヴィさんから、パリに一緒に行きましょうって誘われたときは、ほんとに軽い気持ちでした。あのパリに行けるんだって、そんな感じでした。

そうして実際に、ジャンに案内してもらって歩いたパリは、思ってた以上に素敵な街でした。何度でも来てみたいところです。

お父さんから聞いた戦争中の話は、ほんとに強く印象に残りました。日本も、ドイツと同じようにアジアで朝鮮や中国、フィリピンなどの国々を侵略して、多くの人々の命を奪いました。お父さんは、戦争は人間を動物に変えるといいましたが、私もまったく同感です。二度とあんな戦争を許してはいけないと、お父さんの話を聞きながら思いました。

四月の三十日の朝、ベトナムの国民がアメリカの侵略を打ち砕きました。このニュースはほんとに嬉しい報せです。多分、一生忘れない日になると思います。

私はここを自分の家のように感じています。お父さんも自分の家だと思えって言ってくれました。だから、パリにも家があると、これからはそう思うことにします。

それから、ジャンに一言。私もあなたが好きです。でもね、実は、私にはカメラマンをしている恋人がいるんです。もし、その恋人とダメになったら、ジャンとつき合ってもいいかな。

みなさん、ほんとにお世話になりました。素晴らしい数日間でした」

ひときわ大きな拍手が部屋中に鳴り響いた。

（五十一）

アパートに帰ると、山科御陵の元の下宿に届いた黒沢からのハガキが転送されてきていた。あまりにも情勢が目まぐるしく動いていて、歴史が凝縮されているときだから、帰らないでもう少しカンボジアにいると、それだけを書いた内容だった。

洋子はそれを読み、ふうっと軽くため息をついた。遠くにいてもいい、洋子はそう思った。遠くにいてもいいから、話がしたかった。声を聞きたかった。

由紀の部屋のドアをノックしたら、中から由紀の返事があった。

「私。帰ってきたよー」

「お帰りぃ」

とドアが開いた。片手にアイスクリームを持っている。

「わ、アイス」

「食べる」

そう言って、由紀は冷蔵庫から一つ出して洋子に渡した。

「これ、お土産。高価なもんやないけど」

「サンキュー、おっ、お洒落なデザイン、いいやん」

「向こうでサイゴン陥落のニュース見たよ。で、次の日にパリのメーデーに参加した」

「わお、面白そうやなあ、それ。どんなんだった」

「面白かったわ。フランスデモって、話には聞いてたけど、初めて体験した。道幅いっぱいに広がってデモするん。そもそも道が広いから迫力あったでえ」

「へー、パリのメーデーかあ、行ってみたいなあ」

「なあ由紀ちゃん、こんなに早くサイゴンが解放されるって、知ってた」

「知らんかったよ。でもな、バンメトートが落ちたときな、えらい簡単に勝ったなあって思ってたんや。今年中にサイゴンを解放するって聞いてたんやけど、この勢いだったらちょっと早いやろなあとは思てたけどな」

「パリでニュース見たとき、私、涙が出て仕方なかったわ」

「分かる、うちも泣いたもん」

「うん、サイゴンに飛んで行ってな、現場にいたいって思ったよ。由紀ちゃん、ベトナムに行ってみとうない」

「そら行きたいけどなあ」

「折りをみて行ってみいへん」

「えらい簡単に言うなあ、遠いとこやで」

「なんでえよお、遠いことないわ、ヨーロッパに飛ぶこと考えたら、ベトナムらついそこやで」

「パリから帰ったら、言うことが違いますねえ、洋子さん」

由紀がそう言ったので、二人して笑った。

唯研の例会の日だから広小路に行ってくると言って、洋子は支度をして出かけた。

大学でも、ベトナム人民の勝利が大きな話題になっていた。唯研の部屋で、久しぶりにみんなと顔を会わせたが、一様に明るい表情をしていた。

アメリカにすれば、ベトナム戦争は遠い国での戦いなのかも知れないが、ベトナムにとっては民族の生死をかけた戦いだったろう。三百万人を超える犠牲者を出したこの戦争を、洋子はどう考えても許せなかった。アメリカはこの償いをどう具体的にすすめるのか。そして、ベトナムはこのおびただしい犠牲をどんなにこれからの国づくりに生かしてゆくのだろうか。洋子はそんなことを考えるのであった。

「ねえ先輩、ベトナムはこれからどうなるんですか」

唯研の例会のあと、洋子は林と河原町広小路を少し下った喫茶グリーンにいた。

「よくは分かれへんけど、これからは大変やと思う。働き盛りの男性がたくさん死んでしもうたしなあ。それに、カンボジアのポル・ポト政権って、毛沢東盲従みたいやしさあ、一難去ってまた一難って感じやねえ」

「あれだけたくさんの犠牲者を出して勝利したベトナムやのに、なんで世界中の国は支援せんのやろか」

洋子はそんな疑問を林にぶつけてみた。

「ほんまに政治って、国内も、国際も難しいなあ」

林はそんなことを言った。

「私ね、この間、パリのメーデーに参加したん」

「ええっ、パリのメーデーっ」

「うん、ほら、ジュヴィさんって、白浜の旅館の奥さんね、ジュヴィさんの実家でね、親戚の人らと参加したんやて。デモもしたよ、フランスデモっていうの、道幅いっぱいに広がって行進するやつ」

「それって、すごいなあ。萩原さんはほんまに国際的な活動家やねえ」

林がそんなことを言って、妙に感心した。

「いやいや、たまたまなんやけどな、サイゴン陥落のことを話していたら、メーデーに行ってみようってジュヴィさんが言うから、それで親戚のジャンっていう男の子にも声かけて参加してみたん」

「なあなあ洋子さん、そのジャンって男の子って、幾つなん」

「ジャンは十九で、アラン・ドロンとジャン・ギャバンを足して二で割ったようなかっこいい子なんよ」

「アラン・ドロンとジャン・ギャバンって、よう分からんけど、ええなあ。憧れるなあ」

「あははは」

洋子は声をあげて笑った。

「それはそれとしてな、演説する人たちはみんなベトナムの勝利に連帯してるわけなんやけどな、私、それ聞いててな、ちょっと待ってよ、アメリカの前はフランスが植民地にしてたやろがって、そう思ったわけ。それは過去のことには違いないけど、みな、そこは何にも言わんのね」

「なるほどね、たしかにそうやね。そいでさあ、パリのメーデーやから、共産党も参加してるんやろ、マルシェ書記長とか見たん」

「マルシェも演説してたよ。ジャンのお母さん、ミレーユさんっていうんやけど、ミレーユさんは市の職員で、ユマニテの読者だったたわ」

「ユマニテって何」

「日本でいう赤旗やね、党の機関紙」

「へえー、すごいなあ。洋子さんさあ、私、単なる観光で行ったんやて思うてたけど、色々経験してきたんやねえ」

「いや、私も最初は観光気分だったんやて。ところが行ってみたら、そんな環境だったわけ。観光もしたんやで。ジャンがずっとつき合ってくれたから、有名なところは幾つも行ったなあ」

「ええなあ、うちも行きたいなあ。パリはいいとこか」

「うん、最高やね。モンマルトルって、聞いたことあるやろ。ジュヴィさんの実家はそこにあるん。ずうっと坂道になってて、一番頂上に真っ白い大きな教会、大聖堂があって、観光のメッカだった。それからモンパルナス、セーヌ河は船に乗って観光した」

「それ、みなジャン君とデートしたん」

「うん、そう。ジャンが案内人」

「言葉はどうしたん」

「どっちも片言の英語。お陰でさあ、私だいぶ英会話鍛えられたわ。でね、さっき渡したお土産な、重たいのかなわんし、かさばるのも嫌やし、そいでジャンに言って、探してもらったん」

「お洒落な買い物袋やなあ。パリ・シャンゼリゼって書いてるしなあ。ジャン君なかなかやなあ」

「日本に行きたいって言うてたから、来たら紹介するわ」

洋子がそう言うと、林はうなずいた。

「ところでさあ、洋子さん、前々からの入党の話やけどな、どうなん」

「うん、私もそれ言おうと思ってたんや。そやけどな、ほんまに私みたいな人間でもいいんかなあ。いいんなら、入りたいんやけど」

「ええに決まってるわ。悪い人なら勧めへんもん」

「そうやろうけど。私な、今度パリに行って色んなことを体験して、それで入党しようって腹が決まったん」

「それって、どういうこと」

「うん、クーポーさんって、ジュヴィさんのお父さんやけど、戦争中にパリがナチに占領された、そのときの話を聞かせてもらったん。共産党員はもちろんやけど、色んな人たちがレジスタンス運動に参加して地下に潜ったんやな。そんな話とか、成年男子はドイツに徴用されて行って、強制労働をやらされる。パリには女の人が残ってて、ドイツ軍のための仕事をさせられるわけよ。一家の稼ぎ手が女になったからな。で、ドイツ人に体を売って稼いだりとか、そういうナチに協力した女性たちが、戦後みんな丸坊主にされるん。そういう生の話を聞いたり、ベトナムで戦って犠牲になった人たちのことを考えてたら、悩んでる場合やないって感じたん」

「なるほどなあ、すごい話やなあ」

「パリのメーデーのデモでな、日本でいうたら全共闘やな、トロツキストとかアナキストとか、過激な集団がデモの最後尾にいてるん。で、全体のデモが終わったら、機動隊と衝突して瓶を投げたりするわけ。デモからの帰りがけにな、そういうの見てたら、世の中を変える、革命するって、あんなんでは出来っこないって、ほんまに思ったわ」

「フランスも一緒なんやなあ」

「テレビでね、解放軍の戦車が兵士を乗せてサイゴンの街に入ってゆくの見てて思ったん。三〇〇万人の犠牲者っていうたら、ベトナムでは、家族の誰かは死んだ計算になるんよ。その侵略を打ち砕いたってすごいことやし、私も入らなあかんて思うたんや。私、入れてもらえるかなあ、日本共産党に」

「はい、大歓迎です」

日記
一九七五年五月十日
きょう、入党申込用紙に記入し、林さんに渡した。
きょうを境に、私、萩原洋子は新しい世界に身を置くことになる。私はいま、ものすごく厳粛な気持ちになっている。
多喜二と向き合っていたころは、どうしても決意できなかったけど、いま、それができるようになった。

パリで体験した数々が、私の背中を押してくれた。

最大のきっかけはサイゴン陥落、あのベトナム人民の気高く崇高なたたかいと、その勝利だ。

――いまは傷跡を押さえてむなしく耐えているときではない。人類が雄々しく羽ばたくために、ベトナムは幾年でも銃火に身をさらす――

どこかで読んだうろ覚えの言葉が、ふと思い出された。誰かの詩の一節なんだろうか。それにしても、三百万人もの人々の命が犠牲になったベトナム戦争って、いったい何なんだろう。言いようのない、言葉にできない怒りがこみあげてくる。

入党を、まずは黒沢さんに知らせたい。きっと、あの人は大喜びしてくれるだろう。それから、張さん、小さい兄にも知らせないといけない。母はどんな反応をするだろうか。耕治のおっちゃんは、ジュヴィさんは。

私はこれからどうなるんだろうか。やはり、米日反動という史上まれにみる強大な敵とのたたかいで傷つき、倒れてしまうのだろうか。もちろん、それは覚悟の上での入党だ。私自身の存在は小さな存在に過ぎないし、小さな力に過ぎない。

でも、きょうを境にいっそうマルクス主義を学び、科学と不屈を身につけようと思っている。


由紀の声と、ドアをノックする音とが同時だった。

「風呂、もう行ったん」

「ううん、ぼちぼち行こかなって思ってたとこ」

「じゃ、行こう」

「由紀ちゃん、さっきな、入党申込みに書いてきた」

洋子がそう言うと、由紀は一瞬黙って目を丸くした。

「ええっ、それを先に言うてよ。おめでとう、洋ちゃん。ほいじゃさ、風呂の帰りに横の店でなんか買ってさ、部屋で乾杯しよう」

「よっしゃ、そうしよう」

二人とも、いつもは長風呂だが、今夜はそうしなかった。近くにある店であれやこれやと買って、二人は部屋に戻った。

「まあまあ、それはそれは、わが党にようこそ、むさ苦しいところもある党ですが、大歓迎ですわ。洋子さんの入党をお祝いしてカンパーイ」

由紀がグラスを高くあげてそう言った。

「カンパーイ」

洋子もそう言って、一気にビールを飲みほした。

「で、なんで入るって気になったん」

「うん、まあサイゴンの陥落、あのベトナムの戦いに連帯せなあかんって気持ちとか、ほんでパリでもな、色んな経験したしな、そいで色々入ろうって思ったわけ」

「パリでって、何」

「うん、ジュヴィさんって伯母さんの実家なんやけどな、モンマルトルってとこに実家があるんやけどな、弟さんが隣に住んでて、その弟さんの奥さんが、ミレーユっていうんやけど、彼女がフランス共産党の支持者なんよ。ユマニテも読んでるって」

「ああ、党の新聞や」

「そうそう。ほんで、陥落の次の日がメーデーやろ、で、その息子と一緒に、ジャンっていう男の子やけどな、一緒にメーデーに参加したわけよ。面白かったよお」

「パリのメーデーに出たん、すごいなあ」

「マルシェ書記長の演説も聞いたで。でな、あのフランスデモって、とにかく道はばいっぱいに広がってのデモな、あれもやってきた。あれは迫力あるわ」

「あんた、すごい経験してきたんやなあ。面白そうやなあ。私も行きたかったなあ」

由紀は、缶ビールを飲み、チーズをかじりながら、もっと話を聞かせてと言った。

「ジュヴィさんのお父さんにな、戦争中の話を聞かせてもろたんよ。ドイツがパリを占領したやろ、そんときのこと。レジスタンスのたたかいとか、ドイツに協力した女の人があとでみな頭を丸坊主にされたこととか、知らんかったこといっぱい聞いたわ」

「それ、何、ジュヴィさんが通訳してくれたん」

「うん、お父さんやお母さんとの話はジュヴィさんの通訳。ジャンとは片言の英語で話した」

「あんた、英語喋れるん」

「喋らな仕方ないやん、英語力総動員やった、だいぶ訓練されたわ」

「へー、すごいなあ。そんなことしながら入党を決意したんかあ、偉いっ」

「べつに偉いことらないけどな、そやけど、ええ経験になったわ。前に北京に行ったときも思うたけど、外に出て色々経験するのって大事やわ」

「おカネなかったら出来へんわ」

「まあ、それはそうやけど」

買ってきたビールがなくなった。

「日本酒の一升瓶あるけど、オンザロックでええか」

由紀はそう言いながら立ち上がって流しの方に行った。

「で、パリはどこが良かったん」

由紀が訊いた。

「どこもええんやけどな、ジャンとモンパルナス・タワーの最上階まで上ったんやな。そこがパリの一番高いとこでな、エッフェル塔より高いんやな、三百六十度パリが見渡せるとこで、そこでディナーした。それはそれは美しい夜景やったわ」

「ふうん、羨ましいなあ。なあ、そのジャンって子、いくつなん」

「十九。唯研の林さんにも言うたんやけど、アラン・ドロンとジャン・ギャバンを足して二で割ったような渋い子」

「ははは、ドロンとギャバンって、だいぶ違うなあ」

「まあな、でも苦み走った顔立ちやった。日本に来るらしいから、来たら紹介するわ」

由紀は笑った。

「そらそうと洋ちゃん、彼はどうしてるん、連絡はあるん」

由紀は黒沢の安否を尋ねた。

「動きが激しいから、まだ向こうにおるってハガキ来てた」

「向こうって、プノンペンの市内かあ」

「多分な、消印がプノンペンやったから。もう一人の知り合いの記者と二人で行ったからなあ、丸っきり一人と違うんでそうそう心配してないんやけどな」

「ベトナムと違うしなあ。カンボジアのクメール・ルージュって、名前は好きやけど中身は毛沢東盲従やさかなあ」

「そうみたいやなあ。はよ戻って来て欲しいんやけどなあ」

もう七ヶ月も会ってないなあと、洋子はそんなことを考えた。

「パリのメーデーって、日本とだいぶ違うん」

「いや、変われへんよ。集会やって、スピーチが続いて、デモ行進してって。そやけど、あのフランスデモは圧巻やわ。あ、そいから過激派の活動も日本と一緒だった」

「過激派も来てるんかあ」

「人数も多くないし、会場でも端っこで集まっててな、デモも一番うしろから行進してた。そいで、終わってから火炎瓶を投げたりして逮捕者が出たみたいやわ。とにかく、跳ねっかえりって感じがした。ジャンも顔をしかめてたなあ」

「そやろなあ。あそこは社会党と共同政府の綱領を取り決めたやろ。日本の社会党とちょっと違う気がするなあ」

「うまいこと行くんやろか。チリのアジェンデ政権は弾圧でつぶされたやろ、よっぽど国民の幅広い支持を得てないとあかんのと違うん」

「チリとはまた社会や経済の様子が違うやろうけどなあ。そやけど、洋ちゃんの言う通り、圧倒的な国民の支持がなかったらあかんのは確かにそうやと思うわ」

洋子は、世界的な共産主義運動の現状をもっと勉強しないといけないと感じていた。ヨーロッパではフランスやイタリアの共産党が国会の議席を伸ばしていた。「ユーロ・コミュニズム」という言葉をよく聞くようになっていたが、それがどんな中身なのかも十分知ってはいなかった。

その夜、洋子は横になってすぐに眠りに落ちた。夜半に夢を見た。

黒沢と張と洋子の三人が、嵯峨野の広沢の池に浮かべた小さなボートに乗って遊んでいる夢だった。短い夢だった。洋子は目が覚め、なんでこんな夢をみたんだろうと考えていたが、それも束の間で、また深い眠りに落ちた。

（五十二）

モデルのバイトが久しぶりに入った。というよりも、声はかかっていたのだが、洋子の都合がつかず断っていたのだ。

モデルといってもさまざまな分野がある。企業の広告塔として活動する分野もあれば、洋子のように雑誌のモデルもある。

名の売れた有名なモデルになると、ファッションショーもあるし、テレビに出演する機会も増えるが、そんな人はごく少数で狭き門である。

　この仕事は、タレントやアイドルと違い、モデルとして認められれば長年にわたって仕事ができる。タレントやアイドルの多くは若いうちは仕事があるが、歳をとるにつれ仕事はなくなってゆく。

　一方で、モデルは少年、少女から学生、社会人、パパやママの世代、お爺さんお婆さんの世代まで、仕事がなくなることはない。本人がモデルとしてキャリアを積めば積むほど、仕事は途切れなくあるものだ。女性であれば、結婚して子どもを産んだ後でも、やろうと思えば仕事はある。

　一般的にいって、モデルとして最も多いのが、特定の商品を宣伝するためのモデルだろう。たまにテレビに出演するケースがあるが、モデルにとってこれは狭き門だ。テレビ出演には多少とも演技力が必要とされる。

　洋子の場合は『ｃｏｍｅｏｎ（カモン）』という雑誌の学生の専属モデルだ。有名なモデルになれば、その雑誌しか出演しない専属モデルもいる。専属モデルになれば、仕事が増えるため、それをめざす人も少なくない。

　洋子はモデルを仕事とする気持ちは最初からなかった。ふとしたことから頼まれ、生活費を稼ぐためにはじめたことだった。ただ、モデルをやっているからこそ体験できる非日常もある。例えば、さまざまなウエディングドレスを着る機会もあるし、高価すぎて自分では買えないようなものを身につけることもある。あるいは、自分では似合わないものと思い込み着るのを避けていたようなものでも、実際に着て撮影してみると意外と自分の個性にマッチしている、そんな発見をするときもあった。モデルのバイトは、こうした場数を踏むことで洋服のセンスを豊かにしてくれることにもつながった。

「萩原さん、今回は水着モデルなんですが、やっぱり水着は嫌でしょうか。水着は困るっていうことでしたら、他にまわしますが、どうですか」

　いつも連絡をくれる『カモン』の橘薫は、洋子の気持ちを先に尋ねてくれるのがいい。

「ええっ、水着ですか……」

　洋子はちょっと戸惑った。

「やっぱり恥ずかしいですよねえ」

「はい、恥ずかしいです。ビキニですか、ワンピですか」

「どっちもあります。私、恥ずかしい気持ちはよく分かります。分かるんですが、萩原さんならきっといい写真が撮れると思うのと、それに水着は報酬も多いからいいかなって思ってね。編集長も、あの子ならいいって言ってはりました」

「プールに行くんですか」

「いえ、水着撮影はだいたいがスタジオでするんですよ。だから、いつものスタジオです。カメラマンは男性ですが、スタッフはできるだけ女性を入れるようにしているんで、男性ばっかりよりも楽ですよ。やってみませんか」

「そうですね、何でも経験ですしね。やってみようかな」

「萩原さんなら、きっとそう言うだろうと思ってました。でもね、たまに男目線のポーズを要求するカメラマンもいるんで、そんなときは我慢せずに言ってください。じゃ早速、手配しますのでよろしくお願いします」

「いえ、こちらこそよろしくお願いします」

洋子はこんなとき、ものは試しだ、やってみようとなるタイプだった。橘もそれを知っていて話をもってきたんだろう。しかし、一口でビキニやワンピといっても、水着にはほんとにさまざまな形と模様があるので、実際に現場に行ってみないと分からない。泳ぐのは好きだから、泳いでいる現場を撮影されるのはいいが、スタジオで水着になるのはどうも気恥ずかしい感じがした。

スタジオ入りしたモデルは三人だった。

ビキニもワンピも五種類づつあり、デザインもいくつかあった。それを三人が交代で着ての撮影だった。

カメラマンは洋子が初めて会う人だった。まだ若い。最近の若い男には珍しく、髪は短くカットしていた。顎から頬にかけて髭をのばしていた。このカメラマンが最近有名な流行歌手の写真集を撮ったとかで、名前が売れてきていたのを洋子は知らなかった。

控えの椅子に座って撮影の様子を見ていると、カメラマンはモデルにも助手にもやたら大きな声で指示を出すのだが、それがほぼ命令口調なのだ。洋子は、嫌なカメラマンだなと直感した。モデルにとってカメラマンから出される指示は、普通はほぼその指示通りにポーズをとるものだ。よほど有名なモデルならばともかく、洋子たちのような無名のモデルはカメラマンの指示通りにする。

しかし、このカメラマンの言葉遣いや態度には、明らかに鼻持ちならない傲慢なところが感じられた。洋子は、出番を待ちながら気持ちが萎えてゆくのを感じていた。

「首を上げて」

「腰に手を当てて」

それでも撮影がはじまり、洋子は指示されるままにポーズをとっていた。先ほどのモデルには時おり辛辣な口調で文句を言ったりしていたカメラマンだが、洋子にはそれがなかった。洋子は少し気分を直していた。

「よし、あなたは胸も腰もいいから、別のポーズで撮ろうか。サングラス」

カメラマンは助手にそう指示した。

「サングラスを額にかけて。そう。両肘をついて胸から上を起こしてみて。そうそう。脚を伸ばしたまま組んで。次、脚を開いて」

そう言いながら、カメラマンは胸のアップや腰のアップを何枚も撮っている。次から次へと水着撮影ではなく、洋子にセクシーポーズを要求してきた。洋子は、我慢の限界を超えポーズをとるのを止め、カメラマンに言った。

「こういうポーズ、止めてくださいっ」

撮影の現場の時間が、一瞬止まった。

「僕の指示が気に入らないの」

カメラマンは穏やかだった。

「はい。水着の撮影ということでした。セクシーポーズは嫌です」

洋子は脚が震えるのを感じていたが、それでも毅然とそう言った。

「あのさ、セクシーポーズも水着の撮影には必要なんだ。あなた、そんな注文をつけられる立場なの」

「仰ってる意味が分かりません。水着は水着だと思います。性を売りものにする撮影は嫌なんです」

「だからさあ、そんなこと言える立場かって」

カメラマンの口調がいきなり変わって荒くなった。ほとんど恫喝だった。その時、橘が割って入ってカメラマンに言った。

「モデルはまだ学生ですから。モデルの嫌がるポーズは控えていただく約束ですから、どうかその点、お願いします」

橘はそう言って、その場を収めようとしていた。

「まあ、いいけどさあ。僕のはそんなにエロいポーズじゃないよ。ただあ、あなたもモデルなんだからね、立場ってものをわきまえなさいよね」

もう喋らないでおこうと思っていた洋子だったが、また怒りが湧いてきた。

「お言葉ですが、立場ってなんですか。カメラマンが上で、モデルが下って、そう仰りたいんですか」

「萩原さん、もう、もう」

橘が、もう抑えるようにと両手でジェスチャーをしながら言った。

「あのさあ、僕は頼まれて大阪に来たんだ。あなた、それ分かってる。モデルは黙っていろって、そんなことは言ってないよ。頼まれてやってるの、僕は。こっちが穏やかに話してやってるのに、何なんだ、その物言いは。ちょっと休憩だ」

そう言い捨てて、カメラマンは部屋を出て行った。

「撮影を中断させて、すみませんでした」

洋子はそう言って、スタジオのみんなに頭を下げた。

スタジオにはモデルの三人の他に数人の女性スタッフがいたが、何人かが手を横に振って、いいの、いいの、謝ることないわって感じで洋子を見ていた。

「萩原さん、勇気あるわ、私感激したわ」

一人のモデルが洋子の側にきてそうささやいた。

結局、洋子はそれから撮影を降りた。橘さんに謝ったが、彼女は理解してくれた。

「あいつ、底が知れてるわ。ちっとは薬になったらいいけど、ムリかもね」

橘さんはそう言って、洋子を慰めてくれた。

「もう半分残ってるけど、あとの二人でやってもらうから。でもね、終わってからちょっと話したいことがあるのよ。ビルの横の茶店で待っててくれないかなあ。あと小一時間もすれば終わるから」

「分かりました。そうします」

洋子はスタジオを出て、少し街を歩いてみることにした。待ち合わせまでにはまだ十分な時間があった。

「萩原さん、お待たせ」

急ぎ足で入って来て、橘はそう言った。

「いやー、萩原さん、スタッフの女の子たちに人気急上昇」

「ええっ」

「みんな、横柄なカメラマンだと思ってたらしいの。そこへあの萩原さんのぶちかまし、みんなスーッとしたみたい」

洋子にやっと笑顔が戻った。

橘は、改まった感じになった。

「ごめんなさい、時間をとらせて」

そう言って、橘は水を一口飲んだ。

「いいですよ、帰るだけなんで」

「あのね、この話、上からの指示なんですけどね、萩原さんいま二回生でしょう。四回生になったら就職先を探すんでしょう」

橘は改まった感じで話をしているので、洋子も自然とそうなって答えた。

「いいえ、その辺のことはまだまったく考えていないいんです。このまま京都にいるのか、それとも田舎に帰って仕事を探すのか、実家の事情にもよりますし……」

「そうなんですか。実は、本格的にモデル業に専念するってことは考えられませんか。編集長はね、あの人、最初から萩原さんのファンなんですけどね、モデル業をすれば成功間違いないって。それで説得してみてくれないかって言われてるんですよ」

洋子は驚いた。考えたこともなかったからだ。

「あのう、それ、真面目に言ってるんですか。考えたこともないです」

「ええっ、そうなんですか。私も萩原さんならモデルでやっていけるって思いますよ」

「それは……そう言ってもらえるのは有難いですが、自信もないし、第一、そんな気持ちがないんですよ」

「なんでですか、モデルって女性の憧れの職業ですよ」

「はい、そうかも知れませんが……、じゃ、考えさせてくれませんか」

「そうそう、そうしてください。まだまだ時間はありますから。ただ、編集長は強く推してくれていますのでね」

「はい、よく分かりました」

こんなこともあるのかと、洋子は京阪電車の車窓に流れる景色を眺めながら思った。プロのモデルなんか、私に出来るはずがないと思った。確かに、あんな華やかな職業はなかなかない。一流になれば考えられないような報酬額だし、女なら憧れる仕事だろうと思った。でも、私の生き方の選択肢にはモデル業はないと思った。最近の洋子は、革命の事業にどう貢献するのか、このことが考えの中心になって来ていた。そのために入党もした。そう考えている洋子の頭のなかに、モデルという仕事は入って来ないのだった。


　枚方で下車して、洋子は黒沢の実家を訪ねた。黒沢のお母さんは元気そうだった。

「まあ、洋子さん、久しぶりですね。さあさあ上がってください」

「ご無沙汰しています。これ、お口に合うかどうか分かりませんが、食べてみてください」

　そう言って、洋子は京橋で買った田辺の名物のごぼう巻きをお母さんに渡した。

「あれえ、気を使ってくれたんやね、こんなんせんでも身ひとつでええのに」

　と言いながら、お母さんは台所でお茶を入れてくれている。

「洋子さんのお土産、早速、頂こうと思って」

　と言って、小さなお皿に二人分、ひと切れずつ乗せて出した。洋子はまずお茶を飲んだ。黒沢家のお茶は、どこのものか知らなかったが美味しいお茶だ。

「美味しいお茶です。私の田舎にも、川添茶とか色川茶とか、美味しいお茶があります」

「これはね、宇治のお茶。洋子さん、私、ごぼう巻き、久しぶりに口にしたわ。やっぱり本場のは味がちがうわ、ありがとう」

「お母さん、彼からは連絡ありますか」

　と、洋子は尋ねた。

「ううん、長いこと音信不通やねん。どこでどうしてるんか、何の報せもないのは、電気でやってる証やて思うてるんやけどな」

「もう半年を超えたんで、そろそろ帰って来ると、私は思うてます。どんなに長くても半年って言うてはったし」

　洋子はそう言った。

「いったい、何を考えてるんか、電話はムリでも手紙くらい出せるやろになあ。洋子さん、アメリカがベトナムに負けたさか、あの辺も平和になったんと違うん」

「そうだと思います。ベトナムは平和になったと思います。拓さんが行ってるカンボジアもその影響で平和になってくれたらええんですけどねえ」

と、洋子はそう言って、余計な心配をかけさせまいと考え、お母さんにはカンボジアの状況を詳しく話さなかった。

「洋子さん、久しぶりに来たんやから夕飯一緒に食べてくれへん。ちょっと商店街行って買い物して、すき焼きでもしよう」

「わあ、いいですねえ。商店街、一緒に行きます」

二人は近くの商店街に出て、必要な食材を買い込んだ。

「私、すき焼き、すっごい久しぶりです」

と洋子が言うと、黒沢のお母さんも、私もそうだと笑った。

「洋子さんね、モデルの仕事って度々あるん」

すき焼き鍋をつつきながら、お母さんが訊いた。

「季節にもよりますけど、まあ月に一回、多くて二回くらいです。でも、今日のは水着の撮影だったんで、報酬はちょっといいんですよ」

「洋子さんは姿がええから得やよねえ。モデルで十分食べていけるもんねえ」

「両親に感謝してます。今日も言われました。本格的なモデルになりませんかって」

「へー、ほいで、何て言うたん」

「そんな気持ちはないですけど、そこまで言うてくれるなら考えてみますって」

「ああ、そらあんた、もったいないなあ。モデルらて、なりとうてもなられへん人ばっかりやのに」

「でもねお母さん、この仕事ってスポンサー、まあ企業やけど、広告塔ですし、アルバイトならいいんですが、それを職業にするとなったら、こんなんでええんかいなって、色々と考えます」

「そうかなあ、割り切って、お金儲けだけ考えてやったらいいのに」

「そうも思うんですけど、一方では、もっと世の中を変えるための仕事をしたいって、そんな風に思うんです」

「拓と似たようなこと言うんやねえ、おかしなってきたわ」

そう言って、お母さんは笑った。

泊っていきとお母さんは勧めてくれたが、洋子は戻ってすることもあるのでと断って辞した。以前に会ったときよりも白髪が増えたお母さんを見るにつけ、黒沢の早い帰りを願った。

由紀の部屋の明かりが灯っていたので、声をかけてみた。

「ただいま」

と、部屋の外から声をかけた。

ドアが開いた。

「いま、帰りなん。まあ、入りいや」

「まだ何かやってたんやね。お風呂は」

「ちょっとガリ切ってた。ああ、もうこんな時間なんかあ」

「もうええんだったら、風呂一緒に行く」

洋子が誘うと、由紀も行くと言う。

「水着の撮影、どうだった」

「うん、まあちょっと恥ずかしかったけど、うまく撮れたと思う」

「それって、ポーズは自分で勝手にするん」

「そういう場合もあるけど、こんなにしてとかあんなにしてとか、カメラマンの声に応えて動くんや」

「ふうん、それって難しいんと違うの」

「まあ、そやけどな、一つには慣れよ慣れ。あとはセンスやね」

「センスなあ、一口にセンスって言うけどなあ、それがなかなかなんよなあ」

「うん、そのなかなかなんがセンスなんよ」

洋子がそう言ったので、由紀が声を出して笑った。

「あのな、『カモン』の編集長が、ほんまのモデルになれへんかって言うてきた」

体を洗いながら、洋子はそう言った。

「へー、すごいなあ、それ。そんなん初めてやわ」

「何が」

「いや、自分の身近にいてる人がほんまのモデルしてるって」

「まだしてないって言うの。考えてみますって返事しといた」

「アホやなあ、するするって言うたらええのに。モデルって稼げるんやろ」

由紀は軽く言った。

「そらそうやけど、仕事にするんやから、そんなに簡単には返事できへんわ」

「そうかなあ、嫌になったら辞めたらええんと違うんか」

「そりゃそうかも知れんけど」

「かっこええやん、トップモデルは共産党員って」

躰をくっ付けてきて、由紀は小さい声で耳打ちしてきた。シャンプーの泡だらけの頭を寄せて来たので、洋子の顔に泡がくっついた。

「そんなん、聞いたことないなあ」

「そやろ、あんたがパイオニアやったら面白いやろなあ」

「他人事や思うて簡単に言うなあ、もう」

「簡単に言うてないよ、真剣やで。でもな、モデルってさあ、足の先から頭の先まで手入れとか大変なん違うん。そういうとこはあんたには向いてないかもなあ」

うつ向いてシャワーの湯を頭に流しながら、由紀は少ししゃがれ気味の声で言った。

「何それっ、私はルーズやって言いたいんかあ」

「言いたいんかって、自覚ないなあ。ちゃんと化粧してるのなんか、見たことないでえ」

「何言うてるんよ、ちゃんとしてるやん」

「いいや、してませんねえ。だいたいあんたの持ってる化粧品って、うちの半分もないやん」

「それは……確かにそうやなあ」

「そやろ。いくら土台がええからってな、モデルさんは手を抜いたらダメですよ」

そう言って、由紀は湯船に飛び込んだ。

「それにしてもなあ、洋子さま、脚の形がいいなあ。田舎もんやのに、なんでそんなにきれいな形なんよ」

「これはね、山々を駆け巡っているうちに鍛えられた美しさなんですよ。年季が入ってるんです」

「なんか知らんけど、羨ましいなあ」

「でもな、最近はあんまり走ってないからなあ、あかんわ。もっと走らんとたるんでくるわ」

「走るって、どれくらいの距離なん」

「練習やからなあ、まあ三キロから五キロやなあ。私は長距離は走れへんから」

「それくらいやったら、御所のなかでええん違うん」

「うん、ええんやけどな、なんか田舎の山のなかを走るんと感じが違うんやて。なんせな、知らん人が通っているやろ。それがどうもなあ」

「あはは、やっぱり田舎もんやなあ」

由紀はバカにしたように、大きな声で笑った。

（五十三）

兄の良介とプランタンで会った。「カンボジアのいま」というタイトルの記事と写真が載っている『月刊公論』という雑誌を持って来た。カメラマンの名前は黒沢拓だった。


「カンボジアのいま」

「クメール・ルージュ」とは、カンボジアのシアヌーク元首が、極左集団につけた名前である。インドシナ半島での共産主義の運動は長い歴史を持っているが、「クメール・ルージュ」は、いわばその主流から外れた集団である。その指導者であるポル・ポトは、「文化大革命」が高まっている中国で、毛沢東の実践を直に教えられた人物である。革命は、農民が主導で行われる、これが彼の中心思想である。

一九七三年、ポル・ポトたちは中国の支援を受けて、シアヌーク派や親ベトナム派を排除し、カンボジアにおける政治の主導権を握った。そして、七五年のカンボジア戦争に勝利し、黒い服に身を包んだクメール軍が国民の前に現れた。

クメール・ルージュはシアヌーク元首を王宮に幽閉し、首都プノンペンのすべての住民を遠くの農村に強制移住させている。そして、資本主義の影響を受けているとして、「革命的浄化」の名のもとに蛮行が横行している。すなわち、旧時代の軍人、教員、医師、芸術家、商人、技術者、僧侶などを殺害している。

さらに、既存の文明をすべて破壊。貨幣、戸籍、商業、宗教、教育、医療、交通、郵便、マスコミなどはすべて廃止された。

私を日本の記者と知り、極秘に語ってくれたギークさん（仮名・四十歳）と、ある医師の妻の話を紹介しよう。

ギークさんの話

「妻は生まれて九か月の赤ん坊を抱いていました。それ以外に幼い子どもたちが四人います。両親をふくめ私たちは九人家族です。これからこの住み慣れた家を捨てて行きます。どこへ行くのかもまったく分かりません。これからどうなるのか、それもまったく分かりません。生きていられるのか……」

このギークさんの話はすべてのプノンペン市民の声だといえる。

もう一人、ある医師の妻の話。

「夫は、市内の貧しい集落で医療活動をしていました。ケガや病気で夫の世話になった人がほとんどでした。ある夜、クメール・ルージュが家にやって来て、オンカー（上部組織のこと）が来てくれと言っていると、夫を連れていきました。私は赤ん坊を抱き、上の息子の手をひいてあとからついて行きました。クメール・ルージュは夫を空き地に連れてゆきました。穴が掘られていました。彼らは夫に目隠しをしようとしましたが、夫はそんなもの要らないと言いました。息子が私の手をふりほどいてパパ、パパと叫んで近寄りました。兵士が息子の頭を銃で殴りました。そして次に夫の頭を撃ちました。夫は穴のなかに倒れ込みました。夫の躰がまだ動いていたので、兵士はまた撃ちました。息子は翌日に死にました」

カンボジアは、世界のなかでも美しい農業国として有名だったし、欧米では「インドシナの平和のオアシス」と呼ばれていた。その美しい国で、いま信じられない虐殺が行われている。都市住民はすべて国家の敵とされ、大量に処刑されている。カンボジアのいま、それはもう狂気としか言いようがない。

（記事・西山晃、写真・黒沢拓）

「こんなことになってるって、日本ではほとんど知られてなかったなあ」

良介はぽつりとそう言った。

「でも、こんなひどいことが他の国に漏れんて、そんなんあり得るかあ」

洋子は兄に言った。

「そら、あり得るやろ。あそこは実質は鎖国状態やし。そやけど、こんな記事はプノンペンでは書けんやろし、ベトナムかタイか、外に出て書いてるんやろなあ」

「そやろか、それならええんやけど」

良介のことば通りならいいのにと思った。

「それにしてもなあ、こんな連中が共産党って名前でやってるんやから、かなわんなあ」

「中国がポル・ポトの親分って、ほんまに腹立つなあ。中国の党って、害悪にしかなってないわ」

「ところで、黒沢さんはそろそろ日本に帰って来そうやなあ。いま、カンボジアに入るのは出来んやろし。それとも、ベトナムで写真撮ってるんやろかなあ」

「分からんけど、もう帰ってきて欲しいなあ」

洋子は独り言でつぶやくように言った。

「まあ、この記事が出たんやし、そろそろ戻って来ると俺は思うけどどんなあ」

「ほんまに、ちょっと連絡してくれたらええのになあ」

「まあ、そう言うな。何にもないのは元気な証拠やろ。ところで、パリはどうだったんな」

「パリ、パリは面白かったわあ。ジュヴィさんについて行って正解だった。まあ、全部言うたら時間かかるけどな、やっぱり花の都って言うだけあるわ、華やかもん。モンマルトルっていう区域に実家があって、その実家に両親が住んでて、隣の家に弟さんの家族が住んでるんや。二つ並んでるからけっこう大きな家なんや。お父さんの名前がクーポー、お母さんがエチエンヌ、兄さんがファビアン、その奥さんがミレーユ、息子がジャン」

「モンマルトルて映画に出て来る地名やなあ、有名なとこやろ」

「うん。でな、パリのメーデーに参加したんや」

「ええっ、メーデーに行ったんか」

「うん、共産党のマルシェ書記長の演説も聞いたよ」

「へー」

良介はびっくりしている。

「ほんで、お父さんからナチスがパリを占領したときの様子を話してもろた。これがリアルで面白かった」

「お前、それ言葉は。ジュヴィさんの通訳か」

「うん、お父さんの話はすべてジュヴィさんが通訳してくれた。そやけど、パリ観光はジャンが案内してくれたんやけど、全部英語で喋った」

「英語でって、お前、英語ら話せんやろ」

「そうやけど、話さな仕方ないから片言で単語をつないで話してたらな、だんだん喋れるようになってくるんやて。やっぱり下手でも場数踏んで喋ってたら通じるようになってくるわ」

「そうかあ、北京といい、パリといい、お前は国際的やなあ。羨ましいわ」

「うん、やっぱりなあ兄、外国はなあ、現地に行ってみんとあかんわ。百聞は一見にしかずって、あれはほんまやわ」

「ジュヴィさんの家族って、どんな人らよ」

「みな、ええ人ら。普通の真面目に働いてる市民って感じ。お父さんは、もう八十歳やけどな、郵便局で働いてた労働者やったし、兄さんはレストランやってるし、その奥さんは市の職員やし、ジャンは大学生やろ。そやさか、どこにでもある家族って感じやわ」

「お前、またパリに行くんか」

「飛行機代がもっと安かったらなあ、ええんやけど。そうそう行けるとこと違うわよ。でな、帰って来てから思うたんやけど、向こうにおるときにフランス共産党の本部にちょっと行ったらよかったなあって。あっちにいてるときには、そこまで考えが及ばんかったわ。惜しいことしたなあって、帰ってきてから思うたわ」

「本部らて、簡単に入れてくれるんかよ」

「フランス共産党やで。ユーロ・コミュニズムとかいうて、中身はよう分からんけど、いま売り出してるやん。日本から見学に来たっていうたら、まさか追い出したりしいへんやろ」

「ふう、そうかも知れんなあ。惜しいことしたなあ」

「なあ兄、ユーロ・コミュニズムって何なん」

「ユーロっていうてるけど、それの中に入ってるのはフランスとイタリアとスペインくらいやろ。そやし、ユーロって呼んでええんかどうかわからんけどなあ。中身はな、俺も『赤旗』とか『世界政治資料』に出てるだけしか知らんけど、要は民主主義の実現、民主主義革命を前面に出してきたってことやろ」

「そい、当たり前の話ちがうん」

「そうなんや、日本の共産党ではそれが当たり前なんやけどな、あいらはいままで民主主義革命の路線やなかったからな。フランスもイタリアも発達した資本主義の国やさか、革命は社会主義革命しかないんやって、ずっとそう言うてきたわけや」

「どういうことなん、もうちょっと分かるように言うて」

「どういうたらええかなあ、資本主義の次は社会主義しかないやないかって、そういう立場だったんや。で、社会主義だったら、全部の産業を国有化せなあかんって言うわけや。国有化とは、資本家をなくして国がすべてを握って運営するってことや」

「ソ連とか中国みたいにってことかあ」

「まあ、そうやな。そやけど、日本共産党は違う立場なんや。知ってるやろ、民主主義革命や」

「説明して」

「まずな、日本は自立した資本主義の国と違う。アメリカ帝国主義にがんじがらめにされてる。特に、経済、政治、そいで軍事もな、アメリカ抜きに自前では動けん国になってるやろ」

「うん、それはそうやなあ」

「つまり、一つの国として独立してないってことなんや。一つの国として独立するのが先決なんやな。独立する、つまり民主主義が実現してないってことで、まずそれを達成せなあかん。一つひとつ手順を踏んで、一歩一歩前に進むっていうのが日本共産党の立場なわけ」

「なるほど」

「それからもう一つ、日本の社会で大きい力があって、大きい顔してるのは誰な」

「大きい顔って……関西電力とか、トヨタ自動車とか……」

「巨大な企業やろ。独占資本や。自民党の政治はな、ほら、なんか自民党の借金を財界が半分面倒みたるって話あるやろ、そら財界を中心にした政治になるはずやわ。農業とか、中小零細企業とか、ちっとも大事にされてない」

「そうやそうや、農業は二の次、三の次なやあ」

「要するに、経済でも、財政でも、民主主義が実現してないってことや。だから、まず民主主義を実現する」

「なるほど」

「そやさか、日本の変革は一つひとつ、着実にやろうってことやけど、フランスやイタリアはすぐに社会主義へ、一足飛びにやってしまおうってことやな。これは不安定やし危ない。まあ、大まかに言うと、いま説明したようなことやと思う」

「ということは、なに、ユーロ・コミュニズムの路線ってうまく行かんってことなん」

「よその国のことやからな、口出しできへん。他人の家庭の中身に口出し出来へんし、しても仕方ないわ。そうなんやけどや、主人公である国民がどう考えるか、そこがポイントやろなあ」

「兄はどう思うん、ユーロ・コミュニズムについて」

「分からん。分からんけど、社会主義を押し出してるのは、どう考えても急ぎすぎな感じがするなあ」

「それにしてもなあ、ソ連も中国もまともやないやん。フランスもイタリアも難しい、北朝鮮は論外やし、キューバはよう分からんけど、チリも潰されたしって、考えてみたら前途多難もええとこやなあ」

「まあ、そうやなあ。長いたたかいやなあ。そらそうと、田舎のほうはどうな、お袋とお祖母ちゃんと元気か」

「パリから戻って来たって電話入れたんやけど、元気そうやったわ。お盆には帰るさかって言うといた」

「そか」

「兄もそろそろ、真面目に田舎の家のこと考えてよ」

　祖母も元気だけど、もう八十を超えている。田んぼは減ったとはいえ、母ひとりで農業を維持するのは限界に来ている。兄の良介が帰るにせよ、自分が帰るにせよ、農業を続けていくのは並大抵のことではないと洋子は思った。

「ああ、俺もそれなりに考えてるから、まあ、もうしばらく様子を見てからや」

「うん、考えてくれてたらええんやよ。でもな、もう農業で暮らしてゆくって出来んようになってるやろ。兄が帰るにせよ、私が帰るにせよ、仕事を考えなあかんわ。一番ええのは公務員やけどなあ、兄にしても、私にしても、公務員って柄やないもんなあ」

「確かに、言えてるなあ」

　そう言って、二人は笑った。


　バイトを終えて千本中立売のアパートに戻ると、部屋の入口ドアの下に白い紙が差し入れてある。見ると、

「黒沢さんという方から電話があり。帰ったら自宅に電話してくださいとのこと」

　と書かれたメモだった。

　洋子は一瞬、あっと声を出し、アパートのピンク電話に走って、受話器をとって財布にあるだけの十円玉を入

れダイヤルを回した。呼び出しコールが聞こえ、洋子は胸の鼓動が早打ちするのが分かった。

「もしもし」

と、黒沢の声だった。

「あっ、私です。お帰り」

洋子はそれだけ言うのがやっとだった。

「うん、帰ったよ」

帰ったよ、という声を聞いたとたん、洋子の目から涙があふれ出た。言葉が出ない。

「どうしたん、泣いてるんか」

「泣くわけないやろ、アホゥ」

それだけ言うのがやっとだった。

「心配したんやろなあ」

「したわ。どんだけ心配したと思うてるんよ」

「すまんすまん」

「いまから行くから」

「いまからて、もう夜やん。遅なるから止めとけ。明日会おう」

「遅なってもええわ、会いたい」

「あかんて、やめとけ。いまごろから来たらお袋も心配するて。明日まで待てて」

「……会いたくないんか」

「会いたいのに決まってるやろ。そやけど今夜は俺も寝たいからな」

「分かったよ……」

黒沢がアパートも見たいからと言うので、千本通りの喫茶マリヤで待ち合わせることにした。

バス停に降りてやってきた黒沢は、一瞬、別人かと思うほど以前と変わっていた。顔中に髭を生やしていた。が、それはともかく、洋子は駆けよって黒沢に抱きついた。

「おい、こんなとこで抱きつくなよ」

と黒沢が言った。

アホ、何を言ってるんやこの男は、と洋子は思ったが、口にはせずにしばらく躰をくっ付けていた。

「この髭どうしたん」

洋子は躰を離し、髭を触りながら言った。

「向こうで何日も放ったらかしといたら、すぐに無精ひげがでてきてな、いっそ生やしてみたろうって思ったんや。で、ちょっとだけ手入れしてたら似合うんで、まあこうなった」

「似合うかも知れんけど、ない方が若々しいわ」

「そうかなあ」

言いながら、黒沢は洋子に続いてマリヤに入った。

「で、どう、留守中、変わりなかったか」

「大ありやわ。いっぱいあって何から話そうか迷うわ」

と洋子は言った。

「そんなに色々あったんか」

「私の方はあとで話すから、まずそっちの話をしてよ」

「そか、分かった」

そう言って、黒沢はカンボジアでのことを話しはじめた。

「あんな状態の国ってなあ、信じられんわ、実際にこの目で見るまではな。しかも、それが共産主義の名でやられてるんやから、もう無茶苦茶なんや」

「あの雑誌、『月刊公論』の記事は読んだよ」

「あれ、読んだんか。あれはな、西山さんめちゃくちゃ抑えて書いてるからな、実際はもっともっとひどいんや」

「そうなん」

「うん、あっちに行って思ったけど、インドシナ半島の事情って、色んな歴史が入り乱れててほんまに複雑やわ。インドシナ共産党っていうのがもともとあったんや。グエン・アイ・クォックって名前、知ってるか」

黒沢が訊いた。

「ううん、聞いたことない」

「グエン・アイ・クォックってな、若いころホー・チ・ミンが使ってた名前なんや。愛国者のグエンっていう意味らしいわ。ま、このグエンつまりホー・チ・ミンやけど、この人は知れば知るほどすごい人でな、インドシナ共産党を作ったわけや。フランスに行き、レーニンに会いにロシアに行って、それから中国に入ってって、すごい行動力ある人でな」

「レーニンと会って、どんな話をしたんやろ」

経験批判論を書いたレーニンとホー・チ・ミンがどんな話をしたのか、洋子は想像した。

「会えんかったんや。グエンが到着する二日前にレーニンが死んだんや」

「ああ……」

「でな、結成したインドシナ共産党ていうてもな、ベトナム人が七万六千人、次にカンボジア人が三百人、ラオス人百七十人ほどだった。当時、あの辺を支配してたのはフランス帝国主義でな、これを追い出してインドシナの独立を達成するのが目標だったわけやけど、グエンは、つまりホー・チ・ミンはちゃんと三つのそれぞれに共産党を確立せなあかんって考えて、で、インドシナ共産党を解散してそれぞれに党を作ったわけや」

「ふうん、なんかなあ、坂本龍馬あたりがあちこち駆けまわって革命をめざしてた、みたいな話やなあ」

洋子は、インドシナ半島を駆けめぐって活動するホー・チ・ミンの姿を龍馬に重ねた。

「まあ、そんな感じかなあ。カンボジアは美しい国やけど、遅れた農業国なんや。いまでも、首都のプノンペンはそれなりの大きな街やけど、あとのほとんどは田舎ばっかりでな、出来たばっかりのカンボジア人民革命党もフランスが支配するもとで地下活動をやってたんや」

「大変な活動やなあ」

「うん、でな、徐々にカンボジアの党も勢力をふやしてゆくわけや。でな、カンボジアってな、シアヌークっていう王様がおるんや、よう名前聞くやろ。国王やし仏教のトップでもあるから最高指導者なんやな。フランスが支配してるし、国王もおるし、そりゃ、革命もなかなか難しいと思うわ」

「うん、そうやね」

「そういう流れの中で、戦後になって、世界の情勢も変わり、カンボジアは独立するわけや。この辺りから事態が複雑になるんやけど、要約したら、形の上では独立して新しい政権ができた。ロン・ノル政権、知ってるやろ」

喫茶マリヤはけっこう流行っていて、客の出入りが多い。洋子はこの茶店のハンバーグ焼きそばが好きで、ここに度々来ては注文していた。今日もそれを二つ注文して昼食にしていた。

黒沢はそれを食べながら、なかなか美味しいと喜んでいた。

「カンボジアのインテリ層でな、ソルボンヌ大学で博士号をとった数人がプノンペンに帰って来るんやな。その代表がキュー・サンファンって男。これが、カンボジアはフランスやアメリカに牛耳られているので、独立しても国が発展せんのやって、半植民地やし、半封建やって説いたんやな。で、フランスから帰国したなかに、サロト・サルっていう、この男の本当の名前がポル・ポトなんや。で、それから紆余曲折があるんやけど、結局、ポル・ポトはカンボジア人民革命党の中心にのし上がるわけ。人民革命党の古い幹部たちは地方で地下に潜っていて、ポル・ポトに反対してたんやけど、そうなってしまったわけや。

ポル・ポトは弟子のイエン・サリと二人で反対派を粛正して、武装闘争をするようになったんや。中国では毛沢東が文化大革命をはじめていた。この農村が革命をリードするという思想に影響を受けるわけや。

一方、ベトナム戦争が激しくなり、アメリカ軍の空爆がベトナム領土をこえて、カンボジアにも入ってくるようになる。ポル・ポトとイエン・サリはこうしたもとで力を広げていったんや」

「ねえ、『月刊公論』にクメール・ルージュっていうのは、シアヌーク国王が極左集団につけた名前って書いてたけど、ポル・ポト派のことなん」

「うん、そうや。元々はポル・ポトの前から使われてたけど、彼らがその後、反対派を粛正して中心になったんや」

「なるほどね」

「で、話は進むけど、サイゴンが陥落して、アメリカが追い出された。カンボジアでもロン・ノル政権が倒れてポル・ポト政権ができたわけ。そういう経過で今日に至ってるんや」

「一回聞いただけでは分からんけど、実際はもっと複雑な歴史があるんやろうね。あとはあの『月刊公論』に書かれてた事態が進行してるわけやなあ」

「例えば、日本でもな、大阪とか名古屋とか、何百万人もの人たちがぜんぶ田舎に移住させられるんやで、考えられるか、街が空っぽになるって。で、何十万人もの国民を殺害するって、ナチスと同じことが行われているんやから、狂気としか言いようがないやろ。それが世界にほとんど知られていないんやからな」

黒沢は、コーヒーに口をつけながら話しているのだが、何とも暗い顔になった。

へー、こんな部屋に住んでいるのかとでも言いたげに、黒沢は洋子の部屋を見回している。

「男でこの部屋に入るの俺が初めて」

と、黒沢はそんなことを尋ねた。

「当たり前やろ、兄も来たことないわ」

「これは何」

と、黒沢が机の上にあった小さなノートを手に取って見ながら尋ねた。

「うん、モンパルナスの雑貨屋にあったたん。メモ帳にでもしたらて思って買ってきた」

「俺に」

「うん」

「へー、舶来のノートかあ」

そう言って、手にとって黒沢は笑った。

「舶来って、なんか古めかしい言い方やなあ」

「そうかなあ、響きがいかにも外国製って感じしいへんか」

「しいへんわ。やっぱり、世代が違うから言葉まで違うなあ」

洋子がからかった。

「世代が違うって、同世代やないか」

「同世代とちゃうでえ、あなたは一世代昔やわ」

「おいおい、たかだか十歳くらい違っても同世代やろが」

「残念ですけど違いますねえ。ま、同時代人ではあるけどね、世代は違いますね」

洋子がそう言うと、急に黒沢が抱きしめてきたので、洋子はされるままになった。唇を合わせたあとで、黒沢が訊いた。

「なあ、パリの話を聞かせてくれよ。面白かったんやろ」

洋子はこの日、授業はさぼっていたが、食堂のバイトには出ようと思っていた。黒沢にそれを言うと、行っておいでと言う。二時間やそこらあっという間に過ぎるから、ここで寝てるからと言い、パリの話は戻ってから聞かせてもらうと。

夜、洋子は由紀に黒沢を紹介した。

「初めまして」
（五十四）

由紀は好奇心の塊のような娘だが、今日は妙に緊張している。だが、少し話すと、同じ大阪人だからか、たわいない冗談を言い合って大きな笑い声をあげた。それから三人で中華の店に行き夕食をともにした。由紀は、カメラマンの仕事の良いところ、悪いところなど、色々と黒沢に尋ねていた。アパートに戻ってしばらく談笑していたが、急に由紀が言った。

「ここにいて、二人の様子を観察したいけど、私はそんな無粋な女と違うんでね、戻るわ」

「まあ、ええやんか」と言う洋子の声をかき消すように、部屋を出て生きながら由紀が言った。

「黒沢さん、このアパート、壁が薄いからねっ」

「あはは」

と、黒沢が屈託のない表情で手をあげ、了解の意を伝えた。洋子も仕方なく微笑んだ。

「で、パリでの最大の収穫は何」

由紀が帰ったあと、黒沢が訊いた。

「一番はやっぱりサイゴン陥落やなあ。ジュヴィさんに教えてもらって、ル・モンドを読んでもらったりした。泣けて泣けて仕方なかったわ」

「なるほどなあ、あれは強烈やったもんなあ」

「その話をしててね、兄さんの奥さんがパリ市の職員なんやけど、『ユマニテ』を読んでることが分かって、それで、メーデーに行こうってなって、ミレーユさん、これ奥さんね、息子のジャンを誘って参加したん」

「へー、パリのメーデーかあ、面白いなあ」

「うん、フランスデモって知ってるやろ、あれをやってきたんやで」

「そうかあ、そんなこと普通は経験できへんからなあ」

「でな、共産党のマルシェ書記長の演説も聞いたんやで」

「それはすごいわ」

「そやろ。それから、ジュヴィさんのお父さんが、戦時中、パリがドイツに占領されたときの話を詳しく聞かせてくれてん。パリ占領の生の話やからほんまに感動したわ」

「ほほう、聴きたかったなあ、それ。それは、ジュヴィさんがいちいち通訳してくれるんか」

「そう、そやし時間はかかるけど、胸に沁みるような話やった」

二人の話は延々と続いた。ふと、ドアをノックする音がしたので、洋子が開けた。

「まだ話してるん。よう飽きへんなあ。風呂、行くんやけど、お二人さんどうすんの」

洋子は黒沢の顔を見た。

「じゃ、俺も行くわ」

そう言った。

「由紀ちゃん、さき行っといて。すぐ行くから」

「分かった」

由紀はそう言ってドアを閉めた。

「着がえとか、ないやろ」

と、洋子は訊いた。

「ないけど……」

「どうするん」

「なしでいいよ、このまま穿くから」

「このままって……まあええわ、戻ったら何か探すわ。タオルはこれで、小銭持ってるよね」

「私らの方が上がるの遅いから、風呂屋の広間で待っててね」

洋子はそう言って黒沢を見た。目が合った。黒沢がつぶやいた。

「なんか、楽しいなあ」

洋子は微笑みながらうなずいた。

小一時間ののち、三人は風呂屋を出た。黒沢はタオル以外に何かを持って出て来た。洋子が尋ねた。

「それ何」

「ああ、下着を洗濯した」

「ええっ、じゃいま……」

「うん、ノーパン」

「あはは」

と、由紀が声をあげて笑った。

「部屋に干しといたら朝までに乾くやろと思って」

「乾く乾く。どうせ下着ら穿けへんねやろし」

由紀がそんなことを言った。

洋子が由紀をにらんだ。

「すみません」

と言って、由紀は舌を出した。

「ねえ、プノンペンてどんな街なん」

黒沢に洋子のパジャマを渡しながら訊いた。身長は黒沢が洋子より少し高いだけだから、パジャマは十分間に合った。

「戦前からすると、六十年近くフランスの植民地だったから、東洋のパリって言われてるらしい。そやからな、パリ風の建物がけっこうあるんや。なかなか落ち着いた、いい街やったよ。パリはどう、やっぱり素晴らしいところなん」

「うん、素晴らしい街やわ。ジュヴィさんの実家はモンマルトルっていうところやけど、坂道が続いてて、てっぺんに大聖堂、白亜の大きな教会があるんや。道をずうっと下っていったらセーヌ河に出る。ジャンがセーヌ河の船に乗せてくれたけど、よかったなあ。ジュヴィさんの家族はみんないい人でねえ、またいつか行きたいなあ」

「そんときは俺も一緒に行くわ」

そう、黒沢は言った。

洋子は自分から黒沢の唇を求めた。舌を絡ませると、肉欲の波が躰の内側からおし寄せてくるようで、洋子はめまいがしそうになった。黒沢の手が乳房をつかみ、撫で、指が這った。さらにその指は、洋子の頬に触れ、髪のなかに差し入れ、鷲づかみにした。


目覚めると、洋子の傍らで黒沢はまだ眠っている。その寝顔を、洋子は長い間、飽きもせず眺めていた。目覚めてもなお躰に残っている昨夜の余韻を感じながら、洋子は黒沢のむき出しの腕を抱えていた。愛する人がいるというのは、こんなに素晴らしいことなのか、こんなに幸せを感じられるのか、そう洋子は思うのだった。男である黒沢も、いま、この同じ思いを抱いているのだろうか。洋子は黒沢の腕に頬をくっつけて、そっと唇をあてた。

「ううっ」

と、軽い声を出して、黒沢は瞼を開いた。

「おはよう」

洋子は寝ぼけまなこの黒沢にささやいた。

「うん」

そう言って、黒沢は両腕を頭の方に伸ばした。

「うう、眠たいなあ」

と言いながら、黒沢は寝返りを打って、洋子の顔を胸に抱え込むようにして、また眠りに落ちている。

「ダメですよ、朝ですよ、起きましょう」

洋子は、腕からすり抜けて、上半身を起こして布団から出た。

黒沢は半分うつ伏せのような格好で、むにゅむにゅと何かをつぶやいているが、朝食のコーヒーを準備している洋子には聞き取れなかった。

「あ、そうそう、橘さんね、『カモン』の。この間、水着の撮影があったときに、モデルを仕事でやらないかって話があった」

そう言っても、黒沢はまだ目が覚めていない様子だった。

「ねえ、聞いてるんかあ」

洋子は大きな声でそう言った。

「ううん、聞いてない。カタカタと何してるん」

「食べるもんを作ってるんです」

「ああ、おおきに。起きようかなあ」

そう言って、黒沢は上半身を起こした。

「さっき、何て言ったん」

「『カモン』の橘さんがね、モデルを仕事にするつもりがないかって、そんな話をもってきたの」

「なるほどね。でもまだ学生やん」

「だから、いますぐじゃないけど、卒業したらってことよ」

「自分なら十分やれるって俺も思うけど、モデルなんかしたないやろ」

昨夜、窓のカーテンに引っかけて干していた下着が乾いていたのか、黒沢はそれを穿き服を着ながら言った。

「モデル、嫌いやないけど、もっとやらなあかんことがあるしなあ」

「やらなあかんことって、何」

「革命」

「あはは、革命なあ」

そこまで言って、洋子は黒沢に言い忘れていることに気づいた。

「あのさあ、党に入ったよ」

「ええっ、それ、真っ先に言えよ」

と、黒沢は真顔で言った。

「いっぱい話があって、言うの忘れてたわ」

「そうかあ、入ったんかあ。いやあ、いよいよ活動を開始するんか」

「そうなんやけど、ついこの間やからな、まだ何にも連絡ないわ」

「すぐに来るよ」

「それにしても、よう決心したなあ」

「ベトナム人民が背中を押してくれたもん」

「なるほど。一九七五年春、やな」

「うん、そう」

黒沢は、朝食を軽く食べてから枚方に戻って行った。明日から東京に行って、一緒にカンボジアに行ったフリー記者の西山と共同でカンボジアに関する本を出すらしく、その詳しい相談をはじめるということだった。

バイトの学生食堂で、形が崩れて出せない料理が出たので、洋子は二人分をもらってきた。アパートに戻って、由紀にその半分を持って行った。

「サンキュー。なあなあ、ええ男やなあ。いわゆる男前とは違うけど、大人って感じでさあ、なかなかええやんか」

「男前と違うかあ」

「うん違う。違うけど、個性的やん。ちょっとなあ、マックイーンに似てない、感じが」

由紀はそんなことを言った。

「それってほめ過ぎちゃうん。スティーブ・マックイーンやろ。あの人は男前やん」

「だからあ、顔やなしに、感じが似てるって思わん。マックイーンは渋いなかに甘いのが入ってるやろ。そんな感じやわ」

「確かに、黒沢さんはちょっと甘いのが入ってるもんなあ」

「なんなよ、結局はのろけかよ」

「あんたが言うからや」

由紀がコーヒーを淹れてくれた。

「つき合ってどんくらいなん」

「ええっと、かれこれ一年半近いけど、七ヶ月ほどは日本にいてなかったからなあ。まだ半年ほどかなあ」

「でもなあ、しょっちゅう会ってるのもええけど、あんたらみたいにな、長い間、離れ離れでいて、それでやっと会うっていうのもなかなかええもんやで。そう思わんか」

「確かになあ、燃えてくるわ」

「そうやろ、そうやと思うわ。恋っていうのはな、やっぱりそういうのがええんやで」

「先生、お説はいいんですが、風呂に行きませんか」

「そうしようっか。ところでなあ、入党式の日程、まだ言うてこんか」

「入党式って、何」

初めて聞く言葉だった。

「新しく入ってくれた人を歓迎する催しを支部でするんやけど、それを入党式っていうんや」

「ううん、まだ何にも言うてこんよ」

「そか、必ず入党式あると思う。で、なんで入ったかスピーチさせられるからな、なんか考えといたほうがええよ」

「そうなん、分かった、二、三分でええんやろ」

風呂は珍しく混んでいた。

「いつもよりちょっと早いからなあ。時間帯によって違うから」

由紀はそんなことを言った。

由紀が教えてくれた入党式については、唯研の西島さんが例会のあとに知らせてくれた。

「萩原さん、結局なあ、唯研の党支部やなくて文学部の支部に所属してもらうことになったんやけど、それでいいやろ」

西島はそんなことを言った。

「はい、私はどっちでもいいです。何か違いがあるんですか」

この日の例会に、林は急な用事があるとかで欠席していた。唯研の部屋には洋子と西島と二人だけだった。

「今日、林はいないけどさ、実は僕と彼女と、萩原さんの所属をめぐって意見が分かれてね、それでその調整でちょっと時間かかったんや」

「どういうことですか」

洋子は、西島の言ってる意味が分からなかった。

「うん、林は唯研の支部に所属してもらって、唯研を盛り立てて、ここにもっと大きな支部を作るべきだって言うんやな。僕は、それは分かるけど、入党したばかりやから、文学部のみんなが所属してる支部に入って、少し訓練されてから唯研の支部に転籍してもらったらいいって、そこのところが食い違ったんや。林は、結局、支部長の言う通りでいいわってなったんや」

「ふうん、そうなんですか」

難しい問題があるんやなあと洋子は思ったが、それは口にはしなかった。

入党式は学内の空いている一室で開かれた。この半年間で新しく文学部で入党した人は、洋子を含め十八人だった。

式が行われる部屋の外で、入党の日付の順に並んで、案内役の上級生に従って部屋に入った行った。カーテンを閉め、電灯を落として薄暗くした部屋に入ると、すぐに小さな花束が渡され、迎える人たちが何かの曲を小さくハミングするなか、指定された席の前に立った。そこで、電灯がともされた。

「では、ただいまから日本共産党立命館大学文学部支部、一九七五年前期入党式を開会します」

司会の学生がそう言うと、いっせいに拍手が起こった。迎える側の先輩党員たちが真向かいに座っている。後の方に座っている由紀と目が合った。由紀がウインクをしてよこした。

「着席してください」

みんなが席についた。

「では、最初に、文学部支部を代表して、支部長の辻さんからの挨拶を受けます」

司会者の紹介で上座の中央に座っていた辻という男子学生が立った。

「辻です。みなさん、こんにちは」

と、そこまではよかったんだが、辻支部長は急にくだけた。

「こういう挨拶、俺、あかんねて、苦手やもん。堪忍してほしいんやけど、そうも行かんさか、ちょっとだけ、ちょっとだけ喋ることにします」

辻支部長のこの調子に、緊張していた新入党員たちが笑っている。

「まずは、入党おめでとうございます。何がめでたいのかって、それはよく分かりませんが、まあみなさん新しい道に踏み出したわけで、はっきり言って、われわれはサークルやないんで、革命をする党ですから苦しいことの方が多いわけやけど、新しい門出をお祝いしたいと思います。

十八人のみなさん、一回生から三回生まで、今回は四回生はいませんが、それぞれの回生で班をつくっているんで、日常的にはそこで活動してもらうことになります。

党のセンターがそれぞれあるので、そこに行けば先輩たちが誰かしらおるんで、分からんことがあれば声をかけてください。と、いうことで歓迎の挨拶にします。おおきに」

みんな、この挨拶に大きな拍手をした。

「では、ここで、前に並んで座っている八人の支部委員会のメンバーを紹介します」

司会者はそう言って、一人一人の名前、回生を紹介した。

「では、お待たせしました。いまから、新入党のみなさん、一人一人に自己紹介をしていただきます。何を話してもいいです。けど、名前と回生、それから出身地は入れてください。十八人いますので、一人三分でも一時間ほどかかりますので、途中で休憩を入れます」

洋子は、先ほどから会場を一通り見渡していた。ほとんどがキャンパスか食堂などで見かける顔だった。由紀を除けば、口をきいた学生は数人いるだけで、ほとんどは話をしたことがなかった。

入学直後に入党した一回生の十三人の自己紹介が続いた。一回生だけで新入党の半数以上だ。洋子は自分の番は休憩のあとになるだろうと思った。

休憩になり、由紀が洋子のところにやってきた。

「あんたのことは、みんな『カモン』見て知ってるから、みんなが知らんこと言うたほうがええよ」

「知らんことって、何」

「そやから、白浜の旅館の宣伝とか、パリのメーデーのこととか。そういうのが面白いんやて」

「なるほどな、うん、分かった」

洋子は十八人のうちで入党の日付が一番新しいとのことで、自己紹介はいちばん最後だった。

「二回生の萩原洋子です。夕方、学食の厨房のなかでバイトしてますから、今日は顔見知りの人がたくさんいるんですが、これから、どうかよろしくお願いします。実は、五月一日のメーデーですが、私、フランスのパリのメーデーに参加しました」

会場のあちこちで「へー」という声があがった。

「はい、メーデーが目的で行ったわけではないんです。私、紀伊半島の白浜が実家ですが、父の弟が、つまり叔父さんが旅館をやっています。白浜に行くときは、ぜひ、私に一声かけてください。（笑い声）で、その叔父さんの奥さんがパリジェンヌでして、先日の里帰りにパリについて行ったんです。ジュヴィさん、正式にはジュヌヴィエーヴって名前ですが、ジュヴィさんの実家はモンマルトルっていうところなんですが、そこで、私、あのサイゴン陥落を知りました。感動して、涙があふれました。ジュヴィさんが、そうや、メーデーに行けへん、って言うんです。ジュヴィさんは白浜弁の日本語しか知りません。（笑い）

会場で、共産党のマルシェ書記長の演説も聞きました。それからフランスデモ、ご存知やと思いますが、あの道いっぱいに広がってするデモ、そのデモもしてきました。ジュヴィさんのお父さんに、戦争中にパリがドイツ軍に占領されたときのこととか、レジスタンスのたたかいとか、戦後、ドイツ軍に協力した女性がみんな丸坊主にされたこととか、そういう生の話も聞きました。

入党については、入学したときから考えていたんですが、ベトナム人民の勝利に背中を推され、唯研の党員に入党させてくださいとお願いしました。これからよろしくお願いします」

夜、由紀が部屋に来た。

「あんたの話、みなビックリやったで。『カモン』のモデル写真のイメージで見てるから、あの話聞いて、めちゃ面白い人やんかって。男連中は目がハートになってたわ。なんせ、あんたは目立つもんなあ、あんたはほんまに得やで。挨拶もよかったしな」

「おおきに。緊張したわ」

「ウソやろ、何にも緊張してなかったで」

「そんなことないて。時間も気になったし」

「まあ、萩原洋子の話で最後は締まったよ。あれだけの人数やさかなあ、後半はだいぶだらけてきてたからな」

「それはそうと由紀ちゃん、二回生の班会議ってなあ、私食堂のバイトと重なってるし、どうしよう。バイトを休むわけにいかんしなあ」

「そやなあ、私が言うて、曜日を変えてもらうわ」

「そんなん出来るん」

「多分な。萩原さんのバイトがあるから考えてくれへんかって言うたら、変更可能やと思う。ま、私に任しとき」

結局、党の会議は木曜日の五時からに変更された。洋子は、唯研の例会日なので、会議には遅れて出席するということになった。

（五十五）

車窓から眺める紀伊半島は、夏そのものだった。特急・くろしおの自由席は満員で、タバコの煙に人いきれで独特の異臭が漂っている。空腹で乗ると、異臭にくわえ列車の揺れが乗り物酔いを誘発して気分が悪くなったりする。

紀伊半島には高野山をはじめ、各地に有名な観光地があるが、交通の便が悪いため簡単には足を運べないところだ。実際、洋子はアパートを出てまずは大阪・梅田もしくは京橋まで行き、そこで環状線に乗り換えて天王寺に出て、そこから紀勢本線でくろしおに乗って白浜へ。片道四時間は必要だった。

車内の息苦しさに耐えかねて、洋子はビュッフェのカウンターに行き、レモンスカッシュを注文し、窓ぎわに立ったまま真夏の紀伊水道を眺めた。水平線は陽の光によってできた蜃気楼でぼやけて見えた。特急・くろしおは夏休みということで満員状態で、自由席に座れなかった人々が通路やデッキにあふれている。すでにビールや酒を飲んで赤ら顔になり、いい気持ちの人たちがたくさんいた。乗客の多くは白浜駅で降りる観光客のはずだ。白浜を過ぎると乗客はガタッと減る。終着駅の新宮まで行く人たちは、まだ一時間以上この列車に揺られなければならない。

車窓からこうして紀伊水道を眺める度に、洋子はいつもさまざまな思いにとらわれる。三十年近く前、洋子がまだ生まれてもいないとき、父は遥かシベリアから南紀州をめざした。この紀伊水道の眺めを、父はどんな思いで見たのだろうか。それを思うと、知らずに涙で瞳が曇ってしまう。

洋子は、そのころの父の歳に自分も近づいていると思う。父も母も、青春は戦争によって奪われたといっていい。父が置かれていた環境からすれば、いまとは違って国家に反逆して生きることは考えられないことだと、洋子は思った。あの酷寒のシベリアで強制された重労働から、父が生きて帰って来れたのはほとんど奇跡に近いことだ。だとすると、いま自分が生をうけ、こうして生きているのも奇跡としか言いようがなかった。洋子は、父に会いたいと思った。会って、自分が新しい道に踏み出したことを話したかった。

日本共産党に入党したと話せば、父は何と言うだろうか。父には、公という共産党員の親友がいた。父が根っからの保守なら、公と親友ということは考えられない。そうだ、と洋子は思った。そうだ、公に会って、同志となったことを伝えよう。公はきっと喜んでくれるだろう。そして、父や公が体験した大陸での話を詳しく教えてもらおう。

特急・くろしおはカーブでは速度を落とし、ギシギシ、ギリギリと鉄が擦れあう鈍い音を立てて進んでいた。


生け垣の外から近づいてくる洋子の足音を聞きわけ、ジョンが大きな声で吠え出した。

「ジョン」

まだ姿が見えないところからそう大きく呼ぶと、ジョンはロープにつながれたままその場で跳びはねているらしい物音を立てている。洋子はいつもするように、ジョンのそばに行って顔を突き出して、ジョンが気のすむまで口や鼻、頬や瞼を好きなだけ舐めさせた。洋子の顔はジョンの唾液でべとべとになる。

「お帰り」

背後からお祖母ちゃんの声がした。

「あんたが来たらじきに分かるわ。こあにして喜ぶのあんたにだけやもんなあ、えらいもんやで」

「お祖母ちゃん、変わりない。どっこも悪なってないかあ」

「もう足腰が痛うてなあ」

「そうかあ、ムリしたらあかんでえ。お母ちゃんは」

「しのぶは畑に行った。洋子はスイカが好物やさかって採りに行ったわ」

「ああ、食べたいなあ、スイカ」

洋子は顔を洗い、ジョンを奥の林に連れ出した。ロープを首から外してやると、ジョンは勢いよく山の方に駆け出して行った。

山から戻り、風呂で汗を流して着がえをした。公の家に行こうと思ったのだ。

「ちょっと公ちゃんのおっちゃんとこへ行ってくる」

そう母に声をかけた。

「ええっ、また何の用よ」

母が訊いた。

「うん、ちょっと昔の大陸での話聞きたいんや」

「へえ。そらそうと、今朝、みさやんがあんたの好きなサイラ（サンマ）持ってたさかな、買うたんや。晩はサイラやで」

「わあ、うれしい。楽しみやわ」

そう言って、洋子は自転車にまたがった。

五分ほどで公の家に着いた。おばちゃんが玄関先で大根を洗っていた。誰が来たんだろうかとおばちゃんが顔を上げた。

「萩原の洋子です、こんにちは」

「まあー、なんと珍しいなあ、洋ちゃんかあ。あんた、それにしてもべっぴんさんになってからに、お母ちゃんの若いころによう似てきてから。ほいでも、あんたのほうがべっぴんやわ」

「おおきに、ようそあに言われるんです」

と洋子が笑って言うと、おばちゃんも大きな声で、アハハと笑った。

その笑い声を聞きつけて、家の中から公がステテコに上半身は裸の格好で出て来た。

「あんたっ、萩原の洋ちゃんやで、ちゃんと服着といで」

おばちゃんにそう言われて、公はまた家に飛び込んで行った。

「おっちゃん、ほんまにご無沙汰してます。お達者ですか」

「洋ちゃん、珍しいのお。それにしても、ええ娘さんになったなあ。いつ戻ったんなよ、家の人ら、変わりないか」

公はタバコを吸いながらそんなことを言った。どこもかしこも開け放たれた家で、心地よい風が土間を吹き抜けている。

「ところで洋ちゃん、あんたはまだ卒業と違うやろ」

「はい、まだ二回生です、小さい兄がそろそろ卒業ですけど、ちゃんと出れるかどうか分からんわ」

「あはは、そうかそうか」

「おっちゃん。あ、おばちゃんも聞いて欲しいんやけど、私、共産党に入ったんです」

公もおばちゃんも、一瞬、目を丸くして、言葉がなかった。

「ええっ、いま、何て言うたん」

と、公が聞き返した。

「そやさか、入党したんです、大学で」

「洋ちゃん、あんたが党に入ったんかあ」

「はい」

二人とも、信じられないという顔つきだった。

「信じられませんか」

洋子はそう言った。

「いやあ、あんまり急な話やさか、面食ろうたわ。入党てかあ、なあ」

と、公はおばちゃんの顔を見て同意を求めた。

「洋ちゃん、あんた、それほんまの話かあ」

洋子は思わず笑った。

「びっくりするやろうなあって、分かってました。私と共産党と結びつかんと思いますけど、そやけど、共産党員になるって話は、私はもう長いこと考えていたことなんです」

「長いことて、前々からそあなこと考えてたってことかあ。それは知らなんだなあ」

「家のもんも、だあれも知りません。おっちゃんとおばちゃんとは、まあ、同志になったんで話をしとこうって思ったんです。誰にも言わんといてください」

「そらもちろんやけど、いやあ、それにしてもびっくりしたなあ。あの萩原の家の子がなあ……。洋もお墓のなかで仰天してるやろなあ」

「ほんまやわ、洋ちゃん、あんたとこは昔からこの村の保守の中心やで。あんたのお祖父ちゃんなんかはどんだけアカを嫌ってたか、まあ、洋さんの代になってからは、ちょっと変わって来てたけどな、そいでもなあ、あの萩原の家から共産党が出たとはなあ、しかもそれが洋ちゃんやからなあ、まあ、世間はみな腰抜かすで、ほんまに」

おばちゃんもそんなことを言った。

「おっちゃん、それはそれとして胸に収めておいて欲しいんですけど、もう一つ、教えて欲しいことあるんです」

「もう一つて、何やあ」

「戦争中のことです。お父ちゃんが大陸でどんなことをしてたんか知りたいんです。何にも聞かんうちに亡くなってしもて、おっちゃんだったら、ある程度知ってるんと違うかなあって思うたさか」

「そうやなあ、あのころのことなあ、ようけあり過ぎるくらいあるなあ。そやけどな、話せんことて言うか、話をするには辛すぎることもようけあってなあ」

「おっちゃん、私、この春にパリに行ったんです。湯崎のジュヴィさんに連れて行ってもうたんやけど。向こうでサイゴン陥落のニュースを聞いたり、メーデーはパリのメーデーに参加したんやけど、ジュヴィさんのお父さんにナチス・ドイツがパリを占領したとき、どんなんだったか生の話を教えてもろたんです。そのときに、ジュヴィさんのお父さんが言うた、戦争は人間を動物にしてしまうって、その言葉が忘れられんね」

「動物にしてしまうてかあ、その通りやなあ。場合によっては動物以下かも知れんなあ。日本軍は、中国でドイツ軍と似たようなことをしたさかなあ。洋ちゃんの親父さんもな、満州ではたいがいひどいことをさせられた筈やしな。わしも最初はそうやったよ。そやけど、八路軍に捕まって、八路軍て知ってるか、そか知ってるか、八路軍に捕まってから人生が変わったけど、洋はシベリヤまで送られたさかなあ、あそこはまた、口では説明できんほどの惨めな暮らしやからなあ。寒さと飢えとでなあ。あいつが生きて帰ってこれたのが不思議なくらいやからなあ」

「お父ちゃんは、何にも言わんかったわ」

「そらな洋ちゃん、言わんのと違うて言えんのや。言えん気持ちはよう分かるよ。なんで自分だけ生き残ってふるさとに帰ってこれたんやろうって、みんな死んでいったのに、一人だけ生き延びて、後ろめとうてなあ。もう何十年も経ったけど、いまでも死んだ戦友が夢に出てくるときがあるんやて」

公は、しみじみと話した。

「ほんまに偶然やったんやけど、ばったり洋と出会うたときはびっくりしたよ。わしはそのときはもう八路軍に入ってたんやけどな、捕虜をまとめて収容所に送って行く仕事をさせられててな、洋は捕虜だったんや。そこでばったりやった。遠いから見たら、どっかで見たことある奴やなあって、誰やろなあって、よう見たら洋やった。お互いにびっくりして抱き合ったんやて。わしは八路軍に入ってたさかな、すぐには日本に戻れんかったけど、洋がはよ帰れるように手続きして、ほいで列車に乗せたんやけどな。洋は真っすぐに帰れんとシベリヤで苦労したんや」

かれこれ二時間近く、洋子は公の家で話を聞き、家に戻った。

サイラを焼くいい匂いが庭に漂っている。京都に行って、洋子は白浜の方言で笑われることが何度もあったが、このサイラもそうだった。本来はサンマということを、洋子は知らなかったのだ。「サイラって何」と訊かれることがあり、本名はサンマと呼ばれていることを知った。

「お母ちゃん、公ちゃんのおっちゃんも歳行ったなあ。頭、真っ白やもんなあ」

「そうやなあ、いつの間にか真っ白になってしもうたなあ。お父ちゃんより一つ上やったはずや。若い時分から仲は良かったみたいやけど、そやけど、あがに親友になるて思わんかったけどなあ」

「若い時分て、十代のころかあ」

「うん、十五、六のころやけどな、二人とも石山に行き出してなあ。ようちの家の横を通って行きやったわ」

「なあお母ちゃん、どっちが先に声をかけたん、お父ちゃんか、お母ちゃんか」

「ええ、そがなこと、あんた、もう忘れたわ」

「うそっ。忘れるはずないやん。なあ。お祖母ちゃん」

お祖母ちゃんはさっきから枝豆をむしりながら、二人のやりとりを聞いていた。

「さあ、わしも知らんなあ……。あるときな、洋に手紙が来たんや。で、差出人を見たら大阪に奉公に行ってる柊しのぶちゃんからやった。そのとき、初めて分かったんやて。手紙ら来るって、その時分には特別な間柄としか考えられんしな。そやさかな、どっちが先かっていうたら、わしはしのぶちゃんの方が先に好きになったんやて思うわ」

「そうなんか、お母ちゃん」

「さあ、どうやったかなあ」

「あがなこと言うてからに」

と、お祖母ちゃんはそう言って笑った。洋子も笑った。母も笑っていた。

翌日、洋子は朝からバスで湯崎の旅館に行った。カウンターにジュヴィがいた。

「ジュヴィさん、こんにちは。その節はほんまにお世話になりました」

洋子は頭を下げた。

「ああ、洋ちゃん、久しぶり。いつ戻ったん」

「昨日です、おっちゃんは」

「ああ、ちょっと用事で旅館組合の事務所へ行ってるわ。それより洋ちゃん、洋ちゃんが日本に戻ってからの話やけどな、ミレーユの職場で洋ちゃんの話でもちきりやったんやてえ。ほら、大勢メーデーに来てて、そいで洋ちゃんを見たからなんやて。ミレーユは質問攻めにおうたんやて。あの東洋人は、いったいどこの誰かって。えらい人気だったらしいで」

「へえー、それはまたうれしい話やわ」

「ジャンもな、絶対に白浜に行くって言うてたわ」

「ジャンが来たら、京都や白浜やて忙しなりそうやなあ。ジュヴィさん、ちょっと海に行っていいかなあ、バイも獲りたいし」

「行っといでよ。あの人もお昼には帰ってるやろし。もうここから水着で海に降りたほうが世話ないよ。外は水着の人らばっかりやろ」

「はい、そうします」

洋子は奥の居間で今年買った紺一色のワンピースの水着に着がえて居間を出た。

「わー、やっぱり洋ちゃんやなあ、似合ってるわ、みなふり返るなあ」

「おおきに、行ってきます」

そう言って外に出た。

麦わら帽子をかぶってはいたが、陽ざしが白い肌を射した。浜通りに出ると、ジュヴィが言うように、道行く人たちが洋子を見た。

郵便局の前を通り、トンネルを抜け、土産物の高砂屋を過ぎてしばらくして、洋子は左に折れて岩場から海に入った。陽の光を受けて、岩礁の途切れたところに広がる砂が白く輝いていた。水深五、六メートル辺りまで来るとバイ貝があった。それを確認しておいて、洋子はまずは泳ごうと沖に出た。波が少しあるが、今日は水かき足を付けていたので楽に進む。冷たい海水が肌を愛撫してくれるかのような、この感覚が洋子は好きだった。時折り大きな魚が素早く通り過ぎるのが見える。岩場の周辺には色鮮やかな小さな魚たちが群れていたりする。岸から遠く離れると、海水がいっそう冷たくなった。水深はどれくらいだろうか。底がかすんで見えにくいから十メートルくらいだろうか。洋子はゆっくりと泳ぎながら、海底がはっきりと見える辺りまで戻り、足首に括りつけてあったバイを入れるネット袋を外し、それから潜って獲りはじめた。持っていったネット袋は三つで、一つのネットに十個ほどのバイを詰め、三袋がすぐにいっぱいになった。旅館に戻って、ジュヴィに二袋を渡し、お客さんの夕食に使ってと言った。

「洋ちゃん、お帰り。バイ、おおきにやで」

耕治が出てきて言った。

「ああ、おっちゃん、ご無沙汰です、その折りは、ほんまにありがとうございました」

洋子は頭を下げた。

「他人行儀なこと言わんと。シャワーしといでよ、昼ご飯食べよら。わしらもこいから食べるとこやさか」

美味しい昼食だった。

オムライスに入っていたのは地鶏肉で、サラダはキュウリとレタス、トマト、ピーマンがミックスされていた。それにワカメと小エビのスープ。

「オムライスもこのスープもめっちゃ美味しい。この鳥肉の味、最高」

「ああ、地鶏だけ別に味つけしてるからなあ、だからうまいやろ」

「このスープは誰の作品なん」

洋子はスープを飲みながら訊いた。

「私」

ジュヴィが答えた。

「ワカメだけでも十分ええ味になるんやけどな、小エビを入れるとまたひと味違うねん」

「ちょっとピリっとしてて、ほんまに美味しいわ。これ、お客さんに出すと喜ばれるわ」

「生姜とそれにちょっとだけやけどニンニクを入れてるん。ええやろ」

ジュヴィが説明してくれた。

「洋ちゃん、卒業してすることなかったら、ここで旅館のあと継いでくれたらええでえ」

と、耕治が突拍子もないことをポツリと言った。

「うん、それ、私も大賛成やわ」

今度はジュヴィまでがそう言った。

「ええっ……、私にそんな能力ないわ」

洋子はとんでもないという顔で言った。

「何言うてる。ずっと洋ちゃんを見てての話や。任せたらあかんやろなって人にはこあな話しいへんで。ちゃんと考えた上でのことやで」

耕治がそう言った。

「あはは、これはえらいことになってきたなあ」

「洋ちゃんなあ、わしは萩原を継いだ人間やないからな、口出しはせんけど、そいでも萩原の家は自分のルーツやしな、兄貴が死んだし色々と考えるんや。そういうことをあれこれと考えたうえでの、いまの話やさかな、冗談で言うてるんと違うんやで」

耕治が真面目に言うので、洋子も真面目に言おうと答えた。

「おおきに。小さい兄とも相談してるんです。遅かれ早かれ萩原の家にどっちかが帰らなあかんようになるさかって。それも遠い先の話ではないと思うし。まだ結論が出てるわけと違うんですけどね。ときが来たら、おっちゃんとジュヴィさんにも相談させてもらいますんで、その折りにはお願いします」


（第五部・一九七五年・春　終）

第六部・別れ

（五十六）

　御所の砂利道を自転車で通る人は多い。北側には同志社大学があり、東側には立命館大学や府立医科大学などがあり、学生たちの往来やベンチでの語らいなどは日常の風景だ。

　洋子は、東西にそこを横切りながら、この公園のそこここに秋のトンボが飛び散らっているのを見た。空にはさえぎる雲もなく、直に陽光を受けた白っぽい砂利がはね返してくる空気は熱いが、もう秋がそこまで来ているのだと思った。

　文学部の党支部は、夏休みでメンバーの多数は帰省していたが、盆が終わると次々と京都に戻って来た。盆を前後する一週間は支部も休みだったが、盆が過ぎ「毎日結集」の態勢が復活した。支部長や「ＬＣ」と呼ばれる支部委員会のメンバーが交代でセンターに詰めていた。

「こんにちは」

　そう言いながら、洋子は存心館一階の広いルームに入って行った。長テーブルを三つくっ付けて並べた向こう側に、髪の短い上級生が座っていた。この男子学生は眼鏡をかけている。何かの本を読んでいたようだ。広いルームの別の場所では経済学部や法学部の党支部も同じように「結集」をとっていた。

「おお萩原、戻ったんかあ」

　眼鏡の上級生、名前は小椋というのだが、声をかけてきた。四回生の党員のなかでも理論派ということで定評がある人物だった。四回生なので日ごろはあまり顔を合わすことがない人で、ほとんど話をしたことがない。

「はい。特に何か連絡事項はありますか」

　洋子は尋ねた。

「いっこあるんや」

「はい、何ですか」

「萩原は田舎に帰る前に、新入党の教育を受けたんやろ」

「はい、受けました」

「どうだった、面白かったか」

「二時間足らずですし、綱領と規約の概略を話してくれたって感じでした。詳しくは自分で勉強せなあかんって思ってます」

「そうやな、それが一番ええわ。そいでや、秋に講師資格試験があるやろ……ええっ、聞いてないてか」

小椋は舌打ちをした。

「講師資格試験っていうて、党中央が全国規模で実施する試験なんや。これ」

そう言って、小椋はB５大のチラシを差し出した。

「初級と中級があるんですね……」

チラシに眺めながら洋子が言った。

「萩原は新入党やからな、まずは初級の試験を受けてくれへんかなあ」

「ええっ、試験ですか。これって、党員の義務ですか」

「違う違う、義務やないで、自主的なもんや。まあ勉強の一環やな。自分の理解が正確なもんか、それともあやふやなんか、それが分かるわ」

「共産党に試験があるって、何にも知りませんでした。何か、試験って嫌やなあ、受けません」

「ははは、確かになあ、試験っていう名前がついてるからなあ。要は、理解度を確認するもんでな、まあこれも真理の探究の一つや」

小椋のその言葉に洋子の気持ちが反応した。

「真理の探究……ですか」

「まあ、そうやと思うで。マルクス・レーニン主義の学説は科学やろ、これ、新入党教育で勉強せんかったかあ」

「唯研で一年がかりで経験批判論をみっちり勉強したんで、それは分かっているつもりです」

「おお、そうか萩原は唯研やったなあ。それならなおさらやわ。初級と一緒に中級の哲学も受けたらええわ」

初級の科目は綱領と規約だけだが、中級の試験科目は七つの分野に分かれていた。そのなかには経済学や哲学の科目も含まれていた。洋子は、何を受けるかよく考えて申し込むと小椋に言い、その場を離れた。

洋子は不思議だった。日本共産党は、政治の革新、そして革命をめざして活動している政党だ。だから、色んな選挙で候補者を立てて頑張っている。だが、他方では経済学や哲学、あるいは社会主義の学説をテーマにして講師試験を実施している。思想を根底に持っている集団だから、思想をもたない政党と比較できないが、すごい集団だと思うのだった。こんな党は、日本では他にないし、世界の共産党を探してもないだろう。

夜、由紀に講師資格試験の話をすると、私は試験なんか受けたくないから、いままで受けたことがないと言った。

「そやけど、あんたが受けるって言うんなら、先輩党員として付き合ったるわ」

「えっ、受けるん」

「あんた一人だけ受けさせるのかわいそうやもん」

「うん、じゃ、一緒に受けようか」

「小椋さんが中級の哲学も受けたらええって」

「そら、あの人は勉強好きな人やからな、そんなこと簡単に言うけど、だいぶ勉強せなあかんでえ」

「そやなあ、入党したばっかりやのになあ。いくら唯研で勉強してても、試験ってなったらまた別やなあ」

「去年な、一回生でも初級を大勢受けたけど、合格したのは三分の二くらいやったわ」

「そうなん、何か面白そう」

「そうかあ、面倒くさいわ」

結局、二人で初級だけ受験しようという結論になった。洋子の哲学は来年にまわした。


黒沢から電話があり、洋子は枚方の実家に足を運んだ。黒沢のお母さんも洋子に会いたいと言っているとのことで、それなら家にお邪魔するということにしたのだ。

話があるからと黒沢が言うので、家に行く前に駅前の喫茶店に入った。黒沢は散髪をしたらしく、短い髪になっていて、それが日焼けした顔を精悍な感じにしていた。

「由紀ちゃんがな、黒沢さんはマックィーンに似てるって言うてたで」

テーブルを挟んで向かい合ってから洋子がそう言った。

「それはまた嬉しいなあ。辛いなあ、色男は」

黒沢は、自分で言って自分で笑った。

「マックィーンやて、悪い気しいへんやろ」

黒沢は笑った。

「話ってなんですか」

洋子は少し改まって訊いた。

「うん、もう一回、ベトナムとカンボジアに行こうと思ってるんや」

黒沢は、注文したコーヒーを一口飲んでからそう言った。

「ええっ、またあ」

洋子はそれ以外言えなかった。

「西山さんと話して、二人でまた行こうって」

もう行かんといてと、洋子は喉まで出かかっていたが言わなかった。言っても無駄だと分かっていたからだ。黒沢は、それを口にするときには、もう決まってしまっているのだった。現下のインドシナ半島の複雑な情勢は、洋子も関心があるから注意深く新聞報道を見て知っていた。

「いつから、どれくらいの間なん」

洋子が訊いた。

「秋に行く予定。雨季が十月の下旬に終わるからな、その辺り。帰りはまだ決めてないけど、多分、数ヶ月は向こうにいてる」

「そうなん」

洋子は、胸にキューっとした痛みがこみ上げてきた。目に涙が滲んだ。

「洋子……」

黒沢は、洋子の涙を見て、驚いてつぶやいたが、次のことばが出ない様子だった。

「ごめんな、行くなって顔に書いてるけど、こればっかりはなあ……」

「分かってるよ。分かってるけど……」

二人とも、少し無言だった。

「ベトナムから入るん」

「うん、サイゴンから。まずそこへ行って、メコン川を渡ってカンボジアに入るつもり」

「危ないところなん」

「ベトナムはもう落ち着いてるからなあ、サイゴンからだったらプノンペンも近いしな。でもまあ、国境の辺りは安全とは言えんけどな、危ないときにはベトナムに走って戻れるから」

「いま記者とかカメラマンとか、だいぶ行ってるん」

「西山さんの話では、国境近くの街には二十人ほどの外国人ジャーナリストが滞在してるって話やったなあ」

洋子は、それだけの人々が行動を共にしているのなら、きっと大丈夫だろうと思いたかった。

「記者やカメラマンは大体はみんな顔見知りなん」

「会社所属が半分、フリーが半分ってとこやなあ。でも、夜はだいたい飲み屋で顔を合わすなあ。そこで一緒に飲んで、情報交換するんやな。そやからほとんど顔見知りになる」

「撮した写真とか、西山さんみたいな記者が書いた記事とか、どうやったらおカネになるん」

「ああ、それはなあ、俺でいうとな、撮った写真のなかで、これはカネになるって思うのをＵＰＩとかＡＦＰとかの支社に持ち込むわけ。そして、向こうが気に入ってくれたら一枚いくらでって、そういう風にして買ってくれるんやな。それが世界中のテレビや新聞に出る。ただし、ＵＰＩとかＡＦＰのものとして出るわけやけどな」

「それを一人でするのって、ほんまに危ないいん違うん」

洋子は、現地を走り回る黒沢を想像して言った。

「フリーでやってる連中は、給料はない、だから年金もかけてない、退職金もない、何の保証もない一匹狼みたいなもんでな、おまけに危ない地域やしな。そやけど、そういうとこでしか撮れんもんがあるからなあ。これは絶対に世界に発信せなあかんって、この気持ち、分かるかなあ」

「……」

洋子は何も言わなかった。命がけでやっている相手を前に、何を言っていいのかが分からなかった。そんな洋子の気持ちを察知したのか、黒沢はそんなに心配しなくてもいいよという感じで言った。

「向こうで暮らしてたら毎日色んなことがあるけど、みんな人はええよ。困るのは英語が通じないときやなあ。手振り身振りで、そらへとへとになるわ。そやけど、困ってたら助けてくれるし、腹が減ってたら何かくれるし、カンボジア人は人がええんやて」

「やっぱり違うん、ベトナム人とラオス人とカンボジア人と、みな特徴があるん」

「そりゃ違うわ。大阪人と京都人と違うやろ、それと同じや、やっぱりお国柄はあるなあ。ベトナムとかカンボジアにいてるとな、ひと昔前の日本の農村風景とおんなじでな、牛で田んぼを耕してるし、ボロ着の子どもたちが遊びまわってるし、夜になったら星がきれいでなあ……。そや、南十字星って見たことないやろ。英語でサザンクロスって言うけどな、真っ暗な夜に見る南十字星は、それはええよ」

「ふうん……そやけど、食べるもんとか、ちゃんとあるん」

「ホテルにいるときはちゃんと食べられるよ。ホテルは一ヶ月五千円で契約してるけど、そこの家族と仲良しになるし、食事も出してくれる」

「ああね、親切にしてくれるんやね」

「うん。その親切ってことやけどな、日本でいう親切とはまた違うんや。ほんまの親切なんや。て言うても分からんやろうなあ。レベルが違うんやなあ。純朴っていうか、親切そのものっていうか、人間の出来が違うんや、毒されてないなあ。日本人はな、日本に暮らしてたら分からんと思う。やっぱり資本主義に浸かって生きてるから分からんけど、あっちはそれがない。資本主義に毒されてないんやて」

「そうなんかあ、いっぺん行ってみたいなあ。天使の住む国なんやね。プノンペンとサイゴンって、メコン川を挟んで割と近い距離なん」

「うん、近いなあ。どうやろ、およそ二百キロくらいかなあ。メコン川を渡って、国道一号線があるんやな。で、東へ行ったら小さな町があるんやけど、もう南ベトナムとの国境が目と鼻の先やった」

「その辺はまったくの農村地帯なん」

「うん、農村ばっかり。高い山とかはないしな、日本ではああいう風景はなかなかないなあ。和歌山なんかは、高い山があって、降りてきたらすぐ海やろ。平野部はちょこっとあるだけ。あっちは、平野部が広いよ」

「そんなとこへ、フランスもアメリカも侵略して行って、人々の暮らしを無茶苦茶にしたんやもんなあ」

洋子は苦々しく言った。

黒沢は、そう言う洋子を見ながら言った。

「西洋文化とか文明とか、偉そうに言うけどな、それのどこが勝《まさ》ってるわけ。向こうに行ってみたら実感した。インドシナっていうてもな、ラオスにはラオスの、ベトナムにはベトナムの、カンボジアにはカンボジアの文明があるわけや。それを武力で踏みつけにして自分らの都合のええようにするって、ほんまに野蛮やで。戦前の日本が大東亜共栄圏とかいうてな、日本の勝手な理屈をアジアに押しつけて無茶苦茶したやろ、あれとまったく同じやて。あそこで築かれてきた文明とか文化とか、ほんまに貴重やと思う。それを踏みにじっている連中を世界に告発したいんや」

洋子は、黒沢の瞳を見つめながら、その声を聞いていた。

「まあまあ、洋子さん、ようお越し」

黒沢のお母さんは笑顔で洋子を迎えてくれた。自分の来訪を心待ちにしてくれているのが、手に取るように洋子に伝わってきた。

「また一緒にご飯を食べたかってん。洋子さんも忙しいのに、わざわざ来てもろうてごめんやで」

「ううん、私もお母さんに会うの楽しみにしてたんです。晩ごはん、何を作るんですか」

「拓も食べたいって言うさかい、すき焼きにしようかなあて、洋子さん、すき焼きでええか」

「わあ、大好物です。手伝いますんで、何でも言うてください」

お母さんが買ってきていたのは上等の牛肉だった。

「なあ洋子さん、この子はまたカンボジアに行くて言うてるんやで」

「はい、聞きました」

「好きな道やさかい仕方ないいんやけど、心配でなあ」

「私も出来たら行かんといてほしいんですけど、この人は言うこと聞いてくれません」

当の黒沢本人は、何も言わずに笑顔でビールを飲んでいる。

「そいでもな洋子さん、この子を見てたら、やっぱり父親の血を引いてるなあって思うねん」

「例えばどういうところですか」

「外見はもちろんやけどな、これをするっていうたら突き進んでいくやろ。一緒やねん、この子の父親と」

「血筋とか、血は争えんとかよう言いますけど、そんな風にして引き継がれて行くんでしょうか」

「難しい学問的なことは知らんけど、多分そうなんやろうねえ」

黒沢が勧めると、じゃ一杯だけと言ってお母さんもビールを飲んだ。

「あのなあ、洋子さんが拓の嫁さんになってくれて、こないして一緒にご飯食べたりするのが、近ごろのうちの夢なんや」

小さなグラス一杯のビールに酔いがきたのか、お母さんはそんなことを言った。洋子は返答に困ったが、そんな風に言われたら嬉しいですと言って、ちらりと黒沢を見た。いつになく、本人のいる前でそんなことを吐露した母親を、黒沢は微笑みながら見ていた。

二階の黒沢の部屋は六畳間だった。彼のベッドはシングルだったので、洋子は別に布団を敷いてもらい寝ることになった。

「なんで、私はあなたのようなアブノーマルな男を好きになったんやろうね」

と、布団に入ってからつぶやいた。

「なんや、そのアブノーマルって」

黒沢は笑いながら訊いた。

「だってな、普通の、堅気のサラリーマンやないやろ。カメラマンって、写真で一発当てたるわっていうことやん。ヤクザな商売やわ」

「なるほど、まあ、確かにそういう風に言うとそうかも知れんなあ」

この人は、果たして生きて帰って来るんだろうか、そんな思いが胸に迫ったが、洋子はそれを口にはしなかった。

「向こうに持って行くおカネはあるん」

「ああ、十分とは言えんけど、まあ、なんとかなると思う」

そう言いながら、黒沢はベッドから降りて洋子の布団に入って来た。洋子も腕を広げて彼の首を抱きしめた。階下は物音ひとつしていない。お母さんも眠ったのだろう。

（五十七）

祖母のさよの死を、洋子は母からの早朝の電話で知らされた。

黒沢が相棒の西島とカンボジアに発って数日後のことだった。東京の和一兄さんにも、大阪の節乃姉さんにも知らせたから、良介にはあんたから伝えてと母は言った。

今朝、お祖母ちゃんはいつものように朝早く起きてこなかったらしい。夕べ、ちょっと咳があって、風邪を引いたみたいやと言っていたので、ゆっくり寝てたらいいわと思い、母は声をかけずにいたんだという。六時半に離れの部屋に行ってみると、お祖母ちゃんはもう息をせず、静かな寝姿で死んでいたとのことだった。母は、すぐに耕治のおっちゃんを呼び、それから子どもたちに連絡したと言った。洋子はすぐ帰ると母に言い、良介に電話を入れた。それから由紀の部屋に行き、バイト先や党支部への連絡を頼んだ。由紀は快諾してくれ、はよ帰ってあげたほうがええわと言ってくれた。

車窓から有田地方の山々が見える。色づきはじめたミカン畑が目にまぶしい。

祖母のさよは明治の中ごろに生まれ、八十五年を生きた。洋子がまだ三つか四つのころ、曽お祖母ちゃんがまだ元気で、家中の者が野良仕事に出ているとき、よく背中におんぶしてもらった記憶がある。

「お日天《にってん》さん、あーと」

そう幼い洋子の耳には聞こえた。冬の日だったんだろう。陽だまりを見つけては、そこで日向ぼっこをしてくれたのだ。その曽お祖母ちゃんは、九十幾つかで死んだのだが、江戸時代の生まれだった。当時、つまり昭和三十年代の初め、曽お祖母ちゃんの埋葬は土葬だった。丸い棺に膝を曲げた曽お祖母ちゃんを入れて蓋を閉じ、近所の人たちが棺をオコで担いで墓まで行った。そしてそれを近所の人たちが掘った穴にすっぽりと降ろし、上から土をかけていたのを、洋子はいまでも鮮明に覚えていた。

洋子は、萩原家の連綿とした歴史を思わざるを得なかった。萩原の菩提寺。聖福寺はさほど遠くない向いの山の上にあった。幼いころ、洋子は、お宮さんの山は萩原家が寄付したこと、お寺の山も建築用の木材も萩原家の山林から寄付して建てたんだと、よくお祖母ちゃんから聞かされていた。

聖福寺には洋子が見ても分からないくらい、萩原家の墓がいくつもある。仏壇の奥にしまってある和紙に記されている萩原家の系図では、初代の萩原の当主は関ケ原の戦いの少し前に萩原家を開いたとなっていた。

洋子は、曽お祖母ちゃんにしても、お祖母ちゃんにしても、夫が若くして死んだあと、苦労して田んぼと畑を作ってきたのだと、その信じ難いような労働の日々を思うのだった。田も畑も最初からその姿であるわけではない。一体、どれほどの労働がそこに費やされて一枚の水田ができるのか、気の遠くなるような自然との格闘の日々だったに違いないと思うのであった。

南紀州一帯の苗代《なわしろ》が短冊《たんざく》苗代になったのは明治時代の終わりごろのことだ。それまでの苗代づくりは、畝を作ってその上に種籾《たねもみ》を適当にばら撒くやり方だった。短冊苗代は、幅九十センチほどの畝をつくり、それに種籾を撒く。これにより畝の両側から手が届き、稲の大敵である二化螟虫《にかめいちゅう》という微細な虫を苗代の段階で駆除できるようになったのだ。

萩原の家には、近年になって普及した耕運機がなかった。分家して行った家にも、農地解放で萩原家の田んぼを譲り受けた家でもほとんどが耕運機の時代だったが、父・洋は子ども二人を大学に行かせたため、耕運機など高価なものには手が出せなかった。父がいなくなり、母は牛を手放し、親戚の耕運機に頼っている。

いったい、何ということだろうと洋子は思った。洋子が生け垣の外で、帰って来たよと足音を立ててもジョンは吠えなかった。洋子の姿を見て激しく尾っぽを振ってはいるものの、明らかにいつもとは違った反応だった。それほどに萩原家の事態の重さを、ジョンも理解しているということなのか。

「お母ちゃん、ジョンがいっこも吠えん」

「そうやて、お祖母ちゃんが死んでからぶーしー（寂しく、の意）してるんや。えらいもんやなあ」

ジョンはジョンで喪に服しているのだろうと、洋子はそう思った。

節乃姉ちゃんは先に着いていた。良介も夕刻前に来た。和一兄さんは、明日の朝、飛行機で白浜空港に着くとのことだった。お祖母ちゃんの死を聞いて弔問にやってくる人が後を絶たなかった。洋子のよく知らない年配の人たちもいた。母が弔問客の対応などで忙しくしているので、台所は節乃姉さんと洋子が受け持った。お寺の住職や葬儀屋さんとの対応は耕治がやってくれた。

弔問客の多くは、前の日まで元気に過ごし、老衰により眠るように逝ったお祖母ちゃんは幸せだったと言った。洋子がこれまでに家族の死を経験したのは、曽お祖母ちゃん、父、そして今回のお祖母ちゃんの三人だ。洋子は、時代が移り変わってゆくのを感じていた。

いまの萩原家の家屋は明治時代に建てられたものだと聞かされていた。約百年が過ぎた木造平屋の家屋だが、しっかりとしていた。家の真ん中にある大黒柱は直径が四十センチ近くある正方形、天井の中央を横に走っている梁《はり》は厚さ三十センチ、幅四十センチの長方形だった。昔の農家の造りで、どこもかしこも黒光りしていた。

さよが萩原の家に嫁いできたのは「米騒動」が全国に広がった一九一八年だった。当時、第一次世界大戦による好景気で、工業生産が加速し、日本の社会に労働者や都市の住民が増えていた。農村を離れる人が増え、米の生産量も減っていた。一方で、養蚕などで収入の増えた農家が、それまでの麦やひえの代わりに米を食べるようになり、米の需要は増えていた。米の価格があがり、売り惜しみや買い占めが発生した。

このとき、日本はロシア革命に対する干渉戦争に乗り出し、イギリスやアメリカ、フランス、イタリアなどとともに「革命軍によって囚われたチェコの軍隊を救出する」という名目のもと出兵を実行した。この情報をいち早く入手した商人たちは、戦争特需による物価の高騰を見込んで売り惜しみをさらに加速させた。

この時代の日本では、まだ肉や魚などの摂取量は少なく、食生活は米が中心だった。なかでも肉体労働者の場合、一日に約一升の米を消費した。当然、米の価格の高騰は家計を直撃した。米の値段はそれまでの二倍に上がった。都市の労働者の平均月収が二十円で、米百升が三十円にはね上がり、人々の家計を圧迫した。

米騒動は富山県で起こり、またたく間に全国に広がった。最終的には数百万人規模になり、打ちこわしや放火など過激化していった。打ちこわし騒動は隣の田辺町でもあったが、幸いにして西富田村では起こらなかった。

さよは貧しい漁師の娘として育ったせいか、海辺の労働で鍛えられていた。また、幼いときから食生活も魚介類が多く、農家のそれとは違っていた。しかし、若いさよは農家の労働にもすぐに慣れ、生来の強い体躯で良作の農作業を支えてきた。特に、良作が空襲の直撃を受けて死んでからの長い年月、息子たちの成長を心の頼りに生きて来た。戦争に負けてからも長男の洋も、次男の耕治も連絡がなく、大陸にいるであろう息子たちの安否を思わない日は一日とてなかった。

洋がシベリアから戻り、わが子の元気な姿を見たとき、これほど生きていた喜びを感じたことはなかった。続いて耕治も帰ってきて、さよの喜びは言葉では表せないほど深く大きかった。

洋子は、お祖母ちゃんの生涯に思いを馳せていた。お祖母ちゃんの青春時代は明治の終わりごろだ。洋子には、明治がどんな時代だったのか想像がつかなかった。

こんなことがあった。

萩原家の床の間の座敷には、この村ではどこの家でもそうであったが、天皇の写真が飾ってあった。大学から帰省したあるとき、洋子は仏壇にお経をあげていた祖母に言った。

「お祖母ちゃん、この天皇の写真、要らんやろ、外してもええか」

「洋子、何言やんな。天皇様の写真ら触ったらバチ当たるわ」

洋子は引き下がらなかった。

「そやけどお祖母ちゃん、戦争でみんなを苦しめた張本人やで。そあな人を飾ってたらあかんわ」

「そあな難しいこと、わしには分からんけどな、天皇様をけなすようなこと言うたらバチ当たるでえ」

「お祖母ちゃん、何言やんの。ちっとも難しいことと違うで。戦争をはじめたのはこの人なんやで、お祖母ちゃんも知ってるやろ」

「そうかも知れんけどな、それとこれとはまた別や。仮にも天皇様や、とにかく、その写真は触ったらあかん」

洋子は、天皇制はお祖母ちゃんの骨の髄までしみ込んでいるんだなと、その時初めて実感した。洋子は、そのときはそれ以上お祖母ちゃんに反論はしなかった。

その天皇の写真の額の縁には埃が積もっていた。洋子は椅子に上り、埃が飛ばないように額を外した。

「そい、外すんか」

と、いつの間に来たのか、後から母親のしのぶが言った。

「うん、お祖母ちゃんには悪いけどな」

と洋子は言った。

「外いたらええわ、もうそあな時代とちがうわ」

そう母は言った。

洋子は、額を持って庭の水道のところに行き、それを水できれいに洗った。洋子は、「そうや、お父ちゃんとお祖母ちゃんの写真を入れて飾っとこう」とつぶやき、また家に戻っていった。

萩原の家は母ひとりになった。

葬式も終え、洋子としのぶとが台所で片づけをしていた。

「お母ちゃん、一人になってしもうたけど、こいからどうするん。こうしてほしいって、何か私らに注文があったら言うてよ」

洋子は、母にそう言った。

母は、しばらく何も言わなかったが、それから自分に言い聞かすかのように言った。

「どうなるんかなあ、私にも分からんわ。この広い家に一人て、なっとうしたらええんかなあ。あんたら、て言うてもなあ、実際にはあんたと良介とやけど、よう相談しててな」

母の声は、不安な気持ちがよく表れているような細い声だった。母はまた言葉を次いだ。

「あんたは耕治さんが卒業まで面倒見てくれるさか何の心配もないけど、良介はどうするか。まあ、卒業まであとちょっとやさか、お金のことは何とかなるけど、戻って来てくれるんかどうか……」

「問題はそれやなあ。私、兄とゆっくり話するわ」

「そうしてよ」

と母は言った。


耕治は、お祖母ちゃんの葬儀を事実上取り仕切ってくれた。それに、この家の主である母より出しゃばらないようにとの配慮があった。洋子はその様子をそばで見ながら、ほんとに耕治に感謝した。派手な葬儀にはしなかったが、それでも通夜から初七日の法要が終わるまで、常ではない費用がかさんだ。母の話では、その費用の半分余りは耕治が持ってくれたらしい。母は、そこまでしてもらうわけに行かないからと断ったが、耕治は兄貴はおらんのやし、息子のわしがカネを出すのに何の不思議があるもんかと、取り合ってくれなかったとのことだった。洋子は耕治の気の遣い方を、いまさらながらありがたいと思った。


千本中立売のアパートに戻った夜、由紀が部屋に来た。

「大変やったなあ。田舎はお母さんの一人暮らしになったんかあ、心配やなあ」

「うん、でもまあ、まだお母ちゃんは元気やからなあ、いますぐどうこうってないけどな」

「そか、元気ならええけどよ。あんなあ、きのう、講師試験の予備学習会があったんや。これがその資料。これをやっといたら答案は書けるて」

「わあ、ごめんな、助かるわ」

「ええてええて、その代わりと言うたら何やけど、中華の店に行かへんか。何かなあビール飲みたい気分やねん」

「ビールかあ、ええわ、資料ももろたしビールくらい奢ったるわ」

「いらっしゃい。おお、きれいどこが二人お揃いやなあ」

二人が店に入ると主人が声をかけてきた。

「何かなあ、ここでビールを飲みとなってん」

由紀が言った。

「おお、嬉しいこと言うてくれるなあ。ほいじゃ、お二人さんにビール一本サービスや」

「おお、待ってましたあ」

と由紀が言って、二人で拍手を鳴らした。

主人が運んできたビールをグラスに注ぎながら由紀が言った。

「なあなあ、ちょっと話あんね」

「うん、何」

「あのな……言いにくいなあ」

「何よ、珍しいこと言うなあ」

「園部さんにキスされたんや」

「ええっ、園部さんって、あの四回生の」

「うん、あの園部さん」

「いつからそんな仲なんよ」

「違うんやて、勝手にしてきたんやて」

「勝手にって、ちゃんと説明しよし」

由紀の話はこうだった。

先日の二回生班の会議に、中央委員会総会決定の説明に講師としてやってきたのが園部だった。この種の説明会には、よく支部長か支部委員の誰かが顔を見せて話をしてくれるが、その日は園部だった。会議の終了時間が少し延びて、終わったころはもう暗くなっていた。帰る方向も同じ、自転車で帰るのも同じということで、由紀と園部は揃って御所のなかに入ったという。

途中、自販機で何かを買うと園部が北へ方向を変えた。由紀もそれに従って、自販機前のベンチに並んで座って缶コーヒーを飲んだ。辺りに人が途絶え、「なあ」と言う園部の声に由紀がふり向いた。そのとき、いきなり躰を抱かれキスをされたんだという。

「ほんで、どうしたん」

「どうもこうもないわ、恥ずかしいし、わけ分からんし、何も言えんかったわ。なあ、どないしたらええん」

珍しく由紀が狼狽している。

「へえ、園部さんがなあ、知らんかったなあ」

「知らんかったて、何がよお」

「何がて、園部さんは由紀ちゃんが好きなんやろ」

「そやろか」

「そやろかて、気持ちがあるからキスしてきたんやろ」

「そやろか」

「あんなあ、その時の空気とか、態度とかで分かるやろ」

「そんなこと言うても、いきなりやもん」

「そうやろうけど、そいでも分かるやろ、じゃれてしに来たんか、その気があってしたんかくらい」

「ええ、そんなこと考える余裕なかったわあ」

由紀はほんとうに困っている様子だ。

「由紀ちゃん、あんたなあ、日ごろの口の割には純やなあ」

「純やよ、純にきまってるやろ。なあ、どうしたらええんかなあ」

洋子は、人は見かけによらんとつくづく思った。由紀は十八歳の誕生日に入党して、活動家としては先輩でいろんな知識があり、いつも教えられることが多い。当然、異性関係もそこそこ経験しているに違いないと、洋子は前々からそう思い込んでいたのだ。それが園部という上級生にいきなりキスされたことでこの慌てようだ。洋子にはそのギャップがおかしくもあり、可愛くもあった。

「どうもせんでええわ、しばらく放っといたらええて」

「あんたなあ、他人事やと思うて簡単に言うけどなあ……」

「簡単にら言うてないで。考えたうえで言うてるんやで。様子見たらええて、必ず向こうから何か言うてくるから、間違いないさか」

「ほんまにほんま」

「うん、ほんま。この間はごめんとか、付き合ってくれとか、何か言うてくるよ」

「そうかあ、あんたに話してよかった。どないしようかて思うててん。洋ちゃん、あんたすごいなあ。男の心理、分かるん」

「心理て、そあな大袈裟なことと違うわ」

「何か、急にあんたが頼もしなってきたわ」

「いまごろかよ」

そう洋子が言うと、やっと由紀が声を立てて笑った。

二人の笑い声を聞いて、カウンターの向こうでご主人がにこにこしていた。

(五十八)

講師試験の会場には目測で百人ほどが座っていた。会場は前半分の席が初級試験で、後半分が中級とプラカードが立てられていた。

洋子と由紀はアパートを出るのが少し遅くなったので、初級の席の前の方しか空いていなかった。二人は並んで座った。しばらくすると、洋子は背後から名前を呼ばれてふり返った。

「兄っ」

「お前、いつ入ったんな」

「ちょっと前。パリから帰って来てから」

由紀が不思議そうに良介と洋子を交代で眺めている。

「兄貴やで」

「ああ、良介さん、こんにちは」

由紀は、そう言って挨拶した。

「由紀ちゃんや、紹介するわ」

洋子は良介に由紀を紹介した。

二人はお互いに、初めましてという感じであいさつを交わした。

「まさか、こんな会場で会うとはなあ」

そう良介は洋子に言った。

「こっちもびっくりしたわ。兄、いつ復帰したん」

「ちょっと前や」

まあ、頑張れと言い残して良介は会場の後の方に歩いて行った。

「へえー、やっぱり似てるなあ」

「そうかあ」

「うん、雰囲気がよう似てるわ」

そう言いながら由紀は後をふり返って眺めていたが、

急に姿勢を戻して言った。

「来てるわ」

「だれっ」

「園部さん、後の方にいてた。目が合った」

「そうなん、試験やのに気が散るなあ、由紀ちゃん」

「ほんまやわ」

洋子は良介のことを考えていた。しばらく活動は休憩やと言っていたのに、党に復帰したということは、良介にも何かの変化があったのだろうと洋子は思った。お互い、この間、党については何も話してはいなかった。それでも良介が復帰し、洋子も入党した、それは単なる偶然には違いないことだが、不思議なものを洋子は感じていた。

試験は二時間で、問題は二問だった。一問目は日本が置かれている現状を説明せよというもの、二問目は日本共産党の民主主義的中央集権制とはどういうものかを説明せよというものだった。

綱領と規約のもっとも基本的な内容だったので、洋子は自分の学習ノートを見ながら丁寧に説明する文章を書きあげた。持ち時間の三分の二ほどで書き上げたが、隣の由紀がまだ書いたり消したりしていたので、座ったまま由紀が書き終えるのを待っていた。結局、時間いっぱいまでかかり、二人で会場の外に出た。

ふと辺りを見ると、良介が近づいてきた。

「プランタンへ行こか」

そう良介は言った。

由紀は由紀で、園部がそばに来て何か話していた。

「ちょっと行ってくるわ」

由紀はそう言い残して小走りに出て行った。

プランタンは混んでいたが空いた席はあった。

「初級はどんな問題な」

と良介が訊いた。

「一つは日本の現状規定、次は民主集中制の説明やった」

「基本の基本やなあ」

「兄は中級の何課を受けたん」

「哲学」

「ふうん、どんな問題なん」

「一問が弁証法的唯物論とは何か、二問が史的唯物論とは何か」

「わあ、そらまた基本の基本やなあ」

「うん、講師試験ってな、党員の理解が正確なものかどうかを調べるもんやからな、ややこしい問題は出えへん」

「そういうことなんか、試験っていうさか、どあなややこしい問題が出るんかて思うてたわ」

「そらそうと洋子、入党用紙にいつ書いたんな」

「そやからパリから戻ってから書いたんやて」

「パリで心境の変化があったんか」

「うん、サイゴン陥落なあ、あれ、モンマルトルのジュヴィさんの家で知ってな、解放軍がサイゴンに入る様子をテレビで見ながら思うてん、悩んでる場合と違うなあて」

「なるほど、そういうことか」

良介は、謎が解けたという風にコーヒーカップを手に持った。

「そいで、兄はなんで復帰したん」

「俺かあ……話せば長なるさかやめとくわ。とにかく、実践活動に踏み出したわけや」

「まあええけどね」

「そいから、家のことやけどなあ」

「そうそう、それ、話をせなあかんて思てたんや」

「卒業したら、田舎へ帰って高校の教師になるわ」

「ええっ、帰ってくれるん。お母ちゃんが喜ぶわ」

「仕方ないやろ、女のお前に任せるわけに行かんしなあ」

「女のお前ってとこが引っかかるけど、まあええわ」

「引っかかるって、いずれ結婚するやろ。家を継ぐらてあり得んやろ」

「まあ、そうやけど……そやけどな、高校の教師になるって、そんなん簡単になれるんかあ」

「試験受けたらええだけや」

「合格するん」

「そりゃ合格するやろ。そんなん心配はないけど、問題はな、ちゃんと卒業できるかどうかや。単位が足らんのあるさか、いま挽回してるとこや」

「単位足らんの」

「大きな声で言うな。活動してて授業出てなかったのがあるんや。お前やて全てが全て真面目に出てないやろが」

「まあ、そうやけど」

「そやから、まあ大丈夫やと思うけど、卒業できるようにせな田舎にも帰れん」

「でもな兄、お母ちゃんは元気やし、仮に一年くらい帰るの延びても大丈夫やと思うけどな」

良介がやっとその気になってくれたと、洋子は大きな荷が肩から降りたというか、心に引っかかっていた心配の種がなくなった気がして晴れ晴れとした気持ちになった。

「兄、兄には張さんから便りあるかあ」

「ああ、一回手紙が来たんで返事を出いた」

「ふうん、私には手紙ないなあ」

「当たり前やろ、ふられた相手に手紙ら出したら、未練たらしいって思われるやろが、そがな相手に出すもんかよ」

「でもな、ふられたって言うけど、正式につき合ってたわけでもないんやで」

「そんなもん、正式とか何とかあるんかよ、心のなかのことやろが。本人はふられたて思てるわ」

「そか。そいで、元気そうだった」

「元気そうや」

「また一回北京に行ってお母さんに会いたいなあ」

「お前のことも書いたったわ」

「ええっ、何て」

「好きやったて。あいつ、割と真面目に考える奴やからなあ。お前にふられてショックやったんやろ」

「そあなんこと書いてたん」

「いや、書いてはなかったけど、行間からそう感じた」

洋子は、北京で過ごした数日間の出来事を思い出していた。

夏の風が吹く北京郊外の盧溝橋。張はそこで洋子を抱きしめキスをした。洋子にはそれは自然な成り行きに思えたし、そうされることで張への思いが深まったように感じた。もし、その後に黒沢という男性が洋子の前に現れなかったとしたら、二人の関係はさらに深まったんだろうかと、洋子は自問してみた。何ともそれは分からなかった。黒沢により魅力を感じた自分は、張を裏切ったんだろうか。洋子にはそんな思いはなかったのだが、相手はふられたと言っている。でも、すまなかったという感情は洋子にはほとんどなかった。女と男にはそんなこともあるものだと、洋子は考えていた。

「つき合うことになってん」

と、由紀はまるで高校生のように舞い上がった声で言った。

「ほらな、なるようになったやろ」

洋子は笑いながら由紀に言った。

「つき合ってくれって園部さんに言われたんやろ」

「まあ、そんな感じ」

「でも由紀ちゃん、園部さんのこと好きなんか」

「好きやと思う」

「思うて、自分のことやで」

「そうやけど、いままで考えたことないもん。この間のことがあって、意識しだしたんやもん」

「大丈夫かいな、ほんまに」

「でもよお、いきなりキスされてな、ほんで好きやからつき合ってって言われたら、まあ、その気になるやん。嫌いな男だったら断るけどな」

「まあ、それは分からんことないけどな。しばらくつき合ってみたら分かってくるわ」

洋子は、恋をはじめた由紀が可愛く思えてきた。園部が現れる前は、男なんてどうってことないと言わんばかりだった由紀が、いまは気持ちをときめかせているのを見て、女とはこんなにも男に左右されるものかと不思議な気分になった。

黒沢を好きになって、自分もそういうところが露わになっているんだろうかと、洋子は自問した。確かに、自分にもそういう部分があると洋子は思った。逆に、男はどうなんだろうか。好きな女とつき合えば、男も変わるんだろうか。黒沢は、自分という恋人を得て、どう変わったんだろう。

「なあ、あんた、園部さんのことどう思う」

そんな質問を由紀は洋子にした。

「どうって、何が訊きたいん」

「何って、その、男としてどうなんやろうかなあって、どう思う」

「そんなん、私に訊くんかいな。由紀ちゃんがどう思うかが肝心やん」

「そらそうやけどな、洋ちゃんはどんな風に思うかなって……」

「四回生やしなあ、園部さんてほとんど知らんしなあ。でもまあ、見た目は真面目そうな感じやなあ。下の名前は何だっけ」

「進一さん」

「進一かあ、まっすぐな名前やなあ。性格はどんな感じなん」

「高知県の田舎の出身でな、お酒が好きらしいわ」

「土佐のいごっそうかあ」

「何それ」

「知らんの。土佐のいごっそうっていうて、頑固で一本気な男っていう意味らしいわ。私も『竜馬がゆく』読んで知ったんやけどな。女の人は、はちきんっていうらしいで」

「なるほどなあ、男らしいってことか。そやけどあんた、そんな本読んだんかいな」

「何が男らしいんか、そこら辺はよう分からんけど、土佐の男にはそういう傾向があるらしい」

「まあ、園部さんもそれやったら、悪い性格やないなあ。話してても、穏やかだったけどなあ」

「そんなことより、由紀ちゃん、園部さんを好きになったん」

「なあ、どうなんやろなあ、嫌いなタイプやないことは確かやな。かと言って、いままであんまり意識せんかったけど、やっぱりキスされてからやなあ」

「そいで気持ちを持ってかれたんやな、そうやろ」

洋子がそう言って由紀の目を覗き込むと、由紀ははにかんだように笑った。

「そうなんやなあ、一回あんなことされたから、何かなあむちゃくちゃ意識し出したわ」

「まあ、ムリもないか。由紀ちゃんも私も、まだうら若き乙女やもんなあ」

「まったくやで、いきなりあんなことして来るんやもん」

「でも、ファーストキッスと違うやろ」

「そら違うけど、やっぱりいきなりされたらドキッとするわ」

由紀の日ごろの態度からして、柄にもないと洋子は思ったが、口にはしなかった。

「それにしても、あんたの兄貴、秀才って感じやなあ。顔も似てるわ」

「まあ、私と違って頭はええわ。顔、そんなに似てるかあ」

「うん、並んで立ってたら似てるなあ、やっぱり」

「田舎に帰って高校の教師になるって言うてるわ」

「ふうん、割と地味な仕事につくんやなあ。京大やろ、官僚とかにならへんの」

「文学部やで、そんな気ないない。文学部って、あんまり使い道ないやん」

「たしかになあ」

（五十九）

一九七五年四月十七日。それはクメール・ルージュがプノンペンを支配下においた日である。そして、この日を境にカンボジアでは実におぞましい光景が繰り広げられるようになった。

洋子の恋人・黒沢拓が相棒の記者・西山と二人でカンボジアに入ったのは、クメール・ルージュの最高指導者ポル・ポトが全土を支配下において数ヶ月経ったころだった。

ひと月余りが過ぎて、黒沢の手紙が洋子に届いた。

洋子さん
僕はいまベトナムのタイニンという街にいます。

君を驚かすつもりはないが、カンボジアではいま、実にとんでもない事が起きています。それはこの世の地獄そのものです。僕らがいまいるタイニンはホーチ・ミン市の北西にあり、そこのホテルでこの手紙を書いています。

サイゴンが陥落する二週間前に、カンボジアではクメール・ルージュ、つまりポル・ポト派がプノンペンを制圧して支配下におきました。ポル・ポトの後には中国がいます。農民が革命を推進するといって、すべての国民は農民に指導されるのだと唱え、三百万人のプノンペン市民を農村に追放し、従わない者は容赦なく殺されています。いったい、どれほどの国民が虐殺されたのか、その数はまだ定かではないけど、二十万や三十万をはるかに凌ぐ数だと思われます。

クメール・ルージュ。こんな野蛮な連中がこの二十世紀にバッコするとは、どう考えても信じられません。

とにかく、ありとあらゆる人々がプノンペンから強制移住させられ、プノンペンは人々の姿が消えた街となっています。知識階級に属している人々、法律家、医師、公務員、芸術家、教師、僧侶などなどの人々は殺されているようです。「ようです」というのは、詳しい情報が閉ざされているからです。この街・タイニンには各国からの記者やカメラマンがいます。

彼らとも情報を交換しながら、どうにかしてプノンペン市内に入ってみたいと考えています。

次回の便りではもっと具体的なことを書けると思います。

ではまた。

拓

一九七五．十一．二十三
タイニンにて

洋子は、黒沢からの手紙を読み、衝撃を受けた。ベトナムを含むインドシナ半島でいま、何が起きているのかを知ろうと思い、『世界政治資料』や各紙の外信面を注意深く読んだり、その他の資料をも熱心に読むようにした。とりわけリアルな報道と解説の分かりやすさで有難かったのは、他ならない、ベトナムに特派員を常駐させていた「赤旗」外信面であった。

洋子はまず、インドシナ半島での植民地主義とのたたかいの歴史を知ろうと思い、文献や記事を読んだ。そして、以下のような概ねの歴史を知った。


日本が中国大陸への侵略戦争を本格化していた一九三〇年代の初め、フランスはベトナム、ラオス、カンボジアを一括りにして植民地にしていた。この植民地支配を終わらせるためのたたかいに起ちあがっていたのが、インドシナ共産党の創立者グエン・アイ・クオック（のちのホー・チ・ミン）だった。

一九四五年八月、第二次大戦中にベトナム、カンボジア、ラオスで地下活動を行っていたインドシナ共産党は、戦後の新しい情勢のもとで、それぞれの国で独自の党を建設する方向に踏み出した。

一九五一年二月、ベトナム労働党が結成され、ラオスとカンボジアにも共産党を結成することになった。この時の党員数は、ベトナム労働党七万六千人、ラオス一七〇人、カンボジア三百人であったとされている。

大戦後の複雑なインドシナ半島の情勢を語るとき、フランス、アメリカの動向とともに、隣国である中国の影響を抜きに語ることはできない。

洋子がさまざまな資料や記事を読んで到達した結論は、大戦後のインドシナの情勢を複雑なものにした最大の原因は、中国の自国の利益のみを優先した行動、これにつきるというものだった。

当時、インドシナ半島の革命勢力では大きく三つの勢力が形成されていた。それはベトナム労働党であり、パテト・ラオ軍（ラオス共産党）であり、そしてクメール・イサラク軍（カンボジア共産党）であった。

植民地支配をほしいままにしていたフランス軍との戦いで、この三つの勢力は団結していた。しかし、それは中国の利益とは合致しないものであった。

インドシナ問題を議論した一九五四年の「ジュネーブ会議」で、中国の周恩来はインドシナでの中国の影響力の拡大を優先する態度をとったが、それは万国の労働者は団結と連帯を、というプロレタリア国際主義の立場とはほど遠いものだった。

この中国側の態度は、世界の革命勢力の団結のために奮闘したベトナム代表の態度と天地の開きがあった。そして、この中国のインドシナ半島への態度は、フランスとアメリカにつけ入る隙を与え、それまで団結していた三つの勢力に少なからぬ悪影響を及ぼしてゆくのであった。

西側諸国は、中国の黙認のもとに、ベトナムをラオスやカンボジアと敵対させる戦略を進めてゆき、ついにはアメリカのベトナム侵略戦争の悪夢へと歴史は流れたのである。

洋子は、学習を通じて中国の政治の実態を改めて知った。

話を黒沢のいるところに戻そう。

タイニンというベトナムの街は、ホーチミン市から車で五十分ほどのところにあり、カンボジアとの国境は目と鼻の先にある。プノンペンにも比較的近く、この街のホテルには欧米からの取材陣が多数宿泊していた。

年が明け、黒沢から二回目の便りが届いた。

洋子さん

カンボジアの事態は悪化の一途を辿っています。いま、取材陣はカンボジア国境までは行けるんですが、そこから奥深くプノンペンに入ることは危険すぎてムリです。ごく一部の国（ポル・ポト派と友好関係にある国）の記者はかろうじて取材が許されているが、われわれは、どうにかしてカンボジアの南部スヴァイリエンとか、このタイニンの北にあるスオンに入れないものかと試みたんですが、ポル・ポト軍の若い兵士たちがいて困難です。それでも、国境付近の農民から断片的に話を聞くことができました。

それが人間のすることかと耳を疑うような事実を聞かされました。まるで未開の野蛮人たちが支配するカンボジアになっていると言えます。

例えば、ある農夫は泣きながら次のように語りました。

私はある晩、藪のなかに隠れてこっそりと処刑の一部始終を見ました。都会から移住させられ、有罪とされた人たちです。上半身を裸にされ木に縛られていました。若い兵士は、大きなナイフを持っていて、それで罪人の腹を切り裂きました。罪人はものすごい苦痛の叫びをあげました。血が噴き出している腹に兵士は手を入れ、肝臓をつかみ出し、切り取りました。それを火にかけていたフライパンに入れて焼きました。そして、それを切って分け、兵士たちに配った。兵士たちはそれを美味しそうに食べていました。食べ終わると、死体を穴に放り込み埋めました。

別の老婆は、トラックに乗せられて村はずれに到着した。前もって掘ってあった大きな溝の横にトラックが止まり、全員が降ろされ、溝の前に一列縦隊に並ばされた。トラックの運転手が一度に二人を前に押し出し、別の二人の処刑人が持っている斧《おの》で頭を殴りつけ、生きていようが死んでいようが、溝に蹴落とされていた。逃げようとする人もいたが、すぐに捕まって連れ戻され、同じようにされていた。男も女も、子どもも年寄りも、全部で三十人ほどがこうして処刑された、と語りました。

いま、これらをもとに相棒が少し長い記事を書いている。ぼくもそれに出来るだけマッチする写真を撮りたいけど、なんせ写真は現場に行かないと撮れんからなあ。ペンで書くようには行かんから困る。もう少し頑張ってみる。

拓

一九七六年一月
ベトナムのタイニンにて

手紙を読みながら、洋子は気分が悪くなった。こんな狂気がなんであの美しいアンコール・ワットの国で起きているのかと思った。人類は、古い時代から殺戮を繰り返してきている。そして、それはなくなるどころか、より大量に行われるようになっている。ヒトラーのホロコースト、南京での大虐殺をはじめ挙げれば切りがない。ジュヴィのお父さんは、戦争は人間を動物にすると言っていたが、洋子はいまさらのようにそれを実感し、落ち込んだ。

ポル・ポト派の最高幹部の多くは、フランスに留学し、カンボジアの独立という理想に燃えた知識層の青年たちなのに、それがなぜ、かくも残忍な虐殺者になったのだろうか。

ポル・ポト派は、カンボジアを独立国とすることを目指していたという。しかし、問題はその内容だ。ポル・ポト（実名はサロト・サル）の義弟、元外交担当副首相のイエン・サリは、「農民の専制国家建設という、ソ連にも中国にもベトナムにもできなかったこと、世界の誰にもできなかったことをポル・ポト派だけは実現できるのだと思い込んでしまった」と語っている。

ポル・ポト派は農業と農民を基本にした完全な独立国を目指していたようだ。

それではなぜ、都市からの強制移住や虐殺が行われたのか。ポル・ポト派は、農業が主体の独立国をつくるため、それ以外の価値観を否定した。こうして、外国に汚染された価値観を持つロン・ノル政権の関係者、知識人や僧侶、芸術家らを虐殺した。

黒沢は、ポル・ポト派が全土を掌握したカンボジアで何が行われているのか、そのリアルな生の写真を撮りたかった。ポル・ポト派兵士が配備されているベトナムとの国境から、兵士たちの目をかいくぐり、どうにかしてカンボジア内部の村に入れないものかと機会をうかがっていた。

黒沢と西山の二人は、首都プノンペンでの取材活動を許されていた欧州のある国の記者がタイニンに戻って来たことを知り、早速、話を聞きに行った。

その記者は、ヨハンと呼ばれていた。頭髪は薄くなってきていたが、まだ若く、精悍な風貌をしていた。黒沢たち以外にも各国のジャーナリスト八人ほどが彼を囲んで椅子に座っていた。彼は暗い顔になって言った。

「いまはカンボジアには入れないよ。入らないほうがいい。虐殺が行われていることは明らかだ。ポル・ポト派はそれをひた隠しにしている。もし、こちらがそれを知ったと彼らに分かったら、間違いなくこちらも殺される」

「ヨハン、もう少し具体的に言ってくれ」

誰かがそう注文した。

「ああ、分かった。とにかく、先進国の考え方、価値観に汚染されている人間は抹殺されるんだ。農民だけが新しいカンボジアをつくる勢力だと言っている。次が労働者で、それ以外は無用の長物なんだ。ロン・ノル政権のもとで働いていた公務員は全員殺されたという話だ」

「ヨハン、それは本当か。カンボジア全土で行われているのか」

また誰かが訊いた。

「本当だ、国の隅々で虐殺が行われている。女も子どもも年寄りも、全部殺されている」

信じられない話だ、という声が上がった。

「信じられないだろうけど、すべて真実だ。世界中にこの事実を知らせる必要がある。多分、ベトナム当局もパテト・ラオ（ラオス共産党）も事実を掴んでいるだろう。ベトナムは多分ポル・ポト派の撲滅に乗り出すに違いないと思うが、他国のことだから、手を出せば侵略行為になるし難しい問題だと思う」

「じゃ、国連に手を打ってもらうってことか」

誰かがそう言った。

「そうなんだが、事はそれほど簡単ではないよ。ポル・ポト派は中国と緊密な関係だ。東西の思惑が絡んでくるからな」

「ポル・ポト本人はプノンペンにいるのか」

誰かが尋ねた。

「分からない。それは秘密事項みたいで教えてくれない。大体、僕だって自由に動けるわけじゃないんだ。四六時中、監視がついているからね。それでも、話好きな兵士もいるし、そんな連中と世間話をしながら情報を得ることもある」

「なあ、ベトナムとカンボジアは長い国境線があるんだから、どこか監視が手薄な県はないのかい」

誰かが訊いた。

「あると思うよ。思うけど、厄介なのは地雷だ。ものすごい数の地雷が国境付近に敷かれているからね。だから潜入はやめたほうがいいよ。地雷に触れると終わりだからね」

「そんなことをして、地元の農民は大丈夫なのか」

また誰かが訊いた。ヨハンが答えた。

「大丈夫じゃないよ。農民がいる村には地雷を埋めないが、農民だって山にも入るし、村からも出るから、多数の死者や怪我人が出てるよ」

「地雷はどこの国のものなんだ」

「ああ、それはほとんどが中国だ。ソ連製もあるよ」

「ヨハン、虐殺で犠牲になっている数はどれくらいか」

「数字は分からないよ。でも、十万人や二十万人ではないことは確かだ。信じられない数字だよ」

何ということだ、という溜息混じりの声がみんなから漏れた。


黒沢と西山は、どうにかしてカンボジア領内に入るために、まず国境沿いの村の近くに行ってみることにした。タイニンから少し北に行くとすぐ国境があり、その向こうはカンボジアのクラエク県である。ベトナム側は鬱蒼としたジャングルになっている。このジャングルを抜けて向こうの村に入ろうと計画した。

ある夜、二人はチャーターした運転手とともに古ぼけたジープで国境近くまで走り、国境の一キロほど手前で降りて密林に分け入った。平坦な密林ではなかった。難所に遭遇する度に、平地を探して遠回りをした。

「もう国境が近いはずだ」

チャーターした運転手が言った。

西山が分かったと小さな声で言った。

「ジャングルを抜けたらカンボジアやけど、もうちょっとやなあ」

黒沢はそう言いながら、ゆっくりと木の枝を分けながら進んだ。あとはまた無言で進む。極力、声は立てないで進む。五分ほど進んだとき、夜明けの薄明かりだったが、密林が消え平地に畑が見えた。

「国境や」

黒沢はそうささやいて身を伏せると、西山もすぐに身を伏せた。

「じゃさあ、もう少しジャングルの中に戻って、居心地のよさそうな所に荷物を置こうや」

そう言って、黒沢は運転手と西山を先に立たせて三十メートルほど密林に戻って、場所を定め、持っている小さな斧で辺りを切り拓いた。

「少し、様子を見てこようか」

と、西山が言った。

「うん、そうしよう」

三人は荷物をそこに置き、身軽になって、ジャングルと平地の境界線のほうにゆっくりすすんだ。三百メートルほど向こうに民家があり、そこから煙が立ち上っている。朝食の準備か何かだろう。

「民家はあそこだけかなあ」

黒沢はそう言いながら、双眼鏡で観察した。

「いや、あの左手の林の向こうからも煙が上っているから、あそこにも家があるんだろうなあ」

西山も双眼鏡を覗きながらそんなことを言った。

畑がジャングルのすぐ側まで耕されているから、ここで待っていると、村人が野良仕事をしにやって来るかも知れなかった。

「ここでしばらく様子を見るか」

黒沢が言った。

「向こうの村は小さい村か」

同行の運転手にそう尋ねると、

「そうだ、家は十戸ほどだ」

と運転手は答えた。

風の音と鳥の鳴き声しか聞こえてこない。危険地帯に身を置き、シャッターチャンスを待つボーッとした時間、黒沢はいつも洋子のことを考える。もっと普通の仕事なら、会いたいときには会えるのにと、そんなことを思ったりする。しかし、こんな極限の状況で生活する人々を撮りたいという欲求が黒沢にはあった。一枚の写真からにじみ出ている真実が、人々の心を捉え、人々を動かす。そんな写真が撮れたらと思うのだ。

「おい」

緊張した西山の声。

触っていたカメラから目を畑に移すと、人影が動いている。

「女だなあ」

双眼鏡で見ていた西山が言った。

「うん、そうやなあ。まだ若いなあ」

黒沢も双眼鏡で確認した。

「黒い服。ということは、農民ではないのか。都市から追放された人やろうか」

黒沢は西山に言った。

「見てくれ」

と言って、運転手に双眼鏡を渡した。運転手はしばらく無言で覗いていた。

「村の女ではないよ。多分、都会から来た女だ」

そう運転手が言った。

「多分そうだろうなあ。でも、何か変だ。こっちに急ぎ足でやって来るぞ」

言っている間に、彼女は二人のいる所から五十メートルほど北の密林に姿を消した。

「あの娘と話してみよう」

三人は女が入った密林の方向に向かった。

ほどなく、三人は女を発見したが、追いかけると必死で逃げるだろうと、気づかれないように先回りをすることにした。そして、カメラを持った黒沢が声をかけるのがいいだろうということで、黒沢が女に話しかけることにした。驚かさないように、黒沢は女の十メートルほど前に立った。女は驚いた様子で、はたと立ち止まった。

「ハロー」

と、黒沢は笑顔になり英語で呼びかけた。

「……」

女は身構えている。

「アイアムアジャパニーズ」

黒沢はゆっくり、はっきりと言って前に進んだ。

「アイアムフロムジャパン」

黒沢は、もう一度はっきりとそう声をかけた。

「アーユージャパニーズ」

その娘は英語で話した。

「ダッツライト。アイアムアカメラマン」

「オーリアリイー」

娘はそう言って、黒沢の方に歩いてきた。黒沢が手を差し出し握手を求めると、娘も手を出してきた。黒沢は西山と運転手を呼び、娘に紹介した。

娘は泣きながら話をした。

「私の名前はニェット。プノンペンから家族五人で逃れてきたが、公務員の父も、母も祖母も弟もクメール・ルージュ軍の兵士に殺された。私は大学で農業を専攻しているので、命だけは保証された。この村に連れて来られて、村人に土づくりを教えている。しかし、兵士に乱暴されたので、ジャングルを超えてベトナムに行こうと思って、夜が明けないうちに逃げて来た」

黒沢たちは持っていた食べ物を彼女に与え、いったんタイニンまで引き返した。ホテルと交渉して、とりあえず彼女の仕事をホテル内で与えてもらい、粗末だが小さな部屋も確保してもらった。

一夜明けて、黒沢と西山はニェットにゆっくりと話を聞かせてもらった。

ニェットの話は、次のような内容だった。


一九七五年の四月十七日から、世界は一変した。それまでは、私も含めて家族は楽しく暮らしていた。私は憧れの大学に入ることが出来て、勉強に励んでいた。好きな男子学生も出来て、励まし合いながら学生生活を送っていた。

ポル・ポト派がプノンペンを制圧して、何もかもが変わった。一家は田舎に移住させられ、これまで国の仕事をしていた父はそこで殺害された。母も祖母も弟も同罪だと言われて、次の日に殺害された。私は農業の専門家だということで、農家に行って農民を助けよと言われ、いまの村に移された。食事はギリギリの物しか与えられないし、空腹で動くこともできないような毎日だ。用水路に落ちて、村人に二度も助けられた。

村には毎日のように新しい住民が移ってきているが、いまも毎日のように処刑が行われている。村から離れた場所に連れて行かれ、戻って来ない。昔の奴隷よりもひどい扱いだ。奴隷は命まで奪われない。

新しい土地で、耕作ができるところがあるからと言われ、その新天地に毎日のように連れて行かれる。そこでみんな処刑された。若い女や妻はみんな強姦されてから殺された……。

ニェットは地獄を生き延びてきた生き証人の一人だった。体験してきたことを、まだすべては語れないと言う。

黒沢は、処刑は夕暮れに行われることが多いとニェットに教えられ、ジャングルに潜んでいて、暗闇に乗じて撮影することにした。

（六十）

洋子のもとに、西山から黒沢の行方不明の報せが届いたのは二月の中旬のことである。

萩原洋子様

初めまして、黒沢拓と行動を共にしていた西山晃です。

拓は、去る一月十九日の夜からいまに至るも連絡が取れていません。最悪の事態は考えたくありませんが、なにぶん当地の状況が状況ですから、僕としても確たることは把握できていないのです。

十九日の午後、拓はチャーターした当地の運転手と、もう一人、カンボジアから逃れてきたニェットという娘との三人で、ジャングルの向こうの、国境を越えたところにある村に出かけました。ここから先の出来事は、戻ってきた運転手の話です。

ぼくは黒沢さんに言われた通り、道路から少しジャングルに入り込んだ空き地に車を停めました。ニェットが、処刑は夕刻に行われるというので、日没までの間、国境近くのジャングルで待機しようと言いながら二人はジャングルに入って行きました。ぼくは、その場で待っていてくれということでした。ぼくが待機していた場所から国境までは、歩いて三十分ほどの地点でした。

黒沢さんは、遅くとも八時には戻るということでしたが、三十分過ぎても、一時間過ぎても二人は戻って来ないのです。

心配になり、ぼくは恐る恐るジャングルの中を国境付近まで行ってみました。しかし、国境付近は物音ひとつしません。数百メートル向こうに明かりがチラチラしていましたが、国境を越えてカンボジアの村に入って行く勇気はありません。ずっとそこにいて二人が来ないかどうか見ていたのですが、チラチラしていた明かりも消え、深夜になったので仕方なく戻って来ました。

以上が運転手の話です。翌日、運転手ともう一人現地の人を連れて、僕もその場所に行ってみました。国境の向こうには畑があり、畑の向こうではポル・ポト派の兵士たちが動いているのが確認できましたが、村に入って行くことができません。どうにかして消息を確認出来ないかと手を尽くしているのですが、いまのところ不明なままです。

自分に何か不測の事態が起きた時は洋子と母親に知らせて欲しい、そう拓から頼まれていましたので、取り急ぎ、現下の状況をお報せする次第です。何かの情報があれば、またお報せします

西山晃

洋子は、一読して言葉を失ってしまい、その場に座り込んでしまった。流れからして、ポル・ポト派に捕まっているか殺されたか、そのどちらかだろうと思った。黒沢にもらった『資本論』が机の上に積まれている。それを眺めながら、どうしたらいいんだろうと、洋子はただ茫然と宙を見るだけで涙も出なかった。

翌日、洋子は枚方の黒沢の実家に行った。黒沢の母親は、洋子を迎えるとすぐ居間に案内し、西山からの手紙を見せた。内容は、洋子に来たものとほぼ同じだった。

「あそこの状況は普通やないし、どうしようもないわ」

母親は消え入りそうな声でそう言った。

「普通の外交ルートでも、カンボジアの国内のことは何も分からないって、そんな話を聞きました」

洋子は、黒沢の母親の心配を大きくしないようにと思うが、どう説明すればいいのか分からなかった。

「あの子がインドシナの現場を撮りたいて言い出したときは、気になったのはアメリカの爆撃やった。他にはそんなに心配なことはあれへんて思うたんや。ベトナムがアメリカに勝ってやれやれって。その勢いでカンボジアも革命勢力が政権をとったんやなあて、そう思うてたのに、実際はポル・ポト派みたいな過激な連中だったわけ

で、言うてみたら赤軍派みたいな極左の特殊な思想で動いてるみたいやしなあ……」

「お母さん、心配やけど、じたばたしてもはじまりませんし、次の西山さんからの連絡を待つことにしましょう。私も西山さんのホテルに手紙を出してみます。国内と違うんで数日かかると思いますけど」

「あの子はなあ、もしものことがあっても、それはそれで仕方ないんやって言うてましたんや。自分の信念でやれる仕事やからて言うてな。いまの世の中で、自分の信念を通して出来る仕事らそうそうないわて言うてましたわ。そやし、本人は本望でっしゃろけど……」

「そうですか、そんなこと言うてはりましたか……」

そうだろうと、洋子は思った。

戦場カメラマンという西山の仕事は、命を賭けた仕事だ。大怪我をするか、命を落とすか、その危険と隣り合わせの毎日だろう。

洋子は枚方の実家で黒沢の母親のそばにいてあげたかったが、そうも行かず昼食を一緒に食べた後、大学に戻った。

バイトの職場に行くと、由紀が来ていた。

「彼のお母さん、落ち込んでたやろう」

「まあそうやけど、それほどでもなかった。仕事が仕事やから、いっつも覚悟はしてるみたいだったわ」

「あんたも辛いなあ」

「また、帰ってからな」

五時を過ぎたころから、食堂は一気に忙しくなる。

「それにしてもなあ、男ってなあ、なんでそういう危険な仕事をしたがるんかなあ」

と由紀は言った。

「なんでなんやろなあ。そやけど、選んだ仕事が、たまたまそんな危ない仕事やったってことと違うんやろか」

「それはそうと、彼はれっきとしたプレスやろ。向こうの人からしたら海外の取材陣やん。そんな人に危害を加えたとなるとやで、外交問題に発展するんと違うんか。そやし、仮に逮捕されても釈放するのが普通やろ」

由紀はそう言った。

「でもな、それは相手が普通の、常識のある政権ならそうやってことで、ポル・ポト派は野蛮人なんや。普通の国際常識は通じへんと思うわ」

「ほいたらまずいやん」

「うん、そんなに楽観はできんと思う」

実際、洋子はそう思っていた。

連絡が途絶えたのは、ポル・ポト派の兵士から逃げてジャングルに迷い込んだか、どこかに身を隠しているか、そのどちらかであってほしいと思った。捕まってしまったのなら、まず殺されていると思っていた。

胸の底にある深い失望と、そんなはずがない、きっと生きているという思いが交差して湧きあがり、洋子の胸を絞めつけた。

当時、カンボジアで起きている事態を報道するために、黒沢や西山のようなフリーのジャーナリストだけでなく、各国の放送局も現地に報道人を派遣していたが、ポル・ポト派とそれに反対する勢力との内戦に巻き込まれ、少なくない人たちが命を落とした。

ポル・ポト政権は、国外に対しては半ば鎖国的な政策をとっていたため、こうしたジャーナリストたちの報道を通じてのみ、その実態を知ることができた。

「その西山さんって記者からの便りを待ってるだけで、他にはどうしようもないいん」

そう言いながら、由紀もはがゆいと思っている様子だった。

「うん、現地に行くんなら別やけど、それ以外は、西山さんの情報しかないもんなあ」

「そやけど、あんたも危ない男に惚れたんやなあ、仕方ないけどよお」

「うん、そう思うわ。私って、男運ないんやろうか」

「あんただけと違うわ、うちかて分からんもんな」

「その後、園部さんとはどうなん」

「どうって、どうもないわ」

「どうもないって、どういうことよ」

「会うやろ、なら向こうは大先輩やん。そやし上からものを言う感じでな、うちはいつでも教えられてるみたいでなあ、こんなんでええんかなあって……」

「なるほどなあ、先輩やもんなあ」

「それにな、こんなん言うたらなんやけど、すぐに欲しがるんやて」

「欲しがるって、セックスかあ」

「うん」

「で、どうしてるん」

「させてないよ、キスとか、その程度」

「ふうん、まあ男っていう生きもんは大体がそうみたいやけど、難しいよなあ。こっちは体調とか色々あるもんなあ」

「で、嫌がったら気分壊したりするからなあ。こっちも、こいつ何考えてんねってなるやん」

「ほいでもよお、由紀ちゃんって自分のことになったら、意外と慎重というか何て言うか……」

「はは、そうかもなあ。根が純やからなあ、うちは」

由紀がそう言い、二人は笑い合った。


『カモン』の橘から連絡があり、洋子は土曜日の午後、大阪・御堂筋にある事務所に足を運んだ。

「あれ、萩原さん少し痩せたなあ」

「ええ、そうですか」

「うん、何かあったんですか」

「まあ、この間、ちょっと落ち込むことがあって、それでかなあ」

「ははーん、さては彼氏と別れたとか……」

洋子は笑った。

「まあ、それはそれとして、萩原さんへの相談なんですが」

「はい、なんでしょうか」

「うちの編集部で、年一回、海外での撮影会をしてるの知ってるでしょう。編集長がね、今年は萩原さんも同行させようって言うの」

「海外撮影ですか。でも、私みたいな者でいいんですか」

「モデルは三人なんですよ。そのうちの一人です」

「そんな、とてもとても、私なんか無理ですよ」

橘は笑った。

「そう言うと思った。でもね、編集長のご指名なんですよ、萩原さんって」

「いやあ、それは嬉しいですけど……、で、どこに行くんですか」

「キエフです」

「キエフ、すみません、それ、どこの国ですか」

「知らないかなあ、世界一美人が多い国って、ソ連のウクライナ共和国。キエフはヨーロッパ東部では一番歴史のある都です」

「ああ、ウクライナですか。でも、どこにあるんですか」

　橘はまた笑った。

「モスクワは知ってるでしょ。地図でいうと、そのモスクワの右下の方です、ソ連の南部です。いままではハワイとか、タイとか、グアムとか、そんな所だったんだけどね、今年はヨーロッパに行ってみようって。それで、歴史の古い都はどうかってなって、で、キエフに決まったみたい」

「いつですか」

「四月の末なの」

「費用はどうなるんですか」

「旅費は会社が出しますから、モデルさんは大した負担にはならないと思いますよ。どうですか、日程を空けてくれませんか」

「いますぐ返事をしないといけませんか、色々と考えてみないといけないので……」

「いえ、いますぐでなくていいですよ」

　ソ連という国がどんな国なのか、洋子は知識としては知ってはいたが、一度は生で見てみたいと思った。

「出来るだけ行けるように調整してみますが、返事はもう少し待ってください」

　洋子は橘にそう言って事務所を出た。

　節乃には、夕方までに寄るからと連絡していた。キエフ行きのことを話すと、あんたはほんまに運のいい子やな、節乃は笑いながら言った。

「北京といい、パリといい、今度はウクライナやろ。私ら海外どころか、有馬温泉でもええさか、そあな話きてほしいわ」

「ほんまやなあ、きょうだいで私だけやなあ。よっぽど行いがええんやわ」

「ほんまに不公平やわ。ところで、夕飯、食べてくん、どうすんの」

「ああ、いただきます」

「今日はカレーやで、ええやろ」

「わあ、カレーて久しぶりやわ、うれしい」

「なあ姉、小さい兄が、卒業したら白浜の家に帰るって話、もう聞いた」

「ええっ、良介が帰るん。あの子、帰って何するん」

「高校の先生になるって言うてたわ」

「そうかあ、そりゃお母ちゃん喜ぶやろなあ。そやけど、もったいないちゅや、もったいないなあ。せっかく京大出たんやから」

「そいがな、単位足らんで卒業出来るかどうか分からんて焦ってたわ」

「はは、良介らしいわ」

姉には黒沢のことは言わなかった。余計な心配をさせても仕方ないと、洋子はそう思ったのだ。

「今日は、義兄さんは」

「あの人は仕事や。週末のほうが忙しいさかなあ。帰って来るんは夜や」

この姉には子がいない。それもあってか、いつまでも若々しいと洋子は思っている。

千本中立売のアパートに戻ると、由紀の部屋から話声が聞こえている。園部が来ているのだと思って、洋子は声をかけずに自分の部屋に戻った。

「由紀ちゃん、泊めるつもりなんやろか」

そう、洋子はつぶやきながら、『カモン』の橘にもらったキエフ行きのプリントを見直していた。それから、良介の下宿に電話をして、翌日プランタンで会う約束をした。

「なんか、お前は運がええなあ、今度はウクライナかよ」

良介は羨ましそうに言った。

「そうなんやて、『カモン』の編集長が何や知らんけど気に入ってくれてて、有難いこっちゃ」

「運賃を出してくれるんやったら、あとは大して要らんやろ。それに、あっちは物価も安いやろうからなあ」

「そうらしいわ、ホテルも食事代も安いらしいわ。詳しい話はまだ聞いてないけど、そんなにお金はかからんみたい」

「まあ、ええ機会やさか、現場のソ連をよう見てきたらええわ。彼はどう言うてたら」

「そのことやけどな、黒沢さんは行方不明になってしもてん」

「何てえ、生きてるか死んでるかも分からんてことか」

「うん」

「もうちょっと詳しい言うてくれよ」

「うん、いつもはな、西山さんっていう記者と行動を共にするらしいんやけど、ほら、カメラマンは記事を書くのと違って、現場に行かんと写真が撮れんやろ。そいで、その日は運転手ともう一人、ベトナム側に逃れてきたカンボジアの女の人と三人で出かけたみたい。運転手を待たせておいて、彼とその女の人とでジャングルに入って行ったんやて。でも、約束した時間をどれだけ過ぎても、二人が戻らんからと運転手だけ帰ってきたみたい。国境に近いタイニンって南ベトナムの街にホテルがあるらしいんやけど」

「そりゃ、まずいなあ」

「うん、まずいんや」

「ほんなら、その西山さんからの連絡待ちってことなんか」

「そう、それ以外に何にも出来へんわ」

「うーん、手の打ちようがないってことかあ」

良介はそう言って、あとは黙ってしまった。

「枚方のお母さんにも会ってきたんやけどな、かける言葉が見つからんわ」

「たしか息子が二人やろ」

「そう、彼が長男。次男は普通の会社員やけど、大人しそうで真面目な感じ」

「そうかあ、本人はもちろん覚悟の上でのことやろうけど、家族もお前も辛いなあ」

良介はそう言いながら、河原町通りに目をやっていた。

洋子は、人との別れということを考えていた。父や祖母との別れがあり、つき合った男との別れもあり、いままた最愛の恋人との永遠の別れに直面していた。この世には、人の数だけ別れがある。こんな風にして、黒沢の手を握ることもできないで、離れ離れになってしまう。どこかで生き延びていてくれればいいのだが……。もしも、もう死んでいるのなら、遠いカンボジアのどことも知れない野で、彼の骨は風雨にさらされるのだろうか。

河原町通りを下り、御所を通り抜けながら、洋子はとめどもなく溢れ出てくる涙をどうすることもできなかった。

（六十一）

洋子が参加する党の会議は、基本的には週一回のペースで開かれていた。文学部全体で行われる支部総会は半年に一度開かれるが、日ごろは二回生班の会議であった。洋子は、入党してから数回の欠席はあったが、班員のなかではよく顔を出しているほうだった。そうなると、当然のこととして組織運営の何らかの役割を引き受けることになる。洋子は二回生班の機関紙の責任者になっていた。主な仕事は「赤旗」新聞の配達の手配や集金をその月のうちに行い、文学部支部の機関紙責任者に届けることであった。機関紙活動には、「赤旗」の読者を増やすというもう一つの仕事があるが、これは二回生班の班長が統括している。

この日の会議では、田中内閣のもとで明らかになったロッキード事件について話し合っていた。

「保田、この分野、得意やろ。説明してくれよ」

班長の及川が保田に発言を求めた。

「分かった。この事件はなあ、俺が知ってるだけでも色んな登場人物がいて複雑なんやけどな、まあ要点だけを説明するわな」

保田はそう前置きをして話し出した。

「そもそも、旅客機が大型になってきてるのは知ってるやろ。でな、ロッキードっていう会社は、戦争用の飛行機ばっかり開発して儲けてきてたんやな。そやけど、ベトナム戦争で負けたし、儲け口がなくなって来たわけや。そいでいままでの軍用機製造から路線転換して、大型ジェット旅客機を造り出したわけ」

「大型ジェット機なら他にもあるやん」

と、由紀が口をはさんだ。

「まあそうやけど、聞いてや。知ってるやろ、中二階の客室のある飛行機。トライスターって言うんやけど、あいう斬新なやつでな、色んな装備を一新して造ったんや。そやけど、長いこと戦争用の飛行機で商売してきたからな、軍用機では超一流やけどな、由紀ちゃんが言うたように、民間の旅客機の販売のルートは他の有名な会社に抑えられてる。そやし、なかなか競争に入って行く余地がないわけや。ダグラスって名前を聞いたことあるやろ、正式にはマクドネル・ダグラスのボーイング747。で、ロッキードとしては、トライスターが競争に入ってゆくために各国の政治家や航空関係者に接近して、働きかけをせなあかん。これが大まかな背景なんや」

「保田君、分かりやすいわ。新聞より分かりやすい」

　由紀がそう言った。それにつられて「うん、分かりやすい」という声が上がった。

「保田、もうちょっと続けてくれよ」

　及川班長が促した。

「うん。一方、日本では、全日空が「新機種選定準備委員会」を作って、新しい飛行機を決める段取りを進めていた。アメリカへ調査団を派遣したり、色々と検討をしていた。で、途中経過はカットするけど、全日空で問題として議論されたんが、何やと思う。騒音なんや、騒音。つまり、ロッキードのトライスターのほうが騒音が少ない、だからトライスターがいいということになって、これに決まったわけなんや」

「なるほど、そういうことか」

　と由紀が言った。

「一方な、アメリカ上院の通称チャーチ委員会、正式には外交委員会多国籍企業小委員会っていうんやけど、この公聴会で、ロッキードが、全日空をはじめ世界の航空会社にトライスターを売り込むため、各国政府関係者に巨額の賄賂をばら撒いていたことが明らかにされたわけ。爆弾証言が飛び出したわけや。日本には数十億円って言われているけどな。ここまでええかな、質問はあとでしてよ」

「分かったよ、次に進んでよ」

　と誰かが言った。

「その公聴会で、コーチャンが、ロッキードの副会長やけどな、彼が次のような証言をした。つまり、日本でロッキードの根回しをしていた児玉に二十一億円を渡した。児玉から小佐野とか丸紅を通して首相の田中角栄に五億円渡したというとんでもない証言が飛び出して、それがいま日本でも大問題になっているわけ。大まかには以上です」

「はい、いまの保田報告、分かりやすかったんやけど、何か質問ありますか」

　そう、及川がみんなにふった。

「保田君、そこに出てくる児玉やけどなあ、いったい誰なん、なんか力あるみたいやけど」

　洋子が質問した。

「うん、世の中の、っていうか政界や財界の裏で暗躍してる人物やなあ。まあ黒幕っていうか、普通は表に出て来んねけど、コーチャンの証言で表に引きずり出されたわけや。この児玉誉士夫ってなあ、変な奴なんや。若いときに、世の中は不平等やていうて天皇に直訴して逮捕されたり、住井すゑの『橋のない川』に感動して住井すゑの護衛をしたり、それから天皇に戦争責任があるとか言うてな、とにかく妙な奴なんや。

戦前に中国に渡って軍部と結びついて儲けるんやな。戦後になって、一気に大出世でな、東久邇宮内閣では内閣参与に任命されたんやけど、その後、A級戦争犯罪人になって監獄に入るんやな。そやけど、いままで鬼畜米英て言うてたのに、親米愛国に転向してCIAに協力するわけや。そういう風にして、戦後の保守政界の黒幕になっていったんやな」

「なあ保田君、このロッキードの事件って、一大汚職事件やろ。田中角栄は逮捕されへんの」

「ええ質問やなあ」

と、班長の及川が言った。

「保田君、萩原さんの質問に答えて」

と及川。

「それはなあ、難しい問題やけど、日本の検察の態度如何やなあ。政界の大物を逮捕するか、それとも手を出さずにお茶を濁すか、まだ分からんなあ」

ロッキード事件についての学習のあと、会議は中心議題の総選挙の問題に移った。

「国会の解散があるのか、それとも七月の任期満了の選挙になるか、そこははっきりせんねけど、とにかくいまのうちに支持拡大をやり切るというのがテーマなんやけど、みんなどうな、意見聞かせてよ」

及川のこの提起を受けて、由紀が意見を言った。

「高校の同級生とかに声かけてるんやけどな、すんなり返事もらえんね。自民党には入れへん人らやけどな、どうも新自由クラブに入れるって子が何人かいて、話をするんやけど、難しかった。みんなどう」

この由紀の意見がきっかけになって、みんなが発言しはじめた。

「おれはスパイ査問問題を質問されたわ。そんな古い時代の話、分からへんしな、そんなん昔のことやでって言うてんけど、すっきりせんみたいやった」

「当たり前やん、ちゃんとそれはでっち上げやって説明せなあかんわ」

「京都一区は二人の候補者やけど、よっぽど頑張らんかったら二人当選は難しいって感じするわ」

「なあ、萩原さんとこ、和歌山は前回一区で当選したやん。ええっと、野間さんかなあ、あれはすごいなあって思うたけど、今回もいけそうなん」

洋子への問いかけだったが、それは洋子には分からなかった。

「私和歌山やけど、一区のことはよう知らんね。二区のことなら地元やし多少は知ってるけど」

「和歌山一区なあ、和歌山って保守の牙城みたいな県やのに、あれはすごいって思ったわ。親戚が海南にいてんねけどな、野間さんが当選するとは思わんかったって言うてたからなあ」

由紀がそんなことを言った。

「前回はなあ、全国的に躍進ムードあったもんなあ。そやし、こんなとこで当選するんかって思うようなとこが幾つかあったもんなあ。そやけど、今回は相手側も引き締めてくるからなあ……」

及川班長はそう言った。

厳しい情勢だという意見が多数を占めたが、それをどう打開するかについては、対話する総量を広げてゆこうと意思統一し、会議は終わった。

及川、保田、由紀の三人と洋子はプランタンにいた。及川の誕生日だというので、保田が「じゃ、ケーキでも奢ったるわ。由紀ちゃんと洋子ちゃんも行こう」と言った。

「なあ保田君、さっきのロッキードの話なあ、あんなんどこで勉強してるん」

洋子が質問をした。

「雑誌の『前衛』やで」

「ああ、それで詳しいわけかあ」

「うん、あれは色んな角度から、何人もの人が書いてるから、よう分かるんや」

「及川君も『前衛』読んでるん」

と、洋子。

「まあまあ、保田みたいに論文をすべては読んではないけどな」

「保田君は理論派やもんなあ」

「そうそう、由紀ちゃんは武闘派」

保田がそう言ったので、みなが笑った。当の由紀も苦笑している。

洋子は、恋愛では純な由紀を知っているので、そのギャップがおかしかった。

「なあ由紀ちゃん、この間の晩、園部さん来てたやろ。部屋に行こうってしたら男の声が聞こえたさか、もう行かんかってん」

御所の砂利道を並んで自転車で走りながら、洋子は由紀に言った。

「ええっ、そうやったん。うん、あの晩な、来てた来てた」

「泊ったん」

「ううん、遅うに帰ったわ」

「なんな、私、泊ったんやと思ってたわ」

「そいでもよかったんやけど、あの人、帰るって言うて帰ったわ」

「そうやったん。ま、それ以上は訊きません。あんな、ちょっと言うとかなあかんことあるんや。四月の下旬にな、ソ連へ行くことになってん」

「ええっ、ソ連」

由紀は驚いて頓狂な声を出した。

「そあに驚かんでも。あのな、『カモン』の企画で、行って欲しいって編集長から言われたん」

「ソ連って、どこへ、モスクワ」

「ううん、ウクライナやて」

「ウクライナてか、ええとこやん」

「由紀ちゃん、ウクライナって知ってるん」

「知らんけど、有名な観光地やろ。それに美人が多いってことでも有名やわ」

「うん、それ、『カモン』の人が言うてた。世界有数の美人の国って」

「で、そこで撮影するわけか」

「そうみたい。て言うてもな、現地に居てるんは二日やったか三日やったか、そんなもんらしい。行き帰りで二日かかるさか、五日か六日の日程みたい」

「ほいじゃパスポートとか取らなあかんなあ」

「それは前から持ってるからええねん。運賃も会社が持ってくれるっていうから、この際、行こうかなって」

「それまでに彼氏の安否が分かったらええのになあ」

由紀が気遣って、そんなことを言ってくれた。

「うん……」

と言ったが、洋子はそれ以上は由紀に答えなかった。

西山からの手紙はまだ来ない。洋子は、黒沢はもうこの世にはいないのではないかと、半ば諦めの心境だった。日本では、現地の状況はほとんど報道されない。しかし、黒沢が出発する前に語っていたことなどを考えると、生存の希望は持ちにくい状況だと思うのであった。半面、洋子は黒沢がひょっこり戻って来たと、西山からそんな便りが来るかも知れないとも思うのであった。現地まで追いかけて行きたい気持ちもあったが、行ってもベトナムまでで、カンボジアには入れないのは分かっていた。気持ちのやり場のない日がずっと続いていた。

そんなある日、西山からの手紙が届いた。

萩原洋子様

なんの情報もなく、お辛いご心中をお察し致します。

こちらでも、なかなか情報が得られていないのですが、彼と一緒に行った運転手や、国境の向こうの状況を知っている人たちとの話を総合して、いま分かっていることをとりあえずお報せします。

彼がニェットというカンボジア女性と入った村、国境の村ですが、クドンという名前の村だと分かりました。クドン村は小さな村で、国境の近くは村の中心部から遠く、十数戸の農家が点々とあるところのようです。いまでこそ、カンボジアは閉ざされた国ですが、それまでは国境付近では人々の往来は普通にあったところです。

彼と同行のニェットは、元はプノンペンの大学生ですが、クドン村の農家に泊まり込んでいたようです。家族はみな殺されていて、夜、隙を見てベトナム側に逃げて来たところ、ジャングルで黒沢と知り合ったわけです。

いまカンボジア領内に入れるジャーナリストは極めて限られています。親クメール・ルージュの記事を書く国の少数の記者だけが入国を許可されています。そういう記者からの情報がごくたまにもたらされるのですが、農民を除く国民への暴力的支配が日増しに激しくなっているようです。虐殺もはっきりした数字は不明ですが、見境なくやられているようです。

彼はニェットの案内で行きましたから、クドン村に行ったと思われます。だとすると、そこの農民に話を聞ければ何らかの情報が得られると思っているのですが、村にはいつも銃を持った兵士たちがいるので、なかなか村人に近づけないのが現実です。

これという確たるお報せが出来なくて申し訳ないのですが、現下の状況をお報せする次第です。

西山晃

タイニンにて

一九七六年三月八日

西山からの手紙は洋子の気持ちを暗くした。

第二次大戦から三十年余りが過ぎたいまの時代にあって、こんな極悪で野蛮で非道な皆殺しが許されていいのだろうかと、洋子は突き上げてくるような憤りを覚えると同時に、大きな無力感に襲われていた。

西山が知らせてきたように、ポル・ポト派の虐殺の規模ははっきりとは分からないようだが、ヒトラーのユダヤ人虐殺と同じことが行われているのではないか。戦争は人間を動物にすると、かつて張のお母さんも言ったし、パリでジュヴィのお父さんも同じことを言っていた。だが、いまカンボジアでポル・ポト派がやっていることは動物以下の所業ではないのか、洋子はそう思った。動物はけっして必要以上に獲物を殺さないだろう。それを考えるとき、洋子はマルクスが人類の「前史」と呼んだ時代は、いつになったら乗り越えられるのだろうかと思うのだった。

同時に、洋子はいまのカンボジアの事態を生み出した遠因に、中国の対インドシナ政策があると感じていた。親中国のポル・ポト派を支援する中国。そこは、張浩宇や李海云の暮らしている国だが、その大国がもっと周辺の国々に違う立場で接していたなら、カンボジアでこんな野蛮な政権が出現することにはならなかっただろうと思うのであった。

数日後、西山が封筒の裏に書いている住所に宛てて、洋子は次のような手紙を書いた。

西山晃様

お手紙を拝見しました。ありがとうございます。

最初のお手紙を読んで以来、失意と混乱と憤りと、そんな感情が交ざり合った日々を過ごしています。日本では、そちらのニュースはごくたまにしか報道されません。そしてその報道もどこまで正確なものなのか、よく分からないものです。私にしても、彼のお母さんにしても、西山さんからの情報が唯一の頼りであり、いつも心待ちにしています。

二十世紀もあと少しで終わろうかというのに、またもヒトラーのような蛮行と民族虐殺が、いやヒトラー以上かも知れませんが、行われている事態に茫然としています。西山さんや黒沢さんは、その世紀の蛮行を世界に知らせる使命を、紛れもなくそれを受け持っている人たちだと私は思います。

それにしても、インドシナからアメリカを追い出したあとに、こんな悲惨な出来事が起きるとは夢にも思いませんでした。そして、考えてみれば、大国・中国がもっと東南アジアの平和をリードすべきなのに、逆に内戦と混乱を生み出す要因になっているとは、私は中国という国が好きなだけに、くやしくて仕方がありません。

黒沢さんのことを考えるにつけ、毎日のように私の気持ちは千々に乱れます。どこかで生きていてほしい。それだけが私の思いです。

西山さんには、ほんとうに申し訳ないのですが、西山さんからの手紙だけが頼みの綱です。どうか、よろしくお願い致します。

萩原洋子

京都・千本中立売のアパートにて

一九七六年三月十一日

(六十二)

洋子に母からの手紙が届いた。先日の電話で母が話題にしていた市江海岸に原発計画、という地方紙記事を送ってもらったのだ。市江地区というのは、白浜町のすぐ南に隣接する日置川町の海辺の集落である。洋子はすぐにその記事を読んだ。

臨時議会に原発誘致前提の土地売却案

原発候補地に新しく日置川町が——

日置川町議会は七六年二月六日、臨時会を開き、町当局が原発誘致を前提とした町有地売却処分案を協議。町当局の説明では、同町・口吸地区で議会の議決を得れば町有地を関西電力に売却、原発を誘致したい意向である。

関電本社から同和歌山支店に入った連絡によると、同町から既に意思表示を受けており、今後、現地調査を行ったうえで適否を検討。可能なら地域協議、安全性第一に地元説得に入りたい、としているが、詳しい言明は避けた。

という短い記事だった。大変な問題が持ち上がったなと、洋子は暗い気分になった。

「兄、日置の原発のニュース見たあ」

洋子は早速、良介に電話を入れた。

「見た。えらいことや」

「市江は知ってるけど、口吸ってどこなんやろ」

「国道の市江の入口なあ、あそこ九十度のカーブになってるやろ。あそこから、そうやなあ、まだ三百メートルくらい行って、そこから海向いて山をせって行くんや」

「兄、行ったことあるん」

「ないけど、高校の時に船で海から海岸を見たことある。あの辺りは、そら地形も水もきれいなもんや」

「そうなん。それにしても、あの辺りに原発ら出来たら、もし大きな事故があったら富田周辺は立ち入り禁止やん、暮らせんようになるわ」

「そういうことになるなあ。洋子、これはとんでもなく長いたたかいになるなあ。臨海に京大の実験所あるやろ、あそこに原子力専門の有名な、何とかいう先生がおるんや」

「そうなん、何か手伝いたいけど、ここからではなあ。兄、田舎に帰ったら忙しなるでえ」

「厄介なことが持ち上がったなあ、まったく」

紀伊半島では、和歌山県側と三重県側とに、いくつもの原発建設の計画が持ちあがっていた。

三重県側には、紀勢町・南勢町に、紀伊長島町に、海山町に、熊野市に立地計画があった。

和歌山県側には、那智勝浦町に、古座川町に、日置川町に、日高町に。合わせて九ヶ所もの計画が持ち上がっていた。紀伊半島が原発半島にされようとしている。

洋子は、自分の故郷に原発計画が突然もちあがり、少なからず衝撃を受けた。これまでも原発には無関心ではなかったが、いよいよ本格的に取り組まないといけない、そういう思いを強く抱いた。

「及川君、そういう事情でな、原発についての基本的な学習会を党の班会でやってもらえん」

洋子は、そう及川班長に提案した。

「そうやなあ、原発の問題はまだ本格的に議論してないしなあ、ちゃんと時間とってやらなあかんなあ。分かった、相談してみるわ」

及川はそう言ってくれた。

洋子は、唯研でもこの問題を提起した。西島に代わって唯研の責任者は林だった。林は早速、白浜のあんなにきれいな海に原発なんてとんでもないと、急遽、例会を原発学習会に切り替えることにしてくれた。

「じゃ、急なことだったから、誰にもチューター頼めんかったんで、最初の問題提起は私からします。まず最初は、そもそも原発とは何か、ここから報告します」

そう切り出して、林は原発の成り立ちから話をはじめた。

「人類が核エネルギーを発見したのは一九三〇年代になってからです。〝第二の火の発見〟と呼ばれたほどの巨大エネルギーの発見で、人類の五百万年の歴史で、これはもう革命的なというか、一大歴史的発見だったわけ。

しかし、この巨大エネルギーには、厄介な大問題、すなわち強烈な放射能があり、この強烈な放射能をどうするか、これです。

この大問題を解決しないままで、放射能を野放しにしたら、人類の生存が脅かされる。だから、このエネルギーを人間がコントロールするには、まだまだ大変な研究が必要なんです。で、このことは最初から分かっていました。

ところがです、ここで大きな不幸が発生しました。何かと言うと、第二次世界大戦で、ヒトラー・ドイツが、この核エネルギーで爆弾を作れないものかと研究をはじめたわけです。

有名なアインシュタイン、彼はドイツからアメリカに亡命していたんですが、ドイツが先に開発したら大変なことになる、だからアメリカが先に開発する必要がある、ってルーズベルト米大統領に進言した」

「ちょっと待ってください。それほんまの話ですか。アインシュタインがそんなことを言ったんですか」

誰かが話の途中でそう質問した。

「これは有名な話なん。でも後年、アインシュタインは、あれは間違っていたと自己批判しました。

先に進みますよ。そういうことで、アメリカでは、多くの科学者を集めて原子爆弾の研究をはじめました。そうこうしてる間に、ヒトラー・ドイツが原爆の製造に成功しないまま戦争に負けたんです。

ところが、アメリカは研究を続けて原爆実験に成功するんですね。それで、せっかく核兵器を作ったのに、使わないままで戦争が終わったのでは何にもならんということで、もう日本の敗戦は自明のことだったのに、日本に原爆を落とすことを決めたわけです。

で、原爆は二種類あった。まずウラン型を広島に落とし、次にプルトニウム型を長崎に落としました。これは、みんな知っている通りです。アメリカは、戦争を終わらせるために原爆投下が必要だったと、そんなこと言ってますが、大嘘です。原爆なんか落とさなくても、日本はもう負けていました。広島・長崎が犠牲になったということを、私たちは忘れてはなりません」

「そうだ」

そんな声が飛んだ。

「うん。それからもう一つ、今度はこれをエネルギーとして使えないかと言い出した。核エネルギーの開発です。さっき言ったように、とんでもなく厄介な放射能があります。これがもう絶対に安全だと言うレベルになった段階で研究するのならいいんだけど、そうではなかった。

アメリカ海軍が、潜水艦のエネルギーに核を使おうということで、開発をはじめたわけです。原子炉を潜水艦に積んで、これを動力にするというわけです。これができたら、ものすごく長い航続距離、地球上のすべての海を走り回ることができる潜水艦になる。それを開発した。その最初の潜水艦が、有名なノーチラス号、別名、放射能散らす号です」

「うまいっ」

という声があがり、みんな笑った。

「もともと戦争の道具ですから、安全性はあまり考慮されていないわけです。その安全性がない原子炉を転用してつくられたのが原発だということです……はい、ここで、お茶を一口飲ませてもらいます」

林はそう言って、一息入れた。しばらくして、林はまた続けた。

「そういうことで、いまの原発には弱点が二つあります。一つは、原子炉です。原子炉のなかでウランの核燃料を燃やす。運転を止める時には、制御棒を挿し込んでウランの核反応を止めるわけですが、止めたとしても、ウランから生まれた核分裂の生成物は大変な熱を出してるので、それを水で冷やし続けないといけない。普段は冷やし続けてコントロールすればいいんだけど、万が一、水の供給が止まってしまったら、熱が出っぱなしになって暴走する。そうしたら、どんどん高温になって、核燃料が壊れはじめる。三十分もたったら融けだすし、二時間で原子炉が破壊される。もしこんなことになったら、何千年何万年と人間はそこに足を踏み入れることが出来ない。原子力エネルギーの利用は、いざという時の安定性がない、安全な使用には適さない、いまはそのレベルだということです。

さて、さらに問題があります。

核エネルギーを作り出す過程で、莫大な使用済み核燃料・「死の灰」を生み出す問題です。この大量の「死の灰」を処理する技術を、まだ人類は手に入れていない。原発を運転したら必ず大量に「死の灰」が出てくる。例えば、ウラン燃料を三年ほど燃やすと、燃やした後の核燃料を取り出しても、大量の放射能を出し続けるわけです。

例えば、百万キロワットの原子力発電所だと、毎日三キロのウランを消費して三キロの「死の灰」を残します。それが使用済み核燃料にたまるのです。原子力発電所でこれが一台動いていたら、毎日、広島型原爆の三発分の「死の灰」がたまる。一年間動いたら広島型原爆千発分をこえる「死の灰」がたまる。これを始末する技術もシステムも、いまだに人間は開発できないでいます。原子力発電所っていうのはそういうものだということです。以上です」

林の報告を聞いて、洋子は言った。

「林先生の話は、分かりやすくて勉強になりました。原発が建設されたら、国からものすごい額のおカネが降りる。白浜の南隣の日置川町は過疎化が進んでいるところで、町にしても、住民にしても、おカネがあるかないかは、それこそ死活の問題なん。で、紀伊半島なんて、どこも過疎が進んでいて貧乏な自治体ばっかりです。だから、九つもの原発計画が持ち上がっている。簡単に言うたら、狙われているんです」

「萩原さん、九つのうち和歌山県はいくつなん」

「五つ。あとの四つが三重県。で、国から交付金が出るということは、これは国策ということやし、一回大きな事故が起きたら、和歌山県は農林漁業とか観光とかで生きている県やのに、人間が住めない、立ち入れない場所になってしまうって、私は許せないんです」

「萩原さんの言う通りやと思う。そやし、関西電力も途方もないおカネを使って、安全や安全やって、有名なタレントなんか使って宣伝してるやん。あの洪水のように流れている安全やって宣伝、これはバカにできんし、実際、国中でそう思わされているから、事は重大やね」

党の班会議でも、洋子の提案で原発問題が議論された。

「保田君から最初の問題提起をしてもらいます」

及川班長はそう言って、保田にふった。

「ダムは二千億、空港は五千億、原発は一基で六千億、って、ゼネコンの幹部が言ってる。原発ひとつでこれだけの巨額マネーが動く。まあ、麻薬やわなあ。実際の原発建設を請け負うゼネコンや大企業、立地の自治体、御用学者、政治家、官僚と、どこも甘い汁を吸う」

保田の報告はそんな話からはじめられた。

「こういう連中が群がっているところは、俗に原子力村って言われてるけど、闇の世界やわなあ。

日本原子力産業協会（原産協）という社団法人があるけど、原発の父って言われてる正力松太郎が設立したんやけど、日本の財界や電力企業、御用学者なんかが名前を連ねている。

で、この原産協の会員名簿が原子力村の住民みたいなもんや。年に一口十万円の会費を払ってる数は数百人、これが間違いなく日本の原子力に群がっている。電力会社、原子炉メーカー、ゼネコン、銀行、各種財団、それに原発立地の自治体も会員になってる。

日本の原発を引っ張ってきたのは、言うまでもなく東電だが、原発の部門はきわめて閉鎖的なんや。東電の社員は三万人くらいやけど、原発は専門性も高いし、まあ城みたいなもんや。

東電や関電などの電力会社と、東芝や日立という原子炉メーカーの技術者、こういうのを原子力っていう人がいるけど、それは明らかに狭い考えだ。

原子炉の危険性を深く知っていながら、安全だ安全だって振りまいてきた技術者や学者の罪はほんまに重い。そこへ人材を送り込んできた東京大学原子力工学の部門、こういうところも批判されてしかるべきと俺は思う。

萩原さんの田舎の紀伊半島やけど、そこでもこれから湯水のようにカネがばら撒かれる筈なんや。漁業関係者、地元住民、自治体の関係者などなど、原発ではものすごいカネが使われているもんなあ。例えば、漁業補償って名前で、東電は漁業の関係者は一人一人に数千万円が支払われている。他にも、住民にたいして原発の現地を案内して、飲ませ食わせ、お土産まで持たせるとかね。はたまた、地域の会館にピアノを寄付したりとか、まあほんまにえげつないカネのバラマキを平然とやっている。

原発が建設される田舎町には、いわゆる交付金で何十億円もかけてハコモノが建てられる。こういうとこに出入りする村びとまで含めると、原子力村は巨大なものになってくるわけで、日本社会の縮図と言えなくもない。

昔は、電力というと主力は水力発電だった。この発電能力はほぼ横ばいのままだ。ダムといえば巨大な土木建築で、これも利権の集合なんだけど、建設するそのときだけで、ダムは作ってしまえばランニングコストはほとんど要らない。

ところが、原子力の場合は、立地、建設はもちろん、建設後もカネを周囲に落としまくる。それから使用済み核燃料の処理という新たなコストが生じる。

つまり、原発がある限り、そこに利権があり、それを貪る族がいつもいる。原発は麻薬なんや。こういう日本の構造をどうにかしない限り、原子力村はなくならないし、もし巨大事故が起きたら、それは空前の規模で災厄を招くことになる。

萩原さんの紀伊半島に関電の原発を許さないたたかいは、大変大きな歴史的意義を持っていると僕は思います。ひとまず以上です」

洋子は保田の話に大きな拍手を送った。唯研での林報告とは、内容は違うが素晴らしい話だった。

「今日の保田君の報告は、原子力村に群がって原発マネーを食っている構図っていうか構造っていうか、その辺りの話が主だったわけやけど、何か意見ないかなあ」

この及川班長の提起を受けて、洋子が発言した。

「実は、この前、唯研でも学習会をしました。林先輩がそもそも原発とは何なのかっていう、そもそも人類が火を発見して以来のエネルギーの発見で、第二の火の発見っていわれている、そういう角度からの話で大変勉強になったんやけど、今日の保田君の話も、いままでまったく知らんかったことで大いに勉強になりました、おおきにです。

それで、関電が計画している私の隣町の日置川町ですが、ここには親戚がいてて、私も小さいころから何度も遊びに行ってる、ほんまにいい町なんやね。日置川って大きな川もあるし、海岸線もきれいやし、でも田舎で過疎がどんどん進んでいる。電力独占はそういう町をねらって来てる。紀伊半島の西側と東側とで、合わせて九つもの原発が計画されているって、どんだけ田舎を食いもんにしたら気がすむんなって、腹を立ててます。儲かりさえすればって、ほんまにその独占資本の論理が見え見えのやり方やと思う」

「いや、洋子ちゃんの言う通りでな、うちら大阪の人間からしたら、白浜って、一番近くて、それでちょっと遊びに行きたい洒落た観光地ってイメージなんやけど、そこに原発って、ええ加減にせえよって思うわ。もう泳ぎにも行かれへんってなるやんか。そやし、これは絶対許したらあかんね」

由紀が力んでそう言った。

「うん、萩原さんのおじさんが旅館をやってるってこともあるし、われわれも立命にいてる間に、一回は旅館に泊めてもらわなあかんなあ。どうかなあ、いま思いついたんやけど、適当な時期を選んで党の班として、原発を許さない白浜への旅、これを企画してみるってのは。それで、船に乗って、海から原発予定地を視察するってどうかなあ」

この及川班長の提案に、みんながサンセー、サンセーっと言って騒いだ。

（六十三）

黒沢の安否が分からないまま季節は春に移り、洋子はソ連へ向かっていた。ウクライナへの直行便はなく、洋子たちはパリのシャルル・ド・ゴール空港に一度降りて、三時間後にキエフのボリィスピリ空港に向けて飛び立つ予定であった。

雑誌『カモン』の橘は、最初は予定に入っていなかったのだが、洋子が行くのなら一緒に行きたいと言って、編集長と談判して同行することになった。モデルは三人だったが、洋子は他の二人は雑誌の上で見たことはあったが直接の面識はなかった。しかし、水着撮影での事件をみんな知っていて、洋子はモデル仲間から一目置かれていた。そのことを、洋子は橘から教えられた。

「萩原さん、パリの街、詳しいんでしょう」

橘がそばにきて洋子に言った。洋子以外はみんなパリに来るのは初めてだった。

「詳しいってほどやないけどね、五日間ほど過ごしたことがあります」

「めっちゃ詳しいじゃないですか」

と、モデルのことみが言った。

「待ち時間に市内に行ってみようか」

橘は市内に行きたいらしく、洋子にそんなことを言った。

「でも、市内まで行って、また戻って来る時間を考えたら、慌ただしいですよ。ここでお茶でもしたほうがゆっくりできますよ」

洋子は橘にそう言って、諦めさせた。ことみと美香の二人のモデルも残念そうだったが、洋子の話を聞いて諦めたようだ。カメラマンの男二人は、集合の時間と場所を打ち合わせたあと、どこかに姿を消した。ド・ゴール空港のターミナルは、さすがに大型の国際空港だけあってさまざまな国の人々が行き交っている。パリには多くの黒人がいる。空港でも多くの黒人を見かける。例えば、広いド・ゴール空港の随所にトイレ設備があるが、清掃業務で働いているのはほとんど肌の色が黒い男女であった。以前、洋子がジュヴィと二人でこの空港に降り立ったとき、下働きはみんな黒人がやっていると言うと、ジュヴィはフランスにも階級差別ははっきりと残っていると言い、顔をしかめたことを思い出した。

カフェに向かう通路で、ふと見ると首からカメラをかけている二人の男性とすれ違った。身なりからして、洋子はジャーナリズム関係者だなと思った。瞬間、いま、この時、黒沢はどうしているんだろうか、洋子はそれを思った。生きていて欲しい、大怪我をしててもいい、とにかく生きていて欲しい、黒沢に会いたい、それがいつもたどり着く結論であった。

「ねえ萩原さん、パリの男って、どんな感じなん」

飲み物が運ばれてくるのを待ちながら、急に橘が洋子にささやくように訊いた。カフェのウエイターが若くてハンサムなフランス人だったからだ。

「あんなハンサムは珍しいですよ。多くはもっと普通です」

と洋子が言った。

「なあんだ、アラン・ドロンみたいなのがいっぱいいるのかと思った」

「私もパリの空港だから、そんな人がたくさんいるのかと思ってました」

モデルのことみは、美香と一緒に辺りをキョロキョロと見渡しながらそう言った。

「でもね、私の親戚の男の子は、大学生でジャンっていうんだけどね、この子はハンサム」

洋子はそう言った。

「へー、会ってみたいなあ」

と美香が身を乗り出して言った。

「ジャン、日本に来たいって言ってたから、来たら紹介するわ」

「わあ、ほんとにほんとですよ」

日ごろはすましてカメラの前でポーズをとっているのに、こんな話題には顔を崩してはしゃいでいる美香だった。

「萩原さん、ソ連からの帰りもこの空港で乗り換えでしょう。電話してジャンを呼び出してくださいよ」

ことみがそんなことを言った。

「ええっ、そんなゆっくりする時間あるんかなあ」

洋子は橘をふり返って言った。

「待ってね……、ええっと、トランジットは……百分ほどやね」

「てことは二時間近くじゃないですか、萩原さん、そうしましょうよ。それこそパリジャンに会えるって、最高の思い出になります。ね、ね、お願いします」

と、ことみは哀願した。

「仕方ないなあ、じゃ、キエフに着いたら電話してみるよ」

ウクライナのボリィスピル空港への乗り場はほとんどターミナルの端っこに位置していて、洋子たち一行はおよそ十分ほどは歩いただろうか。やがて、ウクライナへの乗り場が近づくにつれて、通路を行き交う女性たちの美しいことに気づいた。そのことにみんなが気づきはじめたとき、橘が声を上げた。

「なんか、女の人がみんなきれい」

半ば感嘆の声だ。

「ほんとやわ、ウクライナは美人の国って言うけど、みんなきれい」

美香もそんなことを言った。

「これはこれは、誰にでも声をかけたくなりますねえ」

カメラマンの二人はそう言いながら破顔だ。

「こんなに肌の色が白いって、どういうことよ。日本人とは白さがまるで違うよねえ」

ことみは真剣な顔で言った。


ボリィスピル空港への飛行機は小型で、しかも満員。シートも小さくて窮屈この上ない。約三時間余り乗っただろうか、空港ロビーに降りたとき、洋子たちは長旅の疲れでくたくただった。

予約していた現地のドライバーが空港の出口に迎えに来ており、洋子たちは空港から市内のホテルへと移動した。


キエフのホテルは「ＩＢＩＳ」という名前で、洋子たちはここに三泊する予定だ。『カモン』の撮影は、このウクライナの中心都市キエフを流れるドニプル（ドニエプル）河の畔で行う予定になっている。撮影は二日間の予定になっているのだが、頑張って一日で二日分を撮り終えて、余った時間は観光に当てませんかと、これは橘がカメラマンと洋子、ことみ、美香のモデルたちに持ちかけてきた。

「橘さん、そんなことをしてもいいんですか」

と、カメラマンの国本が尋ねた。

「みんなが黙っていてくれさえすればね、それでいいんですよ。現地での日程は私に任されていますからね」

「橘さんって、いいプロデューサーですねえ。まったく異論はありません」

と、これは洋子。

「私も賛成です」

「私も」

と二人のモデルも笑顔だった。

「分かりました。じゃ、日程を詰め込んで一日で撮影を終わらせましょう。ちょっときつくなりますが、いいですね」

国本はそう言った。

「そうと決まれば、今夜は早くベッドに入って休んでください。朝は、七時にここのレストランに集合してね。朝食を済ませて、八時半に出かけるようにしますから」

橘がそう言った。

中心都市だからだろうか、ホテルの設備はそれほど貧弱ではなかった。もちろん、日本のように何もかもが揃っているわけではないが、十分だった。飲料水はホテルのサービスとしてボトルが一本置かれていた。洋子たちの部屋は五階で、窓のカーテンを開けると、夕暮れの賑やかな通りが眼下にあり人々が行き交っていた。型は古いが車もけっこう走っている。仕事帰りだろうか、労働者風の男女が商店に行列を作っていた。

洋子は、やはり女性の服装に注目しないではいられない。学生モデルとはいえ、洋子はすでに駆け出しのモデルではなかった。その洋子の目には、ソ連ではファッションというものはかなり軽視されているように見えた。ファッション＝ブルジョワの贅沢という感覚なんだろうか。

官僚的な一党独裁のこの国では、衣服は二の次の問題なんだろうと思った。日常生活に不自由がなければそれでいい、そう思っているのだろう。なんと、味気ない社会なんだろう。すべては武器を生産するために、それがこの国のスローガンなんだろうか。すべてはお国のため、国民のことは後回しにする、攻撃ロケットや軍需品を製造する工場は稼働しているが、トイレットペーパーさえいつも品薄の状況。日本で暮らしていると、TVから流れるソ連圏の国民の暮らしぶりはそんな有様だった。

服のデザインひとつとってみても、それは国営企業の一部署にすぎない。この国の女性たちは、どう思っているんだろう。個性のあるお洒落をしたいと、そう思うのがどの国でも女の共通した気持ちではないだろうかと洋子は思った。社会主義を建設している国との看板はかかっているが、政治も経済も男たちが支配している。そんなソ連の男たちには、女たちの気持ちは分からないだろうと洋子は思った。

人々が商店に列を作って並んでいる夕暮れの通りを眺めながら、いったい何故こんな行列が出来るのだろうか、それほど生活必需品の生産は遅れていて、品不足になっているのだろうか。

ソ連では、労働のノルマを果たせばみんなお金は平等に与えられる。しかし、お金があっても欲しいものが手に入らないような社会ではどうしようもない。

洋子は、みんなが同じ国民服を着ている中国ほどではないにせよ、このソ連も経済の生産力が大きく遅れていることを垣間見るような気がした。結局は、生産力が発展しない限り、すべての国民が安定的に暮らしてゆける国にはなれない。日本は、その点では安心だと思うのだった。すべての国民が十分に食べていけるだけの食糧があり、自分の好きなファッションを選べるだけの商品が出回っている。問題は、社会の富が偏って蓄積されていることだろう。貧富の格差を正すことが出来れば、マルクスが考えた新しい社会へと進んで行ける、日本の社会はそんな段階にあるのだと、洋子はそんなことを素朴に思うのだった。

初めて見るドニプル河は雄大だった。パリのセーヌ河よりも大きいと感じた。

撮影場所は、出発前にソ連当局との交渉で決められていた。その書類を現地のドライバーに見せ、洋子たちはドニプル河畔に面した公園に行った。キエフは欧州でも古い都で、街を走っていても石畳の道路がたくさんあった。車で走ると、アスファルトの道にはない独特のタイヤの音がして心地よい。

撮影は順調に進んだ。森を散歩する市民が、何をしているのかと集まって来て、撮影の様子を眺めている。橘が片言の英語でその人々と話をしていた。あとで分かったことだが、橘は見学していた一人の女性に、昼食を安い値段でとれる場所が近くにないか尋ねたらしい。その女性は、森の外の通りにある、案内するからついておいで、日本はいい国だと言ってくれ、それで美味しい昼食を買ってきてくれたのだった。橘は、その女性の優しい善意に感激していた。

「最初はね中国人かって訊かれたの。いいえって言うと、コリアかって言うの、いいえヤポンですって言ったの。そしたら急に笑顔になってね、日本はいい国だって言うの。驚いたわ」

橘はそんなことを言った。

翌日、洋子たちはキエフの中心街、ダウンタウンに行ってみることにした。そこはたくさんの市民が往来し、活気にあふれていた。しかし、さまざまな店に置かれている商品は、衣服にしても、食料品にしても、種類は限られていた。キエフに着いたときから感じていたことだが、市民の暮らしぶりはけっして裕福そうにはみえない。

洋子は、北京でもここキエフでも感じたことだが、社会主義と呼ばれている国はどうしてこうも暮らしぶりが質素で、彩りがないのか、そして行き交う人々の表情に明るさが感じられない。ソ連も中国も、日本共産党が考えている新しい政治や経済の在り方からすれば、それは大きく違っている。コミンテルンの各国の支部として同じ社会主義・共産主義の理想を探求しているのに、北京で見た風景も、ここキエフで見る風景も、洋子の考える理想とはかけ離れている。もちろん、日本やフランスと比べると、社会全体の生産力がまだ低く、豊かな商品がなく、食べてゆくのが精一杯だということは分かる。でも、それはそうであったとしても、もっと活気があっていいと思うのだった。黒沢が以前、ベトナムには活気があると言っていた。ベトナムは、中国やソ連と比べると、また一段と生産力は劣っているが、それでも黒沢は、あの活気は半端なものではないと言っていた。いったい、この違いはどこから来るのか。洋子は、キエフというソ連の古い都にいて、そんなことを漠然と考えていた。

「萩原さん、美味しいレストラン、どこにあるか訊いてみてよ」

ことみがそう洋子に言った。洋子が英語を話せると思い込んでいるのだ。橘も英語を話す。多分、同レベルの英会話能力だろう。

「分かったあ、ちょっとここで待ってて」

「すみません、レストランはどこにありますか」

洋子は近くにいた若い男性に英語で尋ねた。

「どこから来たの？　中国？　レストランはいくつかあるけど、この向こうの角を右に曲がると一軒あるよ」

「日本から来ました。どうもありがとう」

「日本、素晴らしい、握手だ」

と言って手を差し出してきた。

洋子は握手を交わしながら、どうもありがとうと笑顔で言った。

「分かったから、レストランに行きますよ」

洋子はレストランだから少しは洒落た所かと思っていたが、あてが外れた。そこは日本でいうところの大衆食堂という感じの、いかにも下町の食堂だった。陳列テーブルには色とりどりの野菜やチーズ、卵などの料理が並んでいた。肉類はあまりないし、値段も少し高い。それでも、一行はみんな若く逞しい胃袋を持っている。思い思いの料理をお皿に盛って、先にレジに持ってゆき会計を済ましてからテーブルにつくのだ。

見慣れない、若くきれいなアジア人女性が食堂にいるので、みんなが注目している。声をかけてくれる人もいるが、ロシア語なのかウクライナ語なのか、どっちにせよ意味が分からない。


「わあ、これ美味しい」

頓狂な声をあげたのは美香だった。

「ほんと、これ美味しいわ」

橘もそう言った。

「うん、うまいなあ」

カメラマンの二人もそう言った。

「へー、キエフの料理ってこんなに美味しいの知らなかった」

ことみはそう言いながらぱくついている。

洋子も美味しいと思った。みんな結構な量を皿に盛っているが、日本では考えられないような安さだった。

「こんにちは、日本から来られたんですか」

いきなり、日本語で話しかけられ、一同は驚いて顔を上げた。若い日本人男性が立っていた。

「ええっ、日本からですか」

橘が訊き返した。

「はい、キエフ大学にいます」

「へー、大学に来てるの。私たちは『カモン』って女性雑誌の撮影で来ているんです」

橘がそう言うと、

「あの『カモン』ですか、知ってますよ。彼女がいつも買ってくるんで僕もときどき見てましたよ。モデルのことみとか……、ええっ、もしか、ことみさんですよね、わあ、萩原さんも」

若者は、ことみや洋子、美香を見て驚いて大きな声をあげた。

「どうも、ありがとうございます。まさか、こんなところで日本人に会えるなんて。それにいつも『カモン』見ていただき、ありがとうございます」

橘は立ち上がって、そう言って頭を下げた。

「それにしても、キエフで日本の人に会うなんて予想もしなかったです。こっちに来て、日本の人、初めてですよ」

若者はそう言った。

「キエフには日本人はいないんですか」

橘が若者に尋ねた。

「いえ、日本大使館に数人いますよ。でも、ぼくが知ってるのはそれだけですよ」

「ほんとにいないんですね」

と橘。

「日本人だけじゃなく、キエフには東洋人がまずいません。理由は分かりませんが、遠いからでしょうか」

と若者。

「キエフ大学で何を勉強しているんですか」

洋子はそう訊いた。

「政治や経済です。ソ連邦は資本主義ではないので、そういうことを研究しています」

「へー、面白そうですね」

と洋子は返した。

「そうですか、友だちには、なんでそんなところに留学するんだって言われましたけど」

若者は答えた。

「そんなことないですよ。じゃ、マル経が専門ですか」

「はい、一応そうです……けど、萩原さんはマル経なんて知ってるんですか、驚いたなあ」

若者が不思議そうに言った。

「私も大学生ですから、それくらい分かりますよ」

笑って言ったつもりだったが、若者は失礼なことを言ったと思ったのか、洋子に謝った。

「すみません、有名なモデルさんとマル経とがピンと来なかったんです」

有名なモデルと言われ、今度は洋子がピンと来なかった。

「洋子さん、マルケイってなんですか」

美香が小さな声で洋子に訊いた。

「マルクス主義経済学の略です」

「ふうん……」

とは言ったものの、美香は納得していない様子だった。

洋子は、こんなところに日本から研究のために来ている人がいるんやなあと、そんなことに感心していた。時間があれば若者の話をゆっくり聞いてみたいと思った。

「あのう、どこに住んでいるんですか」

洋子はそう訊いた。

「僕ですか、大学の寮みたいなところです。安いから」

若者は笑って答えた。

「私たちはＩＢＩＳホテルに泊まっているんですが、もし、今夜時間があればホテルに来ませんか。もう少し、大学での話をお聞きしたいんですが」

なんと大胆なことをお願いしていると、洋子は思いながらも、口に出してしまった。

「ＩＢＩＳですね、よく知っています。何時に行けばいいんですか」

「じゃ、七時にお願いします。お茶でも飲みながらお話を聞かせてください」

ことみも美香も、橘も目を丸くして洋子と若者のやり取りを見ていた。

「萩原さんって、やっぱりすごい」

ことみは若者が去ってからそう言った。

「ほんまに、初対面の男の人にあんな誘いするって、びっくりしました」

そう言って美香も驚いていた。橘は笑顔で洋子を見ていた。

「そうかなあ、そんなに怖い人と違うもん、見たら分かるやん」

「そうかも知れんけど、私はムリやわ」

と、ことみが言った。

若者は時間通りにホテルにやってきた。エントランスのすぐ左がラウンジなので、洋子はそこに若者を案内した。若者の名は磯島満生といい、早稲田大学の四年生だった。

「ご迷惑でしょうに、勝手なお願いをしてほんとにすみません」

洋子は最初に謝った。

「迷惑どころか、ものすごくうれしいです。前々から『カモン』のファンですから。なんか夢を見ているようです。しかし、ほんまにきれいですね、写真では分からないですが、やっぱり実物はまったく違いますね」

「ありがとうございます」

「あのう、立命館はどうですか。いまでも学生運動は盛んですか」

「はい、キャンパスでは民青が主力です。全共闘系も少しはいますけど、ほんの少しです。早稲田はどうですか」

「うちはですね、民青もいますが、それ以外のセクトもたくさんいます。賑やかな大学ですよ」

「それでね、磯島さんが研究しているソ連の政治や経済の話ですけど、どんなことをされているんですか」

「ああ、その話はですね、ぼくはですね、中国にも行きたかったんですが、まあこちらの方が本家本元っていうか、中国はソ連の真似をしてますからね、それでソ連に来たんです。モスクワ大学かキエフ大学か迷ったんですが、こっちの方が何となく好きで、それでここに来ました。

勉強っていっても、本格的にはこれからです。革命からもう少しで六十年ですけど、ぼくの感じでは、ソ連の経済って、ほんとはもっと発展していいと思うんです。つまり、政府のやり方に問題があると思うんです」

「その問題って、教えてください」

「何て言うか、経済の面でも民主主義がないと思います。社会主義は、労働者が中心だと思うんですが、ソ連の経済はそうなっていません。国がすべてを指図しています。それと同時に、国の予算も軍備に大きな比重があって、経済や暮らしは後回しです」

「私は専門ではないから経済は不勉強ですが、『経験批判論』でも民主主義の問題は深く論じられていますが、レーニンが考えていたやり方とはだいぶ違うんですか」

「ちょっと待ってください。萩原さん、『経験批判論』を読んだんですか」

「はい、私は唯研やってます。『経験批判論』は一年かけてやりました」

「唯研って……驚きました。最近、こんなに驚いたことはありませんよ」

磯島は急に笑顔になった。

「それでね、民主主義の話、もっと聞かせてください」

「あ、はい。ですから、国家社会主義ですよ、ソ連は」

「どういうことですか」

「まあ、一党独裁っていうか、その一党がまともな党ならまだしも、党が歪んでいるので、政治はもちろんですが、経済も歪んでいるように思います」

「なるほど……」

「買い物もね、スーパーの前に行列作って並ばないと手に入らないんですよ」

「それ、昨日、このホテルの向こうのスーパーでも行列になってました」

洋子は、昨日見た光景を言った。

「たしかにね、いままでの経済の仕組みを社会主義の経済に変えようと思えば、ある一定の期間、何て言うのか、変えてゆく時間が必要だと思うんです。それがどれくらいの期間になるかはよく分かりません。ですから、その間は国家が経済をすべて取り仕切ることがあってもいいと思うんですが、いくらなんでももう六十年ですよ、長すぎませんか」

「長すぎます」

「でしょう。やっぱり、労働者がもっと成長して、経済を動かす力をつけないと社会主義は絵に描いた餅だと思います」

「じゃ、磯島さんは、ソ連も中国もこのままではあかんと」

「ぼくはそう思います。萩原さんはどうですか」

「私ですか、私は正直言ってよく分かりません。ある人から『資本論』を勉強するように言われてるんですが、まだそこまで行ってないんです。だから、経済のことは分からないんですが、ソ連も中国もすごく変で、マルクスやエンゲルスから遠く離れてしまったなあって感じはしています」

「ぼくも『資本論』の勉強をはじめたばかりの学徒の一人です。まだまだ駆け出しですが、萩原さんの言う通り、マルクスとエンゲルスから外れていると、僕も思います」

「それって、辛いですね」

「ほんとに辛いです。それにしても、こんな話を、あの『カモン』の萩原洋子さんとしてるって、僕は夢を見ているようです。日本にいる彼女に言っても、絶対に信じてもらえないですよ」

「お話を聞けてよかったです。こんなところで、ソ連の経済を研究をしてる人がいるなんてねえ。早く日本で本でも出版してください。私は必ず磯島さんの本を買いますから」

「必ず本を出します。じゃ、本を読んだらまた連絡もらえますか」

「もちろん、またお話を聞かせてください。今夜はほんとにありがとうございました」

帰国して、千本中立売のアパートに帰ると、西山から手紙が届いていた。そこには、黒沢の新しい情報がまだ得られていないこと、生存の望みを捨ててはいないものの、状況は厳しいものであることが書かれていた。

分かってはいたものの、西山からの手紙は洋子を打ちのめした。どこかで生きていて欲しいという洋子の思いは、もう祈りのようなものになっていた。

洋子は、黒沢の母親に会いに行こうと思った。

（第六部・別れ　終）

第七部・新しい時代

（六十四）

巨大な翠の海が広がっている。今朝の熊野灘はどこまでも漣々と続いてたゆたっている。日に日に濃さを増しながら陰影を激しくする山々は、やがて来る躍動の季節を準備しているかのように、さまざまな彩りで春の香を放っている。

三重県の最南は古くから美しい海岸として有名で、海岸からすぐに険しい紀伊山地の山々が連なっている。そこはまた、雨量の多いことで知られ、急峻な地形にあがって育つ紀州ヒノキなどの木材は、他所にはない質の良さを持っていた。

海岸添いの各地の入り江は、古くは菱垣廻船や樽廻船の風待港であり、東と西の文化が交合する地でもあった。やがて、熊野灘を航行する船は蒸気船に変わり、風待港で賑わった嬌声も失せ、漁業を生業とする地になっていった。このリアス式海岸一帯では、伊勢えびをはじめ豊かな海産物が息づき、日本三大漁場といわれていた。

南島町では、漁業に従事する町民が五十七パーセント、海山町では二十七パーセント、紀勢町では二十四パーセントであった。熊野灘の海は住民の仕事場、生活の場であった。

この沿岸に、中部電力が原子力発電所を建設する計画が公表されたのは、一九六三年（昭和三十八）の十一月だった。この年はまた、東京電力が福島県に、関西電力が福井県に、それぞれ原発計画を打ち出した。日米原子力協定の具体化がこうして進みはじめたのだが、これらの計画が、その後の日本にどれほど過酷な災厄を招くことになるか、人々はまだこのときには知る由もなかった。

田辺市の自動車教習場なら七日間で免許が取れるとの情報を得て、洋子は卒業までの間に白浜に帰り、七日間、終日教習場に通って、四万円の費用で運転免許を取得した。しかし、免許証は持ったものの実際に一般道で運転したことがなく、記者になってからしばらくは車体のあちこちに傷や凹みを作っていた。そんなこともあったので、遠くに出かけるときは、社長とかけあって、「紀伊水道新聞」という社名が書かれた古い軽自動車で出かける許可をもらった。

大塔村鮎川から本宮町までは、国道とはいえ道幅の狭い山道が続いていた。その細い山道に木材を運搬する大型トラックや国鉄バスが往来していて、洋子は本宮まで出るのに冷汗のかき通しだった。

やっとの思いで本宮の町に出た洋子は、初めて熊野川の流れを見た。「こんなに大きな川だったんかあ」と、思わず声に出してしまうほど、洋子はその雄大さに見とれてしまった。そこから熊野市の海までまだ一時間ほどかかり、いまやっと海岸にやってきた。八時に家を出たのだが、途中で休憩もしたので、もう十一時になろうとしていた。眼前は見渡す限りの海原で、遠くに小さく見えるのはタンカーだろうか、熊野灘沖を北上している。

洋子は朝早く起きて、上富田から中辺路を通り、山越えで本宮に出た。さらに熊野川町の宮井橋から熊野川と北山川を渡り、熊野市までポンコツの軽四自動車でやって来たばかりだ。眼前に広がる雄大な熊野灘。砂利の浜に出て、腰を降ろして静かに寄せ来る波を見つめながら、国道沿いの自販機で買った缶コーヒーを飲んだ。三重県の原発建設予定地の芦浜まではまだまだ少し距離がある。

「尾鷲まで、あとどんくらいやろ」

そう呟いて、洋子は過ぎた日を思った。あの日、黒沢の撮影を手伝って、海から尾鷲の街や海岸線を眺めたのだった。二人で「おわせ」という名の旅館に泊まったことを思い出していた。

この海のずっと南にはインドシナ半島があり、黒沢がいなくなったカンボジアがある。いつか、洋子はその地に足を運ぶつもりでいた。カンボジアではまだ混乱が続いているが、ポル・ポト派が追いつめられていると報じられていた。混乱が収まり秩序が回復さえすれば、黒沢が泊まっていたベトナムのタイニンのホテルに行こうと考えているのだった。

黒沢はいまに至るも発見されていない。おそらく、クメール・ルージュの兵士に殺害され、あの国境近くの村のどこかに多くのカンボジア人に混じって埋められたんだろうと思う。それを思うとき、洋子の胸は裂け、目には涙が溢れた。

「さあ、出発や」

そう自分を鼓舞するように言って、洋子は腰をあげた。

洋子はこの春から「紀伊水道新聞」に勤めている。田辺市に本社があり、田辺市と西牟婁郡、日高郡に読者をもつ地方紙で、女性の従業員は記者の洋子と事務員の佐竹という二人だけだった。洋子以外にあと三人の男性記者がいて、社長を含む六人という小さな地方新聞だった。印刷は外注で、配達はほとんどパートが行っていた。

立命館大学を卒業する前から、学生モデルとして四年近くお世話になっていた若い女性のファッション誌『カモン』から、専属モデルとしてやってほしいという強い要請がくり返しあり、洋子は迷いに迷ったがどうしてもモデル業に踏み込んでゆく気になれなかった。事務局の橘からも、編集長からも何度となく説得を受けたが、洋子は最終的にモデルを断った。これまでお世話になった『カモン』の誘いを断るのには葛藤もあったが、洋子は良心の声が示す、生まれ育った南紀州での共産党員としてのたたかいの道に進もうと決心したのだった。学生モデルとして人気のあった洋子だけに、周りの人々は「もったいない」と言って残念がってくれた。

地方新聞社の給料は、もちろんモデル業をすることと比べると、それはもう天地の開きがあったが、洋子の若い清新な良心は自らが信じる道へと歩を進ませた。

兄の良介は、辛うじて京都大学を出て、和歌山市で高校の教師になり、あと一、二年もすれば田辺・西牟婁の高校に転勤するだろうとのことであった。そうなれば、母が一人で住む萩原家も、二人の子との三人家族となる。病死した父がまだ元気でいてくれたら、四人家族で賑やかだったろうにと、洋子は先年に病死した父を思うのだった。

おとぎの国のような美しさを持ち、人里から離れて静かに歴史を刻んできた芦浜の入り江。ここは三重県南島町と紀勢町とにまたがっていて、この地に中部電力が原発建設の計画を明らかにしたのは十一月三十日のことだ。

次の日の朝刊各紙は、「熊野灘に原子力の灯」とか「陸の孤島に脚光」と報じて、原発を歓迎する紙面を各家庭に届けた。寝耳に水の町民たちは、いったい何が起きたのかと面食らった。

実は、その二日前、県知事公舎では地元の四町長が集まり、「協力し合って互いに原子力発電所誘致の泥仕合をしない」紳士協定を町民には内緒で結んでいた。

十二月初め、中電は、紀北町大白浜、紀伊長島町城の浜、それに紀勢町と南島町にまたがる芦浜の三候補地のボーリング調査を三重県に申し入れた。

住民を置き去りに、あれよあれよと進められる原発計画に、いち早く待ったをかけたのは、十二月半ばに配布された、日本共産党のチラシだった。

「県民を放射能の危険にさらす原子力発電所の設置に反対しよう」と大見出しで、原発の危険性を知らせる、三重県委員会のチラシであった。このチラシを機に、各地で原発反対の声が上がりはじめた。

翌六四年になり、南島町議会と地元七漁協がそろって原発反対を決議した。すると、今度は紀勢町議会が原発誘致を決議した。

漁民たちは「原発反対中央闘争委員会」を発足させ、原発の実力阻止を決定し、県下の漁民に呼びかけ、三千人による原発反対漁民大会を開催した。

こうしたもとで、南島町の古和浦漁民が、誘致賛成の錦漁民にたいして投石で威嚇する事件が起き、これに錦漁民が報復するなど一触即発の事態となり、三重県警は六百人の警官を配置につかせた。

さらに、古和浦漁協の漁船に錦漁協の漁船がつかまり、無線機を破壊され、殴られて血みどろになって寄港する事件も起きた。ついには錦地区を焼きはらうなどの流言飛語まで出て、漁民同士の対立は激しさを増していった。

芦浜原発計画は、南島町の漁民などが阻止闘争をくり広げる一方、紀勢町が原発推進をかかげ、それを拠りどころに中部電力が強引に立地計画を進めた。南島町は「血をもっても芦浜原発を阻止する」との決意を表明、一歩も引かないたたかいを展開していた。

世にいう「長島事件」はこうした状況のもとで起こった。のちに洋子が地元の人から聞いたこの事件の顛末はこうだ。


その日、つまり一九六六年九月十九日はいまにも雨になりそうな日和だったという。

中曽根康弘衆院議員をリーダーとする「衆議院科学技術振興特別委員会」は、海から芦浜を視察するために長島町の名倉港を出航した。船は海上保安庁の「もがみ」で、自民党の中曽根康弘、渡辺美智雄、社会党の石野久雄、岡良一ら代議士の面々が乗船していた。
当日の様子を地元紙が次のように報じている。

薄曇りの正午前、長島町名倉港には七漁協代表六十人を含む約二百人が五十隻の漁船に分乗し、港にエンジンの音を響かせている。南島町の約二十隻百人も船着場に待機し「原発反対」の横幕をはためかせていた。

午後一時四十分ころ、衆議院の視察団が数台の車で到着すると、漁民の日焼けした顔はサッと緊張。一行の中に宮崎副知事の顔を見つけると、南島町の約百人が一斉にこれを取り囲み副知事を引き戻した。

「いまごろ何しにきた」「帰れ帰れ」の怒号。約十分、副知事を小突き廻した。付き添っていた警官の制止を払いのけるように、浜の砂をパッと投げつける。なかには「暴力はよせ」と自省の声も聞かれたが、群衆は副知事を追い回すように揺れ動き、副知事は顔をこわばらせて立ちすくんだ。その時、一台の車がすべり込み、副知事の大きな体が吸い込まれるように消え、走り出した車に罵声をあびせ石が数個なげられた。

一方、巡視船「もがみ」の周辺には、約二十隻の漁船が群れていたが中曽根代議士らは何事もなく乗船し、巡視船はともづなを解いて出航しようとした。

その直後、「中電の関係者が乗っている」という声が漁民のなかで上がり、いきり立った南島町の漁民たちは「バカにするな」と、約二十隻が巡視船の舳先《へさき》に取り付き出港の阻止にかかった。

巡視船は徐行しながら「危険だから退きなさい」とマイクで繰り返した。しかし、漁船は大きな巡視船にしがみつくかのように離れず、巡視船はそれを振りほどこうと船首を返そうと懸命になった。だが漁民達は屈せずに巡視船の舳先をさえぎる。

沖合で遠巻きにしていた長島町の漁船、それに芦浜で待機していた南島、南勢の漁船約六百隻のうち三百五十隻が巡視船を幾重にも取り巻いた。巡視船は二百メートルほど港内を迂回しただけで三十分後に停船してしまった。

漁民たちはこれに乗じて巡視船によじ登り制止する保安官ともみあいになり、海に転落する者も出た。十数人が乗り込み、「中電の者を降ろせ」と談判しながら、怒号は「国会議員も行くな」の声に変わった。中曽根代議士たちは、相談の結果、代表者を立てて話し合おうと主張し、漁民側は五人を立てた。沖合には芦浜から急行した南勢の六百隻の漁船が集結していた。視察団は事態がただならないと気づき、視察を中止した。

その後、県警は三十人の漁民を逮捕。拘留が長期化するなか、県漁連は上京し釈放の助力を中曽根代議士に求めたそうだが、中曽根代議士はこれにたいし、三つ揃いの背広をパリッと着て、そしてひとこと言い放った。

「原発を受け入れなさいよ。そうすれば、すぐに解き放してあげる」

と。

六七年一月、被告漁民が釈放される日、南島町七漁協の組合長がタクシーに乗り、そろって出迎えた。罪をひとり負った形となった古和浦漁民を「孤立させてはならない」と、町内の結束はむしろ強くなっていった。

この「長島事件」は、権力側と電力資本の悪辣さを見せつけたが、同時に、団結した芦浜原発反対の力が計画を追い詰めて行く契機にもなった。決死の覚悟で、南島町の漁民たちは闘ったのである。

その後、六七年九月、熊野灘一帯の漁協代表から「原発の白紙還元」を迫られた田中覚・三重県知事は、ついに「県の方針を百八十度転換し、芦浜原発計画に終止符を打つ」と声明した。

これで芦浜原発計画は終わったかに見えた。だが、翌年、田中知事は「棚上げしただけ」「白紙還元しただけ」と前言をひるがえした。

そして、七二年、初当選した田川亮三・三重県知事は、電源立地四原則の、

①地域住民の福祉向上に役立つ
②環境との調和が十分図られる
③地域住民の同意と協力が得られる
④原子力発電における安全性の確保

を掲げ、芦浜原発を再燃させた。さらには、七七年に国の「要対策重要電源」に指定したのであった。

芦浜一帯は中部電力が買い占めていて立ち入ることは出来ない。だが、姫越山の頂からは芦浜がよく見える。

洋子はその姫越山の頂に立っていた。美しい入り江、そして浜は手つかずのままだ。浜のすぐ上には海跡湖の芦浜池がある。

「まるでおとぎの国みたい」

洋子はそんなことをつぶやいた。

芦浜池は奥行き百メートル、幅三百メートルほどの大きさだろうか。こんな自然の美の恵みを電力独占が買い占めているなんてと、洋子は腹が立った。

それにしても、この熊野灘の豊かな漁場を守るんだと、「原発は血をもって阻止する」と宣言した漁民の心意気に、洋子は身が震えるほどの感動を覚えていた。

「太古の昔、人類は火を発見した。原子力エネルギーはそれに次ぐ発見だった。しかし、それには大きな落とし穴があった」

洋子は、大学時代に学習会で知った言葉を思い出した。

一九五四年三月二日、南太平洋のビキニ環礁付近で行われたアメリカの水爆実験。これによって降る「死の灰」によりマグロ漁船の第五福竜丸船長・久保山愛吉さんが死亡した。

そのわずか二日後、国会では、突如として三億円の原子力予算が提案され、可決された。日本での原子力利用は、こうして漁民の死とときを同じくしてはじまったのであった。

「ほいで、向こうはどあな具合なよ」

公がソファーに座って洋子に訊いた。

「やっぱり現場は見んとあかんなあ、遠出してよかったわ、おっちゃん」

「あの辺りには行ったことないけど、和歌山県側とはだいぶ違うか」

「全然違うなあ。自然が雄大っていうんか、こっちにもリアス式海岸はあるけど、向こうのは絵に描いたような形でなあ、ほんまにおとぎの国に出てくるような風景やわ。あんなとこに原発らて、ほんまになあ、付近の人らはみな漁業やで。漁民の人らはなあおっちゃん、血をもって阻止するって声明出してるわ」

「そうかあ、向こうも頑張ってるんやなあ。日置はな、一応は原発反対の町長が当選したさか、これで一安心やけど、そいでも相手はあの関電やもんなあ、どあな手打ってくるか分からんしな」

「関電は、候補地は日高町か日置川町かって、しぼってきてるみたいやなあ」

「うん、そう言うてるみたいや。なんせなあ土地を買い占めてるもんなあ。油断は出来んわ」

「私、今度の総選挙で井上さんの議席が出来たら、原発の計画に大きな痛打になると思うんやけど、おっちゃん、どう思います」

「そらそうや、ある意味、関電にとっては決定的な痛手やろなあ。洋子ちゃん、新聞社ではどあなん予想しあんなよ」

「うちの社長は、四人やのうて五人出たら共産党はチャンスやて言うてますわ」

「洋子ちゃん、会社で党員やって言うてるんか」

「いやいや、そんなこと言うてないで。言う必要もないし。ただ、応援はしてるって、そう言うてんね」

「みな、どあなん反応な」

「萩原さんは立命館やもんなあって。立命ってほんまに共産党が多いって思われてるわ。で、記者は四人やねんけど、二人は票もらえそうな感じやけど、あとの一人はどうも自民党やなあ。事務の女の人はまだ話はしてないねん」

「そうか。ところで、富田支部はどうなよ」

公は、地区の副委員長であり県委員もしている、この地方の指導的な活動家であった。洋子は、父の親友の公を幼いころからよく知っているし、何でも相談できる人だった。

「まだ転籍したてやからなあ、支部の人と顔見知りになるって段階やけど、そいでもなあ、一言で言うたらのんびりし過ぎてる感じやわ」

公は笑いながら煙草を吸っている。

「のんびりし過ぎてるわなあ。みな、気のええ百姓のおっさんらやもんなあ。そやけどな、この間、小山のおっさんがな、モデルやってたんやてなあ、べっぴんやさかびっくりしたって言うてたわ」

「あはは、会議でもおっさんたち、みなそあに言うてくれてたわ。そいで、結婚の相手はもうおるんかとか、うるさいてうるさいて」

「まあ、富田の支部はほとんどがおっさんらばっかりやもんなあ」

「でもなおっちゃん、折りを見て、私、支部会議は週に一回開くようにって言うてみるつもりなん。いままでみたいに、半年に一回とか、そあなんでは選挙にならんもん。『拡大月間』とかになったら、毎日結集も言うてみようかって、そんなん思うんやけど、なっとうかなあ」

「そらまた強烈なパンチやなあ。みな口開けてポカンとするやろうなあ。洋子ちゃん、それ提案してみてよ。あの長い党歴のおいやん達がどう言うか、これはなかなか興味あるなあ」

「大先輩に向かって生意気ですけど、言わせてもらいます」

「なんやなあ洋子ちゃん、あんたがこんな風になって大学から帰ってくるとはなあ、親父さんが生きてたらなあ、色々とまた面白い話が出来たんやけどなあ」

公はしみじみとそんなことを言った。

「わしが親父さんに政治の話をしたんは、わしが十七であんたの親父さんが十六のころやったわ。洋の親父さん、あんたのお祖父さんやけどな、アカには近づくなって洋にくり返し言うてたらしいわ。あれから砥石争議があったり、戦争で大陸でたいがい苦労したりなあ……。そいでも、いまこあにして洋の娘さんと同志になって話をしてるんやからなあ、世の中も進んでるってことやわ」

「おっちゃん、その砥石争議の話やけどな、時間あるときにでも、顛末を書いて残してほしいわ。ちょっと前のことなんやけど、いまの地元の若い世代は、そんなことあったのも知らんもん。ほんで、やっぱり労働争議の歴史は階級的な観点がなかったらあかんもん。ただ単に経緯を知ったあるってだけではあかんもんなあ」

「そやなあ、洋子ちゃんみたいな立派な活動家が育ってきたんやから、わしに出来ることはせんとあかんな。何か書いてみるわ」

「私はお世辞にも立派な活動家とは違うんやけど、そうありたいとは思ってます」

「うん、話は変わるけど、兄貴もこっちの高校へ転勤できそうなんか。この間、あんたのお母ちゃんに会うたら、そあなこと言うてたけど」

「はい、来年はまだ無理やと思うけど、二、三年のちには転勤してこれるって、兄は言うてました」

「良介君が家に戻ったら、また賑やかになってええなあ。お母ちゃんも心丈夫になるしなあ」

（六十五）

白浜町の南隣、日置川町は面積の九二パーセントを山林が占めている。かつては木材で栄えた県内でも有数の町だ。国鉄・日置駅を降りると、辺りにはいつもおがくずの匂いが漂っていた。この街を流れる日置川は全長三十数キロで、その最奥には一九五四年（昭和二十九）に作られた、関西電力の日本初のアーチ式ダムがある。

黒部第四ダムはこの日置川のダムを真似て作られたものだが、建設から四年後の五十八年七月の集中豪雨でダムの水門をすべて開け放った。そのため洪水が発生し、流域で暮らすほぼ全戸が二階まで浸水した。関電は、浸水した家屋に一律二万円という補償金を支払っただけであった。「こんな涙金で……」という住民の怨嗟の声はいまも消えておらず、関電への住民の不信感は根強い。

日置川原発の計画は、事のそもそもから関西電力と森田清一・日置川町長ら推進派の合作による、住民を無視した陰湿な形で進められた。

一九七六年二月六日午前九時、日置川町臨時議会が開かれ、午前中の審議は順調に進められた。しかし、午後の開会と同時に、議長は突如として秘密会に切り替え、報道陣や傍聴者を排除した。こうして、住民もマスコミも排除したうえで、関西電力への町有地の売却が強行された。反対したのは日本共産党の平阪登一議員一人だけだった。

だが、この売却された土地は、町開発公社が「自然公園にするから」と所有者をあざむき先んじて町が手に入れていたものだった。土地の買収にあたった職員も、関西電力への転売計画など知らず、自然保護と思い込んでいたようだ。

土地の広さは六十六万平方メートル（小学校の運動場を約一万平方メートルとすれば、六十六個分の広さ）、価格は十二億五千九百万円で、一坪単価は約二千円という値であった。ここの土地の所有者は十三人で、すべて地元の市江区の人々だった。

町の開発公社は、「乱開発から故郷の緑を守るために、いまのうちに開発公社が所有しておき、ゆくゆくは自然公園にする」と住民に説明し購入した。

「自然公園にするというさか、それを信用して売ったのに、原発にするんなら土地を返せ」

と、土地を売った住民たちは猛反発した。

悲劇はこうした状況で発生した。土地を開発公社に売った七十一歳の男性が自ら命を絶つ痛ましい事件が起きたのだ。

「原発ら作られたら地元にも子どもらにも申し訳ない、迷惑をかける」

との言葉を残しての自死だった。

四月。関西電力は、

「原発立地の事前調査を行いたい。県立の自然公園になっているので、調査は県と町の指導のもとで環境保全に万全を期します」

と、町に申し入れ、百十万キロワットの原発二基を建設したいと明らかにした。

町議会は、「原子力発電を勉強する会」と称するものを立ち上げ、推進派の議員らが東京電力福島原発と九州電力玄海原発を視察した。

原発建設計画をめぐって日置川町が大きく揺れるもとで、七月、町長と町議の選挙がめぐってきた。

町長選挙は、現職の森田清一と原発反対をかかげる元町議の阪本三郎が立候補し、阪本が大差で初当選する結果となった。町議は、定数十六人に二十六人が立候補し、日本共産党からはそれまでの平阪登一に加え浦四郎の二人が立ち、初の複数議席を実現した。

洋子は、なんとかして井上あつし候補を当選させたいと、連日のように駆けまわっていた。支部会議では、毎日結集の態勢をとろうと提案した。そうしないと、遅れている支持拡大も党勢拡大も、目標をやり遂げて選挙を迎えることにならないと考えたからだ。

「萩原さんの提案、みなどうやろ、一回やってみいへんか」

地区常任委員の楠木さんが、そんな後押しをしてくれた。一回やってみいへんかと、そういう言い方をするのは訳があった。

洋子が属している支部は、白浜町の農村支部で、この支部は長い間、支部会議がなかなか開かれず、みんなが顔を揃えるのは年に一回の支部総会の場くらいだった。主力党員のほとんどが農民で、規則的な党活動とはほど遠い状況にあった。

大学から戻って、洋子は地元の富田支部に党籍を移した。支部では、大学出のお嬢さんが移って来てくれ、「赤旗」の配達・集金に参加してくれる若い者ができて助かるくらいの歓迎だった。洋子は、人はいいが、組織的には訓練されていない、自由で分散的な傾向をそのままにしていたら、党員の一人一人が持っている力を出せないと考え、思いきって週一回の支部会議にしようと提案した。途端に、強力な反発があった。

「党規約ではそうなったあるけどな、地域地域で事情があるんやさか、週に一回らて、いくらなんでも都会の支部みたいなわけには行かんてよ」

こう言って、反対論を言ったのは支部長の佐山だった。佐山支部長は現職の公務員で、職場では労働組合の幹部活動家で、組織をまとめる力があるということで、洋子にはいきさつは分からなかったが、職場支部ではなく、地域の支部長をしていた。佐山自身も農民である。

洋子の提案は、一番の実力者からいとも簡単に却下されたわけである。

「私、大学を出たばっかりのひよっこやってこと、それは重々分かっています。そやし、生意気に聞こえたら謝りますけど、地域には実情があるっていうて、実情を優先させたら十年経っても党は大きならんって思うんです。やっぱり、党には綱領と規約があるんですから、そこへ団結せなあかんて思うんです。あの、間違ってたら間違ってると指摘してください」

「あはは、こら参ったなあ。そらそうや。原則はそうやけどな、原則通りには世の中いかんてよお」

と、今度はもっと古参の松葉という、現役時代はバスの運転手をしていた党員が言った。

洋子は、大先輩の二人の党員から反対されて、言葉が見つからなかった。

翌日、洋子は外回りの途中に地区委員会の事務所に車をつけた。

「そんなわけで、総選挙に向けての毎日結集は却下されました」

洋子は、居あわせた地区委員長の木下にそう言った。

「あはは、そりゃそうやろうなあ」

と、木下は声をあげて笑った。

「私、間違ってますか」

洋子は、笑っている木下に反問した。

「いやあ、正論やで。間違ってないけど、現実的やないわ」

木下はそう言った。

間違ってはないが現実的ではない、とはどういうことなのか、洋子は分からなかった。

「どういうことですか」

木下は、クセなんだろう、貧乏ゆすりをしながら、少し真面目な表情になった。

「正しいけど、地元の実際の状況に合ってないんやなあ。あそこの支部はみな百姓やろ。暮らし方が天気に左右されるし、仕事をする時間もばらばらでなあ、およそ組織的な活動らしたことないさかなあ。それが現実やさか、原則論で迫ってもあかんなあ」

木下の説明は、洋子には分かったような分からないような話だった。

「ほいたら、どないしたらええんですか」

「簡単にそれが出来るんだったら、楠木はんもいままでにやってるやろうけどなあ」

担当している常任委員の楠木でも手こずっているのに、あんたのようなひよっこには無理だと突き放された感じがした。

「ひとつヒントを言うとしたら、ハートに火をつけることやろうなあ」

流行歌の文句のようなことを木下は言った。

「何ですか、それ」

「理屈やのうて、党員としての心意気を奮い立たせるっていうか、革命の気概を思い起させるっていうか、そこらやろなあ」

「つまり、理ではなくて情で迫れということですか」

そう、洋子は尋ねた。

「まあ、そんな感じかなあ」

と、木下は言ってにこにこしながら貧乏ゆすりをしている。

面白いことを言う地区委員長やなあと、洋子は木下のヒントを考えながら、取材の目的地に向かった。

洋子の取材の担当地域は、白浜、上富田、中辺路、日置川、すさみ、串本の六町と大塔村の西牟婁郡全域だった。だが、実際に取材をはじめて、洋子はそこが余りにも広すぎることに気づかされた。洋子は社長にそのことを言った。

「広いやろ、体が幾つあっても足りんやろ」

「足りません」

「まあ、よう考えて、どこの、どんなことを優先して取材するか、相談しもてやったらええわだ」

との返事だった。

記者クラブがあったのは、七つの自治体のうち白浜町だけで、「紀伊水道新聞」も会員になっていて、大手の各新聞と並んで「紀伊水道」のような地方紙もデスクを持っていた。

「この前の原発の囲みなあ、よくできてたよ」

そう言ってくれたのは、何かを読んでいたA新聞のベテラン記者の岩中だ。

「ありがとうございます。大先輩にそんなん言うてもろたら励みになります」

「ははは……地方紙はわれわれ大手と違って関電に気兼ねせんと書けるからなあ、その点が面白いよなあ。どんどん切り込んで書いたらええと思う」

「はい、たまに書き過ぎて編集で直される場合がありますが、うちは大体は原稿通りに載せてくれます」

「洋子ちゃん、三重県の芦浜に一人で行ったの」

「あ、はい。あそこへ行くの大変でした。先輩は現場に行かれたことありますか」

「ないわあ、遠いからなあ。それに管轄外やからなあ」

「ああ、なるほど。私免許取り立てでちょっと擦りました。けどまあ、会社のポンコツで行ったので……」

「ははは、そうかあ。ところで、日置川の関電と向こうの中電と、何か違うとこあると思う」

「日置川も、私取材はじめたばっかりやし、向こうとの違いって分かりません。ただ、どっちもほんまにあくどいっていうか、独占資本の論理がむき出しで、大変なたたかいになるなあって感じはします」

「日置川の場合は、おととしの選挙で阪本町が当選したから良かったけど、でもな、これはまだ分からんよ」

「ええっ、そうなんですか、原発にははっきり反対って言うてはりますよ」

「それはさあ、洋子ちゃんやから言うけど、いまのところはってことやで。関電も県もな、そんなに簡単に諦めるとこと違うから、そこんとこはリアルに見ておかんとあかんよ」

た。

「そうなんですか」

洋子がそう言うと、岩中は洋子を顔を見てさらに言った。

「この前の囲みに洋子ちゃんも書いてたけど、原発はそもそもが欠陥商品やろ。それを安全だ安全だって宣伝しまくって、国民を騙して建設してるやろ。なんで、そこまでして国も電力会社も原発に走るの」

「理由ですか……金儲けのため……」

「うん、その通りや。電力は総括原価方式やからね。あ、これなあ、もっと暴いたらええと思うよ。ほとんどの住民は、日本の電気料金が世界一高いってこと知らないからね。この総括原価方式の仕組み、とにかく都合がいいわけよ、電力会社にとっては」

「はい、そうですね」

「発電の費用、送電の費用、人件費、とにかくすべての費用を電気料金に乗せてる。報酬まで計算して料金に組み込んでる。こんなやり方やから絶対に赤字にならへん。その辺りのからくりを読者に知らせることは必要やで。大手ではそこまで突っ込んで書かれへん。スポンサーの金儲けを暴くようなもんやから」

「それ、何かのときに書きます」

「うん、それからさあ、地域独占やから競争相手の電力会社がいない。これも、やりたい放題できる原因なわけや」

「はい。先輩、その関電も県も日置川に原発つくるの諦めてないって話ですけど、何かアドバイスしてくださ い」

「あ、それはね、関電はいま、水面下で必死でさまざまな手を打ってると、僕は思ってる。何て言っても土地を持ってるんやからね。それから、この原発という商売は滅茶苦茶なカネになる。これほど金儲けできる商売はないっていうくらい巨大なカネが動くから、そこへ群がる関係者、そらもう大変な数の企業や人らが群がってる。だから、簡単に諦めるなんてあり得ない。阪本町長さんがどこまで骨のある人かは分からんけど、よってたかって揺さぶられたらどうなるか、そこは心配なとこじゃないかなあ」

「なるほど、じゃいまも、裏では関電はうごめいている」

「その通り。地方紙は、そこをリアルにつかんで報道してほしいなあ」

「分かりました」

洋子は岩中の話を聞きながら、このたたかいは緒についたばかりだと思った。

大手の記者は、平日は必ず一度はクラブに顔を出す。洋子が見るところ、毎日一本の記事をデスクに送ると、あとは自由時間のようで、将棋を指したり、釣りに行ったり、見た目には気楽だが、大手は大手なりの苦労があるんだろうと洋子は思っていた。


会社ではできないので、洋子はいま記者クラブの机で、次の民青の会議の議案を作っていた。同盟員の拡大が目下の課題なのだった。洋子が白浜に戻って以来、元々いた同盟員と相談しながら三人が新たに加盟している。一人が町役場に勤務、一人が農協職員、あと一人が民間に勤めていた。次回の班会議は、近づいている総選挙に向けて白浜町で二十人の班を建設するために、あと数人の同盟員を増やす必要があった。そのためにどう働きかけを広げてゆくのか、その議論がメインだった。

思えば、入党を躊躇していたころには、田舎に帰ってこんな活動をするなんて、洋子には思いもつかないことだった。京都を離れてからは、大学時代の知り合いとも連絡をとる間隔が広がっていた。唯研の友人たち、党支部の友人たち、それにアパートで一緒だった由紀。みんな、それぞれの道を進んで行ったが、多くは教員やその他の公務員になっていた。由紀も大阪で教師になっていた。

『カモン』の橘からは、何度か電話があった。橘は、「あんな田舎に帰って新聞記者をしてるなんてほんとにもったいない。モデルなら一流になれるのに」と、編集長がいまでも言っていると笑いながら話した。洋子も、お世話になったのに、ほんとに申し訳ないと言う以外になかった。

京都時代には、ファッションにもそれなりに気を使って、高価ではないにしろ洋服も買ったが、いまはそれを身につける機会もない。毎日、動きやすく、汚れてもいい、そんな見た目にもパッとしないものばかりを身につけていた。そうではあったが、洋子の若く整った姿態は相変わらず人目を引いた。記者クラブでも、取材先の現場でも、卑猥を連想させるような言葉を向けてくる男たちがいたし、なかには真面目に交際を申し込む男もいた。しかし、黒沢の不在でぽっかりと空いた洋子のこころを埋めるに足る男はいなかった。ぽっかりと空いたこころに、黒沢がまだ大きく存在していることを、洋子は誰よりも分かっていた。黒沢を感じ、黒沢と過ごしたときを思い出し、洋子は幾晩涙しただろう。

環境の変化とともに、洋子の関心事も大きく変わった。新聞記者になり、いまは読者にどう真実を伝え、矛盾があれば、その解決の道筋が見えるような記事に、そんなペン使いに上達するにはどうするかと、そんなことばかりを考えている。

そして、折りをみてカンボジアに行こうと考えていた。黒沢が消えた大地を、自分も踏みしめ、そこに吹く風を感じてみたいと、洋子はずっと思っているのだ。

ジョンは相変わらず洋子に可愛がられていた。洋子は、時間があれば走るように心がけていた。いまは、ポンコツの軽自動車とはいえ車があった。ジョンを乗せ、洋子はよく五島の浜に行った。およそ一キロの砂利浜にはいつも人の姿がなく、思う存分にジョンと遊ぶことができた。

支部会議は、洋子の言うように、党規約にそって週に一回開くまでには至っていないが、それでも月に二回は必ず開くようになった。小山富造町議の自宅横にある小さな小屋が支部会議の場所だった。ここはまた、民青の班会議の場所でもあり、いわば支部のたまり場になっていた。

「あんたみたいな若い熱心な人に言われたら、みな断る訳にいかなよお」

地区常任委員の楠木はそう言って笑った。

「この間、地区委員長から、正論がつねに現実的だとは限らんって、百姓ばっかりの支部でどういう提案をすればいいか、コツみたいなもんを教えてもらいました」

洋子が楠木にそんな話をすると、楠木は言った。

「その話なあ、この前の常任委員会で出されてなあ、ちょっと議論になったんやて。木下委員長はな、萩原さんにあんな話をしたんやけど、あとでよくよく考えなおしてみて、あれで納得してもらえたんかどうか分からんって言うんや」

「へえ、そうだったんですか。私は、なるほどなあ、現場で長年やってきてる人はやっぱり深い話するなあって感心してたんですけど」

「そいでな、萩原さんが言うてた、綱領と規約に団結するってな、それ以外の問題を組織運営に持ち込んだらあかんの違うんかって、そういう意見が出されて、なかなか面白い議論になったんや」

「へえ、私の意見をそこまで取り上げて、常任委員会で話し合ってくれたんですか」

「取り上げてっていうことでもないけどな。なかには、党綱領と規約に団結するらて、そあなこと日ごろあんまり考えたことないなあってな、二十歳そこそこの娘さんにそれを言われてはっとしたわって、そあなんことを言う常任もいて、何て言うんか、みな初心に戻ったような気分にさせられたなあて、これは木下委員長も言うてたよ」

「そうなんですか、何にも知らん若いもんが口幅ったいこと言うたかなあって、そう思ってたんですけど……」

「そあなんことないて。提案があったら何でも言うたらええで」

楠木はそう言ってはげましてくれた。


そんな話をしているところに支部員の面々が集まって来て、支部会議がはじまった。

「赤旗」の読み合わせのあとで、佐山が話をはじめた。

「原発のことやけどなあ、あがらも町は違うけど予定の場所がすぐそこやし、まあ地元やろ。阪本町長になって一応下火になったけど、どうなんやろなあ。なんか掴んでる情報があったら言うてみてだ」

佐山支部長はそう提案した。

「わしの市江の親戚はよお、地元の区の団結は変わってないて、昨日もそあなこと言うてたよ。とにかく、土地を関電に握られてるさかまだ安心はできんって、地元の区としてはまとまってるみたいやわ」

こう言って、建設予定地の市江の住民の声を紹介したのは広畠だ。

「関電もやる気やだ。あの国道沿いの、二つ目のトンネルの左側に事務所建てたわだ。常駐の職員を何人も配置したしなあ」

役場に勤めている桑田が新しく建てられた関電の事務所について説明した。

「おいやん、議会ではどうなよ」

桑田が言うおいやんとは小山町議のことである。

「議会かよ、いまのとこは静観してるなあ。ただ、世論としては観光地・白浜温泉のすぐそばへ原発をつくるのは反対ていう声は多いけど、関電が本腰入れてかかって来たらそあな世論はひっくり返されるかも知れんしな。地元の同意ていうのは、当該の日置川町だけやのうて、白浜町も向こうのすさみ町も地元やて、この間もだいぶ言うたんやけどな。町長もその点はその通りやって態度やなあ」

小山町議の話を受けて楠木が発言した。

「日置川町の原発反対協議会は、やっぱり町長が変わってから安心した感じで、活動が弱まったなあ。反対協に参加してる党員も頑張っているけど、主軸は漁協やもんなあ、何もかも党の言うようには行けへん。そやし、日置の支部では党独自のビラも作ってどんどん宣伝やってるけど、町全体としては運動が弱まったことは確かやわ」

「地区としては、どういう方向やろか。新しい提起あるんやろか」

佐山支部長は楠木に質問した。

「そうやなあ、いまのところは各支部で原発の危険性を思い切り宣伝しようらってことやなあ。そいからもう一つは、総選挙で何としても井上議席を実現する、何ちゅうてもこれが関電への一番の痛打になるていうことやわ。そやし、そのための『拡大月間』で党員と読者を目いっぱい増やすことやろなあ」

この日の会議では、支部としての党勢拡大の目標を決めた。洋子は、支部としての目標を達成するためにも、一人一人が自分自身の拡大目標を決めようと提案した。そして、自分の目標を達成するために、みんなで集まって行動する統一行動日を決め、力を集中してやり遂げようと提案した。

洋子のこの提案には賛否両論というか、消極的な意見も出された。特に、支部長の佐山が乗り気ではなかったが、小山町議が「面白いやり方や。こあなことやったことないし、やってみよらよお」と発言し、その後押しもあってやろうとなった。楠木常任委員も、「わしも行動日には手伝いに来るわ」と言ってくれた。

（六十六）

　ジュヴィがホットコーヒーを淹れてくれた。役場から耕治の旅館までは車で五分とかからない。ジュヴィは五十を少し過ぎたが、子を産んでいないせいか、若々しい顔と形を維持していて、ぱっと見にはとても五十歳には見えない。

　いつの間にか、ロビーの奥隣の物置部屋を他所に移し、スペースを広くして、そこにカフェコーナーを新設していた。春の連休や夏場、年末年始には地元の女性に来てもらい、カフェを任せているんだとジュヴィは言った。

　相変わらず、旅館は順調のようだ。

「どう、車、もう慣れた」

「毎日乗ってるし、だいぶ慣れました。まだ、たまあに当てることもあるけどね」

　洋子はそう言って笑った。

「で、記者は面白いの」

「色々と社会勉強になります。色んな人と接して、扱う記事もさまざまやから、浅いけど、知識は広がるって感じですね」

「なるほどね。あ、そうそう、ミレーユから手紙が来て、ジャンが洋子さんに会いたい、洋子さんに会いたいって言ってるみたい。あの子、美人に弱いからってミレーユが」

「ははは、で、まだ日本には来られへんのかなあ」

「ジャンだけなら都合つくんやろうけど、ミレーユと休みを合わせるのが大変みたいよ。来るなら、あったかくなってからの方がいいって書いといたんやけどね」

「ジャンも大人になったやろうね」

「どうかなあ……でもね、あの子、ほんとに洋子さんが好きなんかもね」

「ええっ、ほんまですか」

「何か、私はそんな気がするんやけど」

「どうしようかなあ、ああ、また男を惑わしてしまったかなあ」

「あははは」

　と、二人は笑った。

「でも、ジャンは彼女できたってことでしょう」

「そうみたいやけど、あっちはね、その辺はわりと自由やからね。恋人が複数いるってよく聞く話やで」

「何か、みんな盛んやなあ」

「フランス人はね、そうみたいやで」

耕治が奥の厨房の方から出て来た。

「楽しそうやなあ」

「おっちゃん、こんにちは」

「どう、記者は慣れたあ」

「ぼちぼち。先輩の記者が色々教えてくれるんで有難いわ」

「洋ちゃんなら、向こうから教えに寄ってくるやろ。みな、美人には目がないからなあ。なんやかんやと誘いに来るんと違うかあ」

「うん、色々と言うてくる」

「男って生きもんはどうしようもないさかなあ」

ジュヴィがそんなことを言った。

「女も一緒やろ。男前っていうたらすぐわいわい言うてるやろが」

耕治は反論した。

「一緒と違うでえ。男と女とでは考えてることが違います。なあ、洋子ちゃん」

「なるほどなあ、そりゃそうかも知れんなあ」

と、耕治はあっさりと認めた。

「おっちゃんの負けやなあ」

「ははは、ところで、時間あるんやろ。ご飯食べて行きよし」

「おおきに、そのつもりです」

「洋ちゃんなあ、ジャンに手紙でも出したらどう」

ジュヴィがそう言った。

「手紙ですかあ」

「うん、来年はきっと来てって」

「そうですねえ、ジャンに手紙かあ……面白そうなんで一回書いて出してみます」

その夜、洋子はジャンに手紙を書いた。辞書を開き、文法は適当だったが意味は通じるだろうと思った。

Jean
ジャン
Long time no see.
お久しぶりです。
I've heard from Aunt Genevieve about you.
ジュヌヴィエーヴ叔母さんから君の様子は聞いてい

ます。
Since then,I'm sure you've grown up.
あれから、きっと大人になったでしょうね。
What are you doing at university?
大学では何を勉強しているの？
I'm a newspaper reporter now. Magazine company to become a professional model
私はいま新聞記者をしています。プロのモデルになってくれと雑誌社から
I was asked by, but I declined.
依頼されたけど、私は断りました。
Because I wanted to do a job that would contribute to the Japanese revolution.
なぜって、私は日本の革命に貢献する仕事がしたかったから。
I returned from Paris and became a member of the Japanese Communist Party.
私、パリから帰って日本共産党員になったの。
I will tell this story when I meet you.
この話は君と逢ったときに話します。
By the way, please come to Japan next spring or summer.
ところで、来年の春か夏に日本に来てください。
The cherry blossoms are beautiful in the spring, and in the summer you can swim with me in the sea.
春には桜の花がきれいだし、夏には海で私と一緒に泳げるから。
So be sure to come.
だから、必ず来てね。
see you.
ではまた。

Yoko Hagiwara
萩原洋子

民青の班会で、ビラ撒きに警察官が尾行してくるとの話が、役場勤務の新田から出された。

「ちょっと詳しく言うてみて」

班長の山崎が促した。

「僕の受け持ち、知ってるやろ、椿のあの住宅のまわり

やけど。だいたいいつも、国道を右に降りた、あの広っぱに車停めといて、まっちゃんと二人で手分けしてるんやな。この間もそうしたんや。でな、配り終えて、広っぱに戻ったら、見慣れん車が停まってたんや。普通、あんなとこに車らだあれも停めへんし、おかしいなあって思ったんや。ひょっとして、ポリかなあって直感したさか、しばらく車の中でじっとしてたんや。ほいたら、ちょっとしてから男が二人、歩いて戻って来たんやけど、一人は白浜署の小林やった。で、カメラ持ってたしな」

新田がそこまで説明した。

「顔、見られたんか」

と山崎が訊いた。

「二人とも帽子をかぶってたからなあ、分かったか分からんかったか、なんともなあ」

と新田。

「なんか妨害されたとか、言うてきたとかはいっさいないんやな」

「ないない。ただな、考えてみたら、ビラ撒きのところまであとをつけて来たってことやし、気分悪いなあってな」

「気に入らんなあ」

「うん、気に入らんし、俺らの組だけと違うて、他のビラ撒きの組にもそれをするんと違うかなあ。ていうことはやで、相当組織的にやってるってことやろ、違うかあ」

「白浜署の小林て、あのちょっと小太りの奴か」

と別の同盟員が言った。

「何か仕掛けてきたら、逆に写真撮って、活動の妨害やって記事に書けるんやけどなあ」

洋子がそんなことを言った。

「そうかあ、一応、地区委員会に報告するけど、支部長の佐山さんにも言うとくわ」

山崎がそう言った。

「ねえ、これから選挙が本格化するんやし、これ、まだまだ警察は尾行とかしてくると思うから、なあ新田君、次のビラ撒きのとき、私も行くわ。で、尾行してくるの写真に撮って、必要なら記事にするわ。こんなん許してたらエスカレートして弾圧してくるに決まってるからな」

「そやけどな、俺は公務員やし、ビラ撒きしても大丈夫かなあ」

「なんでえよお、自由な時間に、自由に自分の支持政党の応援するの問題ないやん。ましてや、いまはまだ選挙もはじまってないときやしなあ」

そう、班長の山崎が言った。

「新田君、心配せんでええよ。万一、役場に知れても、首にはなれへんから。どっからでもかかって来いって気で行こう。われわれには憲法があるんやから」

洋子はそんなことを言って新田を励ました。

「だいたいなあ、都会ならまだしも、地元の警官らて、ほとんど顔見知りやで。それをこそこそつけ回ってからに、むかつくなあほんまに」

新田が腹を立てている。

「新田君、下っ端に腹立てても仕方ないわ。末端のポリは指示通りに動いてるだけやもん。白浜署、っていうか、県警の方針やろ、県内の共産党対策は」

洋子は新田にそう言った。

「そうなんやろけど、地区委員会の会議で他所のそあな話、あんまり聞かんねけどなあ。白浜の署長が特に悪いとか……」

班長の山崎は民青の地区役員もしているので、周辺の市町村の情報も知っていて、そんなことを言った。

「署長って、どっか紀北のほうの人間やろ、異動のときの新聞に出てた」

別の同盟員がそんな話をした。

「いまの山崎君の話なあ、多分、みんな気がついてないだけやと思うで。日本の公安関係、警察も公安調査庁も、私は昔の特高警察と何にも変わってないって思う。そやし、日ごろから気つけておかんとなあ」

「気をつけるって、向こうは権力やもんなあ……」

と新田が言った。

「まあ、向こうの狙いは、こっちの目の前でウロウロして、恐怖心を起こさせて、活動の足を止めるってことやろ」

山崎がそう言った。

「それそれ、向こうの狙いはそこやと思うで。それから、これは私の個人的な意見やけど、白浜町の場合は原発反対の運動が絡んでるって思う。原発は、いったん反対の町長が出来て下火になってるけど、国と関電は絶対に紀伊半島に建てる方針やと思う。見てだ、こあなん絶好の場所は、関西の他のとこにはないって。そやし、日常的に共産党の影響力を弱らせる戦略、そういうことがやられているって見とかなあかんて思うわ。そやし、この白浜とか地元の日置川、その南のすさみ、ここら辺は特に警察の動きを注意せなあかんって思うんやけどね」

洋子は日ごろから思っていることをみんなに話して、注意を喚起した。

「なるほどなあ、洋ちゃんの言う通りかも知れんなあ。原発は確かにあいつら諦めてないもんなあ。関電のあの日置の事務所らなあ、あんな関電事務所、普通はありえへんもんなあ。原発、やる気まんまんやで」

山崎は洋子に同意した。

「日置の町に親戚あるんやけどな、カネが動いてるて、おいやんが言うてたわ。関電の旅行に連れてってもろたらしいわ。そらもう、飲ませ食わせはやり放題らしい。あんなんだったら、また行きたいっておいやんが言うてたよ。とにかく、すごいらしいわ」

保という、この同盟員の話は洋子の関心を引いた。

「保君、その親戚のおいやんの話やけど、内緒で話を聞かせてもらえんやろうか。萩原って、『紀伊水道新聞』の記者が内緒で、名前は出せへんさか話聞きたいって、頼んでみてくれへん」

洋子のこの頼みに、保は快諾してくれた。

洋子は、この夜、民青の班会議で議論になったことを党支部長の佐山に報告して、臨時の支部会議を開いてもらえないかと提案した。佐山は、「よっしゃ、そうしようか」と受け入れてくれた。

臨時で開かれた支部会議で、洋子は民青で議論されたあらましを報告した。

「小林って、前にうちの近所の駐在やってた、あの小林かあ。そうかあ、上の指示でそあなことまでやってるんかあ。個人的にはなあ、別に悪い人間やないんやけどなあ」

広畠は、小林という警察官を知っていた。

「広畠さん、本人を知ってるんですか」

洋子は広畠に訊いた。

「うん、よう知ってるわ。近所の駐在所に一年ほどおったからなあ、町内会とかなんかと、しょっちゅう会うてたしなあ。真面目な人間やったよ。そやけどな、権力の末端てことに変わりはないさかな、そこはちゃんと見とかんかったらあかんしな」

広畠はそう言って洋子を見た。

「うん、まあそういうことやなあ。新田君みたいな若い、真面目な公務員に目を付けるとは、ちょっと考えなあかんなあ」

佐山支部長がそう言った。

「私、今度新田君らの行動についてって、尾行とかあったら写真撮るつもりなんです。で、うちの新聞で表現の自由への干渉やって記事にしようかと思うんですが、どうでしょうか」

と。洋子は支部の面々に考えを述べた。

「それはええと思うけど、そういう記事をデスクはうんって言うかいの」

佐山が洋子に尋ねた。

「そこは分かりませんが、大義はこっちにあるんで、正論で押してみよかなて思ってます」

「そりゃ、『紀伊水道』でそあなん記事が出たらええけどなあ。若い人らも元気になるしなあ」

広畠がそう言って、洋子の計画に賛成した。


洋子のその考えを実行に移す事態はすぐにやって来た。

これが今年の最後のビラ撒きやなあという十二月の半ばだった。洋子は、新田たちの「赤旗」号外の配布地域である椿に別行動で出動し、格好の場所を探して、車の中でカメラを構えて待機していた。洋子は、いつものポンコツの軽自動車は警察に知られていると考え、ある同志から軽トラを借りてきていた。これなら、田舎ではどこにでもあり気づかれない。

新田たちが車を駐車している空き地は、洋子の軽トラからよく見渡せた。ビラ撒きがはじまって十分ほど過ぎたとき、案の定、二人乗りの自動車が新田たちの車の近くにやって来た。近所には民家もなく、普通はだれも車など停めない場所だ。洋子の軽トラからはおよそ五十メートル離れている。洋子は、離れていても乗っている二人の顔が分かるように、今日は望遠レンズを付けていた。洋子がカメラを構えていると、助手席に乗っていた小林が、新田ともう一人を撮影する姿が目に入った。すかさず洋子は撮影している警察官の姿を写した。しばらくすると、今度は小林が車から降りて、新田ともう一人の同盟員の車の中を覗き込んでいる。そのとき、洋子は軽トラから降りて、その警察官の様子を撮影した。自分たちが撮影されていることに気づいた二人は、急いで車に戻り、運転手は急発進させた。その様子を、洋子は余さず連続撮影した。

「萩原さん、記事はまあまあこれでいいと、僕は思います。けど、内容が内容だけに社長がどう言うかなあ」

とデスクの前田が言った。

「じゃ、直接私が社長にお願いしていいですか」

と、洋子は社長と話す許可を求めた。

「ええよええよ、やってみて」

社長は、少し考えていたが、すぐに了解してくれた。

洋子は、先日の臨時支部会議のあと、小山富造町議に話をして、記事にするときは小山町議の談話、という形で記事中に登場してほしいと頼んだ。小山町議は、大賛成だと言ってくれた。町議がそうなら、妻のたきも、

「戦前、大阪でどんだけ特高に痛めつけられたか、いまでも忘れられん。毎日毎日、家に来て、見張られて、来る人来る人みなチェックしてな、恐ろしがってだあれも出入りせんわだ。この人が監獄で受けた拷問は凄まじいもんや。いまだったら、みな転向するんと違うか。『紀伊水道』で書きまくってくれたらええわ」と、小山町議よりも怒りを露わにした。さすが、戦前の野蛮な弾圧に非転向で耐えぬいた老共産主義者の夫妻。その心意気に洋子は感動したのだった。

表現の自由への干渉か！

——白浜署、二人の警官の違法行為——

去る十二月十五日午前七時、椿地域に「赤旗」号外を配布していた青年二人にたいし、白浜警察署の小林巡査とあと一名が、青年たちの車の写真を撮ったり、車の中を覗き込み、内部を撮影するなどの違法行為を働いた。

白浜署の警察官によるこうした行為は、今回が初めてではなく、自由であるべき政治活動、表現の自由への違法な干渉行為ではないかと、それを目撃した住民からも声があがっている。こうした違法行為が、法の番人である警察官によって行われていることは、国民の基本的人権を侵害する重大な問題である。

戦前、特高警察によっていわれなき弾圧、野蛮な

拷問を経験している同町富田の小山富造白浜町議は、「憲法で保障されている思想や内心の自由、言論や表現の自由を侵す行為であり絶対に許せない」と語っている。(写真は、違法行為が見つかって慌てて車を発進させる警察官たち)

洋子は、これを囲み記事にしてもらった。記事を読んだ読者から、小山町議宅に電話が数本入ったのをはじめ、『紀伊水道』本社にも数本の激励電話が来た。

数日後、小林巡査は白浜署から他所の署に異動した。

(六十七)

年が改まって一九七九年がはじまった。寒さの厳しい年末年始だった。数日間の休暇を、洋子は母のしのぶと兄の良介、そして正月の二日には遠井《とおい》縁《ゆかり》という兄の恋人が挨拶がてら遊びに来て、賑やかに過ごした。遠井縁は洋子と同い年で、良介の大学の後輩だった。良介から恋人らしい人がいるとは聞いていたが、本人と会い、同い年という親しみも手伝い、洋子はすぐに仲良くなった。

縁は左京区の生まれ育ちの京女だった。京大の大学院でフランス文学を研究しているという。

「車の運転が出来るやなんて羨ましいわ」

縁は助手席でそう言った。

「必要に迫られて、自動車教習所で七日間で取ったんやで。しかも四万円ぽっきり」

「へえー、安いなあ。そんな値段で免許証取れるん」

「うん、自動車学校に通ったら二十日以上行かんかったらあかんし、それにおカネも十数万かかるもん」

「ええなあ、私も教習所に行こうっと」

縁がそう言うと、後の座席で良介が口を挟んできた。

「免許だけあっても仕方ないやろ。車に乗る機会もないし。第一、あの家には車を停めておくスペースがないわ」

「そうかも知れんけど、免許持ってたら、何かのときに役に立つやん」

縁が良介に反論した。

「七日間って、厳しいいん」

縁が洋子に訊いた。

「そんなことないわ。午前中が勉強で、午後が実技の練習。一週間てあっという間やったわ。何ちゅうても、安いのが魅力やったわ」

「洋子さんの運転見てたら、すごくかっこいい」

「へえ、おおきに……もうじき恋人岬やし、ちょっと茶店でコーヒーブレイクにしますか」

「へえー、恋人岬っていうの。何かロマンティックやねえ」

縁はそんなことを言った。

切り立った崖の上にあるレスト・カフェに入ると、海が百八十度眺望できた。

「わあー、きれい」

縁の大きな声が弾んでいる。

「俺も久しぶりやなあ……なあ縁、こんなとこは京都にはないもんなあ」

「ないない、こんなところで生まれて育って、良ちゃんは幸せもんやわ」

「まあ、京女からしたらそうかもな」

「この辺り一帯の海岸線を枯木灘って言うん。荒い風と浪とで草木も全部枯れてしまうって、だから枯木灘なんやて」

と洋子が説明した。

「なんか、文学的やなあ。ねえ洋子さん、あの島には渡れるんかなあ」

「渡れるんとちゃうかなあ、つながってるもん。それより、私、沖のほうの島の周りにいっかい潜ってみたいなあ」

「潜るって、スキューバダイビングで」

「それもええけど、素潜りでええよ」

「ええっ、こんなとこで怖ないの」

「なんで怖いの。こういう岩場の海を見ると体がムズムズするわ」

洋子がそう言うと、良介が口を挟んできた。

「お前はどこにでも潜りたがるなあ」

と言った。

「洋子さん、そんなに潜れるの」

「うん、ビルの二階くらいの深さなら大丈夫」

「わあ、それってすごいわあ。なんか憧れるわあ」

都会育ちの縁には、洋子は別世界の人に映るんだろうと、洋子は思った。

「良ちゃんも潜れるん」

「当たり前やろ、ただ洋子の方がちょっと深く行くなあ。とにかく、小さいころから体を動かしてたら機嫌がよかった奴や」

「失礼やなあ、ほんまに。まあしかし、当たらずとも遠からずやなあ」

洋子は素直に認めた。

「私ね、『カモン』で洋子さんの写真見たんやね、良ちゃんからはあとで聞いたん、妹やって。写真で見たときは、とてもそんな田舎の人って思えんかった。独特の容貌で、スタイルもええし、憧れ半分嫉妬が半分、同い年でこんな人もいてるんやなあってね。良ちゃんから聞いて、ほんまにびっくりしたもん」

「あはは、ええように想像してくれててんね、おおきに」

「洋子さんはずっと記者をするんですか」

と、縁が尋ねた。

「まだはじめたばっかりやから、当分は記者をするつもりやけど、新しい何かが見つかったら変わるかもやなあ。いまのところ面白いからね。縁さんはこの先どうするんですか」

「私は、ずっと研究者でいくか、それとも教員にでもなるか、まだはっきりとは言えへんわ」

「仏文て、専門は誰ですか」

「スタンダールをやってるんです」

縁はそう答えた。

「スタンダール……」

「読んだことあるん」

「大好きやから、全部読んでるよ」

「ええっ、全部読んでるん、すっごい」

「私は乱読なん。好きな人のはいっぱい読むんよ」

洋子はそう言った。

「で、洋子さんは何が好きなん」

「やっぱり、一番は『パルムの僧院』やわ。その次が『カストロの尼』かな」

「わあ、すごい。『赤と黒』って言うんかと思ったら、『パルムの僧院』とは、なかなか文学通やなあ」

「そうかなあ……」

「うん、そう。『赤と黒』は、確かにジュリアン・ソレルの青年の野心を描いて見事やけど、やっぱり深みがあり、心を揺さぶられるのは『パルムの僧院』やわ」

縁は自説を述べたが、洋子もそれには同意するところがあった。

「おい、ぼちぼち出発しよか」

良介が話を遮って言った。

「そやね、喋ってたら潮岬に着くの遅なるわ」

洋子はそう言って腰を上げた。

車に乗ろうとしたとき、縁が質問した。

「なんで、夫婦岬の漢字、婦夫って逆になってるんかなあ」

「ああ、それね、これからの時代は女がリードするようになるからって、で、婦の字が先にあるらしいわ」

記者になってからの知識で、洋子は説明した。

「ははは、面白いなあ、それ」

縁は大きな声で笑った。


串本の潮岬は風がなく、陽の光が当たっている芝生の上では、むしろ暑さを感じるほどだった。かつて、洋としのぶが結婚前に串本の旅館に泊まり、戦時の束の間、南紀州を旅したことを良介も洋子も知らない。

「よかったなあ縁、初めて最南端に来れて。してみるとなんやな、洋子が車の運転できて良かったたってことやなあ」

そんなことを良介が縁に言いながら歩いている絵を、洋子は少し前を歩きながら何枚かカメラに収めた。

「最南端に来たかったん」

洋子が縁に訊いた。

「小学校にあがる前やけど、家族でここに来たことがあって、そんときすっごい広々としたきれいなところってイメージで、で、大きくなったらもう一度来てみたいってずっと思ってたん。やっと実現したわ」

「それはそれは、じゃあ、感動やね」

洋子が相槌を打った。

良介はこの人と結婚するつもりなんだろうかと、洋子はそんなことを考えた。でも、研究者の道を進むのなら、田舎に住むなんてことにはならないだろうと思った。兄はいったいどう考えてるんだろうか。母親や妹に挨拶に白浜まで来たってことは、まったく結婚の意思がないわけではないだろうと思うのだった。

翌日、良介と縁は白浜を発った。縁は、和歌山市の良介のアパートで数日過ごし、それから京都に帰ると言っていた。洋子は、兄と二人だけで詳しい話をしたかったが、その折りもなく正月休みは終わった。

正月の門松は、洋子がもの心ついたときから飾られていた。萩原家でそれがいつから行われているのか洋子は知らなかったが、父が亡くなってからは裏の山にある孟宗竹や松の枝を切ってきて、洋子が簡単なものを作っていた。門松といっても、作るのはさほど難しい作業ではない。

まず、直径十センチほどの孟宗竹を一本切り倒し、五十センチ、四十センチ、三十センチ……の長さに切る。それぞれ真ん中でスパッと縦に割る。それを丸く立てて並べ、縄で巻いて直径三十センチほどの筒にする。その中に砂を入れ、あとは砂に松の枝を差し込み、枝の周りを杉の葉で囲み、ミカンなどを適当に置く。昔から、同じものを二つ作って、庭先に少し離して置いていたので、洋子もそれを真似て置いた。父の洋はもっと手の込んだ本格的なものを作っていたが、洋子は自分流で十分だと考えたのだ。母は、「あんたがいてくれて助かるわあ、良介は男やけど、こあなんこと何にもせんからなあ」と言った。

洋子は、小さいころからノコギリやヨキで木を切ったり、枝を掃ったりするのが好きで、手慣れていた。敏美などは洋子のそうした姿を見て、「あんた、そあな男みたいなこと止めよし」とよく言っていた。洋子の健脚はしかし、そうして日常的に山を駆けめぐったことでつくられたものだった。

洋子は正月の宗教的な慣習に特別の思い入れはないのだが、人々が創り上げてきた季節の風物詩として、門松を立てることに意味を見い出していた。

十五日までそれを庭の門に飾っていた。その松の内があけた翌日の晩、新年初の支部会議があった。

佐山支部長は、四月にある県議選挙について、大まかな情勢報告をした。定数四人の西牟婁郡には、以前から共産党の北条力が議席の一角を占めていた。あとは自民党が三人だった。党は、県議選挙とその直後の町議選挙で現有議席を維持するのが目標だった。

その支部会議の数日後、忘れていたころにジャンから航空便の手紙が届いた。

Hello Yoko
洋子さん、こんにちは。
I'm sorry for the late reply. It took time
返事が遅くなりました。
to coordinate the schedule for going to
母との日程調整に
Japan with my mother.
時間がかかりました。
We will leave Paris on the 3rd August.
八月三日にパリを出発します。
We arrive at the airport in Osaka around
大阪の空港には四日の
3:00 pm on the 4th. Our stay in Japan is
午後三時ころに着きます。
planned for 10 days.
日本に一〇日間滞在する予定です。
My mother's summer vacation is four
母の夏の休暇は四週間です。
weeks, but after returning from Japan, my
日本から戻ったら、毎年恒例の
family plans to go to the annual summer
コート・ダ・ジュールでの避暑に
resort of the Cote d'Azur.
出かける予定です。
My mother is very pleased that Yoko has
洋子さんが共産党員になったこと
become a member of the Communist Party. My
母がとても喜んでいます。
mother seems to have joined the party when
母は市役所に勤め出したころに
she started working at the Paris City Hall.
党に入ったようです。
I'm not a member yet, but I'm probably
ぼくはまだ党員ではありませんが、
going to join the party in the future.
多分、将来入党するでしょう。
Let's talk about this when we meet. I will
会ったときにまた話しましょう。
send you a letter again as the departure

出発が近づいたら、また手紙を出します。
approaches.
see you.
ではまた

From Jean.
ジャンより

洋子はジャンからの手紙を読みながら、いまさらのようにフランスの夏休みの長さに驚くのだった。四週間といえばほぼひと月だ。そして、コート・ダ・ジュールといえば、サガンの『悲しみよ、こんにちは』ではないかと、洋子は主人公セシルのことをひととき考えた。

洋子は、手紙の内容を母に言い、ジュヴィにも電話を入れて伝えた。ジュヴィは、「八月の上旬って、ほんまに忙しいときやなあ。洋子さん、ごめんやけど相手したってね」と言った。確かに、旅館は一年でもっとも忙しい季節で、猫の手も借りたいのだった。

最近、「ウサギ小屋」と日本の住宅を揶揄する言葉が流行っていて、洋子はその出どころを調べてみた。なんと、あのマルシェ書記長が言ったとのことで、少し驚いた。

数年前、パリのメーデーで洋子はマルシェ共産党書記長の演説を聞いたことがあった。ほぼ一ヶ月の夏休みをとり、みんなが避暑地に出かけてゆくフランス。日本では、国民の夏休みといえば盆の三日間だけなのだ。しかし、ヨーロッパの長期の夏休みは、ひとりでに定着したものではないことを洋子はすでに知っていた。労働者階級のたたかいの積み重ねで勝ちとられたものなのだ。日本には、労働者階級のそうしたたたかいがなかった。欧州の諸国と日本の間には大きな違いがあり、その違いがどこから生まれたのかを、洋子は知りたいと思った。

ジャンの母・ミレーユはフランス共産党員だという。確かに、彼女は『ユマニテ』紙を読んでいると言っていたが、党員だとは知らなかった。ジャンも、将来は入党すると書いている。洋子は、二人が来たときにそんな話をゆっくりできればいいのにと思った。

「あんた、どう思うん」

母は、先ほどから良介と縁の結婚について洋子の考えを尋ねている。

「そやから、兄がええんやったらな、それでええやん」

「良介は、あとちょっとで地元に転勤してくるやろ。縁さんは一緒に住めるんやろか」

「そあな話はしてないさか分からんけど、なるようになるんちゃうかあ」

「なるようにて、どあいになるん」

母は執拗に訊いてくる。

「何を気にしてるんよお」

「縁さんは京都でな、別居結婚らになったら嫌やなあて」

「あんな、お母ちゃん、仮にやで、仮にはじめはそうなるにしてもや、そんなん二十年も三十年も続けへんて、そうやろ。あんまり心配せんでもええわ。兄かてそこらへんは考えてるやろし」

「そうやろか」

「そらそうや、それくらいちゃんと考えてる筈やわ」

「あんた、昔と違ってえらい良介の肩もつなあ」

「あはは、そやろか」

「大学を出てる人らは、どうも考えがよう分からんわ」

「なんでそあなんこと言うかなあ。心配だったら、本人たちに訊いたらええのに」

「そあなこと、良介がちゃんと話してくれなあかんわ」

「まあ、それも一理あるけどな」

洋子は、その部分は素直に認めた。

「この際やから言うけどなあ……」

「なんよお」

「あんたは一体どうするつもりなん」

ほらきた、と洋子は思った。が、何のことか分からないふりをした。

「どうするって、なんのこと」

「結婚のことや。幾つやと思てるん」

「いま二十四歳ですよ、お母ちゃんの末っ子ですけど。子どもの歳、忘れたんかあ」

「ちゃかさんと、真面目に言うて。もう遅いてことないけど、敏美ちゃんらもう二人も子どもおるんやで」

洋子は少しイライラしてきた。

「敏美ちゃんは敏美ちゃん、私は私」

「そあなこと分かってるけどな、どういう考えでおるんなて、それを訊いてるんや」

「私かてな、考えることはちゃんと考えてるさか、がみがみ言わんといて」

嘘だった。

結婚など考えていない。考えられなかった。黒沢のことを思い出さない日はない。西山からの便りは、いつしか途絶えていた。黒沢の消息はあれから分からないままだ。

党の活動や仕事で知り合いになった男からの誘いは学生時代にも増してあったが、洋子の側にその気はまったくなかった。出来るのなら、黒沢を忘れたかった。だが、そう思えば思うほど、黒沢を忘れられないのだった。自分でもどうすることも出来ないまま、月日だけが過ぎてゆくのだった。「私はずっとこのままなんやろうか……」と、洋子はときどき思った。

今年の初め、ポル・ポト政権が崩壊したとのニュースが世界中を駆けめぐった。暗黒の時代は終わったのだ。洋子は、その日を待ちわびていた。これでやっと、あの黒沢がいるカンボジアに行ける、洋子はそう思った。黒沢には会えないまでも、せめて彼がいなくなった田舎の村に行ってみたかった。

(六十八)

統一地方選挙が終わり、西牟婁郡は前半の県議選挙でも、後半の白浜町とすさみ町の町議選挙でも党の候補が当選し、議席を確保した。

「次は、総選挙やなあ。解散があるかどうかやけど、どうも大平内閣の人気はいまいちやもんなあ、解散せんと来年の任期まで行くことも考えられるしなあ」

支部長の佐山は、判断がつきかねるという風だった。

「そいでもな、一般消費税ってぶちあげたけど、これは評判悪いからなあ。耐えきれんで解散ってことは十分あるで」

と、小山町議が言った。

「うん、十分あり得るさかいに、中央も直ちに総選挙の態勢に移れって言うてるなあ」

楠木地区常任委員が言った。

「そうやけど、具体的にどうすりゃよお」

誰かがそんなことを訊いた。

「どうするかのお」

佐山はまだ考えていないようだ。

「まずは、井上あつし後援会の会議を開いて、どうやって大衆的に選挙をすすめるか、そこは決めんとあかんなあ」

楠木がそう提起した。

「井上後援会なあ、後援会を開いたら事務所をどうするかって話になるし、カネがかかるなあ」

佐山はそんなことを言って、財政責の正木に支部の財政の状況を尋ねた。

「事務所を作るて言うてもよお、プレハブにするんか、どっかの空き家を借りるかでだいぶ違うで。プレハブ建てるとなったら高つくなあ」

「空き家を借りるくらいのカネはあるんかよ」

「それくらいなら、例えば月五、六万くらいなら、七月から九月までの三ヶ月間、支部財政で出せるなあ」

「どっちにせよ、だいぶカンパ集めなあかんなあ」

「楠木はん、総選挙募金の目標、富田支部はどんくらいなあ」

「まだ、具体的な数字は議論してないけど、いつもの夏季募金は十万くらいやさか、その倍くらいやろうと思うけどなあ」

楠木はそう言った。

「二十万円かあ、地区にそいだけ上げて、支部で使うカネを残すとなると、正味二十万円カンパ集めなあかんわ」

と、正木がみなの顔を見ながら言った。

「一人平均で一万円集めなあかん勘定やなあ」

佐山が単純平均した金額を示した。

「すみません、こっちで総選挙初めてなんで。後援会てあるんですか、会長さんは誰ですか」

洋子がそう訊いた。

「一応あるんやよ、榎本さんが会長やで」

佐山が説明した。

「まあ、名前があるだけでなあ、日常的にはあんまり活動ってしてないわなあ」

広畠が反省的に言った。

「うん、選挙のときだけやなあ」

と、佐山が答えた。

「事務所があったら、民青も毎日の結集場所ができてありがたいなあ」

洋子はぜひ事務所を作ってほしいと言った。

事務所は、良さそうな空き家を手分けして探してみようということになった。

「今度の総選挙は、県としては一区に力を集中した専従配置みたいなんで、二区の各地の地区委員会からは主な専従は一区のオルグに行くみたいやで」

楠木がそんなことを言った。

「そい、いつものことやわ。いままで、総選挙になったら二区から専従も出すし、ビラ撒きも行くし、票も読むし、いままでと一緒やろ」

佐山が楠木にそう言った。

「いや、それはそうなんやけど、前回、野間さんが僅差で落ちたやろ。七百三十八票差やったかなあ、ナミダ、ナミダって言うてるやろ、今回は雪辱戦ってことで、思いきって力の集中をはかるみたいやで」

楠木がそう説明した。

「そら分からんことないけど、そればっかりやってたら、二区はほったらかしになるでぇ」

と広畠が言った。

「二区はそれでやれってことやろ。ほいたら何か、二区は井上の支持拡大と野間の支持拡大と、両方の目標を持ってやるってことなんか」

正木がそんな質問を楠木にした。

「目標まで決めて票を読むことになるかどうか、そこまではまだ分からんなあ」

と楠木。

「二つも目標持つらて、そあなこと出来るかなあ」

佐山は不安そうに言った。

洋子も発言した。

「民青も、宣伝隊を毎週一区に出すみたいです。平日は地元で活動して、週末は一区に行くって感じです」

「若い人は元気でええなあ」

と小山町議が笑いながら言った。

「でも、考えてみたら、町議選挙では、白浜温泉の支部も、富田の支部も、二人の候補者を当選させるために票を読むんやさか、野間と井上、両方の票を読むのは当たり前やと思います。まして、選挙っていうのは、現職の当選が最優先。まず現職を確保して、さらに新しい議席を実現するってことやから、党としてはそういう方針しかないんと違いますか」

そう洋子が発言すると、小山町議が、

「そうや、それが当たり前や」

と、相槌を打った。

「そらそうかも知れんけど、現実はそあに簡単には行かんて。ビラひとつとっても、何種類もどっさり号外が降りてくるんやで、一区へ撒きに行って、また二区でも撒くって、二区だけ活動量が二倍になるんやで。実際問題、そあなこと出来るか」

いままで黙っていた、郵便局勤務の大川が洋子の発言に反発した。

「そやなあ、一区は一回ビラ撒いたらええけど、二区は同じのを向こうで撒いて、こっちでも撒いてってなるもんなあ。まあ、こっちはやれるとこまでやればええってことや」

と、佐山が大川に同調した。

「もう、そこらへんは割り切ってやろらよお。基本をしっかりおさえて、まあ、両方しっかりやろうってことや」

そう小山町議が言ったので、一区支援の話はそれで終わった。


気がつくと、部屋中にタバコの煙が漂っている。洋子は、立って言った。

「休憩せんの、煙で目が痛いわ」

と言いながら、窓を開け放した。

楠木常任をはじめ、支部長の佐山も、広畠も、大川も、タバコをよく吸う。洋子は慣れてはいたが、服や髪にタバコの匂いがつくのが嫌だった。

「ほいたら、次に目標やけど、支持拡大の目標は決まってるし、募金もだいたいさっきの見当で集めると。あとは拡大やけどなあ、Ｐ（党員）、Ｈ（日刊紙）、Ｎ（日曜版）それぞれ決めなあかんなあ」

佐山の提案は、いつものことだが締まりがない提案だ。楠木がそれを察知して言った。

「井上当選の土台をつくるのが党勢の陣地やから、決めた目標はやり切ることにしよらよお」

「簡単に言うなあ、一番やりにくい課題やのに」

広畠が笑いながら言った。

「そうでも言わんかったら、元気出らんわだ、のう小山さん」

楠木も笑いながら小山町議に話をふった。

「いま増やしやすいで。なんせな、一般消費税って、みな嫌がってるしな、共産党が伸びたらあがな法案つぶせるんやさかな、そこを正面から押し出して拡大に行ったら増えるて」

小山町議らしい発言だった。洋子も、なるほど一般消費税はアカンっていうのは総選挙の目玉になるなあと思い、『紀伊水道新聞』の紙面でも企画を考えなあかんと思った。

「萩原さん、若い人らなんか意見ないか」

佐山支部長が話を洋子にふった。

「私、お願いがあるんですよ。党員とか新聞を増やすのは、私も大学で経験したんやけど、のんべんだらりとやってたら目標を達成でききんと思うんです。そやし、週一回の統一行動をやってくれませんか。曜日を決めて、何時から何時までは全員が集まって行動する。その日に増やす目標を決めて、その日にやり切る。やり切ったら一杯飲むって、どうですか」

「それ、面白いわ。一杯飲むのは賛成やわ」

と、酒好きの正木。

「目標やり切ったらの話やで」

と、これも酒好きの大川。

「飲むんだったら、わしも毎回出て来るよ」

と、楠木。

「あんたは地区委員やからな、飲まんでも、増やすのは手伝いに来なあかんやろ」

と、佐山が言うとみんなが爆笑した。

洋子の提案が実って、毎週土曜日の夕方から小山町議のセンターに集まることになった。もちろん、洋子は酒を飲むことなど考えていなかった。そう提案したのは、木下地区委員長の「情に訴える」という言葉に一理あると思ったからだった。一杯飲むことでおっさんの党員たちの気持ちを軽くするという狙いもあったが、それよりも目標を達成するということがどれほど重要かということを分かってもらおうと、洋子は洋子なりにそう思ったからだった。富田支部の党員たちは、地区委員長が言うように、確かに農村地帯に特有の自由で分散的な傾向があった。しかし、一人一人の党員は地元に根を張って、人々から信頼されている人たちだった。この人たちが、本気になって拡大行動に出たら、現有の部数は倍加できると洋子は思っていた。これまで、そういう行動をしていなかっただけで、統一行動をやれば一気に増えると考えたのだった。

土曜日の夕刻はしとしとと雨が降っていた。センターに集まったのは、楠木、佐山、広畠、正木、大川、小山、それに青年の洋子と山崎の八人だった。二人が組になって、一組が最低一人の読者を増やそうと決め、今夜の目標は五人の読者拡大と決めた。

「実は、わし、お土産持ってこうと思って、昼のうちに一人増やしてきたんや」

楠木がそう言った。洋子はひときわ大きな歓声をあげ、拍手をした。みんな、ニコニコして元気が出たようだ。さすが、地区の常任委員は違うと、洋子は感心した。

「ちゅうことは、あと四つやなあ」

と、佐山が言った。支部長として、目標を意識しているので、洋子は嬉しかった。

一時間半後にセンターに戻ろうと決め、それぞれが宣伝紙を持って出かけた。

一時間半後、驚くべき結果が待っていた。それぞれの組が拡大した合計は八部だった。楠木のお土産を加えると九人の読者が増えた。

「こりゃ、えらいことになったなあ。年間の拡大より多いわだ」

と、佐山支部長は冗談とも本気ともとれるような話ぶりで、満面に笑みを浮かべている。

広畠もニコニコしている。

「一杯がうまいやろなあ」

広畠がそう言った。

「そやそや、ちょっと待っててよ、酒を持ってくるわ。洋ちゃん、ちょっと手伝どうてだ」

小山町議は洋子にそう言って、本宅に戻った。洋子が後をついて行くと、夫人のたきが酒の用意をしてくれていた。

「あんたがえらい提案をしたんで、この支部も生まれ変わるわ」

たきは洋子に向かってそう言った。

「だったらええんですけど」

と洋子が言うと、

「あんた、大したもんやわ」

と、たきはお盆に乗せた酒と肴を渡しながら言った。

「私もさっき、電話で一つ増やしたさかよ」と、たきはさらりと言った。

「わあ、ありがとうございます。これで今夜は十人の読者が増えました。おばやん、ほんまにおおきに」

センターに戻って、たきの話をすると、みんなから大歓声があがった。

一杯飲む時間の方が拡大行動よりもうんと長くなった。みんな腰を上げないのだ。こうして、支部史上初めての統一行動は、目標の二倍を達成した。文字通り、これまでの年間の拡大数に匹敵する数を、一夜にして達成する結果となった。

翌日、洋子は昨夜増えた読者のカードを持って地区事務所に立ち寄った。木下がいつものようにニコニコして話しかけてきた。

「楠木はんからな、夕べ興奮して電話きてたわ。すごいことやったなあ」

「これがカードです」

洋子は、木下に地区委員会用のカードを渡した。

「楠木さん、何て言うてはりました」

「わしが何年もあの支部を担当してて、そいでもようやらんかったことを、萩原さんは移って来て数ヶ月で支部を変えたって、えらいあんたのことを誉めてたわ」

「はい。誉めてくれるのはうれしいですけど、まだたった一回の行動だけです。これを毎週どうやって続けていくか、今度はそれが悩みです。一回の行動で十人の読者を増やしたんやから、毎週やらんでも、月に二回くらいでええん違うんかって、夕べも、そあな意見が出てました」

「そうやろなあ、いままでの何十年のことを考えたら、変化が急激すぎるさかなあ。そあなん意見が出たとしても無理はないわよ。楠木はんはなあ、拡大の数よりも、そこへみんなを引っ張ってゆく論議が素晴らしいって言うてたで。数を追求するよりも、政治の論議を深めて拡大の意義をみなのものにする、それがなかなかやって言うてたわ」

「そうですか、でも、そあいに深い議論したかなあ」

「一般消費税反対と党の役割について、あれでみんな拡大しようかって空気になったて」

「へー、そうですか。確かに、そんな議論はしましたけど、あれが力になったんやろか」

「楠木はんの話ではそうやったみたいやで」

「でも委員長、新聞は増えても、党員はまた違いますから。これをどう突破するかが大問題やと思うんです。人を増やさなあかんって気が、まだまだ支部にはありません。影響力の強い小山町議や佐山支部長がどう動くか、そこがカギやて思うんですけど」

「ううん、それはそうやけど、古い党員には長年の体質ていうか、垢がついてるさかなあ、人を増やすほうでもあんたが新境地を開いてくれんかの」

地区委員長がそんなことを言っててはあかんのにと洋子は思ったが、これもやっぱり支部で議論しないとはじまらないなと考えた。

「まあ、これも支部がその気にならんとあかんので、話し合ってみます」

（六十九）

洋子が生まれた一九五三年ころは、白浜温泉にやって来る観光客は年間に二十万人台だったが、それがいまでは百万人を大きく突破している。

戦後、白浜には占領軍が入ってきた。それに伴って、風俗産業で働く女性たちが増えた。しかし、米兵が去ると、芸妓やヌードスタジオがそれらの女性を吸収した。それが、「大阪の奥座敷」と宣伝され、関西からの客が増加の一途をたどった。一九六〇年にはヌードスタジオが二十七軒もあり、ピンクの歓楽街となっていた。

「だるま倒し」に命中させると、中から裸の女性が出てくるなどの遊びが流行り、関西のサラリーマンにとって「お色気」のメッカとなっていて、シーズンには会社が大型バスを仕立てて次々と白浜に遊びにやってきた。

しかし、売春防止法の成立、暴力団追放の運動など、時代は「お色気」から町内会の旅行や修学旅行に変化してゆき、さらに新婚旅行のメッカへと移っていった。

六〇年代の初め新婚旅行といえば、白浜、九州、伊豆の順だったが、なかでも白浜は圧倒的な人気を誇っていて、関西だけでなく関東圏でも「南紀白浜」の呼び名が広がった。東京・渋谷の交通公社営業所で、一番人気は南紀白浜であった（六三年）。その後、「ハマブランカ」や「ワールド・サファリ」など家族客を集める施設もでき、一大レジャー地として発展していた。

ジャンとミレーユが白浜駅に着く時刻には取材が入っていて、洋子は迎えを耕治に頼んだ。仕事を終え、洋子が湯崎の旅館に行ったのはもう夕食時だった。

「ヨーコさん、元気ですか」

洋子が玄関を入ると、ジャンとミレーユはロビー横のカフェのテーブルに座っていたが、ミレーユが先に洋子に気づき声をかけてきた。

「ほんとに会いたかったです。遠くからよくいらっしゃいました」

洋子はそう言ってミレーユと握手をした。

「ジャン」

と、目があったジャンに名前を呼んで手を差し出すと、ジャンはいきなり洋子に近づき抱きしめた。握手をしようと思っていた洋子は少し驚いてミレーユを見た。彼女は微笑んで二人を眺めていた。

「やっと会えたよ」

ジャンはそう言って洋子を見つめた。前よりも少し背が伸びたようだし、髪型も変えていて、そのせいか大人びたジャンになっていた。

「ヨーコさん、前と変わりましたね」

ミレーユがそんなことを言った。

「どんなに変わりましたか」

「前はまだ娘さんって感じでした。いまは大人の落ち着きが感じられます」

ミレーユのフランス語を、ジャンが英語に直して言うので、洋子は二人の顔を見ながらの会話をしている。ジュヴィがいれば日本語に直してくれるのだが、姿が見えない。

「一緒に夕食を食べよう」

ジャンがそう言うので、

「オーケー」

と洋子は笑った。だが、洋子は先ほどからジャンの視線の熱さに気づいていた。パリで一緒に過ごしたときは、これほど熱い視線を向けては来なかったのにと、洋子は少し戸惑っていた。

「ああ、洋ちゃん、来てたん」

そう言いながら、ジュヴィが奥からやって来た。

「いまさっき来たとこです」

「うん、夕ご飯、一緒に食べられるん」

「はい、このあとはもう空けてますから、ゆっくりします」

「よかった。じゃ、台所に移って。夕ご飯にするわ」

ジュヴィは、多分同じことを言っているんだろう、ミレーユとジャンにフランス語で話をした。

台所に行くと、すでに料理が並んでいた。洋子は、フランスの食事をすでにパリで体験しているから、どんなものかは知っていた。前菜が軽くあり、メイン料理があり、最後にデザートがあり、とまあそんな感じだった。

耕治も厨房からやってきていつもの椅子に座った。そして、こう言った。

「前々から話があがっていた二人がやっと白浜に来てくれました。長旅で疲れているでしょうけど、ゆっくり料理を食べて、美味しい酒を味わって、温泉に入って、今夜はゆっくりと休んでください。旅館は一年で一番忙しいときなんで、二人は洋ちゃんにお任せします。では、再会を記念して乾杯します」

耕治の挨拶をジュヴィがフランス語で二人に伝えた。

テーブルには色んな野菜料理とともに、肉ステーキが置かれている。見た目には豚肉のようだった。洋子は一口食べて、「あっ」と声を出した。

「おっちゃん、イノブタやなあ」

「うん、あたり。さすが洋ちゃん、分かったなあ」

「串本でときどき食べるもん」

「ジャン、このステーキ、何の肉か言って」

洋子は、隣に座っているジャンにそう言った。

ジャンは一口食べてから言った。

「豚」

「違います」

「ミレーユさんはなんだと思いますか」

「私も豚の肉だと思うけど」

とミレーユも言う。

「ジュヴィさん、説明してあげてよ」

洋子はジュヴィにそう言った。ジュヴィは二人に何やらフランス語の早口で説明しはじめた。

「おっちゃん、でもこのイノブタの肉、レストランのより柔らかいで」

洋子はいつもと違う口当たりの良さに気づき、耕治に訊いた。

「さすが洋ちゃんやなあ、気いついたか」

「うん、滅茶苦茶おいしいわ。ジャン、どう、これ美味しいやろ」

「うん美味しい肉。生まれて初めて食べた」

「これは多分、日本でしか食べられへんもんやしな」

「おっちゃん、なんで柔らかいし、美味しいん」

洋子がまた訊いた。耕治は笑いながら説明した。

「硬めの肉はな、イノシシの肉も硬いやろ、鹿もたいがいは硬いやろ、これなあ、肉に切り目入れてからな、はちみつと醤油で揉むんや。それを小一時間くらい冷蔵庫で寝かせてからゆっくり焼くんや。簡単やから今度家でもやったらええわ。はちみつはええのを使わなあかんで」

耕治はさすが旅館の主だ、そんな術を知っていた。

「そうかあ、はちみつと醤油で揉むんかあ、知らんかったなあ。やってみるわ」

ジャンもミレーユも、美味しいと言って食べている。タレは耕治が独自に考えて作ったもので、洋子は前にもどうやって作るのか尋ねたが、企業秘密やと言って、耕治はこれだけは教えてくれない。

二人の部屋は、客室が満員なので耕治とジュヴィが自宅として生活している、隣の別棟に用意されていた。別棟とはいえ、外人客がある場合には客室にもする部屋なので、ベッドが二つある奇麗な部屋だった。

夕食の後、耕治とジュヴィは仕事に戻り、洋子たち三人はカフェでコーヒーを飲みながら話した。

「新聞記者は面白い仕事ですか」

ジャンがそう質問した。

「うん、面白いよ。ジャンは大学を出たら何をするつもりなん」

「まだ決めてないよ」

ミレーユも少し英語が分かるが、ジャンのようには話せなかった。

「とにかく、今日は疲れてるやろうから寝てください。明日の朝、一度会社に行ってから、ここに十時過ぎに来ます」

洋子はそう二人に言ってから、旅館を出た。

浜通りを通ると、真夏の夜の白良浜には若い人たちがたくさんいて、夏の休みを楽しんでいた。並んで腰を降ろして楽し気に語らっている人たちを見て、ふと、洋子は黒沢に会いたいと思った。

洋子は二人を軽自動車に乗せ、取材が入っている串本に向かった。さすがに二人を乗せると、車の走りは重かった。

「ミレーユさん、共産党と社会党との共同政府綱領について話してください。おととし、どうして協定が破局したんですか」

洋子は、ミレーユに会えば訊こうと思っていたことを口にした。

ミレーユは労働組合の党員活動家だし、それなりの説明をしてくれるだろうと洋子は期待していた。

「社会党には二つの派閥というか、勢力があるの。一つは共産党と一緒にやろうという勢力でね、ミッテランがリーダーなの。でもね、共産党は国有化する部門を広げようって提案したんだけど、社会党の考えとはだいぶ隔たりがあって折り合わなかったの。それで去年の選挙では共産党が大きな後退をしたの。そんなこともあってね、社会党が離れて行ったのよ」

「それじゃ、三〇年代みたいに人民戦線の政府は出来ないってことですね」

ミレーユは少し考えていたが、やがて言った。

「あのころは、ファシズムに反対するっていう大きな目標があったけど、いまはそういう切羽詰まった目標がないのよ。それから、共産党もソ連の言うことに左右されているしね、三〇年代みたいに簡単な情勢じゃないように思うわ」

そんな説明をするミレーユは、あまり明るい見通しを持っていないようだった。

思えば、世界の革命運動は順調に進んでいるとはとても言えない、洋子はそれを肌で実感していた。最大の問題は、ソ連と中国が科学的社会主義の理念から大きく逸れているところにあると感じるのだった。

張がいる中国の実情は、洋子にはまるで封建時代ででもあるかのような錯覚を起こす事態だし、それが簡単に克服されるとは到底思えなかった。

フランスとイタリアは「ユーロコミュニズム」などと言われているが、これさえ洋子には納得できるものではなかった。

「日本はどうなの」

ミレーユが質問してきた。

「日本の社会や政治には、フランスやイタリアと違う大きな特徴があります。それは反共偏見が根深いってことです」

洋子は知っている英単語を総動員して、ジャンがフランス語に直しやすいように話しているのだった。

「ああ、反共思想ね」

とミレーユは相槌を打った。

「日本はそれが特別根深い国です。だから日本での革命闘争は困難です」

と洋子が言うと、

「でも、日本共産党は偉いわ。ソ連に文句を言う党ですもの」

とミレーユはこともなげに言った。洋子は驚いた。

「ミレーユさん、日本の党がソ連共産党に文句を言ってるって、どうして知ってるんですか」

「ああ、それはよく聞くわ。党の会議でも聞いたことがあるわ。自主的な党だと、知ってる人は知ってる」

へえー、そうなんだと洋子は思った。自主独立の党だということが知られているんだと、洋子は少し誇らしい気持ちになった。

日置川を渡ると、国道は直角に右に折れる。ここから串本町和深までの間は枯木灘の海岸線が続くが、ジャンとミレーユはその眺めに「素晴らしい」を連発した。パリで生まれてパリで暮らしている二人には、日常は目にすることのできない荒々しい海岸美であった。

洋子は白浜から小一時間走ったので、恋人岬の駐車場に車を停めた。

「コーヒーブレイクよ」

ジャンは、フェンスに手を置いて大きな声をあげた。

「この下の海岸に降りたいっ」

そんなことを言った。

「時間がない。また次の機会に」

洋子はそうジャンに言いながらミレーユと喫茶店に入ったので、ジャンもついて来た。ジャンは母親がそばにいるからか、二人きりのときとは態度が違うのを洋子は感じていた。この人、私を相当意識していると、改めて感じていた。

串本で取材の相手と会って話す間、洋子は二人を潮岬の望楼の芝で降ろしておいた。近くには灯台もあり、観光タワーもある。ここの芝生は十万平方メートルの広さがあるが、真夏のいまはとてもゆっくりと歩いてはいられないだろう。パリに戻ってから、ジャンたちが家族で避暑にゆくコート・ダ・ジュールの海岸を洋子は知らないが、きっとこんな荒々しい海ではないだろうと思った。

旅館に戻った二人は、ジュヴィに「素晴らしい半島だ」を連発していた。夕食時にも今日のドライブが素晴らしかったと連発していたので、枯木灘や潮岬の景色がよほど気に入ったんだろうと、洋子も満足した。

翌日の午後、洋子は二人を海水浴に誘った。ミレーユは日焼けするから、二人で行ってと断った。洋子は、ジャンに泳げるのかと尋ねた。ジャンは、「多分」と曖昧な返事をした。洋子は、いつものように少し深い岩礁地帯でバイを採ろうと思っていた。ところが、ジャンは足がつかない深さになると、「無理だ」と言い出した。背の立つところでは普通に泳いでいるのだから、ほんとうは深いところでも泳げるはずだ。

「ジャン、あんた水を友だちだと思いなさい。水を怖がるから、水があんたを嫌うんだ」

洋子はそう言った。

「友だちだなんて思えないよ」

「あんたねえ、お母さんのおなかの中では水のなかにいたの覚えてないの」

「覚えていないよ」

と、ジャンはあくまで逆らう。

「じゃ、教えてあげるから私につかまって」

ジャンは、洋子の腕をつかんだ。

「そうじゃなくて、自分の心と体を自由にして、リラックスするの。私は万一のときの浮き輪なの。体が沈んで行ったら、息を止める。足が砂についたら砂を蹴って上がってくる。いい、分かった、やってみて」

ジャンは洋子の言う通りにやっている。

「上手、上手。それをくり返して、足のつかない深さに慣れてゆくの……じゃ、もう少し深いところに行くよ」

ジャンは、片手で洋子の腕を持って水の中で沈んだり上がったり、ピョンピョンしながら少し深いところに来た。

「大丈夫、疲れてない」

「オーケー、オーケー」

そう言いながら、ジャンは少し泳いでは洋子につかまり、沈んでは浮き上がり、また少し泳ぐということをくり返した。

「水を怖がらないこと。水はお母さんだから、安心して体をあずけなさい」

洋子が近づいてきたジャンにそう言ったときだった。洋子は突然ジャンに抱きしめられた。

「何をっ……」

そう言おうとしたときには、もう洋子の唇にジャンの唇が重ねられていた。洋子はその刹那、離れようともがいたがジャンは離れなかった。海水のなかで肌が触れあい、どうしたわけか洋子はジャンに男を感じ、もがくのをやめた。洋子の中で、体の奥深くに閉じこめられていた生命が弾けた。

ジャンとミレーユが滞在していた間に、洋子は四日ほどジャンを助手席に乗せて回った。洋子が取材先にいるときや会社で記事を書いている間、ジャンは洋子に指示された時間を周辺の散策で過ごした。二人は、この四日間、ジャンはジャンの、洋子は洋子の過ぎてきた青春のときを語りあった。洋子は、初めて誰にも話したことのない、黒沢への苦しい愛をジャンに教え、泣いた。ジャンは、何も言わずにただ洋子を抱きしめていた。

思えば、かつてパリで過ごした一週間、ジャンは男としての存在ではなかったのだが、ジャンにあっては若い命の芽吹きが起きていたのかも知れなかった。

洋子は、カンボジアの大地に行こうと、その思いが急に大きく膨らむのを感じた。行って、「キリング・フィールド（Killing Fields）」の大地に眠る黒沢に話しかけたい衝動にかられた。


「社長、折り入ってお願いがあるんですが……」

退社時刻を過ぎてから、洋子は社長室に行った。社長室といっても、四畳ほどの小さな部屋だ。社長の谷本は机に向かって何かの伝票を整理していたが、洋子がドアを開けて声をかけると笑顔になった。

「ああ、洋子ちゃん、入って」

谷本はデスクから応接のソファに移動して座った。

「何ですか、改まって」

洋子もソファに座った。

「突然で、大変申し訳ないんですが、私、無理なお願いとはよく分かっているんですが……」

「うん……」

「三日ほど休みをもらえませんか、カンボジアに行きたいので」

「カンボジアっ……」

「はい、カンボジア。正確に言うとベトナムの田舎町なんですが、すぐカンボジアとの国境があるところなんです」

「ふうん、で、何をしに行くん」

「詳しいことを言うと話が長くなります。ですんで詳しくは言えないんですが、手短に言うと、私の恋人だった人が、彼、フリーの戦場カメラマンですが、あそこでポル・ポトの兵士に捕まって行方不明になったままなんです。今年の初めまではクメール・ルージュに支配されていましたので行けなかったんですが、今年初めに打倒されて、やっとそこへ行けるようになったんです。もう生きている確率はほぼないんですが、彼にどうしても報告しておきたいことがあって、急いで行きたいんです。それで、勝手なのは分かっているんですが……」

「ふうん、そんな話、初めて聞くなあ。そうだったんかあ。いやな、洋子ちゃんほどの女性が一人でいるはずはないって、ずっとそう思ってたんやけど、そうだったんかあ、辛い経験をしてきたんやなあ……。こんなこと言ったらなんやけど、二百万人以上殺されたらしいなあ、そんなとこへ行って大丈夫なんか、一人で行くんか」

「はい、一人です。彼とずっと一緒だったフリーの記者、この人はもう東京に戻ってるんですが、その人に頼んで、ベトナムで宿舎にしていたホテルに連絡してもらって、私を受け入れてくれるようにって、お願いしてもらおうかと……」

「そうかあ、あれやなあ、行き帰りで二日、向こうでも最低二日は必要やろさか四日間やなあ。いつもの休みを組み込んだら、そうか、三日間の特別休暇で行けるってことか」

「はい、そう考えてるんですけど……」

「よっしゃ分かった。具体的に日が決まったら早めに言うてな、あとのみんなに受け持ちの仕事を割り振らなあかんさかな」

「ほんまにすみません、ありがとうございます」

洋子は立ち上がって頭を下げた。

「突然、お願いっていうさか、何かなあって身構えたわ。

それにしても、話の分かる社長やろ」

そう言って、谷本は笑った。

「はい、最高の社長です」

その夜、洋子は西山に電話を入れた。随分と久しぶりの電話だったが、運よく西山は自宅にいた。帰国した西山は、新聞や雑誌に記事を投稿していた。洋子は、それらを見逃さずに読んでいた。

洋子は、卒業後、白浜に戻って地方紙の記者をしていることを伝え、ポル・ポト政権が倒されたので、彼が消息を絶った村に行きたいから、タイニンのホテルに西山からその旨を頼んでもらえないかとお願いした。すると西山は、ポル・ポトが倒れて、カンボジアもやっと落ち着いてきたので、二ヶ月ほどの日程でプノンペンに行くつもりだ、その折りにかつてのあの現地に行くつもりだと言い、日程を合わせて一緒に行きませんかと提案してくれた。

渡りに船とはこのことだった。こうして、洋子は黒沢が待つカンボジアの大地に降り立つことになった。

（七十）

ベトナムは洋子にとって特別の国だった。上空からベトナムの大地を眺めたとき、洋子は激しい感動に襲われ、熱いものが胸にこみ上げてきた。これがあのベトナムの大地なんだ……、あの帝国主義の侵略を撃退した人々の国なんだ……と、それは一種の畏敬の念に近い感情だった。そして、洋子に入党を決意させた偉大な人々の国だ。洋子は、飛行機の小さな窓から食い入るように、このインドシナ半島の大地を見つめた。

戦争が終わり、ベトナムの誰もが平和のうちに国づくりをはじめられると思っていた。しかし、現実はそう簡単ではなかった。中国がベトナムに敵対し、カンボジアに出来たポル・ポト政権を支援し、彼らにベトナムへの軍事攻勢をかけさせ、インドシナでの中国の覇権を強めようとしていた。そして、七九年二月からは中国軍がベトナム北部に軍事進攻するという事態が発生した。

こうした状況のもとで、ベトナムに在住する中国系の住民が大量に脱出しはじめると、ベトナムを敵視する国々が脱出者を「難民」とし、それらの人々を「ボートピープル」と呼んで受け入れをはじめた。脱出者は中国系の人々から一般のベトナム人へと広がり、ベトナムは国際的に孤立した。

七五年四月、アメリカ帝国主義の侵略戦争に打ち勝ち、ベトナムは全土で社会主義の建設に取りくんだ。それはしかし、戦争をしながら、農業を上から集団化し、国家が食糧を確保し、それを安い値段で国民に届けるという、戦時体制のもとでの方式を引き継いだものだった。

戦争のない平和な世の中になると、人々は自分の暮らしを豊かにすることを第一に考えるようになった。懸命に働いても、集団の一員としての収入しか得られない状態は、人々の勤労意欲を低下させていった。

その上、戦争の終結とともに海外からの支援も少なくなった。北に比べ、アメリカの支配のもとで南は市場経済が発展しており、北と同じ統制されたやり方への反抗も起きた。

ベトナム共産党は、こうした危機的な状態が広がるもとで、それまで長くモデルとしてきた「ソ連型」「中国型」の社会主義建設を見直し、いわばベトナムの顔をした社会主義を目指そうとしていた。その手はじめとして実施されたのが、集団化していた農地をふたたび農民に戻し、生産を個々の農家に請け負わせるやり方だった。

洋子が西山とベトナムを訪れるひと月前、一九七九年八月、ベトナム共産党は第四期の第六回中央委員会総会を開き、国有化や集団化の他にも「多セクター経済」という個人の生産を取り入れる方針を打ち出し、新しい経済発展の道を模索しはじめた。

九月のホーチミン市は蒸し暑く、空港は茶褐色の肌をした人々が忙しく行き交い活気に満ちていた。

洋子は、これまでに訪れた北京、パリ、ウクライナともまるで違う人々の姿や顔を見て、東南アジアの国にやってきたなあと実感した。

しかし、ここでゆっくりしている訳にはいかない。洋子と西山は、空港からタクシーでカンボジアとの国境近くのタイニンに向かった。道路脇に広がっているのは一面の水田と畑で、ホーチミンの街中とはまるで違うのどかな農村風景だった。約一時間でタイニンのホテルに到着し、西山はホテルの主人に行方不明になった黒沢拓のパートナーだと洋子を紹介した。グエンという主人は、

「あなたのことは黒沢さんから聞いたことがある。美人だと自慢していたが、こんなに美しい娘さんとは思わなかった。遠くからよく来てくれた」と言って、両手で洋子の手を握って歓迎してくれた。

グエンが手配してくれた車で、明日の朝、黒沢が行方不明になった場所に連れて行ってくれるという。

ホテルの食堂で西山との食事を終えるころ、グエンが奥からやってきた。

「お嬢さん、ベトナムの食事はどうでしたか」

グエンはそう尋ねた。

「ありがとうございました。生まれて初めてベトナムの料理を食べました。野菜の料理はほんとうに美味しかったです。でも、この料理は、名前は知りませんが、少し辛かったので苦労しました」

洋子は、ひとつのお皿を指さして、正直に感想を伝えた。

「お嬢さん、あなたは正直な方です。そんな風に言ってくれると私も助かります。外国の方に出す場合の参考になりますから」

グエンはそう言って笑みを浮かべた。

「黒沢はちゃんと食べていましたか」

と、洋子は尋ねた。

「ああ、黒沢さん、彼は好き嫌いがはっきりしていたように記憶しています。嫌いな料理は食べませんでした」

「我がままですみません」

「いえいえ、人それぞれです」

西山がグエンに話しかけた。

「ご主人、僕らがいたころのように外国人のジャーナリストがいないですね」

「ええ、いまもう落ち着きましたからね。それまでクメール・ルージュはくり返し国境を越えてベトナムに攻めてきましたよ。奴らは、口では友好を言うけど、実際はまったく違った。領土を広げようと滅茶苦茶なことをしてきました。だから、仕方なくベトナム軍は奴らを追い返し、向こうでもレジスタンスが決起した。ポル・ポト政権が倒されたあと、プノンペンが安全になって、みんなあっちに行きましたよ」

グエンがそう説明した。

「萩原さん、あのころは報道陣の多くがこのタイニンに来てました。カンボジアとの国境がすぐそこだし、その向こうにプノンペンがありますから。このホテルに、多いときには二十人ほどが滞在してましたよ」

西山はそう言った。

「黒沢さんはほんとに残念なことでした。写真だけはねえ、現場に行かないと写せませんからね。プノンペンの大学生と一緒に出かけたんですが、二人とも帰って来ませんでした」

グエンは小さな声でそう説明した。

「はい、私も辛かったです。彼も無念だったと思います。報道関係で亡くなった人は他にもいらっしゃるんでしょう」

洋子が尋ねた。

「そうですね、大勢いますね。十四、五人くらいだと聞きましたが、実際はもう少しいるように思います。ポル・ポトさえいなければ、カンボジアもこんなことにはなりませんでした。ベトナムは、ホーおじさんがいますからアメリカを追い出すことができました」

「グエンさんはホー・チ・ミン主席を尊敬していらっしゃるんですね」

「もちろんです。私だけではありません。国民みんながホーおじさんを尊敬しています。ホーおじさんの仲間たちも勇敢な人たちばかりです。あの人たちは、国民の誇りですし、けっして国民を裏切りません」

グエンは確信を持って言った。


翌朝、洋子は西山と二人、グエンが手配してくれた車に乗って国道を走った。両脇には密林が広がっていたが、国境近くになるとやっと畑が見え、広いところに出た。

「ここで停めてください」

西山が運転手に言った。

「あの向こうに家がいくつか見えるでしょう。あのこんもりした山の向こうに家がかたまってあるんですけど、ほんとに小さな村です。彼は、いま通ってきた少し後のほうで車を停めて、右側のジャングルに入って行って、ジャングルの中から村に入ろうとしたらしいんです。そのときの運転手がそう言ってくれました」

「じゃ、この辺りでポル・ポト軍に捕まった……」

「だと思います。いまはもう自由に車で村に入れます。もともとはこの地元の人たちは、自由に往来していたんです。じゃ、向こうの村に行ってください」

西山は運転手にそう言った。

車は国境を越えカンボジアに入った。国境の古びた看板が一枚あるだけで、あとは何も変わらない田舎の田や畑がある村だった。

運転手が西山に何か言った。西山がそれに応えた。

「彼が村人に訊いてみるってことです」

運転手は、畑にいた村の女性に何やら話しかけると、村人が遠くを指さして説明している。

運転手が戻って来て、西山に何かを伝えた。

「あの大きな木があるでしょう、あの木の向こうを右に曲がったところが処刑場だったらしいです」

運転手は車を走らせた。

周囲に雑木が生い茂っていて、その真ん中に空き地があった。空き地の真ん中がこんもりと小山になっていて、その上にムシロが何枚も被せられていた。

洋子はそれを眺めていたが、瞬間、あっと声が出た。ムシロの端から人間の頭蓋骨がはみ出していた。

「クメール・ルージュが倒されてまだ間がないから、各地の村で骨もそのままこんな風に放置されている」

と運転手が説明した内容を、西山は洋子に伝えた。

じゃ、このムシロの下で、雨にうたれ風に吹かれて黒沢の骨も多くのカンボジア人に混じって放置されているのか、洋子は溢れ落ちる涙と、こらえきれない嗚咽をもらしてその場に座り込んだ。分かってはいたのだったが、それでもうず高く重ねられた骨を目の当たりにし、洋子はただ泣き崩れることしかできなかった。

「黒ちゃん、洋子さんが来たぞ……」

やがて、西山が手を合わせながら、そう声をかけた。

その言葉を聞いて、洋子はいっそう胸がつぶれ、大きな波が崩れるようにこみ上げる嗚咽が張り裂けた。

翌日、雨が降った。

洋子と西山は、再度、朝から現場に行き花を手向けた。雨がムシロを容赦なく濡らし、地面に雫がたれていた。

「拓、私、ここまで来たよ。長いこと来られなくてごめんね……」

洋子は、そう胸のなかでつぶやいたが、そこからはもう言葉にならない。溢れ落ちる涙をどうすることも出来なかった。

どれほどの時間をそこで過ごしていたんだろうか。これが野辺の送りなのだと思うと、洋子はいつまでもその場を立ち去りかねていた。


洋子と西山はタンソンニャット空港で別れた。

洋子は、これまでの数々の西山の友情に心からのお礼を伝え、帰路に着いた。西山はプノンペンに向かった。

眼下にベトナムの大地を見ながら、洋子は、黒沢と過ごした数々の場面を思い起こしていた。

初めての撮影で、黒沢が洋子に一目ぼれをして、二人の恋ははじまった。入党を躊躇っていた洋子に、それは観念論だと諭した黒沢。洋子と出逢って、ふたたびカメラマンとしてのやる気をとり戻し、その彼の姿に励まされた洋子……。


枚方の黒沢の実家には、黒沢の母が静かに暮らしていた。

「ほんまに、よう来てくれたねえ。元気にしてはったん」

黒沢の母は笑顔で迎えてくれた。

「長いことご無沙汰してすみません。やっぱり、仕事しはじめたら時間がなくて、すみませんでした」

「ううん、謝ることないわ。ここを忘れんと来てくれるんやもん」

そう言いながら、彼女は目頭を押さえた。

居間にあがり、お茶が出された。

「実はお母さん、さっき日本に帰ってきたんです。カンボジアに、拓さんがいた村に行ってきました」

「ええっ、ほんまに向こうに行ったん」

「はい、ずっと考えてたんですけど、ポル・ポト政権がつぶれて平和になったんで、行こうと思って行ってきました」

「そうやったん、洋子さんは行動力あるなあ……そうかあ、行ってきたんかあ」

「ほんまに片田舎の農村でした。ベトナムとの国境にある村なんです。拓さんがずっと泊まっていたホテルに泊まりました。そこのご主人にも拓さんの思い出を聞きました」

「そうかあ、じゃあ、あの子も喜んだやろうなあ。洋子さん、よう行ってくれたなあ。ほんまにおおきによ。そんなことしてくれる人、洋子さんしかおらへんわ」

「カンボジアではどんな小さな村でも、都会から強制的に移された多くの国民が虐殺されたようです。ですから、まだ人々の骨が雨ざらしになってました。ポル・ポトが支配してたのは四年間ですけど、この四年間はほんまに地獄だったようです。西山さんと一緒に花を手向けてきました」

「おおきに、ほんまにおおきに……、洋子さん、そこまでしてくれたんやから、洋子さんも、もう気持ちに一区切りつけてよ」

「はい、お母さんの言われること、私もよく分かっています」

黒沢の母は、自分以上に胸が裂け、地獄のような月日を送っているにちがいないのだ、と洋子は考えていた。そして、その思いに寄り添い、少しでも癒してあげられるのは、恋人だった自分以外にはいないのではと、洋子はそう思うのだった。そう考えて、当初は予定していなかったが、黒沢の家に一晩泊まり、この母と布団を並べて眠ろうと決めた。

（七十一）

カンボジアから帰ってしばらくして、突然の政変が起きた。大平内閣の不信任案が可決されたのだ。

七三年に起きた最初の「石油ショック」で、それまで続いてきた日本の経済成長は終わり、国の経済は失速して行った。経済が落ち込むと、国民の納税も落ち込み、国の税収は減り財政も赤字になった。

大平首相は、「子孫に赤字国債のツケを回すようなことがあってはならない」と言い、戦後ずっと続けられてきた直接税を中心とする国の税の集め方を、間接税を中心にしたものに変えようとした。

大平は首相に就任するや、一般消費税を打ち出した。これに国民の反対の声が高まり、野党は内閣不信任案を提出した。これが、自民党内の派閥争いもあり同調者が生まれ、可決されてしまったのである。

紀伊水道新聞社では、衆議院選挙報道をどう組み立てるかの会議が行われた。

「突然の解散やからなあ、各陣営も慌ただしく動いてるようやけど、今回の衆院選挙をどう報道するか、まあ僕の考えを言うんで、みんな意見を出してくれんかなあ」

谷本はみなの前でそう切り出した。

「今回の選挙は、何て言うても一般消費税をやるのかやらんのか、そこが一番の中心になると思うんで、そのテーマを軸に取材し、書いて欲しいってことが一つ。もう一つの観点は、現職の三人、自民党の早川さん、正示さん、社会党の大島さん、この三人に挑戦する新人が誰なのか、まあ、共産党の井上さんは当然出るやろうし、あと誰か出る人がおるかどうか。この新人たちが現職にどう迫ってゆくか、そこも見て欲しいんや」

「井上さんの他にも保守系で出そうなこと聞きましたけど」

田辺市担当の記者が口を挟んだ。

「ということは、定数三に五人が出るってことやなあ。これは面白いなあ」

と、日高郡の担当記者。

「そうなんや、もし五人になったら、現職の誰かが落ちて、新人のどっちかが上がるってことにもなりかねんね」

谷本がそう言った。

「社長、そんな簡単に現職が落ちるんでしょうか」

と田辺市担当記者。

「もっと具体的に言うとな、その紙を見てくれるか。自民党の二人の得票率やけどな、合わせたら大体六〇パーセント内外をとってるやろ。仮に、保守系の新人候補が出て、二人の自民党の票を食ったとしてもな、いまの現職の二人のどっちかが落ちるって、それはないと思うんや」

と、谷本が分析した。

「じゃ、社会党の大島さんってことですか」

日高郡担当の記者がそう言った。

「可能性として高いのはな。大島さんは前回二十三パーセントの得票やし、前々回は辻原さんやったけど二十五パーセント。減ってきてるんやな。ところが共産党の井上さんは、選挙の度に伸びてきてて、前回十八パーセント。もし井上さんが前回並みにとればな、ひょっとするかもってことや。問題は、もう一人の新人がどれくらいとるかやなあ」

「さっき社長が二つの観点をおっしゃいましたが、私、それぞれの候補者が一般消費税にどんな態度をとるのか、これ、大きな問題やって思います。いま景気がだんだん悪くなってるし、間接税が入ったら困るっていう人が増えてるような気がします」

と、洋子は自分の考えを言った。

「そうやろか、それは確かにあるやろけど、二区の有権者はそういう問題で票を投じるかなあ。一般消費税に反対してても、いざ投票するってなったら、地縁血縁で票入れる人が多いと思うけどなあ」

と、田辺市担当記者が洋子に反論した。

「ぼくもそう思うけどなあ。なんやかんや言うてても、自民党の天下やしなあ、ここは」

日高郡担当記者も同調した。

議論はまだ続いたが、最終的に、誰がどの候補を担当するかを決めて会議は終了した。洋子は共産党の井上あつし担当に志願し、そう決まった。

党の支部会議はいつもより出席者が多かった。

「まさかなあ、不信任案が可決されるてなあ、番狂わせやなあ。自民党内にも一般消費税に反対する議員がおったていうことやなあ。やっぱり国民の声を無視できんってことやなあ」

支部長の佐山がそんなことを言った。

「それもあるやろけど、不信任に賛成したのは党内の派閥抗争と違うんか。国民の声を聞くらて、そあなかっこええ話と違うやろ」

広畠がいつものようにニコニコしながら言った。

「それもそうやけどな、どっちにせえ、この解散は我々としては攻めやすい選挙になると思うなあ。なんせ、この間接税に正面切って反対て言えるんは共産党だけやさかな」

と町議の小山が言った。

「富田支部としては、まあこの間、『赤旗』読者も党員もそこそこ増やして来てるし、勢いが出てきてるさか、井上を押し上げてゆくうえでは追い風や」

と佐山はいつになく前向きなことを言った。

「そやけど大変やわ。一区に応援に行きながら、そいで二区でも必勝するらて、ほんまにえらいことやぞ。こりゃだいぶ本腰入れんとあかんなあ」

財政責の正木もそんなことを言って、やる気を見せた。

ここ数ヶ月、支部が取りくんだ党勢の拡大はかつてないものだった。これには、洋子の統一行動日を決めてやろうという、みんなでやる気を高めながらの方式が大きな役割を果たした。

選挙は、二区内の四地区から主だった専従者が一区応援に張り付くという、選挙にたけた幹部活動家が不在になるもとで戦うことになった。

衆議院の和歌山二区は、県土の面積の八五パーセントを占めていた。有田地方、御坊日高地方、田辺西牟婁地方、新宮東牟婁地方の四つの区域に分かれていた。それぞれに歴史が違い、風土も異なり、言葉も独特で、産業も違っていた。

日本共産党は和歌山県委員会は、和歌山一区で野間友一衆院議員の議席を奪い返すために全力をあげつつ、二区は自力で戦い抜く戦術をとった。

選挙戦は、定数三人にたいし五人が立候補するという激戦になった。予想した通り、大平内閣が打ち出した一般消費税の是非が、総選挙の大きな争点となった。

井上あつしの演説を洋子は初めて聴いた。井上は背は高くないが、がっしりとした体格で、各地を飛び回って日焼けし精悍な顔立ちをしている。

野太い声、ゆっくりとした語り口、聞く人の胸に沁み込んでいくような演説だ。

「税金というのは、払えるおカネを持っている人が収める、これがこれまでずっとやってきたやり方です。貧乏で、払えるカネがない人でも、買い物をしたら必ず税金を取られる、弱い者から容赦なく集めるという、弱きをくじき強きを助ける。逆やないですか、こんなやり方は邪道もいいとこです」

洋子はふと、街頭からの演説はなかなか難しいだろうなと思った。政治に関心があって耳を傾けてくれる人はまだしも、関心がない、ただの通りすがりの人にどう語りかけるか、それはよほど鍛錬した話をしないと立ち止ってくれないだろうと思った。

井上の演説は、ゆっくりで、それでいて抑揚があるので耳に入ってきやすい。入ってきやすいということは、分かりやすいということにもなる。洋子は、白浜に戻って活動をはじめてから、小山町議の演説、北条県議の演説、それに井上候補の演説を聞いたが、三人三様で面白いと思った。

小山町議の演説は、それはもう戦前の演説そのものだ。「労働者諸君」、と演説の出だしはいつもこの文句だった。農家のおいやんやおばやんが参加している演説会場でも「労働者諸君」だった。みんな働いているから労働者には違いないのだが、いかにも古めかしいと最初は思った。だが、これをずっと聞いていると、さてこれから何を言うんだろうかと想像を掻き立てられるのである。小山町議の、これは一つの節というんだろうか、洋子はこれはこれで趣きがあると思って好きになった。

北条県議の演説は、小山町議に比べると近代的だ。「ねえ、みなさん」と、彼はよくこの言葉を使うのだったが、道ばたなどでは、「キャベツのみなさん」とか「レタスのみなさん」とか、そう呼びかけることが多くあった。

これは誰が聞いても、キャベツやレタスに向かって呼びかけているかのように聞こえる。しかし、北条県議に言わせると、違うのだ。「キャベツを作っているみなさん」、「レタスを作っているみなさん」という意味なんだそうだ。「を作っている」という部分をすっ飛ばしているから、日本語としてはまったく変なのだが、この演説を田んぼの畦道で聴いていると、実に味があるのである。これは北条県議だからこそ成せる技であり、誰でも言っていいものではない。

洋子は、それぞれに個性のあるそんな演説を聞くにつけ、演説というものは生きていると感じた。

衆議院和歌山二区は、ここしばらく自民党が二人、社会党が一人、この形で三議席を占めて来た。これに共産党が挑戦をするのであるが、得票はこれまで当選には遠く及ばないものだった。自民党の支持基盤は長く農林漁業や商業、観光業に従事する人々だったが、その農林漁業が衰退し、それに伴って商業も落ち込むもとで、先行きに不安が広がっていた。

野党の側は、社会党と共産党が支持基盤を徐々に広げてきていた。しかし、戦前からの反共偏見が広くあり、また共産党のいわゆる「五〇年問題」もあり衆議院選挙での得票は伸び悩んでいた。こうしたもとで、共産党から離れた人々は社会党への支持にまわり、七〇年代には社会党が二区で代議士を誕生させるまでに支持を広げた。

やがて、「五〇年問題」を克服し団結を回復した共産党は、新しい党綱領のもとで活発に活動を広げ、七〇年代になってほとんどの市町村議会で地方議員が誕生し、社会党以上に無視できない勢力として成長していた。

洋子が大学を卒業し、新聞記者となったのはこのような時代であった。

とりわけ、関西電力が原発立地の候補地とし設定したところは、すべて衆議院の二区内であり、原発立地に危機感を持っている多くの住民が共産党に接近する機会を広げたと言える。

日置川町への原発計画に先立ち、県内で原発反対のたたかいが繰り広げられたのが、新宮市の隣の那智勝浦町であり、その隣の古座町であった。

日置川町だけでなく、那智勝浦町も古座町も、戦後ずっと続いてきた林業と漁業が国策によって衰退させられ、住民の暮らしも、町の財政も大きな危機に見舞われていた。

多くの地方政治家は、産業の衰退や財政危機を生み出した根本原因、すなわちアメリカの対日圧力に屈した政治や、鉄鋼や自動車、電気などの巨大企業優先の政治に目を向けるのではなく、巨額のカネが転がり込む原発建設に救いを求めたのである。

関西電力が東牟婁郡古座町に計画した原発もその一つであった。しかし、隣りの太地町議会では「太地町原子力発電所設置反対連絡協議会」が結成された。

また、古座漁協を中心に周辺の四つの漁協が「紀南漁民原発反対協議会」を結成した。

一九七二年には、漁民による大規模な海上デモや反対派の決起集会がくり返し行われた。

一九七六年には、漁船百三十五隻による海上デモが行われた。「補償欲を捨てて紀南の海を守れ」「企業より人間を守ろう」などの横断幕が掲げられた。

こうしたたたかいには、常に地元の共産党や社会党の人々がいた。だが、時代とともに力を持ってきたのは共産党だった。戦後の一時期、日本共産党はアメリカと日本の反動勢力の攻撃によって大きな後退を喫した。さらに、外国の大きな党、ソ連や中国の共産党の言いなりにならない自主独立の立場を貫いていたため、一九六〇年代からは両党から露骨な攻撃を受けた。

洋子は、大学時代にこうした問題を扱ったソ連側、中国側の論文と、日本共産党側の論文をよく読んでいた。ソ連と中国の論文や新聞記事の特徴はいくつかあるが、大まかに言うと、すでに政権を取っている大きな党の言うことを聞け、という大国主義が露骨ということだった。日本流に言うと、「長い物には巻かれろ」ということだった。

それに屈せずにたたかっている日本共産党は、洋子の気性からしても好ましい、尊敬できるものだった。ソ連と中国の党の根性がそんなものであったため、両党の論文を読んでも、科学的な立場で真理を探究する姿勢が感じられなかった。そんな印象が強くあり、この二つの党の未来は多難だなと、ずっと思ってきたし、いまも思っているのだった。

衆議院選挙は、一区での野間友一の議席奪還を必ず果たすこと、これが和歌山県党の目標だった。そのために、二区の有田から新宮までの党組織は、一区への支援にくり返し出かけた。

洋子も、仕事が休みの日は若い党員や民青同盟員と乗り合わせて、和歌山市に応援に行った。

そんなある日のことだった。洋子たちは和歌山駅で若者だけの宣伝行動をしていた。通りがかりの人たちにビラを配り、交代でハンドマイクで野間友一への支持を呼びかけるものだった。二区からの応援と地元和歌山市の青年たちと総勢二十数人が参加した行動だった。

「萩原！」

と肩をたたかれて、洋子は声の主をふり返った。

「わあ、先生っ」

中学校三年のときの担任、赤松だった。何という偶然だろう。

「久しぶりやなあ、元気そうやなあ」

赤松はニコニコしながら言った。

「先生もお変わりありませんか……ええっと、九年ぶりですね。ほんまにご無沙汰しています」

「うん、しかしなあ、萩原の情報はあちこちから聞いてるで。立命館に行ったことも聞いたし、何たらいう雑誌のモデルの写真も見たしなあ。萩原は有名になったなあ」

「ちょっとモデルをしてたので、名前と顔が知られました。先生はいまどこの学校ですか」

「俺か、俺はいま東洋中や。東洋で五年目や」

「それじゃ、私の会社と近いですね。紀伊水道新聞です」

「らしいなあ。新聞の署名入り記事、読んだわ。びっくりしたよ、まさか、あの萩原洋子かよってなあ。俺はてっきり、萩原は大学で陸上やるんやろうなあて思てたんや。陸上はもうやってないんか」

「はい、最近はまったく走ってないです。おんなじ運動でも学生運動の方に走りました」

「ははは、そうかそうか。萩原はあのころからそんな空気があったもんなあ」

「そうやろうか」

「自分では気づいてないんやろうけど、大人から見たら分かるんやで……そいで今日もこあなんことやってるんやな。先生もな、井上あつしに入れるつもりやさかな」

「ええっ、ほんまですか」

「昔はな、社会党に入れてたんやけどな、最近は共産党に入れてんね。萩原なあ、また時間ができたらいっぺん俺の家に遊びに来いよ」

「構いませんか」

「かまんかまん、ほな汽車の時間やさか行くわ」

赤松は、片手を上げて駅の構内へ歩いて行った。

ああ、びっくりした、こんなところで先生に会うなんてと洋子は思った。中学校の三年なんて、担任の先生とは必要なこと以外に話なんかしたことがなかった。洋子が覚えているのは、どの高校を受験するのかという、そんなこと以外に話をした記憶がなかった。しかし、それはともかく、赤松が井上あつしに入れると言ってくれたことが嬉しかった。しかも、長く社会党を支持していたが、共産党に変わったとのこと。こうした流れが起きているのかと、洋子は情勢の変化を思った出来事だった。

こういう出会いがあると、なぜ、赤松が共産党に一票を投じる気持ちになったのか、そこを探ってみたくなるのが洋子の生来の性質で、早速、次の休日に自宅にお伺いしますと連絡を入れた。

赤松は、上機嫌で洋子を迎えてくれた。

「コーヒーがええか、紅茶か」

「じゃ、すみません、紅茶で」

赤松は、自分で台所に立ってあれこれと用意をしていたが、やがてお盆に飲み物と紅い煉り羊羹を乗せて持ってきた。

「わあ、美味しそうな羊羹」

「好きかあ、まだあるさか遠慮せんと食べよし。それにしてもなあ、あんたらのクラスでこの家に来てくれたのは二人目や」

と、赤松は言った。

「もう一人は誰ですか」

「敏美や」

「ええ、敏美ちゃん」

「うん、いつですか」

「ええっと、最初の赤ちゃんが出来てしばらくしたころやったなあ。たまたまや、この向こうの化粧品屋から出て来たとこでばったり会うたんや」

「へー、そうだったんですか」

「そんときにな、萩原の話になってな、幼なじみの一番の友だちやて言うてたよ」

「そうなんです。まあ、家も近いし、よう遊んだんです」

「ところでなあ、萩原はいつから共産党をやってるんなよ。やっぱりあれか、大学に行ってからなんか」

「そうですねえ、正確に言いますと、四年前にサイゴンが陥落したの、先生、覚えてますか」

「ああ、よう覚えてる」

「あの日、私、パリにいたんですよ。次の日がメーデーで、パリのメーデーに参加してデモもしました。ベトナム人民のあのたたかいというか、自分たちの国を守り抜くんだって、その心意気に感動したんです。それまで、共産主義をずっと勉強してたんですが、ベトナムの人たちに背中を推されたわけで、それで入党しました」

赤松は、洋子の話にじっと耳を傾けていたが、やがて言った。

「いやあ、ええ話やなあ。若いってことは、やっぱりええなあ。萩原のその感受性っていうか、そういう物事に感動する精神を持っているってことがなあ、わしらにはもう無くなっているもんなあ。いや、ええ話を聞かせてもろたわ」

「ええ、そうですか、何か照れるなあ」

「わしもな、若いころは反体制派でな、まあ、いまもそうやけど、そいでもな、共産党が一番はっきりしてて筋が通っているのは分かってたんやけど、萩原のように前へ進むことはようせんかった。教員仲間には共産党も多いけど、社会党も多いんや。まあ、親しい仲間が社会党やったから、その関係で選挙は社会党に入れて来たんやけどな、共産党に変えたんは原発問題なんや……」

「私、この前、三重県の芦浜に行って現場を見てきました」

「ええっ、萩原、芦浜に行ったんか」

「遠かったですよ、山を越え、川を渡りで、片道六時間ほどかかりました」

「誰と行ってきたんなよ」

「一人ですよ。お陰で、車をあちこち擦りました」

赤松は笑った。

「萩原、あんたはそれにしても、行動力あるなあ」

「はい、フットワークは軽いですよ」

「そうやったなあ、そもそもが長距離ランナーやもんなあ、フットワーク軽いはずや」

「で、先生、原発問題で共産党に変わったんですか」

「そうそう。どうも社会党は頼りないなあって思えてきてなあ」

「そうだったんですか。あの芦浜のたたかいでも、衆議院の中曽根や渡辺と一緒に社会党も視察に来てて、漁師の船に取り囲まれて逃げて帰ったみたいで、地元の人らがそんなこと言うてました」

「そうだったんかあ。いやあ、日置川は一応、反対の町長になったさか一安心やけどなあ」

「いや先生、安心は禁物ですよ。三重県の中電もそうですけど、和歌山県でも関電が巻き返してきています。莫大なおカネをつぎ込んでいますし、関電や中電にしたら、紀伊半島はほんまに絶好の場所なんですよ。都会から離れてるし、どこの町も財政が逼迫してて、原発マネーがあったらって町長たちは考えています。先生、本格的なたたかいはこれからやと思います」

「そうかあ、さすが記者さんやなあ、読みが正確やなあ」

「そんなことないですけど、私、今度の総選挙で井上さんが当選したら、反対派の人たちへの大きな激励になるって思うんです」

「当選はなあ、ちょっと難しいかも知れんけど、そいでもなあ、ようけ票が出たら、大きな力になるなあ」

「はい、そやし、一区では野間さんを当選させたいし、二区でも井上さんをって、そう思っています」

帰りに、赤松は紅い煉り羊羹を一本、お土産にと洋子にくれた。

「体に気をつけて頑張れ。しんどいことあったら、いつでも遊びに来いよ」

赤松はそう言って、笑顔で送ってくれた。


新聞社に入ってくる衆院選挙最終版の情報では、自民党の正示啓次郎と早川崇は安定した支持を得ている。だが、三議席目は社会党現職の大島弘、共産党の井上あつし、そして無所属の村上有司の三人が競り合っているということだった。記者クラブに出入りしている大手新聞の記者たちも、「三人目は読めないなあ」と言う。

田辺や白浜にいると、井上あつしの地元である新宮や東牟婁の選挙情勢は分かりにくい。しかし、同じ西牟婁郡でも串本まで南下すると、紀南の動きが見えてくる。

ある日、洋子は串本町大水崎のレストランに入った。そこは、党の地区委員をしている南高志にコーヒーや食事をご馳走になる、洋子も馴染みの店だ。

「おお、今日は一人ですか」

いつもいるレストランの支配人のおじさんが洋子に声をかけてきた。

「はい、今日は一人です。ちょっと、役場で取材があったんです。コーヒーを飲んだら田辺に戻ります」

「そうなん、まあ、ゆっくりしてってくださいよ。あんたのような人が、そこに座ってコーヒーを飲んでたら絵になるもんなあ」

と、支配人はそんなことを言った。そう言いながら、カウンターの中に入ってコーヒーを淹れている。

「支配人さん、串本の選挙の様子はどうですか」

と、洋子はそんな風に訊いてみた。

「それは記者さんの方が詳しいやろけど、三人目が誰になるか、みんなそこを言うてるわ」

「まあ、大方の見方はそうですね。上二人は指定席やから、あと一人が誰かって」

「いままでやったら社会党やと思うけど、今回は五人出たさかなあ、ひょっとしたらひょっとするんと違うかって思うなあ」

「串本でも新人の村上さんはだいぶ人気がありますか」

「ある程度はなあ、色んなつながりがあるみたいやからなあ。でもまあ、あの人は田辺の人やしって、みなそう言うてるよ」

他に客もない午後のレストラン。支配人はカウンターを出て、盆にコーヒーを二つ乗せて洋子のテーブルに来た。

「僕も一緒にコーヒー飲むわ。その代わり、今日はおカネはいいわ」

「わあ、おおきに」

洋子は大きな声を出した。

「これ、内緒の話やけどな、ほら、ここは自民党の人らが大勢来るやろ。この間な、言うてたわ。三人目は井上あつしになるかも知れんってな」

「それ、ほんまですか、もうちょっと詳しく聞かせてください」

「うん、あんたも知っての通り、和歌山県でも三重県でも、原発のことが問題になってるやろ。あれでな、一定の部分が共産党に流れてる、そあなことを言うてるわ」

「なるほど、原発ね」

「なんせ、原発はなあ、みな嫌がってるもんなあ。それで、こと原発となったら社会党は頼んないって、そう思うらしいで。ぼくもそれは思うもんなあ。そやし、東牟婁の人らは井上の票が増えてるみたいやて言うてますわ」

「そうですか、じゃ、井上さんはチャンスですねえ」

「ああ、それはそうやで。運動員がどこまで頑張るかやろなあ」

十月七日に行われた第三十五回衆議院議員選挙和歌山二区の結果は、次の通りであった。

正示啓次郎（自民）当　五七、一五六票
早川　崇（自民）当　五五、三六七票
井上あつし（共産）当　三九、〇五四票
大島　弘（社会）　三六、九二九票
村上有司（無）　三六、〇六五票

日本共産党は、推薦を含めて四十一議席となり、一九七二年に躍進した議席を回復した。とりわけ保守の地盤である和歌山県で、一区と二区で共産党候補が当選したことは全国で注目された。

洋子は、この日、各地で開票がはじまる時刻から、田辺市東山の国道四十二号線沿いにあった井上あつし事務所に詰めていた。パラパラと小雨が降っていたが、夜になると支援者たちが次々と集まって来て、すでに百人は超え事務所に入り切れず、外で談笑する人々が多数に上っている。

井上当選の報告が事務所に入ったのは、午後十時四十五分だった。その瞬間、すでに二百人になっていた支援者のバンザイの歓声に沸き立った。握手をする人びと、肩を抱き合って喜ぶ人びと、泣いている女性支援者など、事務所はそぼ降る雨をものともしない熱気に包まれた。

後援会事務局長の上串が挨拶に立った。

「私たちとしては、一番大きな田辺市にマトをしぼったたたかいを進めて来た。前回よりどれだけ上乗せできるかが大きな課題だった。無所属新人候補が田辺で予想外に票を伸ばしたのは、わが陣営にはプラス材料になった。今回は漁夫の利という面もあるが、三回目の挑戦でやっと勝てた」

翌日の『紀伊民報』紙の「水鉄砲」には、次のようなコラム記事が載った。

「社会党が守り続けてきた二区の足場も共産党に奪われたということは、社会党不振の時流とは言え、いかにも不甲斐ない気がする。やはり共産党の日常活動が物を言ったということで、今回の選挙が示した大きな教訓であろう」

洋子は、井上事務所担当の記者として、「共産党の一、二区当選について——新しい時代の音がきこえる」との見出しで、『紀伊水道』紙に囲み記事を書いた。

「最終盤、串本のある中年の男性が、原発だけは困る、今回は、原発ときっぱりと対決できる人に入れる、そう語ったのが記者の印象に残った。さらに、大平内閣の一般消費税に賛意を示す有権者は極めて少なかった。高速道路の南進は自民党候補から共産党候補までが打ち出していて、これは争点にはならなかった。

二区で井上候補が当選した要因を、候補者乱立で当選ラインが下がったからと見る向きもある。各候補の得票を前回得票と見比べると、投票率が下がったなかで、自民党と社会党は大きく票を減らしたが、共産党はほぼ維持した。つまり、自民と社会から離れた票は無所属新人に流れた格好だ。では、なぜ自民と社会の支持層が大きく減ったのか。無所属新人が立候補したからと、単純にそう言っていいのだろうか。否、である。そこには、原発問題や一般消費税という、暮らしの悪化や環境破壊を当然とする自民党や社会党への強い拒否の流れが起きていると見るべきであろう。この流れはまた、和歌山二区だけでなく、全国での共産党の躍進にも表れている。新しい時代の音が聞こえるのは記者だけだろうか」

居座っていた低気圧が消え、十月の心地よい天気が戻ってきていた。洋子は、衆院選挙で勝利し気分が明るかった。そんな折り、思わぬ来訪者があった。

ある夜、仕事から帰った洋子は遅い夕食をとっていた。母も台所にはいなく、玄関を開けて「こんばんは」という懐かしい声を聞いた。「あっ」と言って、食べかけのまま洋子は席を立った。

「わあ、敏美ちゃん、なんなよ、帰ってたんかよ……いらっしゃい」

と、駆け寄って子どもの手をとった。

「あんた、忙しそうやし、いま時分なら帰って来てるかなと思ったんや」

「うん、ちょっとここに座って待っててな」

そう言い残して、台所を片づけて、こっちにお出でと洋子は敏美を台所に呼んだ。

「それにしても、大きなったなあ」

「洋子のお姉ちゃんや、ほら、挨拶は」

敏美は男の子に言った。

「お姉ちゃん、こんばんは」

男の子はたどたどしい口調で挨拶した。

「ぼく、偉いなあ、ちゃんと挨拶できるんやなあ」

「あれっ、もう一人は」

洋子は、敏美に尋ねた。

「下は寝てしもたから、起こさんと、この子だけ連れてきたんや」

「それにしても、久しぶりやなあ。どう、幸せにやってるん」

「幸せかどうか分からんけどなあ、けんかしもて、何とかやってるわ。子どもといたら、毎日が飛ぶように過ぎてくし」

「そうかあ、こんな子見てたら、私も子ども欲しなったわ」

「あんた、相手おるんか」

敏美は声色を落として訊いてきた。

「おるような、おらんような」

「あんた、いっつもその返事やなあ」

そう敏美が言って笑ったから、洋子も一緒に笑った。

「敏美ちゃん見てたらな、旦那は要らんけど、子どもだけ欲しなったわ」

「まあな、おカネさえあれば、鬱陶しい旦那ら要らんって思うときあるわ」

敏美は、思っていることを口にした。

「旦那、優しいんと違うん」

「まあ、そうやなあ。優しいて言うたら優しいけどなあ」

「なら、言うことないやん」

「それがそうやないんやて。何て言うか、魅力がなくなったわ」

「男の魅力ってことかあ」

「そうそう、男の魅力」

「そら、仕方ないいん違うん」

「そやろか」

「夫婦になったら、お互いにそんなもん無くなるて、会社の男はみな言うてるわ」

「そやし、男はみな浮気するんやろか」

「そう違うん」

「ほいたら、うちは女を磨かなあかんってことやな」

「そやそや、磨いてピカピカにしたれよ」

洋子がそう言うと、二人で声をあげて笑った。

「あんた、結婚する気ないいんか」

敏美が真顔になって訊いた。

「ないことないよ。その気になる相手がおらんだけやわ」

「高望みしてないか」

「なあ、結婚せな、子ども作ったらあかんのかなあ」

「何、わけの分からんこと言うてんの」

「だからさあ、結婚て、そあに大事なものなんかなあ」

「好きやのに、結婚したいって思わんのか」

「好きだったら、必ず結婚せなあかんのかなあ」

「あんた、ほんまに変わってんなあ。まあ、いまにはじまったことちゃうけどなあ」

「結婚して一緒に暮らすってな、どっちかが仕事を辞めなあかんやん」

「近場ならそうせんでもええけど、遠かったら、普通は女が男のとこへ行くわけやろ」

「そうやろ、でも私は、そあなこと嫌なんや」

「ほいたら、どうすんのよ。いつまで経っても結婚らできへんで」

「うん……出来へんなあ」

敏美は呆れたという風で笑った。

「おもろい奴やわ、あんたは」

「他人事やと思うて、簡単に言わんといてくれるか」

洋子がそう言ったところに、音がして母が台所に入って来た。

「あれえ、敏美ちゃん。珍しいなあ」

「お邪魔してます」

「元気そうやなあ。うちの人らも変わりないかあ」

「はい、二人とも元気です」

「あんたはもう立派なお母さんやなあ」

と、母は言った。

「でも、洋ちゃんと話してたら、独身が懐かしいわあ」

そういうそばで、男の子が膝の上に乗ったり降りたりしていた。

敏美は、それからまだ一時間ほど萩原家で過ごして帰って行った。一緒に「ミスはまゆうコンテスト」に出場した若い日のことを考えると、二人とも随分と別々の道を進んできたなと、洋子は思うのだった。


（第七部・新しい時代　終）

第八部（終章）・向かい風

（七十二）

年月が過ぎて行った。

しのぶは、目が覚めてからも、布団のなかにいて雨垂れの音を聴いていた。最近は、こうして家族がまだ寝静まっている早い時刻に目が覚めることが増えてきた。そして、夫の洋と出逢った子どものころからの出来事を断片的に思い出すのであった。

戦争が終わったころの日本人の平均寿命は、男が五十一歳、女が五十四歳だったと、昨日の新聞が報じていた。

♪人間五十年、下天の内にくらぶれば
夢幻のごとくなり
一度生をうけ、滅せぬ者のあるべきか

そう謡って、「敦盛」のひとさしを舞って桶狭間に出陣した信長。この人間五十年という寿命は、戦国の世の武将に限らず、最近までの日本人の生死観だったと、新聞はそう書いていた。

さらに新聞は、ネアンデルタール人の時代の平均寿命は十八歳、ローマ帝国の時代は二十五歳、産業革命の時代は四十二歳だったと報じていた。

それが、戦後になってどんどんと延びはじめ、日本ではいま、男は七十四歳、女は七十九歳にまで延び世界一となった。

しのぶは、自分の寿命もあと二十年ほどあるのかと、漠然と考えた。八十歳になれば、孫の良は二十四歳になる。どんな娘に成長するのだろうか。洋子のように、誰の言うことにも耳を貸さず、我がまま勝手というか、自らの信じる道を生きてゆく女になるのだろうかと、そんなことをふと考えた。

しのぶは、結婚もしないで飛び回っている娘を頼もしく思う反面、どうしてこんな娘になってしまったんだろうかと、そうも思うことがあった。親の目から見ることを差し引いても、洋子は器量は人並み以上で、親も羨むほどの娘だった。その娘はしかし、お祖父ちゃんがあれほど嫌っていたアカになってしまった。娘だけではなく、次男の良介までもがアカになった。良介は、子どものころから勉強ができることで有名だった。京都大学に行く子どもなど、この村では稀有のことだ。萩原家の次男は、やがては学問か政治で名のある人間になるだろうと言われたものだった。

Ｂ52の空襲で義父の良作が死に、いまでは義母のさよもいない。夫の洋は戦地からやっとの思いで戻ってきたが、長生きが出来なかった。残された自分は、もう還暦を迎えるほどの星霜を数えるところまで来た。

しのぶは、洋子と良介に教えられて、最近やっとアカのこと、いや日本共産党のことが少し分かってきていたが、孫の良までもがそうなってほしくはなかった。それにしても、洋子はもう三十歳を過ぎ、結婚する気がないのだろうと、しのぶは半ばあきらめていた。あの子は、カンボジアで死んだ恋人を忘れられないでいると、しのぶはそう感じていた。しのぶはその人に一度も会ったことがなかった。一途に思い続けている娘が不憫でもあり、また歯がゆくもあった。しのぶはしかし、自分が洋子の立場ならどうするだろうかとも考えてみる。終戦になり、次々と村の男たちが戦地から帰って来るのを見ながら、一年経っても、二年経っても、便り一つない夫を、しのぶは泣きながら待ち続けていた。その自分の姿と、帰って来ることのない恋人を思い続けている娘とが重なるのであった。

良介は遠井縁と結婚したが、縁の仕事の都合でしばらくは和歌山と京都との別居状態が続いていた。しかし、良介が田辺の高校に転勤し自宅に戻ったのをきっかけに、縁も萩原家に転居してきた。縁は、フランス文学を研究しながら、翻訳の仕事をしている。二人には長女が生まれ、良介の一字をとって良と名づけた。萩原家はしのぶ、洋子、良介、縁、それに良の五人家族になった。良は、洋子に似ているとよく言われた。洋子もそれが何となく嬉しくて、この姪が可愛くて仕方なかった。

萩原家の田畑は、農繁期には良介も洋子も手伝ったりはしたが、いつもはしのぶが一人で守っていた。米作りは家族が食べる分があればよかったし、いつのころから か麦は作らなくなっていた。残りの田畑は季節の野菜を作っていた。長く家族も同然だった牛も手放したし、洋子が可愛がっていたジョンは、先年フィラリアにかかり死んでしまった。洋子はどちらかといえば猫よりも犬が好きで、いまも、先ごろ取材先で見つけてもらってきた、茶と白の斑の秋田犬の子犬を飼いはじめていた。名前もジョンだったが、姪の良の遊び相手でもあった。

　いったんは収まっていた日置川原発の計画が再燃しはじめていた。

　一九八四年五月十二日、衆議院外務委員会で質問に立った和歌山一区選出の共産党・野間友一衆院議員は、和歌山県に新たに三ヶ所の予定地のあることを明らかにした。それは、由良町の三尾川、白浜町の富田川、日置川町の日置川であった。

　野間議員の質問に、通産省の役人はこう答えた。

「これはですね、まだ計画として固まったものではございません。事前調査の申し入れ以前の、いわば内々の調査でございます」

　内々に、地元の自治体はもちろん、国会にも明らかにせず計画が進められていると、大きな問題になった。

　しかし、富田川では活断層が発見され、この計画は頓挫した。関西電力は、すでに以前から日高町小浦と日置川町口吸に事前調査を申し込んでおり、和歌山県内ではこの二つの候補地で反対運動がたたかわれることになった。

「新聞社には色んな裏の情報が入るんやろ、見学ツアーの、何か新しい情報ないんか」

「裏っていうてもなあ、特別の情報は何もないわ。最近は、三重県側も和歌山県側も推進側が攻勢をかけてきてるけど、見学ツアーはすごい豪華らしいわ」

　良介の問いに、そう洋子が答えた。

「俺なあ、見学ツアーに行ってみよかなあ」

「わあ、それええわ。行ってだ。行って、詳しく報告してだ」

　原発の建設には「地元の同意」が必要だった。地元の同意とは、知事の同意、市町村の同意、そして漁協の同意である。とりわけ、漁協の同意を取りつけることは簡単には行かなかった。

　関西電力は、日置川町の「立地部」事務所の駐在員を十一人も配置し、地域の住民を原発の先進地見学に誘った。良介は、これに参加するというのだ。

「参加費用、いくらかかるんか、お前知ってるやろ」

良介は洋子に尋ねた。

「だいたい三千円やわ。無茶苦茶安いやろ」

「俺の散髪代の値段やなあ」

「うん、とにかく破格の安さなんやて。普通の旅行社が京都の一泊二日の旅でだいたい三万円やからね。福井県はもっと遠いんやもん」

「その上に、飲ませ食わせが付いてるんやからなあ。まあ、実質はただ同然の大盤振る舞いってことや」

しばらくして、良介は三千円の参加費を払って原発見学ツアーに行った。洋子は、参加した感想文を書いてもらい、それを『紀伊水道』紙面に寄稿として載せた。


去る十七日、十八日の二日間、関西電力が行った「原発見学ツアー」に参加した白浜町の吉原保（仮名）さんから寄稿がありました。長いものなので紙面の都合で一部は割愛し、掲載します。


「とにかく、原発というものはこんなに素晴らしいものだ、安全なものだ、地元におカネが落ちるんだと、バスの中でも、原発の視察でも、旅館でも、それがくり返しくり返し宣伝された二日間だった。英語では、こういうやり方をマインド・コントロールと言うらしい。スリーマイルのような原発事故が起きたら、いったいどんな地獄のようなことになるのか、なんて話はこっから先もないわけです。

それから、これは大きな声では言いにくいですが、どんだけ飲んでも食べても、おカネは要りません。全部、関電が持ってくれる。旅館の仲居さんに酒やビール、焼酎やウイスキーを頼んでも、おカネはとられません。食事のあと数人で、女性の接待がある街中のスナックに行ってだいぶ飲んだけど、みな関電が払ってくれました。関電のおカネはみんなが電気料金として納めたおカネですから、これはもう気が引けます。なので、この寄稿は仮名にしました。

一般の住民にでもこのような大盤振る舞いをくり返し行っているんですから、要職にある人や、建設に関係する業界などに、いったいどれほどの施しがされているのか、想像もできないほどです。鼻先に人参ならぬ札束を見せて、電力会社と国が癒着して、まだ安全性のない原発を田舎に押しつける、江戸時代さながらの話です。

僕が原発の係員に、『安全なものなんだから、なぜ都会に近い大阪湾とか東京湾につくらないのですか』と尋ねると、彼は『万が一のことを考えたら無理です』と、そう平然と答えました。僕はこれは差別思想だと思いました」

一九八四年、日置川町の三月議会。阪本三郎町長はそれまでの原発反対から百八十度の転換を行った。

「財政難、そして過疎、就労の遅れなど、抜本的解決をはかるために、原発の環境事前調査を考える時期だ」

と表明した。そして、予算案は原発交付金を含むものが提案された。これに対して十六人の町議会はどうかというと、原発に反対している議員は、共産党の平阪、浦の二人の議員だけだった。だが、奇妙なことに、予算案は全会一致で否決された。

洋子は、平阪登一議員宅を訪ねた。

「いっつも、記事、読んでるでえ。頑張ってるなあ。まあ、そこへかけてよ」

平阪議員は、洋子に労いの言葉をまずかけてくれた。日置川町の共産党の重鎮にそんな言葉をかけてもらい、洋子は感激した。

「ありがとうございます」

「ちょっと状況を説明しようか」

そう言って、平阪議員は話をはじめた。

「阪本町長は、数年前から原発の調査費を計上しはじめた。調査費をつけるということは原発推進の立場やないかって、僕はくり返し質したんやけど、最初は、調査と立地は別の問題やって突っぱねてた。そやけどな、結局は、調査をする限りは立地に踏み込んでいると解釈しても結構だって、そう言ったんや。原発推進やて、あがで認めた瞬間やった。そやけどもや、議会の保守の中では、前々からこの阪本町長のやり方に反発があった。独断的やしな。そやから、おんなじ原発を立地するんでも、あの町長にやらせたらあかんって、そいで他の議員らも結束した。十六人の議員全員が予算を否決したのは、まあ、そういうことなんや」

「なるほど、推進勢力内部での主導権争いですね」

「うん、原発はそもそも前の町長が言い出したことで、いまの阪本町長は関係なかったわけや。主導権って、硬いことばで言うたらそうやけど、要はこれや」

と、平阪議員は親指と人差し指を丸めてくっ付けた。

「やっぱり、原発の利権をどっちが取るかってことですね」

「うん、そうや」

こうして、町長が原発推進に変節したもとで、日置川町の内外で、原発建設に反対する勢力が独自の団体を結成し、日置川町は「賛成派」と「反対派」とに否応なく町が二分されていった。前の町長である森田派は議会の内外で激しい攻勢に出た。阪本町長の不信任案提出、助役と収入役の辞任など町政が混乱するなか、阪本町長は議会を解散し、本人も辞任、町長と町議会の同時選挙となった。

町長選挙は、前職の阪本、森田派の宮本、そして反対派の平阪町議が立候補し、三つ巴のたたかいとなった。結果、前職の阪本が再選された。

一方、三重県では、一九八三年になり、春の県会議員選挙で、三議席あった共産党県議団がすべての議席を失った。これにより、三重県議会では原発に反対する議席がなくなってしまう事態となった。

三重県内の民間企業八百三十四社が原発推進を知事に要請した。県は、原発を軸にした産業振興をと、「アトムポリス構想」を発表した。

翌年、三重県議会には原発推進の予算三千万円が計上され、県と中部電力とが一体になり宣伝活動などが強化された。

社会党ははじめ原発反対の立場だったが、一九八〇年に「社公合意」が結ばれてからは、原発予算に賛成する態度をとった。

一九六三年にはじまった芦浜原発の計画は、漁民たちの激しい抵抗に遇い、六七年に頓挫した。芦浜の入り江は、三重県度会郡南島町と紀勢町の境目にある、長さ一キロほどの浜だ。前は熊野灘。通産省の役人が、「ここは日本で最高の立地点だ」と言ったほど、中部電力にすれば喉から手が出そうな場所である。

だが、熊野灘は日本屈指の漁場でこの地域の漁民たちの生活の場である。原発との共存はあり得ないことだった。

中曽根康弘衆院議員たちが乗りこんでいた海上保安庁

巡視船「もがみ」が、四百隻の漁船にとり囲まれ、海上視察を断念した一九六六年の「長島事件」のあと、齢八十二歳の漁民の長老であった浜地初男は、田中・三重県知事との交渉の場で知事に迫った。

「知事さん、わしはもう何にも言いません。二千、三千という人たちが真珠の養殖の仕事で忙しいときに、反対運動だけに関わっておれん。そやで知事さん、わしと一緒に刺し違えて死んでくれんか」

「……」

田中は青くなった。

浜地は、出刃を前に出して置き、言った。

「わしの首はちゃんと拾うてくれる人がおる。子どもらは大きなってるし、わしが死んでも大丈夫や。田中さん、もうこれ以上、原発でこんな苦しみはしたくない。どうか、わしと刺し違えて死んでくれんか」

熊野灘の漁民は、近年の漁獲量の減少、養殖ハマチの価格の低迷で苦しんでいた。そこにつけ込むように、中部電力、国や県が襲いかかってくる。原発建設へ三千万円の予算がつけられて、南島町の漁民たちがふたたび立ち上がった。

良介の妻・縁は、時折は農作業を手伝いながら、翻訳の仕事をしていたが、使わなくなっていた牛小屋を改造して学習塾をはじめようとしていた。

「科目は、何を教えるん」

洋子が縁に訊いた。

「何がいいと思う。中学生は、やっぱ英数かなあ。高校生もしてもいいんやけど、そうなると翻訳の仕事に支障が出るしねえ」

「中学生だけでいいんと違う」

洋子はそう言った。最初から欲張らないほうがいいと思ったからだ。

「でもさあ、高校受験のための塾って、そんなに必要かなあ」

縁が訊いた。

「うん、必要みたい。この辺りには塾ないもん。田辺とか白浜までは遠いし、富田にもあるけどね、この辺にはないから、やったら子どもは集まると思うわ」

「そやね、まあぼちぼちやってみようかっ」

「うん、それがいいと思う」

良は、川向こうの町立しらとり保育園に通っていた。数年前に、萩原家の裏山を越えたところにある平地区に通じる道路が整備され、富田川の向こう岸にあるしらとり保育園まで、車で七、八分で行けるようになった。送迎はいつも縁がしている。良は保育園から戻ると、いつもジョンのところに走って行って遊んでいた。良介も縁も、それほど犬が好きというわけでもなく、良の犬好きは洋子そっくりだった。

「良、ジョン連れて、お姉ちゃんと山へ行こうか」

洋子は、おばちゃんと言わず、お姉ちゃんと良に言わせていた。それを見て、家族はみな笑うだけだった。

ジョンはまだ成犬になってなく、本来の秋田犬の大きさにはなっていない。ジョンをつないでいる紐は良には持たせられないので、洋子はジョンの紐を放った。ジョンは駆け出したが、遠くへは行かずにすぐに戻って来て、また駆け出す動作を繰り返した。良は、それが面白いようで、キャッキャと言って両手をあげて喜んでいる。田んぼ道から山道になったところで、洋子は良を抱きかかえた。山の登り道は、良にはまだ無理なのだ。

「平った」まで登るのは久しぶりだった。学生時代には、帰省の度にジョンを連れてよく足を運んだ頂上だったが、仕事につき、地元で党活動をはじめてからはあまり登ってくることはなかった。

この林に来ると、過ぎた高校や大学時代のことが思い出された。樫の木で作った木剣は、まだ洋子の部屋にあった。この林の中を走って、長距離走に備えた日が蘇ってくる。高校時代に北と交わした交換ノートは、北のところに行ったままだ。張は中国に帰ったままで、最近は便りも来なくなった。そして、黒沢拓はもう帰らない人となってしまった。高校時代の北との交わりは、初恋ではあったが、苦い思い出となった。張への淡い思いは黒沢との出会いで消えてしまったが、いまはどうしているんだろう。そして、張のお母さんは元気なんだろうか。

そして黒沢が死に、洋子の青春はそこで止まってしまっていた。何の前ぶれもないまま、黒沢はクメール・ルージュの虐殺に遇った。風雨にさらされた人々のあの骨のなかに混じって黒沢もいる。やがて国で犠牲者の墓が作られているようだが、あの村にも墓ができたのだろうか。黒沢がどんな死に方を強いられたのか、その無念を思うと、洋子はただ泣くことだけしか出来なかった。

「おろちて、おねえちゃん、おろちて」

良がそう言うので、洋子は抱いていた腕をほどいて小径に良を降ろした。すぐにジョンが寄って来て良の口や鼻を舐めまわした。良はそれを嫌がって、顔をのけ反らせながら小さな手でジョンを叩こうとするが、ジョンは跳びはねていて簡単には叩かせなかった。

「良、あんたはね、お姉ちゃんに似てるんだから、この山で脚と腰を鍛えるんやで。で、お姉ちゃんみたいになって記録を塗りかえるんやで。分かったあ」

良はペコリとうなずいた。その可愛さに、洋子はまた良を抱き上げた。


「縁ちゃん、良は洋子の二代目やなあ」

「ええ、なんで」

山から戻ると、縁が竹ぼうきで庭を掃いていた。

「裏の林、気に入ってるようやし、大きなってゆく間、私が鍛えたらええ選手になりそうやわ」

「そうお、素質あるやろうか」

「素質は間違いなくあるわ。何ちゅうても私の姪やもん」

「洋ちゃん、いまでも長距離走れるん」

「いやあ、もう長い間やってないもん、どうかなあ、無理やろなあ」

「練習してもダメなん」

「練習なあ、どうやろなあ。いまはもう車ばっかり乗ってるもんなあ、走る筋肉を付けけんと無理やと思うわ。縁ちゃん、スポーツはどう」

「好きやで。でも私は走り高跳び」

「へえ、初めて聞いた。最高、どれだけ跳んだん」

「百六十、高校のとき」

「すごいやん、私百六十もよう跳ばんわ。背面なん」

「ううん、ベリーロール。背面って難しいもん」

「あれ、人によって違うもんなあ。背面得意な人とベリーロールがええっていう人と」

「うん。でも最近は背面増えてきたわ」

洋子は、こんなスポーツの話をしていると、体がムズムズしてきて走りたくなってくる。

「洋ちゃん、マラソン大会、出てみたらどう。毎年さあ、冬にやってるやつ」

「ああね、ハーフマラソンやなあ。そやなあ、練習してみたら、やれるかどうか分かるんやけどなあ。でもなあ、もうだいぶ走るのから離れてるからなあ……」

縁が開く学習塾には英語が五人、数学が五人、合わせて十人の申し込みがあった。どちらも週一回の授業で、月謝は月四千円としていた。縁は、これで良の保育料は稼げると言った。

（七十三）

「ペレストロイカ（再建）」なる路線を打ち出してソ連共産党の書記長にゴルバチョフが就任した。マスコミは、あたかもこれがソ連社会の民主化への道であるかのように大々的に報道していた。

しかし、かつてスターリンのもとで行われた農業の権力による「集団化」については、ゴルバチョフは、若干の逸脱があったとは言うが歴史的意義を持つ偉業だと称えた。

洋子は、若干の逸脱などという程度の誤りではないだろうと思っていた。ペレストロイカと呼ばれる路線がそんな中身なら、民主化など出来るはずがないと思うのだった。

そんなある夜、支部会議が開かれた。

「ソ連のことやけど、みな、どうなよ」

佐山支部長がみんなに意見を求めた。

「なんか知らんけど、テレビも新聞も鳴り物入りって感じやけど、改革とか情報公開とか、それ自体はええことと違うんかよ」

そう言ったのは渡辺だった。

「わしも渡やんとおんなじやけどな、それ自体はええことやと思うけど、けどよお、改革の中身が問題やろ。国の制度とか、国民の暮らしとかが良うなるんやったらええけど、ほんまにそうなるんやろか」

と、これは広畠が言った。

「ソ連という国、わしは社会主義の国やって思うてないし、社会主義を目指している国やとも思うてないんやけどな、それはこっちに置くとして、最大の問題はよお、日本共産党風に言うたら、国民が主人公になってないってことやと思うんや。憲法の言葉で言うたら主権在民がない。そういう思想もない。ペレストロイカって言うんなら、そこをペレストロイカせなあかんねけど、コルバチョフにそあなんことする力らないわよ」

財政を扱っている木下がそんな意見を言った。

「ほいたら、木下さんはソ連みたいな国はない方が世の中のためやって、そういうことですか」

そう、洋子は木下に尋ねた。

「そやねん、ソ連も中国も一緒や。人類の進歩のためにはない方がええと思うで」

と木下は言った。

「ちょっと待ってよ、そこまで言うてええんやろか」

と佐山が言った。

「そこまでて、意見を言えって言うさか言うたんやで」

木下が反論した。

「いや、意見は言うてほしいんやで、そうやなくて、ソ連も中国も、そういう位置づけでええんやろうかって、そこ、もうちょっと言うてみてだ」

佐山が木下を促した。

「ソ連が曲がりなりにも人類の役に立ったことって、レーニンの時代に民族自決権を擁護したこと、社会保障の権利を世界に先んじて打ち出したこと、あとは第二次大戦でヒトラーを潰したこと、俺はそれくらいしか知らんねけどな、ああ、それとガガーリンが最初に宇宙に行ったことかなあ」

あはは、とみなが笑った。木下が続けて言った。

「自由、民主主義、この二つはマルクスが社会主義の理念として一番強調したことやろ。そのいろはのいがない。根本的に間違ってるって思うんやよ」

「そやけど、中央はそこまで言うてるかなあ」

広畠がそんな口を挟んだ。

「中央がどう言うてるかは別にして、俺の意見はそうやってことやで」

「洋ちゃんはどうな、実際にソ連にも行ってるし、そこらへんのこと」

「私は基本的に木下さんと同じ意見です。ロシア革命からもうおっつけ七十年になります。七十年ていうたら長い時代です。そいだけ経っても、スーパーの前に市民が長い行列して並ばんかったら物が買えない。私、戦後の闇市らて実際には知らんねけど、なんかそんな感じが七十年も変わらんと続いてるみたいです。国民はそんなんやのに、やれチェコに攻め込んだり、アフガニスタンに攻め込んだり、しかもそれを共産党の名前でやってるから始末が悪いって思います。中央は、社会主義生成期って言いますけど、よちよち歩きってことなんやろうけど、それならまだええんです、やがてちゃんと立って歩き出すようになる。でもいまのソ連にそれはない、って感じですね」

洋子の意見に触発されたのか、若い山崎も言い出した。

「ちょっと話は外れるんやけど、この間、民青の班会で海外旅行に行きたいってなって、ローマとかパリとか、ウイーンがええとか、いやスペインやとか出るんやけど、モスクワとか北京とか、いっこも出てこんねよ。若いもんにちっとも人気がないんやわ、ソ連も中国も。マスコミがゴルバチョフって騒いでるけど、それも一時のことで、すぐまた元に戻るような気がするなあ」

ソ連の話はそこまでで終わった。しかし、そもそもが戦前の治安維持法のもとで振りまかれた反共偏見が根強くあるもとで、ソ連や中国の出来事が頻繁にマスコミに取り上げられ、党員のみんなは日ごろから辟易している。そしてそれは、日本共産党が自らの活動で克服してゆく以外にないわけだった。

世界中を巻き込む、空前の原発事故が発生した。

一九八六年四月二十六日。この日の早朝、スウエーデンのフォルスマルク原子力発電所はあり得ない高濃度の放射能を検出した。安全装置が自動的に作動した。大変な濃度の放射能が漏れていると、従業員たちは慌てふためいて細部にわたって調査点検を行った。だが、自分たちの原発はすべて正常に稼働していて、放射能漏れは発見できなかった。

「変だぞ、風向きを調べろ」

責任者の大声が飛び、調べると南からの風が吹いていた。

「スウエーデンの南にある原発はどこだ」

また、大声が飛んだ。

「ソ連のチェルノブイリです」

報告を受けたスウエーデン政府は、直ちにソ連政府へ緊急電話を入れた。ゴルバチョフ書記長のもとで、ソ連はペレストロイカとグラスノスチ（情報公開）が進められていたが、広島に落とされた原爆の五百倍とも言われる爆発を隠し、ヨーロッパ中に厳重警戒が発せられたのは事故後三日も経ってからであった。

チェルノブイリ原発の地元・プリピャチの住民たちは、青白い不思議な光を発する原発を眺めながら、「美しいなあ」と、まるで花火でも眺めているように言った。やがて雪のように舞い散る死の灰の中で、何も知らされずに子どもたちが無邪気にはしゃいでいた。

こうして、その間に放出された膨大な量の放射性物質は、ソ連からスカンジナヴィア、ブリテン島へ、さらに風向きが変わってチェコスロバキアやドイツなどの中部ヨーロッパへ拡散した。そして、北半球全体へと広がったのである。

この日、ミュンヘンでは、いつもの十倍のガンマ線が計測され、バイエルンのキノコからは最高四万ベクレル／kgの放射能が検出された。

日置川町原発反対協議会は五日間で有権者の過半数二千三百二十一人の反対署名を集めた。

チェルノブイリ原発の事故を受け、田辺西牟婁統一労組懇、和教組西牟婁支部、高教組第四支部、和解連西牟婁地区協議会の四者は、日置川町周辺三十キロ内に住む住民に呼びかけ、十一月一日、「日置川原発反対三十キロ圏内共闘会議」を結成した。そして、車七十台が日置川町内をパレードし、小中高の学校の先生たちが、ビラを配り、マイクで原発の危険性を訴えた。

だが、原発推進勢力の攻勢は激しく、国、県、関電が一体となった反対派の切り崩しは熾烈をきわめた。女性向けには、料理や生け花、手芸、エアロビクスなどの教室、子どもには科学展やアニメ映画などの催しを無料で行った。また仕事のない人々に、日当七千円で清掃や山の下刈りの仕事を用意した。原発先進地ツアーも強化された。

去年、原発推進を掲げて当選した宮本・日置川町長はチェルノブイリ事故などどこ吹く風とばかりに推進の姿勢を鮮明にした。日置川町商工会は原発推進決議を行い、建設業者は推進協議会を設置した。こうしたもとで、十年前に原発反対決議を行った日置川漁協も、ついにそれを白紙撤回するに至った。

しかし、原発の建設を実現するためには、なお三つの越えなければならない山があった。第一に、建設が予定されている日置川町市江の口吸地区には、関西電力がまだ買収できない三、四千平方メートルの土地があり、そのほとんどの持ち主が反対派であった。

第二に、北隣の白浜町と南隣のすさみ町の首長と町議会の同意が得られていないのであった。

第三に、迫っていた地元・日置川町長と町議会の選挙であった。

「漁協まで取り込まれたとなると、ほんまに厳しいなあ。どうすりゃよお」

すさみ町の宮崎博町議の家で開かれた党の西牟婁地区協の会議は重たかった。宮崎議員は自身も漁業を営んでおり、隣町の漁民たちの実情もよく知っていた。

「党としてはやなあ、やっぱり徹底的に原発の危険性を住民に知らせて、関電や国のやり方を暴いてゆく宣伝をやり切ることやろなあ。そいから女の会とか三十キロ共闘とか、色んな団体の活動と団結してたたかい抜くことしかないわなあ。そいで、決め手は町長選挙で絶対に勝つことやわ」

楠木がそう言った。

「市江の女たちが女だけの組織を立ち上げるって動いてるようやなあ、萩原さん、そあな情報つかんでないか」

「ふるさとを守る女の会っていう名前で、いま動いてるんやけど、県下の色んな女の会も応援してますわ。市江の女の人たちが団結して頑張ってるから、強力なのが立ち上がると思いますよ」

と、洋子は言った。洋子は、二年前に党の地区委員に選出されていたので、この地区協の会議にも出席していた。

「白浜町もすさみ町も、賛成派に議会を乗っ取られんようにせんとなあ。それと何ちゅうても、町長選挙で勝たなあかんわ」

楠木が言った。

「うん、そやし、志原の浜で計画してるフェスティバルを千人以上で大成功させななあ。町長選挙へ勢いをつけなあかんわ」

地元の日置在住の地区委員である北がそう言った。

「集めたことのない集会やなあ。相当な力《りき》が要るなあ。そやけど、お笑いのレオナルド熊さんが来てくれるって、あれほんまかよ」

「ほんまです。自主的に来てくれるということで、これは確かな情報です」

と、洋子が答えた。

「そら、面白いわ。熊さん有名やもんなあ。あいのことやさか、おもろい話してくれるやろなあ」

「北くん、町長選挙、どあな具合なよ。三倉さんの名前は聞いたことあるけど、どあな人物なよ」

宮崎議員が北に尋ねた。

「日置の町では保守本流で通っている人やけど、旧家やし、真面目で、地元の信頼は厚い。僕としてはよう決意してくれたって思うわ」

「反共とは違うんやな」

さらに宮崎議員は訊いた。

「そら共産党には色んな意見を持ってると思うけど、反共ではないなあ」

と北。

「私もそう思います。新聞記者として自宅に伺いましたけど、二階に上げてくれて色々と話してくれました。第一印象は、腹が座った大物やなあって感じでした。原発はあかん、その一点で大同団結せなあかんって、その話が印象に残ったんですけどね」

洋子はそう言った。

「日置の人らの様子はどうなよ」

楠木が北に訊いた。

「阪本はなんちゅうても現職やし強いと思うけど、三倉さんは言うたら名士やもんなあ、ええ勝負になるなあ。近々、地区委員長が三倉さんと会うらしいけど、協定を結べるかどうかやなあ」

北はそう言い、共産党との協定が結べるかどうかを気にしていた。

「これは、私個人的な意見やけど、仮に共産党との協定が結べなんでも、反対協議会と結ぶとか、三十キロ圏内共闘会議と結ぶとか、そういうこともありやって思うんです。とことん協定にこだわることないって思うんですが」

洋子はそう言って、続けてまた言った。

「目下の最大の問題は、とにかく原発推進町政を終わらせることやと思うんですよ」

「いや、そいでは中央が承認せんやろうなあ。はっきりした約束を交わしてない候補者を党が推すとなれば、それは有権者に対して無責任になるってことやし、その辺は党はきわめて厳格やもんなあ」

「中央の原則的立場は分かり過ぎるくらい分かるけど、萩原さんが言うように最大の課題は原発町政を倒すことなんやから、そこは臨機応変にやってもらいたいわなあ」

「でもね、有権者に党の責任が一番問われるのは、原発を許してしまうのか、食い止めるのかってことやと思います。選挙に負けたら、確かにそれは有権者の選択なんやから、その結果は尊重せなあかん。だけど、そうならんようにするのが党の責任やと、私はそう思うんですけど、どうでしょうか……」

「わしもその意見に賛成やわ。そやし、候補者との協定についてはもっと柔軟にやってもらいたいなあ」

と宮崎議員が言った。

原発予定地の日置川町市江では、推進派と反対派に完全に住民が二分されていた。親戚同士でも、法事はおろか葬儀にも出席しないという事態が発生した。さらに、同じ屋根の下で暮らしている家族のなかでもいさかいが生まれた。親と子にも、姉と妹にも、兄と弟にも悶着が生じていた。子どもたちもスクールバスの中で、親の立場の違いによって喧嘩がたえなかった。

こうしたもとで開催された市江区民総会では、五年前に採択した原発反対決議を白紙撤回するかどうかの提案が、賛成三十四、反対三十五とまったく拮抗した状態だった。まさに住民の対立は極致に達していた。

梅雨入り前の六月一日、日置川原発反対三十キロ圏内共闘会議は日置川町の志原海岸で大集会を開いた。千人を集めようと準備した集会は、二倍の二千人が集まり大成功を収めた。空路、東京から駆けつけたお笑いタレントのレオナルド熊は会場をわかせた。

洋子は、コメントをもらおうと名刺を渡して挨拶した。

「洋子さんっていうんですか。実にお奇麗な記者さんですねえ、まあ握手させてくださいよ」

レオナルド熊は独特のニコニコ顔で手を差し出した。彼は洋子よりだいぶ背が低いのだが、握った手は大きくて温かかった。

「あなたのようなな女性にインタビューされたら何でも喋ってしまうわ」

「ほんまにありがとうございます。ここの印象はどうですか」

「紀伊半島はねえ、ぼくのルーツでねえ。ここに原発をつくったらあかんって気持ちが強くてさあ」

彼はそんなことを言った。

「ルーツって、どういうことなんですか」

洋子はさらに尋ねた。

「僕は北海道の新十津川村ってとこで生まれて育った。ご存知かな、新十津川村」

「知っています、みなさん奈良県の十津川村から移住されたっていう……」

「よく知ってますねえ、さすが記者さんだ。そうなんです。先祖代々、奈良県だったんだ。明治二十二年の大水害でね、二千五百人が村を離れて北海道に移ったんだよ。だからね、紀伊半島は僕にとって特別なんだ」

「ああ、それでお忙しい中を東京から来てくださったんですね。熊さんのそのお気持ち、必ず記事にさせてもらいます。ほんとにありがとうございます。もう一度、握手させてください」

洋子はそう言って、今度は自分から手を差し出した。

町長選挙を目前にしていた六月から七月にかけて、ふるさとを守る女の会や三十キロ圏内共闘会議のメンバーは連日連夜、地域に入り学習会や懇談会を開いた。高校の教員組合が組織した講師団は、静岡県の浜岡町まで出かけて浜岡原発をめぐる問題点をつぶさに視察してきた。

町長選挙は、原発阻止をかかげた三倉重夫候補が当選した。

洋子は、入稿を待たせておいた翌日の一面記事に三倉候補当選の記事を書いた。

関西電力の原発立地計画で町民が分断され、翻弄されている日置川町の町長選挙で、反対派の三倉重夫さんが当選した。

三倉さんは、七六年に原発反対をかかげて当選した阪本三郎町長の選挙事務長を務めたが、その後、阪本町長が原発推進に方向転換したため、自ら立候補し阪本候補を破った。

当選した三倉重夫さんは、先のアジア・太平洋戦争で出征、ビルマ戦線でほとんどが戦死したといわれるインパール作戦に参加、九死に一生を得た人。三倉さんの思いはただ一つ、「人の命」の尊さである。

原発に反対するその思いの奥底に、人の命の尊厳を守るべし、との若き日の体験から来る深い思いがある。

三倉町政の誕生によって、「日置川町・長期総合計画」が見直されることになるだろう。それが行われれば、日置川町政から原発の二字が消えることになり、長年、原発に翻弄された日置川町にふたたび平和な日常が戻って来ることになるはずだ。その日を早く見届けたいものである。

良を連れて、縁と洋子は白良浜に来た。縁は、もう三十代の半ばやし水着になるのはねえなどと言っていたが、良が「行くんや行くんや」と言うのに根負けした。洋子はこの数年、ビキニの水着は着なくなっていた。洋子と縁は同い年だ、そんな歳でもないと自分で思っていたからだ。

「洋ちゃんさあ、ビキニよりもワンピースの方がかえって色っぽいわ」

と、縁は洋子の水着姿をしげしげと見てそんなことを言った。

「そやろか、露出おさえてるんやけどなあ」

「露出をおさえても出る色気がほんまの色気やもん。それに、その黒一色っていうのがね、洋ちゃんに似合ってるわあ。男どもには、これは目の保養じゃくて、目の毒やなあ」

縁はそんなことを言って笑った。

「よし、じゃ男どもを悩殺したろか」

洋子はそう言って浜辺で立ち上がった。身長は一六八センチで止まっていたが、見事な躰の線はモデルをしていたころのままだ。

「良、行くよ。お姉ちゃんが泳ぎを教えたるわ」

洋子は良の手を引いて水に入った。白良浜は遠浅の海水浴場で、小さな子どもたちはみんな浅瀬でピチャピチャして遊んでいる。

「良、お姉ちゃんの首にしっかりつかまってるんやで」

そう言って、背中から自分の首に良をつかまえさせた。洋子の胸の深さまで来て、良の両脇に手を入れた。

「いい、お姉ちゃんの言う通りするんや、分かったあ」

「うん、分かった」

「よし。じゃ、お姉ちゃんが五つ数えるから、その間、良は息を止めること。行くよお、一、二、三、四、五。出来ましたか、よおっし、偉い。じゃ、もう一回同じことするよお」

良は言われた通りできた。

「良、あんた上手やわ。すっまくできるなあ」

そう洋子が言うと、良はニコニコしている。

「じゃあ、これからお姉ちゃんが手を放すからね。五つ数える間、良は水の中に沈むけど、目をつむって我慢するんやで、五つ数えたらお姉ちゃんが水から上げてあげるからね、分かったあ。もう一回言うよ。手を放して五つ数える間、良は目をつむって我慢するの。そしたらお姉ちゃんが水から上げるからね。ちょっと練習してみようか。息止めるんやで、はい、一、二、三、四、五」

良は、洋子の言う通りに息を止めた。

「上手やわ、良、あんたはほんまに上手やわ。じゃ、やってみようか。手を放すよお、はい」

両脇から手を放すと、良は沈んで行った。洋子は四つ数えてから良を引き上げた。良は洋子の首にしがみついてきたが、キャッキャ言って笑っていた。そんな練習を何度も何度もやってから、縁が待っている浜に上がった。

良は母親のもとに駆けて行き、「面白かったわ」と報告した。

「いや、この子、覚えが早いわ。私と一緒やわ」

洋子は縁にそう言った。

洋子は、バイを探してみるといって、一人で水深四、五メートルのところまで泳ぎ、潜ってみた。以前と比べると数は少なかったが、バイはあった。洋子はそれを獲れるだけ獲って網の袋に入れた。

紀南病院で縁に大腸癌が見つかったのは、夏が過ぎて、涼しい風が吹きはじめたころだった。縁の体の異常は、町が実施している癌検診で発見された。

病院での検査がすべて終わったのは、すでに夕方を過ぎていた。診察室に入ると、担当医がこう言った。

「正直に言いますね。あまり良い状態ではありません。今日とった組織の検査結果が一週間で出ます。そこでより詳しいことが分かります。

手術を受ける必要があると思いますが、どこの病院で受けるか、家族のみなさんとも相談しておいてくださ い」

駐車場に出ると辺りはほの暗く、車も数台だけだった。急に悲しさとも怖さともつかない気持ちが押し寄せてきて、縁はその場にうずくまった。

一週間後、縁は進行性大腸癌と告げられた。ステージは三から四だった。

良介と縁は二人とも、母校である京大病院で手術を受けようとの意見だった。京都なら、縁の両親もそばにいるし、その方がいいと洋子も思った。慌ただしい手続きが行われ、縁は京大病院に入院した。良介は週末になると上洛した。縁のいない間、良の保育園への送迎は洋子が担当した。

約五時間の手術は無事終了した。しばらくして縁は一旦は退院し、白浜に戻って来た。

そして三ヶ月後の経過観察で、ふたたび京大病院に行った。いくつかの検査のあと、診察室に入ると担当医が難しい表情をして座っていた。

「腫瘍マーカーの値が高いから、転移があるかも知れないなあ。精密検査をしましょう。遠くて大変だから、入院してください」

そう言われた瞬間、縁はぞっとした。

一週間後、診察室で担当医がこう告げた。

「肝臓に転移しています。抗癌剤治療をしないといけません」

あまりの衝撃に言葉が出なかった。縁は病室のベッドで泣いた。

縁の実家は病院から五分ほどの住宅街にある。縁の両親が交代で病室に詰めていた。良介は毎週末、良を連れて京都に行った。そうしたことを何度かくり返すうちにも、縁の病状は回復に向かわず、梅の花が咲きはじめた春先に帰らぬ人となった。

（七十四）

五月の陽光が小高い山の上にある墓地に降りそそいでいた。周りの林から聞こえてくるのはメジロの高く澄んだ鳴き声だろう。

しのぶ、良介、良と一緒に、洋子も縁の真新しいお墓の前にたたずんでいた。聖福寺の住職が読経を終え寺に戻って行った。

「洋さんは縁さんと会うたことないのに、こあにしてお墓が並んで、照れくさいやろなあ」

しのぶがそう言うと、良介は少し微笑んだが、何も言わなかった。良は、さっきから両手を合わせて母親の墓前から動かずにいる。良はこのところ、以前のような快活さが消え口数が少なくなっていた。幼い心で、良は悲しみを堪えているのだろう。それを思うと、洋子は良を抱きしめてやりたくなるのだった。

もし自分が、良の年齢で母親を失っていたならどうしただろうかと、洋子は想像してみた。きっと、いまのようには育っていないだろうと、洋子は思うのだった。思春期には、何かというと私を女だからと、一人前に扱ってくれない母によく反発していた。だけど、良には反発する母がいない。良はこの先、どうその現実と向き合ってゆくのだろう。そう思うと、洋子は自分が良の母親代わりになってやらないといけない、そう思うのであった。

牛舎を改築して塾の教室に使っていた部屋が、主をなくしてぽっかりと穴が開いたようになった。しのぶはそのテーブルの上に花を飾っている。納屋と棟つづきの一番端にあるので、窓をあければ風通しがいい。縁の感性で改築した部屋なので、シックで洒落た教室だった。

「もったいないけど、しばらくは使わんと空けたままにしとこか」

「うん、良があとちょっとしたら使いたいって言うかも知れんなあ」

洋子は母に答えた。

「あの子、まだ元気ないなあ。もの言わんようになったし、辛いんやろうなあ」

しのぶもたった一人の内孫が心配でたまらないのだ。

「すぐには無理やろう。時間かかると思うなあ」

時間が少しずつ良の哀しみを癒してくれるだろうと、洋子はそう思った。

良は、この春から西富田小学校に通い出した。赤いランドセルを背負って歩く姿に、洋子はどうしても幼いころの自分を重ねてしまう。顔が似ているばかりか、体形までそっくりで、駆けっこも速いのだ。

「良はほんまに私に似てるなあ」

「ほんまに、あんたの子どもの時分を見てるようで、ときどきおかしいてなあ」

しのぶがそう言って笑った。

「あんたにも子どもがあったらなあ」

ふいに、しのぶがそんなことを言った。

「……」

洋子はそれには答えなかった。

六月に入ったある日、衝撃のニュースが飛び込んできた。

北京の天安門広場で民主化を求める学生たちを、軍が戦車や銃で弾圧、多数の死傷者が出ているとのことだった。

四月に心筋梗塞で死亡した胡耀邦《こようほう》元総書記を悼むために学生たちが天安門広場に集まったようで、胡元総書記の名誉回復を求める声が、中国の民主化を求める声に変わったようだ。

中国は趙紫陽《ちょうしよう》総書記の時代になっていて、その背後には鄧小平《とうしょうへい》がいる。その鄧小平が学生の運動を「これは計画的で、動乱だ」と発言した。

中国共産党機関紙「人民日報」は社説でこの動乱を批判した。学生たちは反発した。

ときあたかもソ連のゴルバチョフ書記長の訪中と重なった。趙紫陽は、「重要問題は鄧小平同志が舵を取る」と発言した。学生たちは翌日、「五・一七宣言」を発表し、鄧小平を独裁者だと非難した。中国政府は戒厳令を発表して、両者の溝は決定的に深まった。

天安門広場には知識人やマスコミも加わり、およそ百万人が集まっていたようである。

六月四日の早朝、人民解放軍は武力鎮圧に踏み切った。戒厳部隊が市民や学生に発砲するという、考えられない弾圧を行った。当局の発表では三百十九人が死亡したとされたが、ＢＢＣ放送は、実際はそんな数ではなく大量の人命が失われたと報じた。

この事件で、一人の英雄が現れた。戦車の前に武器を持たずに立ちはだかった男性だ。男性は迂回しようとする戦車の前に回り込み、行く手を阻んだ。そして、戦車によじ登ると中で操縦している兵士を説得しようとした。

洋子は翌日の「赤旗」を待った。日本共産党の公式声明が出ると思ったからだ。翌日の「赤旗」に掲載された党の声明には、「社会主義の大義に照らし国際的にも絶対に黙過できない暴挙であり、言語道断の暴挙にたいし、怒りをこめて断固糾弾する」と、きびしい批判が書かれていた。

洋子は、党の声明に「そうだ」という声を上げながら、会社にある限りの新聞を読んでみた。しかし、どの新聞も、どの政党も、日本共産党ほどの強い非難を出した社説も、党の談話もなかった。

「社長、予想はしてましたけど、みんな軟弱で弱腰のこしか発表してないですよ。私が見たところ、強い非難を書いているのは「赤旗」だけです。何なんでしょうね、これって」

「よお分からんけど、みな中国と利害関係あるさか、きついこと書けんのかなあ。大手の新聞は政府の顔色見てるやろうしなあ」

谷本は事務所の真ん中にあるソファに座ったまま、タバコを吸いながらそんなことを言った。

「利害関係って言うたら」

と、口を挟んできたのはデスクで仕事をしていた日高郡担当の記者だ。

「萩原さんとこの党かて、同じ仲間やし、利害関係あるんと違うん」

と言った。

「あのなあ、同じ仲間って、それ、まったく違うからね。前から言うてるけど、中国の党と日本共産党とは仲間と違うから、覚えといてね」

洋子は、いまでは社内での発言力が大きくなっていた。

「先輩、でも名前が一緒ですやん。共産党っていうんやから、やっぱりどっかで同じとこあるんと違うんですか」

年下のこの記者に、洋子はちゃんと答えないといけないと思った。

「そやし、私は中国に共産党の名前を使うのやめてくれんかって言いたいよ。言いたいけど、外国にそあなこと言うたら内政干渉になるやろ。だから言われへんけど、気持ちはそうなん。なんでかって、あっちは中身が共産党と違うからな、ほんまに迷惑してるんやて」

「まあ、それは日本共産党を見てたら、何となく分かるんですけどね」

若い記者は、そう言った。

「そやけど、ソ連も中国もこあなんでは、日本共産党はなかなか伸びにくいわなあ。ええこと言うてるんやけどなあ」

谷本は、ひとり言のようにつぶやいた。

「こんな事件が起きたら、一段と風当たりが強まるやろなあ、まったく難儀な話やわ」

洋子も、ひとり言のように言った。

「共産主義ってねえ、萩原さん、そもそもが暴力的な体質を持ってるんと違うんですか。ソ連も中国も、なんかおんなじ体質みたいいやし」

洋子は、こんな会話がいま全国でやられているんやろうなと思った。もう、鬱陶しいなあと思ったが、無視するわけにもいかない。

「中国はな、そもそもを言うたら、ソ連の真似をして国づくりをはじめたんよ。そやから、やり方から何からみな似てるんやわ。そのお手本にしたスターリンのやり方が、マルクスのやり方とはまったく違ったもんやった。そやしどっちも、本来の社会主義とは違うんや。社会主義って、あいらが勝手に言うてるだけで、似て非なるもんなんや」

「じゃ、ほんとうの社会主義ってなんですか」

若い記者が訊いてきた。

「まだ、世界のどこにもそんな国は出来てない。モデルなんかないんや」

「なんか、先は長いなあって感じやなあ」

「その通りやで、私も先は長いと思うよ。けど、先は長いからっていうて理想の旗を降ろせへんで。一歩一歩やってゆくしかないんやよ、革命っていうのは。日本の社会変革は、ゲバラみたいな勇ましいもんと違います」

「なるほどなあ、ええ話聞かせてもろたわ」

と、若い記者は言った。

それにしても、と洋子は思った。それにしても、張浩宇はいまどうしているんだろう。音信は途絶えたままになってしまっている。世界中に衝撃が走るこんな事件の国にあって、医者をしながら、いまもあのころのように面従腹背を貫いているんだろうか。それとも、もう国家体制の大きな渦に呑み込まれて歯車の一つとなってしまったんだろうか。そして、張のお母さんは元気でいるのだろうか。洋子は手紙を出してみようかと考えたが、すぐにその考えをやめた。いま、こんな時期に張の母親に日本から手紙を出せば、すぐに当局に見られてしまうだろうと、それを心配したからだった。それにしても、友人だった良介とはやりとりはないのだろうか。思えば、北京で張と過ごした日は、もう十五年も前のことだった。つい昨日のことのように思えるのだったが、あれから遠くへ来たと、洋子はそんなことを思った。

夜、洋子は久しぶりに良介の部屋にいた。本棚には乱雑に書籍や書類や新聞が積まれている。

「まあ、じたばたしても仕方ない。ソ連と中国でこの種の事件が起きる度に、日本では、あそこと日本の共産党とは関係ないからと説明してまわらなあかん。はっきり言うて、あの二つが存在する限り、われわれはそれをせなあかんってことになるなあ」

良介はそう言い切った。

「兄は、あいつらが消えた方がええって、そういうことなん」

洋子はそう訊いた。

「はっきり言うたら、そういうこっちゃ。しかしまあ、そんなことは両方の国の国民が決めることやけどな」

「そうやねん、あっちの国民が決めることやからなあ。ところでなあ兄、その後、張さんからは連絡ないん」

「おお、張か。おれ、お前に言うてなかったかなあ。あいつ、いま、京大に来てるらしいぞ」

洋子は信じられないことばに仰天した。

「うそ。それ、ほんまっ」

「らしいわ。この間、大学のときの仲間から職場に電話あってな、色々喋ってたら、張がまた研修に来てるっていうから驚いたんや。何人かと電話でその話をしたんやけどなあ、そうか、お前に言うてなかったか」

「兄、ええ加減にしてよ、なんで私に言うのを忘れるんよお」

「なんなよ、お前、まだあいに気あるんか。ほんじゃ、二、三日待てよ、医学部に電話して連絡先調べたるわ」

張浩宇が京都にいると聞いて、洋子は少なからず動揺している自分に気づいた。

「何、この動揺は」

洋子は小さくつぶやいて、自分の胸の内を確かめようとした。洋子が思い浮かべる張の姿は、十五年も前の姿だ。きっと、大人の男になっているんだろうなあ、結婚して、子どもも出来たんだろうなと、そんなことを考えた。

まだあいつに気があるのかと良介に言われ、洋子はなぜか焦って答えられなかった。これでは良介に、はいそうですと言っているようなものではないか。洋子が何も言えずにいると、良介は、あははと高く笑った。


田辺駅の改札から出てきた張浩宇は、まるで別人だった。髪は、若いころのように長くなく、短くして六・四くらいで分けていた。濃いネイビーのスーツを着こなして、茶色のカバンを持ち、いかにもインテリ風で、医者だと自己紹介されたら誰もが納得するような感じだった。

洋子は目を見張った。

「洋子さん、久しぶりです」

張は、手を差し出しながらそう言った。

「ほんまに、変わりましたね、張さん」

洋子は、握手をしながらそう言った。

「洋子さんも変わりましたよ」

「そうやろか」

「はい、大人になりました」

洋子は、少し話したかったので喫茶店に入ろうと誘った。

「良介さんから電話があって、びっくりしました。それで、洋子さんが会いたがっているというので、さらにびっくりしました」

「あいつ、また余計なことを言いやがって……」

洋子は舌打ちをした。

「いや、嬉しかったです。まだ僕のことを覚えていてくれたんですね」

「忘れるはずないでしょう……ところで、お母さんはお元気ですか」

「元気です。洋子さんに会いたいって、ときどき言ってますよ」

「そうですか、私も会いたいです。お母さんのあの北京料理をまた食べたいです」

張は微笑んでいたが、やがて尋ねた。

「洋子さん、結婚は……」

「結婚ねえ……してません」

張は、不思議そうに洋子を見た。

「彼、クメール・ルージュに殺されたんです。カメラマンで現地に行ってたときに……」

「ああ……」

張は声にならない声をあげ、しばらく黙っていた。

「ポル・ポト派に殺されたんですか……、中国が悪いからですよ」

「はい、ポル・ポト派を育てたのは中国政府です」

洋子はそう言った。張は深くうなずいた。

「いつですか」

「十年前です」

「それから、ずっと一人ですか」

「そう、そんな気になれなくて……」

張は洋子をまっすぐに見つめていた。その視線から逃れるように洋子は言った。

「張さんは」

「ぼくも一人です」

「どうしてまた……」

「どうして、でしょうかねえ」

という張の口調には、特別の含みが感じられた。

「お母さんは何も言いませんか」

「あまり言いませんね」


張はコーヒーを飲んだ。

「日本の喫茶店のコーヒー、懐かしいです。よくプランタンで、プランタン覚えてますか」

「当たり前ですよ」

「あそこでよく飲みました」

「張さん、プランタンて、まだやってますか」

「はい、やってるようです」

「そう……プランタン、また行ってみたいなあ」

と洋子はつぶやいた。

「張さん、張さんはいまでも共産党員ですか」

「はい、そうなんですが、洋子さんだから言いますが、もう抜けたいです。僕の考えと、党はどんどんかけ離れてゆきます」

「天安門とかですか……」

「それはもちろんそうですが、他にも色々と合わないことが多すぎて……」

「そうですよね、私には外に現れることしか分かりませんが、天安門の事件なんか見てると、とてももともとは思えません」

張の表情は暗かった。

「洋子さんはどうですか」

「党員としてやっています」

「日本共産党は素晴らしいと思います……ああ、こんな話、いったい何年ぶりだろう。良介さんと議論したころが懐かしいです」

「今夜、会えますよ……ところで、今回は京大に何の研修ですか」

「内臓オペの新しい機械が開発されてね、それの研修で三人の医師が派遣されたんです」

「じゃ、短い期間ですか」

「そうなんですが、少し交渉して長くしてもらいました。僕は京都大学をよく知っていますしね」

車の助手席に乗ると、張は微笑んで言った。

「洋子さんの車に乗せてもらう日が来るなんて、夢にも思ってませんでした」

「いい気分ですか」

「最高です」

二人は声をあげて笑った。

「母と、姪の良です」

洋子はそう紹介した。

「母親のしのぶです」

「張です、初めまして。どうかよろしくお願いします」

張は、心なしか緊張しているようだった。

「ほんまに、日本語がペラペラやねえ」

しのぶは驚いた風だった。

「日本語、うまいなあ」

良がそんなことを言った。

「はい、おおきに」

と張が言ったので、良はニコニコした。

洋子はしのぶに頼んで、良介の普段着を出してもらった。スーツからそれに着がえるように、洋子は張にすすめた。

「洋子」

張が着がえている間に、しのぶが耳打ちをして訊いた。

「洋子、晩ごはん、何したらええん」

「張さん、晩ごはん、何か食べたいものありますか」

「ああ、すみません、お味噌汁と卵焼きです」

と、張から即答が返ってきた。

「やりやすい人やわ」

しのぶがそう言って笑った。

良とジョンを連れて、二人は裏山に登った。

「平った」まで登りそこで一休みしていると、ジョンを連れてどこかに行っていた良が戻って来た。

「お姉ちゃん、このおっちゃんと結婚するん」

と訊いた。

思わず、洋子は張を見た。張は洋子を見ずに、遠くを見ながら微笑んでいる。

「結婚かあ……、良はどうしたらええて思うん」

「したらあかん、したらお姉ちゃん、家から出てゆくんやろ」

「あはは、心配せんでも、私は出て行けへんよ。ずっと良のそばにおるで」

「ほんまに、ほんまやなあ」

張は良の声を聞きながら、相変わらず遠くを眺めていた。

良介は、普段よりも早く帰宅した。

「久しぶりやなあ、元気だった」

良介は車を降りて、張と握手を交わした。

「元気です。萩原さんも元気そうですね。でも、田舎に引っ込んで学校の先生とは、ちょっと意外でした。もっと華々しく活躍できる人なのにもったいないです」

「ははは、そのうちにな。いいのを出版するからな」

「はい、ぜひお願いします」

「あれ、それ俺の服やなあ、サイズも合ってるなあ」

「お母さんが出してくれました。それから、洋子さんから聞きました。縁さん、大変なことでしたね、ほんまに辛かったでしょう」

「おおきによ、自分の相棒があんな風な病気で死ぬって考えてもなかったからなあ……」

「良ちゃんは大丈夫ですか」

「まあ、良は良なりに受けとめてるんやろうなあ。俺は洋子と母親がいてるんで、助かってるわ」

張が加わって、賑やかな夕食になった。しのぶと洋子が夕食の用意をして、良介と張は久しぶりの再会で話が弾んでいる様子だった。

張の希望通りに、しのぶ特製の大きな卵焼きと、豆腐が入った味噌汁が出された。煮魚にはイガミが出された。あと、高野豆腐と白菜の煮物などもあった。張は美味しい美味しいと言ってよく食べ、ビールを飲んだ。しのぶも洋子も良介もよく飲んだ。

「お腹いっぱいです」

張は、笑顔いっぱいの表情で洋子に言った。

「美味しい卵焼き食べられて良かったね」

洋子はそう返した。

「どう、最近の中国は」

良介が、そんなことを張に尋ねた。

「経済の発展は猛スピードですが、社会全体がそれに追いついていません」

「中国は広いから、それはなかなか難しいやろ」

良介がそう言った。

「そうなんですが、おカネ儲けが大手を振っています」

「先富論ってやつか」

「そう、その先富論です。経済の発展は必要ですが、北京では環境の悪化など大変なことが起きています」

「ちょっと前の日本みたいな感じやなあ。公害とか、野放しって感じやもんなあ」

「子どもたちが公害にやられて、新しい病気が出てきたりしています。対策をしないと、もっと環境が破壊されます」

張は、暗い顔でそう言った。

「天安門事件、辛かったでしょう」

と洋子が言った。

「はい、人民に銃を向けてどうするんですか。話にならないですよ」

「ニュースを見たときな、張君のことを思ったよ。あいつ、きっと悩んでるやろうなあって」

そう、良介が言った。

「張さんのように考えている党員は少ないんですか」

洋子が訊いた。

「分かりません。こういう話はタブーですよ。だから誰も口にしません。でも、僕のように考えている知識層は他にもたくさんいると思います」

「なあ張君、党員を辞めようって思うことはないのか。それとも、辞めたら仕事の上で不利益があるんか」

良介が少し踏み込んで訊いた。

「中国共産党は入るのは自由ですが、辞めるのは手続きが難しいから、なかなか辞められません。党員でなくなれば、仕事の上でも支障が出るだろうと思います」

張はそんなことを言って、苦しそうな表情を見せた。

「日本のわれわれからしたら、ほんとにとんでもない共産党だと思うけど、変えるのはやっぱり中国の党員やもんねえ」

洋子はそう言った。

「張君は、いまの中国に必要なことは何だと思う」

良介はそう張に尋ねた。

張は、「必要なこと」とつぶやきながら考えていたが、やがて口を開いた。

「教育ですね」

「教育って……」

洋子が尋ねた。

「高い教育を受けた者は、やはり考え方が違います」

「そうかあ」

と良介は言った。

「中国では高校までは教育は無償です。だから高校まではみんな通います。でも、高校を出て大学に進む若者は十パーセントほどです。残りの九割は働きます。大学で学んだ人は、社会や政治について、進んだ考えを持っています」

「なるほどね、だから教育なんかあ」

洋子は納得したという風に相槌を打った。

「しかし張君、それにしても指導部の頭が変わらないとなあ」

と良介が言った。

「はい、最高指導部が果たす役割が大きいと思います。そのために何が必要か、正直、僕には分かりません」

張はそう言ったが、話はそれ以上には進まなかった。

洋子と張は千畳敷の岩場に腰かけていた。風はほとんどなく、海がゆるやかにたゆたっていた。陽光が少し眩しいくらいだった。

「僕にとって、洋子さんと良介さんは特別な人なんです」

張はそんなことを言った。

「私にとってもそうですよ」

と洋子が言うと、張は苦笑いを見せた。

「それは少し違います。僕が言っているのは、心のなかを吐露できる人は、母以外には洋子さんと良介さんだけだという意味です。洋子さんにはそれ以外の気持ちもありますが……。病院の中では、僕は中堅のね、言ってみればー番活動的な医師の一人です。普通に考えて、これからの北京病院で中心的な役割を担う立場です。だから、いまの政治に批判的な言動はまったくしていません。でも、心のなかはまったく違います。それを知っているのは、母以外にはお二人だけです。昨日、こっちに来て、二人に会ってどんなに胸のつかえが降りたことか……」

洋子は、張の打ち明け話に耳を傾けながら、横顔を眺めた。かつて、盧溝橋の川べりで眺めた若き日の横顔は、髪や皮膚も溌溂として若々しかった。いま、この人の横顔に、髭剃りあとに、大人の男を感じてしまう自分がいた。

洋子はこの十年間、黒沢を忘れられないでいる。仕事上、さまざまなところで男性と出会い、誘われたことも二度や三度ではないが、洋子の心は動かなかった。以前、大学時代の友人の由紀が手紙に「ほんまに一途やなあ」と書いていたが、それを一途と呼ぶのかどうか洋子には分からなかったが、黒沢以上の男はいないのだった。だから、適当なところで妥協して結婚しようとは思わなかった。だが、この張という人は、多分、私を思い続けていまだに結婚しないでいる。そのことに、洋子はこれまで感じたことのない、自分の心が揺れるのを自覚していた。

「張さん……」

「はい……」

「いまでも、私のことを思ってくれていますか」

洋子は真っすぐに尋ねてみた。

「……」

張は、少し微笑んで、しかし口を開かずに海を眺めていた。

「どうなんですか」

「良介さんに連れられて、プランタンで初めて会ったときから、僕の気持ちは変わっていません。北京に戻ってからの十年間、色んなことがありましたが、結婚する気にはなれませんでした。洋子さんの存在がそれを許しませんでした。僕は、洋子さんは結婚して子どももいるだろうと思っていました。それは当然の成り行きだろうとね。でも、心のなかから洋子さんは消えませんでした。いつか会える、いつか会えるって、そんな夢のようなことを考えていました。きっと、バカな男だと思います。それは自分でも分かっています」

張の告白にも似たその話は、洋子の胸に刺さって、痛みを感じるほどだった。

「ほんとにバカな男やわ」

そう口にして言うと、洋子の目から涙がつたった。それを見られないようにと、洋子は横を向いた。その涙を知ってか知らずか、張は洋子の肩を優しく抱いた。

（七十五）

元日の午後、洋子は良を乗せて五島の浜に来ていた。風もなく静かな海だった。この浜は遠浅の白良浜とは違って、海に入るとすぐに足が立たない砂利の浜で、小学校の水泳授業の浜でもあった。

忘れもしない、四年生の夏だった。みんなでいっせいに海に入ったが、二人の男の子が深いところで溺れ、担任の先生が浜から走って飛び込み、二人を抱きかかえて上がってきたことがあった。三人とも顔面蒼白で息も絶えだえだったのを、洋子はよく覚えている。

「あーあ、今年で三十八になるんかあ……」

と洋子が言うと、

「お姉ちゃんは若いでえ」

良がそう言った。

「あはは、良、あんたはほんまに正直やさか好きやわ」

洋子はそう返した。

二人は砂利の浜に腰を降ろし、静かに寄せては返す波を見ていた。

「なあお姉ちゃん、お姉ちゃんずっと家にいてくれるんやろ」

そんなことを良が言った。

「うん、そうやよ、なんでえ」

「ちょっと前に来た中国の張さんなあ、あの張さんのお嫁さんになってどっかに行くんかなあて思うたさか」

この子はそんな心配をして胸を痛めていたのかと、洋子は胸に熱いものを感じた。

「大丈夫やで良、私はずっと家にいてるて。心配せんでもええでえ」

「ほんまにほんま」

「うん、ほんまやで」

洋子は、良の純真な想いに、突然、涙が落ちそうになった。

「良、あそこの端っこまで競争や」

そう叫んで、洋子は立ち上がり、中浜のほうに走り出した。

「あ、待ってよ」

良も追いかけてくる。

良の足の速さは、一年生の入学時から定評があった。萩原家の家系なんだろう、運動能力に長けているのは共通していた。

この砂利浜で走るのは容易ではないが、良は難なく走って洋子についてくる。それに、自分の足も以前に比べると随分と遅くなっているのだろうと、洋子はそう思った。

この子を見ていると、まるで子どものころの自分の姿を見ているかのようだった。良は近所でも、子どものころの洋ちゃんとそっくりやわと言われていた。しのぶも、それが口癖だった。ええとこだけだったらええけど、悪いとこもあんたとそっくりやわと、しのぶはよく言うのだった。

それから二週間ほどが過ぎたある日、張浩宇から手紙が届いた。

洋子さん

お変わりありませんか。

二月いっぱいで北京に帰ることになりました。京都での専門の研修は充実したものでした。世界の医学はほんとうに進歩のスピードが速く、中国は懸命になってそれに追いつこうとしています。新しい医療機器が次々に開発されていて、中国の医師が日本に来る機会が増えそうです。

それにしても洋子さん、あなたが結婚せずにいたのは、驚きでした。母がときどき、洋子さんはどうしているんでしょうねと、そんな話をします。結婚して、子育てに忙しくしているんだろうと、二人で話をしていました。

だから、京大に来ても、洋子さんに連絡をとろうとは思っていませんでした。良介さんからの連絡は、びっくりもし、そしてほんとにありがたかったです。

恋人がクメール・ルージュの犠牲になったこと、ほんとに胸が痛みます。

　僕にとって洋子さんがどんな存在か、洋子さんも分かってくれていると思います。中国有数の大病院で医師をしていますから、女性と出逢う機会はたくさんあります。誘いもないわけではないのですが、最後のところで心に何かがあって踏み切ることが出来ず、年月が過ぎてしまいました。今回、思わぬことで洋子さんと再会し、僕も気持ちを整理することができました。

　僕は、洋子さんが元気で過ごしていて、何年かに一度でも、先日のように話ができれば嬉しいです。あとひと月ほどで北京に帰ります。話したいときに、さっと話せるような便利なものができると、どんなにいいでしょう。

　最後に、あなたは僕にとって大切な三人の一人です。父と母と、そしてあなたと。

　体に気をつけて、お元気で。

張浩宇

洋子は、張らしい文面で綴られた手紙が嬉しかった。北京に帰ってしまう前に、一度、京都に行こうかと洋子は思った。

　夜、洋子は久しぶりに由紀に電話をした。

「おお｜、えらい久しぶりやなあ」

　話し方で、元気なことが分かる。

　由紀は離婚している。子どもを連れて実家に戻っていた。

「由紀ちゃん、あんた休みは日曜日やんなあ」

「そうやけど、どうしてもって言うんなら、平日でも一時間くらいなら出られるでぇ」

「京都に行く用事ができたさかな、一回会いたいなあって思ったわけ」

「ふうん、京都の用事ってなんよお……男やろ」

「相変わらず勘がええなあ」

「当ったり前田のクラッカーやわ。誰やねん」

　由紀はずばずばと訊いてくる。

「張さん」

「ええっ、あの医者のかあ。京大にまた来てるん」

「この間な、白浜に来たんや」

「こりゃびっくりやわ。あんたなあ、そんな話、はよ言うてよ。そりゃ、どうでも一回会うて話を聞かせてもらわなあかんなあ」

　大学時代の洋子の友人で、由紀は序列一番だ。唯研の友人や、『カモン』の橘や数人のモデルとも年賀状の交換はするが、ツーカーで話が通じるのは由紀だけだった。波長が合うことと、由紀は何より理想を同じくする同志であり、若い日に、いわば同じ釜の飯を食った仲間だ。由紀の恋のはじめから、洋子は相談に乗って来たし、出産から離婚にいたるまでのこともよく知っていた。

　洋子は、張に会う前に由紀と話そうと思った。

「話は分かった。で、結局あんたはどうしたいいん」

　由紀は、昔から回りくどい説明を好まない。

「一緒に暮らしたいとか、結婚したいとか、そういう気はないいんやけどな、何て言うたらええかなあ、まあ恋人やな。うん、恋人になろうかなって思うんやけど……」

「恋人てか……海を隔てた恋人かあ。ううん、ロマンティックやなあ」

　由紀はそんなことを言った。

「こあな歳になって恋人って、おかしいかなあ」

「そんなことないわ、ええと思うでえ。そやけど、いっこも会えんわなあ。年に一回も会えんなあ」

「洋ちゃん、あんた、子ども欲しいんと違うん。子どもは可愛いでえ。亭主らどうでもええけど、子どもはほんまに可愛いって思うわ」

「うん、欲しいなあって思うときあるわ」

「国が別々やし、生まれたらどうなるんかなあ」

　由紀はそんな心配をした。

「どうって、日本におるんやから日本人やろう。混血ってだけやわ」

　と洋子は言った。

「あんたとこは田舎やからなあ、最初はなあ、世間から色んなこと言われるかも知れんけど、あんた、そんなん気にしいへんやろ。さっさと子ども作ったらええんや」

　由紀は簡単にそう言うのだった。

「由紀ちゃんと話してたら、何でも出来そうに思えてくるわ」

「そやろ、どうってことないって。うちらは共産主義者やで、腹のなかではな、どっからでもかかって来いってな、そういう心意気を持ってるもんなあ」

　違いないと、洋子はそこは深く同感するところだった。由紀ちゃんは、離婚するときもそう言っていた。「どっからでもかかって来い」と言って、自分自身を鼓舞していたのを、洋子はよく知っていた。

河原町通りにもう市電はなく、レールさえなくなって、車だけが激しく行き交っていた。洋子は、久しぶりに鴨川べりを歩いて北に向かった。

プランタンは昔通りに営業していた。懐かしさで、過ぎた日のことが蘇ってきて、洋子は大きく深呼吸をした。洋子はすぐにはプランタンに入らず、風が少し冷たかったが今出川通りを西に歩いた。同志社大学が見えて、洋子はキャンパスに入ってみた。行き交う学生のファッションは、当時とはまるで違っている。

待ち合わせの時間が近づいたので、洋子は引き返した。学生たちの街という雰囲気は、当時と変わらず、若い世代の男女が行き交っていた。

プランタンに入ると、張はもう座っていた。スーツを上手に着こなしている張は、いかにもインテリという風貌をかもし出している。

「こんにちは、スーツ、似合ってます。北京にはいつ戻るんですか」

「あと五日したら戻ります。だから、丁度よかったです」

張は笑顔で答えた。

「もう、研修は終わったんですか」

「あらかたは終わりました」

こんな風に、プランタンで張と向かい合って話をするのは、いったい何年ぶりなんだろうかと洋子は思った。それにしても、この人とは、不思議な縁でつながっていると、洋子はコーヒーカップを手にして自分を見つめてくる男を見つめ返した。

終戦間もない日に、大陸の列車のなかで偶然に出会った萩原洋と李海云。その息子と娘が、ときを隔てた戦後になって、また偶然に京都で出会う。まるで、小説か映画のなかでの出来事のような話なのだ。

いまの洋子には、若い日に黒沢に抱いた、あの燃えるような恋心はなかった。黒沢への想いは、黒沢が死んでしまったがゆえに、いつまでも消えずに洋子の内にあるのだった。あそこから、黒沢とのときは動いていない。黒沢は、だから洋子には永遠の恋人だった。

この人は、と洋子は目の前の張を見ながら思った。この人は、そのことを理解してくれているだろうと、洋子は思っていた。理解しながら、それでもなお洋子を求めているのだ。

「私ねえ、張さんのパートナーになろうと思います」

「……」

張は、しばらく黙ったままだった。

「パートナー、ですか」

「はい、そうです。人生のパートナーです」

「……人生の、パートナー……」

張は、噛みしめるようにゆっくりとくり返した。

「張さんは、突然やけど、マルクスが死ぬまで探求したものは何だと思いますか」

「マルクスが探求したものですか……」

「はい」

「洋子さんの求めている答えとは違っているかも知れませんが、資本主義の廃止ですか、それとも人間の解放ですか、そういうものだと思っています」

「うん、私もそう思うんです。解放、つまり人間の自由な発展ってことだと思います。それが実現されるためには、当然、そのための条件が必要です。私は、その自由を拡げてゆくために日本共産党に入りました。ずっと、これからもその探求を続けてゆくつもりです」

洋子は、一息入れるためにレモンスカッシュを飲んだ。

「うまく言えないんですけど、私は張さんが好きです。結婚するとか、一緒に暮らすとか、私は、それは深く考えていません。もっと歳をとって、年寄りになってから、寄り添って老いの時間を一緒に過ごしたいようになれば、そのときは一緒に暮らしましょう。でもいまは、そんなことより、私は励まし合って生きてゆく相手として、張さんと交際できればと思っています。私が張さんに求めているのは、だから精神的なパートナーです。私の気持ちが分かりますか」

「分かるような気がします。いや、正直に言って、洋子さんが僕のことをそんな風に思ってくれているということ、それさえ分かれば僕は十分です。それさえあれば、ぼくはたたかえます。いままで、僕はだれも相談する相手がいないなかで、面従腹背でやってきました。天安門広場の前を通って通勤しています。あそこに何万人もいたと思います。それを人民軍が銃撃する。絶対にあってはならない蛮行です。ぼくはひとりの中国の共産主義者として、心の底から失望し、虚無感に襲われました。病院の医師とは、その種の話はあまりできません。誰が聞いているか分かりませんし、密告されたら困りますからね。そのときに、思い出したのが洋子さんであり、良介さんでした。あの二人なら、この失望を共有してくれるのにと、そう思いながら僕は泣いていました」

「張さん、私ね、兄とも話したんですが、ソ連や中国がリードする共産主義の運動は、もう限界だと思っているんです。日本の党の指導者は、社会主義は生成期だと言ってます。だってね、ソ連はスターリンのやり方のまま、中国もソ連と似たようなもんでしょう。ポル・ポトみたいなわけの分からない集団が生まれた、その大きな責任は中国だと思います。本来の共産主義ってね、マルクスやエンゲルスが描いていたのは、いまのような、夢のかけらもない社会じゃないって思うんです。張さんはどう思いますか」

「僕もいまのままの中国ではダメだと思います。少なくとも、人民に銃を向けるような政府は完全に間違っています。天安門では弾圧されましたけど、民主化を願う声はますます大きくなると思います。中国の指導部が正しい方向に行くかどうか、僕には分かりません」

洋子と張はプランタンを出た。少し御所を歩こうとなったのだ。

「ところで、お母さんはどうされていますか」

洋子は尋ねた。

「母は元気ですよ。最近は白髪が増えたり、少し腰が曲がったりしていますが、元気です。父は三年前に癌で亡くなりました。発見が遅れまして、残念でした」

「そうだったんですか、お気の毒に。私、もう一度、お母さんに会いたいです」

「母にそう伝えます。母も会いたいと思います。洋子さん、機会があればまた北京に来てください」

「はい、今度は私が北京に行く番ですね。いつになるかはまだ言えませんが、次は私が北京に行きます。そのときには、まともな指導部になっていてほしいですね」

「表向きの指導者が変わっても、中国はしばらくは鄧小平の時代だと思います。軍部を握っていますし、彼は経済発展が持論ですからね。これから経済がどんどん発展してゆくと思います。そうなれば、日本との交流がまだまだ広がると思います。洋子さんも北京に来るのが簡単に出来るようになると思います」

張は、そんなことを言った。

「洋子さん、今夜はどうするんですか」

ふいに、張は訊いた。

「このまま大阪へ行って、由紀ちゃんって、大学のときの友だちの家に泊まります」

「そうですか……」

「京都に出てきてくれて、ほんとに嬉しかったです」

白雲神社に近いベンチに、二人は並んで腰をかけていた。大学生と思われる二人の女性が、並んで自転車で二人の前を走り抜けて行った。

張は洋子の手を握った。若いころの張なら、きっと洋子を抱きしめて唇を合わせてきただろうと、洋子はそんなことを思った。洋子は、張の指に自分の指を絡ませた。夕暮れが近いのだろうか、心なしか御所を行き交う人が増えていた。

「そんなこと言うたん」

由紀は、部屋で洗濯物を片づけながら笑った。

「なんでよ、おかしいかあ」

「笑ったら悪いけどよお、それって告白と違うん」

「告白……うん、告白、やなあ」

「やろ、もうじき四十になる女が言うセリフかよ」

「そうかなあ、歳ら関係あるんかよ。ほいたらどう言うたらええんよ」

「どう言うたらて……、もっと、こう大人のムードで迫れんかなあ」

「大人って、あんたなあ、他人事やと思うて適当に言うてないか。こういう告白ってな、なかなか難しいんやで。十九や二十歳の娘と違うんやからなあ」

由紀はちょっと真面目な顔になってふり向いて言った。

「そやなあ、洋ちゃん、あんたにしてはよう思いきって言うたわなあ、感心感心」

「由紀ちゃん、あんた面白がってるやろ」

洋子はそう言ったが、自分でも笑ってしまった。

「そやけど、中国人ってとこがなあ、遠すぎるなあ。簡単に会えんし、そこが難点やなあ」

「まあね、手紙のやり取りしかないわ」

「手紙ってさあ、やっぱり当局に見られるんかなあ」

「特別にマークされてる人だけやろ」

「なるほどね。彼、表向きは体制に従ってるんやろから、そこは問題ないか」

「なあ由紀ちゃん、あんた再婚せえへんの」

「再婚、せえへんせえへん。歳とったら寂しいでえって言う人おるけどなあ、あんた、一人でいたら寂しいか。寂しいらて、ちょっと男欲しいなあって思うときだけやろ」

「あんた、言うこと露骨やなあ……、そやけど、まあそうかなあ。寂しいって、あんまり感じんなあ」

「ていうかさあ、あんたはどうか知らんけどな、この男、欲しいなあって思えるようなんがおらんねて」

「それは私も思うわ、なんでやろなあ」

「うちはな、あんたと違って親がそうやったから十八になったら入党したやろ、そやけどそれはノンポリだったってことと違うわけや。ちゃんと革命のことを考えてたわけや。大学に行ったら、そういう男がまあまあおったわなあ」

「確かになあ。大学だけやなくて、普通にいてたなあ」

洋子はそう相槌を打った。

「そやろ。いま見てみ、無思想な男多いやん。いまの世界や日本を見ててやで、革命も考えられんような男らアホらしいて。うちらの世代のええ男はもうみな結婚してるしな」

「女も強なったしなあ」

「確かになあ、あがらみたいな女が出てきたんやもんなあ。戦前だったらなかなか考えられんことやで」

「やっぱり、高等教育の普及と、そいから経済的な自立やろなあ。由紀ちゃんは都会で暮らしてるから、それ感じるやろ」

「て言うてもな、まだまだ女は賃金が低いさかなあ。ほいでもな、その教育やけどな、それはほんまに大事や。中教審の路線は革命的な若者を作らんってことや」

と笑いながら、由紀はウイスキーの瓶を棚から取った。

「ホットウイスキーにしいへんか。温もるで」

そう言って、由紀は台所に立った。

（七十六）

一九九一年八月十九日。

モスクワの夜はやけに暑かった。市内の道路を何輛もの戦車が疾走している。いったい、何が起きたのかと、多くの市民が窓から身を乗り出してそれを眺めていた。

そのとき、ゴルバチョフ大統領はクリミア半島の別荘に軟禁状態に置かれていた。ヤナーエフ副大統領やクリュチコフKGB（国家保安委員会）議長らによるクーデターの夜だった。

しかし、クーデターは三日天下に終わった。改革の旗手と呼ばれたエリツィンは、クーデター鎮圧に出動した戦車の上で、「クーデターは失敗に終わった。われわれはクーデターを制圧した」との叫びを放送した。市民たちはカーネーションの花束を捧げ、クーデター制圧を喜んだ。

KGB本部のあるルビヤンカ広場は、市民で埋めつくされ、国民の憎しみのシンボルだったKGBの創始者の像を引き倒してしまった。しかし、ソ連製のクレーンでは吊り上げられず、アメリカ大使館からクレーン車を借りてきた。

撤去が終わったあと、モスクワの夜空には花火が打ち上げられた。

翌日、ソ連共産党が解散、それを機にバルト三国をはじめ、ソ連の各共和国は雪崩を打って独立宣言を行った。そして、年末になって、ソビエト社会主義共和国連邦そのものも消えてなくなった。世界中で、「二十世紀最大の実験」といわれた社会主義、共産主義は終わったとの見方がふりまかれた。

このソ連崩壊にあたり日本共産党が発表した九月二日の声明、「大国主義・覇権主義の歴史的巨悪の党の終焉《しゅうえん》を歓迎する」を、洋子はそれこそ貪るようにして読んだ。なんとそこには、世界に巨大な害悪を流し続けた党の終わりを「もろ手をあげて歓迎すべき歴史的出来事である」と書かれていた。

支部会議は議論百出だった。

「そやけどよお、もろ手をあげて歓迎て、ちょっと言い過ぎと違うんかよ。そこまで言うてええんかなあ。スターリンみたいな、どもならん人間に牛耳られたとはいえやで、レーニンが作った党やで。何かなあ、言い過ぎみたいな気がするんやけどなあ」

広畠が口火を切ってそんな発言をした。

広畠の発言を受けて、この春に高校の職場を退職して富田支部に転籍してきた羽田が口を開いた。

「僕が入党したころは、もうスターリンの時代も終わってフルシチョフが書記長だったけど、キューバ危機とかいうて東西冷戦の真っただ中でなあ、ソ連を中心として社会主義の陣営がどれだけ力を持つかが、ある意味、歴史の進歩を左右するように言われたたし、実際にそう思うたもんや。確かにな、ソ連は間違いが多いけど、大戦でヒトラーを倒したたし、社会保障なんかも世界に広めたしな、先駆的な役割を果たしたて思うんやな。それをここまでこき下ろすことないと思うんやけどなあ。僕はこの声明には納得いかんなあ」

羽田は、現役時代は田辺西牟婁地方の労働組合運動でも名の知れた活動家だったし、みんな一目置く存在だった。その羽田が党中央の声明に反対の意見を述べたので、座は一瞬静かになった。

「先生とはちょっと意見が逆なんやけど、俺なんか入党してから、大事な選挙のときになったらソ連か中国か、どっちかがアホなことやって、そやし共産党はかなわんって同級生とかなあ、いっつもそあなこと言われてきたさか、はっきり言うてソ連も中国もない方がありがたいわ。あるんとないんと、どっちがやりやすいかて言うたら、ない方がずっとやりやすいわ。そやし中国共産党もなくなってほしいわ」

役場に勤めている桑田が、そう言って羽田の意見に反対した。

「そら桑ちゃん、いくらなんでも言い過ぎやろ」

支部長の佐山がそう言ってから発言した。

「羽田先生の意見も、桑ちゃんの意見も、わしはどっちも気持ち分かるんやなあ。いっつも選挙のときに邪魔されてきたもんなあ。くそったれて思いながらもやで、そやけど消えてなくなったら、世界中で共産主義の実験は終わった、資本主義が勝ったんやて、これはこれでどうもやりにくいしなあ……」

「そいでもやで、この中央の声明やけどな、よう読んだら、世界の平和と社会進歩の勢力にとっても、日本共産党のたたかいにとっても、巨大なプラスをもたらすものであるて言うてるやろ、わしはここが重要やて思うんや。巨大なプラスやて言うてるってことは、つまりその、巨大なプラスってことやわなあ」

と地区の常任の楠木が言ったので、みんな笑った。

洋子は、緊張した空気を察知して放った楠木のジョークを、さすがベテランだなと感じた。

「洋子ちゃんはどうですか、若い世代としては」

佐山が洋子に意見を求めた。

「もう若い世代でもないですけどね。私、ベルリンの壁が壊されたときに感じたんですけど、何か大きな歴史の転換が起きてるなあって。ソ連も東欧も、一応社会主義ていうことやけど、まえにウクライナに行ったときも強烈に感じたことなんやけど、革命から何十年も経ってるのに、スーパーであいだけ長い行列せな物が買えんらてあり得へんって。大学のときに北京に行きました。みんな人民服を着てて、誰が誰やら分かれへん。マルクスやエンゲルスが言うてた社会とは天地の開きがあるって。そやし、これは先の長いたたかいになるなあっていうのが、強烈な印象だったんです。すみません、話が長なって。ここまでが前置きです。

ソ連がつぶれてまず思ったのが、あ、これでやりやすなったなあって。あんたらええこと言うてるけど、あんたらの親分見てみいだって、そあなこと言われんですむって、それが一番感じたことです。これから多分、ソ連も東ドイツも、ルーマニアもウクライナも、ぜんぶ資本主義に呑み込まれるって思います。共産党が支配して、あいだけ自由も民主主義もない世の中だったんやから、私、この先二十年や三十年はどうにもならんって気がします。それよりも、発達した国での革命が脚光を浴びるようになるんと違いますか」

「いまの洋子ちゃんの意見とちょっと似てるんやけどな」

と切り出したのは、バス運転手を退職した渡辺だった。

「わしも、前に組合のツアーでソ連に行ったんやな。車の製造工場を見学したときに、そこの工場長がな、今月はこれだけ生産するって、上から指示が来るんやて。で、その分しか部品とか材料が来いへんらしいわ。そんで、来ても不良部品とかがあってな、なかなか言われた通り生産できへんねて。そやけど、数を揃えなあかんさか不良部品に手を加えて使うらしいわ。そういうことがしょっちゅうあるさか、不良部品を保管する倉庫を作ってるって言うてたわ。

計画経済って言うてもな、そあなん状況やし、労働者が足らんときは期限付き労働者を雇うんやてえ。ちゃんとした訓練も受けていなさか、使いもんにならんて。昨日まで牛を放牧してた奴が、今日は車を組み立てるて、そあなんやて言うてたよ。そやし、おらは難しい経済の理論ら分からんけど、これはマルクスの言うてる社会主義とは、ちと違うなあて思うたよ」

「いまの渡辺さんの意見は……」

と、再び羽田が話し出した。

「渡辺さんの意見はある意味で当然やと思う。社会主義ていうてもね、資本主義のほとんどなかった社会や、当時のロシアは。経済の力らて遅れた状態やった。皇帝が支配していた、ほとんど封建的な農業の国やった。レーニンとその周辺に指導者がいただけ。そっからの出発やったけど、国内には反革命もあるし、周辺の外国からは干渉戦争しかけられるしでな、そあなんでな、二十年や三十年では理想通り行かへんねて。そあな国やったけど、第二次大戦では大きな役割を果たしたし、社会保障の制度らでも世界中にいい影響を与えたわけやろ。スターリンみたいなのが指導者になったさか、余計に混乱したってことはあるけどな、そやけども、だからといって、その国がつぶれて、もろ手をあげて歓迎するらて、いかにも言い過ぎやと思わんか。僕は納得いかんなあ」

この夜の支部会議には、普段はほとんど顔を見せない地区副委員長の公が珍しく参加していたが、手をあげて発言した。

「わしは戦争中に八路軍に入って、そのあと中国共産党に入ったんや。富田では、党歴は小山さんに次いで二番目やなあ。小山さんは戦前に大阪で党員になって、たしか一九二八年の入党やさか、これはもう長い。当時は、ソ連は世界の革命勢力の憧れやった。中国やて、ソ連の真似で社会主義の国になったさか、羽田先生の言うこともよう分かるんやな。スターリンは、この男だけは指導者にしたらあかんって、これはレーニンの遺言やった。けど、それが守られんと書記長になった。このスターリンの誤った路線がフルシチョフに引き継がれ、代々の書記長に引き継がれてきた。社会主義の看板は掛けてるけど社会主義とは違う。共産党ていう名前やけど共産党と違う。この、違うということを肝に銘じなあかん。そこをはっきりさせんと、社会主義やったんけど大きな間違いもしたって言うたら、それもう、社会主義ではないという日本共産党の立場から逸れてしまう。あれは社会主義ではない、この立場が日本共産党の考えなんや。大国主義と覇権主義の国に変質していた、ここをはっきりさせんと、われわれの掲げている理想との区別が曖昧になってしもうて、国民にすっきりと説明できん。この立場に立ったら、これから社会主義を国民に語って行く大きな可能性、展望が開ける、そういうことやと思う。ソ連っていうたら大きな紅い星やったわれわれの世代には、郷愁もあるしな、苦しいことやけど、それを乗りこえなあかんと思う」

洋子は、この話をしみじみと聞いた。公のその話は、宮本顕治の若い日の『敗北の文学』の末尾の文章、「だが、われわれはいかなる時も、芥川氏の文学を批判しきる野蛮な情熱を持たねばならない」との一節を、洋子に思い出させた。

この会議の二週間後に開かれた支部委員会で、洋子は羽田が離党届を支部長に持ってきたことを知らされた。

「羽田先生っていうたら、有名な先生で、労働運動の分野でも重鎮やもんなあ。一晩ゆっくり話し合ったんやけど、先生の気持ちは変わらんっていうんや」

佐山支部長は辛そうな表情でそう言った。

「やっぱり、中央の声明が気に入らんのか」

広畠が訊いた。

「それもそうなんやけどなあ、話をしてて思うたんやけど、そいだけでもなさそうな感じやなあ」

「というと」

「確かになあ、ソ連を全面的に否定してしまうことには納得が行かんっていうんやけど、もっと労働運動を重視せなあかんて、中央は労働運動での指導が不足してるて、支部会議ではそれは言うてなかったんやけど、この間の話ではそこを強く言ってたなあ」

「ソ連問題だけと違うってことかよ」

木下がそう訊いた。

「ソ連の崩壊がショックやったんやろうけど、それが党活動でうまく行ってない他の分野でも中央の責任と違うんかって、そういう風になってしもてたなあ。わしの話は聞いてくれるんやけど、結論は変わらんでえって感じの聞き方でなあ、説得にならなんだわ」

佐山はそう説明した。

「それで、党を辞めたいっていうのは変わらんのですか」

　洋子が訊いた。

「うん、そうなんや。羽田先生はいまは富田支部やけど、長い間、先生らの仲間と一緒にやってきた人やからな、若いころからの先生仲間に説得してもらうほうがええと思うんや」

「そうしよら。あがらはまだつき合いも浅いしなあ」

　広畠が、そういう佐山に相槌を打った。

「それにしてもなあ、ええ人が転籍してきたと喜んでたのに、党を辞めるてなあ」

　と佐山がため息をついた。


　翌日、洋子は良介と話をした。

「そうかあ、羽田先生は大先輩なんやけどなあ……、そういうことを言うんかあ……」

「私も人となりはあんまり知らんねけどね、でも、ここら辺では有名な人なんやろ」

「そらなあ、まあ言うてみたら重鎮やもんなあ。高教組に入ったときに、労働組合の基本について教えてくれた人や」

「そやけどな、話を聞いてて、党の綱領路線については、もうひとつ確信がないっていうか、哲学的な不確信があるって感じしたわ。それと、あの年代の活動家にはソ連邦への独特の郷愁があるんやなあって」

「郷愁って、それはまた理論とは別の次元なんやけどなあ……。しかし、羽田先生がそういうことなら、現職の高校の教員に与える影響、だいぶありそうやなあ」

　洋子と良介は、ソ連の崩壊についてお互いにそれほど議論をしたわけではないが、党中央の声明については、野蛮な干渉とたたかい勝利した日本共産党ならばこその声明だな、それは共通の感想だった。

「兄、羽田さんでもそうなんやから、これは広範囲に影響が出るやろうなあ」

「ソ連とたたかってきたわが党のなかでもそうなんやから、国際的には天地がひっくり返ったような影響が出てくるやろなあ」

「マスコミはもう天下を取ったような騒ぎやで。うちみたいな地方の新聞社のなかでも、みんな社会主義は終わったなあって言うんやから。わけが分かって言うてんのと違うんやけど、マスコミがそう言うて誘導してるからなあ」

「やろなあ、お前、何か解説記事を書かへんのか」

「そやなあ、ちょっと囲みで書かせてって社長に言うてみるわ。他はみな資本主義が勝った、社会主義は終わったって、そればっかりやもんなあ」

そんな話をしているところに、良がやって来た。

「お姉ちゃん、善行から東、ぐるーっと一周せえへん」

良はことしの誕生日で十二歳になる。最近、暇があれば三キロくらいのランニングをするのに、よく洋子を誘ってくる。洋子には少しもの足りない距離ではあるが、もう日常的には走ってないので三キロの距離でも軽い運動になるのだった。

「お姉ちゃん、高校のころ走るのごっつい速かったて、どれくらい速かったん」

「そうやなあ、和歌山県では私より速い女子はおらんかった。それくらい速かった」

「和歌山県でえ、すっごいなあ……。私も練習したら、お姉ちゃんみたいに速く走れるかなあ」

「練習したらな。良も私の血を引いてるから速なるでえ」

良は大きくなるにつれてさらに洋子に似てきた。ただ、母親がいないからだろうか、洋子の若いころのように天真爛漫さがなく、子どもながらどことなく物静かなところがあった。洋子は、ほとんど母親代わりのようにいつも良のそばにいて、良のこころの動きが手に取るように分かった。しかし、これから中学校に進み、思春期を迎えるころに良の内面がどんなに変化してゆくのか、そこが洋子にはまったく分からなかった。良はもうすぐ反抗期を迎える。いまはまだ洋子をお姉ちゃんと呼んでくれているが、果たしてそれがいつまで続くか、洋子にも分からなかった。

十二月に入り、張から手紙が届いたが、消印はパリからだった。洋子は手紙の内容にびっくりした。張はパリにいて、中国当局を批判する仲間たちのグループに加わり、活動しているとのことだった。

洋子さん

北京からの手紙は当局に見られる恐れがあるので、パリから出しました。順を追って説明しますが、驚かないでください。

僕はいま北京を離れ、フランスのストラスブール大学病院に来ています。ここはフランスでも有数の病院ですが、二年間の研修の約束で来ました。

洋子さん、君も知っているように、長い間、ぼくは面従腹背で医師として生きてきました。しかし、いろいろと考えた上で、パリを拠点に中国の民主化のために献身している人々の仲間に加わることにしました。本当は、党員を辞めてこの活動をしたいのですが、辞めるとなるとあれこれと調査されるし、協議の場に出席しなければならないので、そんな煩わしいのはごめんだし、一応、そのままにしておきます。

洋子さんだから言いますが、ソ連と東欧の崩壊は僕には大きな衝撃でした。一人の中国人として、というより中国共産党員として、それは他人事とは思えないからです。僕は、中国がいまのままで進めば、どう考えてもソ連と同じ道をたどるとしか思えないのです。中国の独自の方法とか言ってますが、要するに根本はソ連の模倣でしかありません。権力が強力で人民を従わせているだけです。国民が主人公ではありません。

洋子さんはよく分かっていると思います。このままではいつか破綻します。

僕は医師を続けながら活動に協力することになりますから、全面的に参加するということではありません。これを決意するまでは悩みました。しかし、背中を推したのは、洋子さん、君の生き方です。資本主義の先進国で共産主義の党に加わり、反動側とたたかって生きてゆくことは、もう共産党が政権をとっている中国で党に入るのとは、厳しさがまったく違います。母も、日本の共産党員は献身的で立派だとよく言います。

母は、僕の思うように生きてゆきなさいと言ってくれました。息子が外国に行って反体制の活動をしていることが発覚したら、母の身もただでは済みません。でも母は、まさか命まで奪われることはないだろうと笑いました。

洋子さん、僕もマルクス主義者として良心に従って生き、洋子さんに負けない、と言えば変ですが、君と同じ志を持って生きてゆこうと思っています。この先に、どんな苦難があるのか分かりませんが、いまの当局が続く限り甘い考えは持てません。

　フランスにいる間は手紙も自由に書いて出せます。

僕の決心を君がどう思うか、返事を待っています。

　　　　　　　　　　　　　　　　張浩宇

　読み終えて、洋子は深いため息をついた。張の決意は気高いものだと思った。しかし、社会的に高い地位の人物であるだけに、それがもし当局の知るところとなれば、あまりにも過酷な未来が待っていることが予想され、複雑な気持ちにならざるを得なかった。

「あいつなら無理もないやろうなあ」

　良介はそう言った。

「やっぱりそう思うかあ」

「なんせ正義感の強い奴やからなあ。天安門事件が起きて、いままでみたいに面従腹背で通すのも限界に来てたんと違うか」

「もし当局に漏れたら、どあになるやろうなあ」

　洋子は心配そうな顔で良介に言った。

「ただでは済まんやろなあ」

「命も危ないんかなあ」

「活動の程度によるやろうけどなあ。まあしかし、命までとられるってことはないやろなあ」

「そやけど、考えてみたら名前はうちと同じ共産党やけど、自由も民主主義も、かけらもないなあ」

「それもスターリンの悪しき遺産やなあ、ほんまにため息が出る話やけど、中国の国民が解決する以外にないしなあ」

「前途遼遠やなあ……」

　と洋子はため息をつきながら言った。

「ぜんとりょうえんって、何い」

　それまで居間の隅の自分の机に座って何かしていた良が、突然そう口を挟んだ。

「なんな良、話を聞いてたんか」

　良介は娘にそう言った。

「聞いてたていうより、聞こえてた」

「そか、まあ、先は長いなあって話や」

　と良介は娘に言った。

「何が長いん」

「何がて、中国がいい国になるまで、まだまだ時間がかかるってことや」

「パパは中国へ行ったことあるん」

「俺はないけど、お姉ちゃんは行ったことあるわ」

「お姉ちゃん、行ったことあるん」

「うん、良が生まれる前やけどな、行ってきたよ」

「どんなとこなん」

「無茶苦茶広い国やで」

「今度連れてって欲しいなあ」

「行きたいかあ」

「うん、行きたい。連れてってな」

「分かった。もっと大きなったら一緒に行こうか」

洋子はそう言ったが、良もどこへでも行きたがる子になってきたなあと、そんなことを思ってほほ笑んだ。

（七十七）

張浩宇さん
手紙、読みました。驚きました。危険を覚悟の上で、あなたがそこまでする必要があるのかと思いましたが、だけど、あなたの身になって考えてみると、そうせざるを得ないのも分かります。

中国ではソ連の崩壊はどんな風に論じられているんでしょうか。もちろん、日本共産党が言うように「もろ手をあげて歓迎する」と感じている人はほとんどいないか、いてもそれはごくごく少数でしょうね。いままでの中国指導部の路線から考えて、ソ連の崩壊はゴルバチョフが自由化を進め、西側に譲歩し過ぎたために起きたことだと、そういう立場でソ連崩壊を見ているのではないか、これが私の推察です。だから、平たく言えば、中国はソ連のような、あんなヘマな政治はしないと、そう考えているのではないかと思います。ソ連にも中国にも、「国民が主人公」という立場がまったくないと、私はそう思っています。

商業マスコミは、世界中で「資本主義が勝った」「社会主義の実験は終わった」と、事態を皮相的にしか分析できない、間違った報道を洪水のように流しています。しばらくの間、私は世界中がこの洪水に呑み込まれ、流されるだろうと思います。でも、その洪水が去ったあと、そんな見方はいかに事態を正しく見ていないものか、それが明らかになると思います。

ともあれ、張さんの考え抜いた上での決意に、私は共感を覚えています。そして、張さんのような立場で中国の未来を模索している、そんな仲間がいるということに希望を見ます。でも、きっと多くの苦難が待っているだろうと考えると、気分が暗くなります。中国は人権を軽視する国ですから、十分に注意してください。ともあれ、そういう決意をしたあなたを、私はパートナーとして誇りに感じます。あなたのお母さんにも同じ言葉を送りたい気持ちです。

あなたがストラスブール大学病院にいる間に、私が渡仏できればいいのですが、いまはまだそれは分かりません。姪の良の成長に寄り添ってやりたいという思いがあり、母親がいない子としてこれから思春期を迎える彼女とどう関わるか、これは私の大事な課題でもあるんです。

どうか、身体を大切にして、がんばってください。

洋子

張に手紙を書いた夜、洋子は黒沢拓の夢を見て覚醒した。何時ころなんだろうかと、洋子は暗い天井を見つめていた。黒沢がいなくなってからというもの、彼は夢のなかによく現れるようになった。洋子はその度に覚醒し、黒沢の非業の死を思って泣いた。国境沿いの小さな農村で見た、あの山積みの人骨のなかに黒沢は埋もれているに違いなかった。だが、あの無数の人骨から黒沢一人を特定して持ち帰ることなど出来ないことだった。洋子は、黒沢が夢に出てくる度に、「どうして俺を探してくれなかったんだ」と、黒沢が叫んでいるように思え、辛かった。そう思う度に、洋子はもう一度あの村に行こうと思うのだが、その機会がなかなか見つけられないまま年月が過ぎていた。結婚をしないままの娘に、母親も最近は小言を言うこともなくなった。諦めたというより、娘の気持ちを考えて、何も言えないのだろうと洋子は考えていた。

耕治とジュヴィは、自分たちが年老いて旅館業が出来ないようになれば、「洋ちゃんにそっくり渡すから引き継いでくれよ」と、洋子は頼まれていた。「私は旅館業なんかようせんわ」と断っているが、二人は是が非でも洋子に引き継いでもらいたいようなのだ。

「萩原さん、ソ連の問題を囲みで書いてみる気、ないかなあ。まあなあ、事が事だけに大手が扱う内容かも知れんけど、地方紙でもコラムで書いてるとこもあるし、うちもまとまったもんを載せようかなて思うんや」

出社した洋子に、谷本がそんな声をかけてきた。

「ええっ、社長は書く気ないんですか」

洋子はそう訊いてみた。

「そこまでの知識ないしなあ。知り合いの高校の先生に頼んだら、あんたとこには萩原さんって記者がいてるやんって言われたわ。やっぱり、見てる人は見てるさかな、何か書いてみてよ。他の地方紙見てても、これって記事ないんやて」

「分かりました。その代わり、ごちゃごちゃ言わんといてくださいよ」

「ははは、まあ、書いてみてよ」

入社当時から、谷本は洋子の記事には好意的だった。デスクはよく赤ペンでチェックしたが、谷本はそうではなかった。当時のデスクはすでに退職していて、紀伊水道新聞社のなかで洋子はなくてはならない記者になっていた。最初のころは西牟婁郡という田舎の自治体を担当させられ、毎日毎日ポンコツ車で走り回っていた。それから日高郡や田辺市の担当になり、去年からデスクになっていた。若い記者たちの記事に注文をつけたり、赤ペンを入れたりする役割を果たしていた。

洋子は、次のような記事を書いた。

『ソ連はなぜ崩壊したのか』

―「国民が主人公」からの脱線・転覆―

ソ連邦が崩壊し、日本でも、世界でも「社会主義はもう終わった」「資本主義が勝った」と、マスコミなどで盛んに言われています。今日は、この問題を考えます。

一九一七年にロシアで起きた十月革命は、社会主義革命と呼ばれていますが、新政権が最初に打ち出したものは、「平和についての布告」で、次いで出したのが「土地についての布告」でした。さらには、八時間労働制や労働者負担ゼロの社会保障制度などで、どれをとってもソヴエトに民主主義を実現しようという政策でした。これらの施策は、資本主義で暮らす世界の人々に大きな希望を与えました。その後、この社会変革は東ヨーロッパの国々、アジア、ラテンアメリカにも広がりました。そして、それらの国々は自分たちを「社会主義の国」と呼び、世間の人たちも、それが常識であるかのように社会主義の国と呼んできました。（厳密には、近年、日本共産党だけが、ソ連はまだ社会主義の国ではないと主張してきました）

しかし、革命の指導者・レーニンの死後、スターリン書記長は農業の強制的集団化に乗り出し、レーニンのもとでやっと定着しかけていた民主主義の実現を、強制政治を導入して土台から壊してしまいました。この力づくの農民の集団化は、当然のことながら激しい抵抗に遇いますが、スターリンはそれを暴力で弾圧し、数百万人という犠牲者が出たと言われています。

こうして、ソ連の政権は、一九三〇年ころから農民、労働者、国民を弾圧しながら工業化を進めるという専制支配の国へと変貌を遂げてゆきました。スターリンのもとで進められたこのような社会は、社会主義とは呼べないことはもちろんのこと、資本主義の国でさえありません。私事ですが、私が訪れたソ連の街では、スーパーに長い行列をしないと物が買えませんでしたが、これが社会主義である筈がないと思いました。

「ペレストロイカ（再建）」を掲げたゴルバチョフ氏は、複数政党制や公開制などを打ち出しましたが、ソ連社会の最大の問題であるスターリン政治をどう見るかについては、「スターリンの巨大な貢献」と天まで持ち上げました。これでは真の改革などできないことは明らかです。

社会主義とは、経済でも政治でも、「国民が主人公」の社会のことです。ソ連はこの原理原則から脱線し、崩壊しました。それをもって「社会主義は終わった」とする議論は、事態の本質をありのままに見ない誤った見方であり、ソ連はそもそも社会主義などではなく、「ソ連共産党の専制支配の国」であり、それが崩壊したものです。ソ連の崩壊は、大局的には人類の進歩への大きな一歩だと言えます。（文・萩原洋子記者）

洋子がこの原稿を社長に見せると、ソファーに座って難しい顔をしてじっくり読んでいた谷本は、読み終えて顔を上げ、洋子に向かってニコッとした。

「ええわ、分かりやすいわ。一面の左の囲みで行こか」

と乗り気で言った。

洋子は久しぶりに田んぼのなかにいた。いつのころからか、稲刈りは稲刈り機を持っている親戚がやってくれていた。洋子たちは、その後の作業で、稲の束をナルにかけて天日干しをさせるのであった。稲刈り機が田んぼに入る日に合わせ、家族は総出で作業をした。毎年、秋のどこかの土日に予定を入れ、洋子も良介も休みをとるようにしている。良も田んぼに来て手伝っている。

「あの記事、社長は何にも言えへんのか」

良介がナルに稲の束をかけながら洋子に問うた。

「社長はな、私の記事には滅多に注文はつけて来いへんね」

「そうか、職員室でもちょっと話題になってた」

「妹やって、みな知ってるんやろ」

「そやなあ、大概は知ってるなあ」

「そやさか、あんまり批判的なことは兄の前では言わんやろなあ」

「みな、詳しいことは知らんし、知ってても商業新聞からの情報やしな」

「お前の記事は、アンチテーゼとして読んでもろて、ちょっと考えるきっかけになったらええんやけどなあ」

良介がそう言った。

「あんちてーぜって、何」

近くで話を聞いていた良が、すかさず質問してきた。

「反対の意見のこと」

そう洋子が答えると。良がまた尋ねた。

「ほいたら、賛成の意見は何て言うん」

「テーぜって言うんや」

「ふうん、アンチテーゼとテーゼかあ」

良は、そうつぶやいた。

「良、だれに似たんやろ」

洋子はそう言うと、

「そらまあ、俺に似てるんやろけど、一番似てるんはお前やろ」

「やっぱりそうかなあ」

「ええんやら悪いんやら」

良介はそんなことを言って笑った。

洋子の囲み記事にたいして、一通の投書が紀伊水道新聞に届いた。

投書

「ソ連はなぜ崩壊したのか」の記事を読んだ。一見、もっともらしい論建てだが、記事には肝心な問題が書かれていない。

ソ連の崩壊から国民生活の貧しい実態が明らかになり、世界の人々は、社会主義は国民を豊かにしない経済体制であることを学んだ。これが書かれていない。

社会主義の経済は、まじめに働いた人も、怠けた人も、同じ報酬を受け取る仕組みであり、これでは労働意欲が失われてしまう。

そして、社会主義とは、生産手段を国有化する体制だ。資本主義なら、黒字の会社はさらに多くの資本や労働を投入し、事業を拡大する。

逆に赤字なら、事業の規模を縮小する。ソ連のような社会主義では、ほとんどが国有化されているので、政府が判断しない限りそれが行われない。こうした経済はすぐに潰れることはないだろうが、経済は非効率で、経済成長が進まず、貧困が克服されない。社会主義の実験は失敗したと、このことを正しく述べるべきだ。

「名前、ないんやけど、どうする」

谷本は、洋子に封書を渡しながらそう言った。

「ふうん、ちょっと読んでみます……」

「社長、これ短いし、そのまま載せて、それへの答えを書いてもいいですか、囲みで」

「何か楽しそうやなあ」

「だって、読者とのキャッチボールやし、こういうの紙面も面白なるんと違うかなあ」

「分かった。任せるけど、あんまり長ならんようにしてよ」

「はい、分かりました」

洋子は、投書を全文掲載し、それへの回答を書き、再び囲みで載せた。

ふたたびソ連崩壊について―投書への返信

まず、投書は、社会主義＝生産手段の国有化との前提で話を進めていますが、この前提そのものが正確ではありません。マルクスは『共産党宣言』のなかで、「いっさいの生産用具を国家の手に」集めると、くり返し述べていますが、これは一時的なことです。ところが、スターリンが「国有化＝社会主義」と定めたため、ソ連だけでなく他の国々にも広がりました。原則からの脱線はこうしてはじまったのです。

それから、資本主義というのは、生産手段を持っている資本家が労働者たちを雇い、物を生産し、生産された物（富）は資本家一人のものになり、労働者たちはごくわずかな賃金をもらう、という制度です。実は、労働意欲を奪っているのは、こうした資本主義の搾取の制度のほうであり、労働者たちが自分たちで生産を計画し、管理し、発展する社会になれば、労働意欲は大きく発展します。さらに、富の配分が公平に行われ、貧困は解消に向かいます。

社会主義が失敗したのではなく、スターリンらによる誤ったやり方で、ソ連は社会主義ではなくなり、ついには崩壊したと言えます。（文・萩原洋子記者）

洋子の再度の囲みに反論は来なかった。支部の会議でも、このことが話題になった。

「しかし、洋ちゃんの記事は署名入りやし、勇気あるなあ」

支部長の佐山が言った。

「わしらとてもとても、あがなんこと勉強もしてないし、よう書かんわ」

と広畠が言った。

「私も好きで書いてるんと違いますよ。そやけど、ソ連は社会主義だったと思っている人ばっかりやから、それは違うんやって、そこを書いとかなあかんて思ってたし」

「そやけど、萩原さんもソ連に行ったことあるんやなあ」

以前、労働組合の旅行でソ連にいったことがある渡辺がそう言った。

「キエフに行きました。チェルノブイリの事故の前やけど」

「ああ、そうか、あの辺は原発事故の近くやもんなあ」

「そいにしてもなあ、世の中は社会主義は終わったって、完全にそういう空気やもんなあ。支持者と話しててもよお、ソ連のこと言うときに、あんたには悪いけどなって前置きして、そいから話すんやな。ソ連のことを話題にしたら、あんたらの仲間のことやさか気の毒やって思てるわけや。そうと違うんやって説明しても、なかなかなあ……」

木下がそう言って、影響の大きさを嘆いた。

「そらそうと、羽田先生はもう党を辞めたつもりかよ」

と渡辺が訊いた。

「いくら話してもあかんなあ」

佐山はそう言った。

洋子が地区委員会で耳にした話では、ソ連邦の崩壊で党活動を続けてゆく気持ちが失せた人が数人いるようだった。

「労働組合の活動では頑張ってたのになあ、なんでまたこあなことで落ち込むんかなあ」

と桑田が言った。

「そらなあ、桑ちゃんも労働組合やってるさか分かると思うけどよお、革命のこととか、世界の共産主義運動とか、そあなこととあんまり議論せえへんわだ。そやし、そこら綱領のこととか、革命の路線とか、そういうことでは不確信があったんと違うんかなあ」

渡辺が桑田にそんな説明をした。

「それはそうかも知れんけど、それにしてもなあ、ソ連がつぶれたくらいでなあ……」

桑田がひとり言のようにつぶやいた。

「そら桑ちゃん、羽田先生みたいな年輩になると、ソ連への思い入れがやっぱり若い人と比べたらだいぶ違うんやて」

佐山はそんなことを言った。

「結局よお、ソ連はもうだいぶ前に社会主義と違う国になってたって、そこやて肝心なとこは。中央もなあ、それをもっと早うに言うてくれたらよかったのになあ。やっぱり情報不足で、細かいとこまで分からんかったんやろなあ」

渡辺はそう言った。

（七十八）

日置川町では、一九九二年の三月議会で六年前に町議会が議決した「原発推進決議」が白紙撤回された。これを受けて、ある地元の地方紙は「原発誘致に終止符」との記事を書き、大手紙は「日置川原発、不可能に」との見出しで記事を書いた。紀伊水道新聞でも、西牟婁郡の担当記者がほぼ同様の記事を書き、デスクである洋子のもとに原稿が上がってきた。しかし、洋子は書き直しを指示した。原発計画が終わったとの判断はあまりにも甘いと思ったからだった。

その三ヶ月後、町長選挙と町議選挙が行われた。四年前の町長選挙で原発反対の三倉町政が誕生したが、原発建設を前提にした「日置川町長期総合計画」そのものはまだ手つかずで残っていて、原発と決別するためにはこの見直しが求められていた。

町長選挙は、現職の三倉氏と宮本氏の一騎打ちという前回と同じ顔ぶれの選挙となった。宮本氏は前回と違って、「原発は推進しない」ことを打ち出し、争点隠しの作戦に出た。選挙は三倉氏の勝利に終わったが、わずか七三票差という僅差だった。これは、原発推進勢力の力が衰えていないばかりか、巻き返しをはかってきている証であり、いささかの安堵も出来ないことを示していた。

洋子は、その点を強調する記事を書き、原発建設は国策で行われており、あくまでも原発に固執して儲けを追求するのは電力資本の性根であり、関西電力が原発のための広大な土地を所有している事実を示し、たたかいを緩めないことを呼びかけた。

洋子は、久しぶりに円月島の横にある京都大学白浜臨海実験所を訪ねた。そこには太田慎一郎博士がいるのだ。静かな松林のなかに実験所がある。ふと見ると、空き地にある小さな畑に人がいた。麦藁帽をかぶって、汚れただぶだぶのズボンに腰から手ぬぐいを垂らしていた。

「すみません、太田先生はどの建物におられますか」

との洋子の問いかけに、男性がふり返った。太田だった。

「先生、何をしてるんですか」

「おお、萩原君かあ、ナスやナス、ナスの栽培」

太田は、海洋生物学の研究で有名であり、日本科学者会議の幹事でもあった。研究室に洋子を誘った。

「先生、原発について、先生のご意見を聞かせてくださ い」

洋子は、そう切り出した。

「日置川の選挙、よかったなあ、ご苦労さんよ。原発なあ、そやなあ、あの広島に落とされた原爆もウランを核分裂させるんや。原発でエネルギーを発生させるんと同じ原理。問題は、その規模や。広島で核分裂させたのは八百グラムほどや。原発は、一基で年間ほぼ一トンのウランを核分裂させる」

「ケタが違う……」

「うん、違い過ぎるんや。で、核分裂させたら死の灰が出てくる。人類が知ってるもののうちで最悪の物質やなあ、これは。こんなもん、万一の事故があったら、とても電力会社では責任をとられへんさかな、原子力損害賠償法ってのを作ったわけや」

「原賠法ですね」

「うん。事故が起きたら、自分らで保障できるような金額と違うから、国で面倒を見るでってことや。電力会社にしてみたらありがたいこっちゃ」

「ひどい法律ですね」

「それだけやない。まだひどいのは、原発は田舎にしかつくらへん。必ず過疎地につくって、長い送電線を引いて電気を都会に送る。なんでかって、事故が起きても死者が少のうてすむさかや」

「田舎の人間は死んでもええってことですね」

「まあ、そう言うことやな。それからな、電力会社ていうのは、原発をやればやるだけ儲かる仕組みになってる。二重三重に保護されてるわけや」

「はい、それから先生、原子力と核と、この二つの関係を分かりやすく説明してください」

「関係も何も、一緒や。ニュークリヤー・ウェポンていう英語は核兵器。ニュークリヤー・パワープラントは原発。ニュークリヤーという単語を、あるときは核、あるときは原子力って、使い分けてるんや。なんか、違うもんやって気しいへんか。政府がそうやって宣伝してきたからな、日本人は核と原子力は違うもんと思い込まされている。そやからな、イランとかイラクとか北朝鮮がやったらマスコミは核開発って騒ぐけど、日本が同じことしても、原子力の開発って言うわけや」

「そうすると、日本はいい国やからどんどんやってもええけど、他の国が同じことをやったらけしからん、制裁せなあかんってなるんですね」

「うん、国連の常任理事国は、米、英、仏、露、中という五カ国やろ。なんで、この五カ国が常任理事国なんかっていうたら、第二次大戦で勝った国なわけやけど、もう一つは核兵器を持っているということや。原爆を作った国は他にもあるでえ。インド、パキスタン、イスラエルなんかもそうや。そやけどな、原子炉、再処理、ウラン濃縮ていうこの三つの技術を持ってるのは、常任理事国だけなんや。そやけど、あと一つだけある、日本が持ってるんや。日本という国は、『原子力の平和利用』って言いながら、核兵器をつくる三つの中心技術をすでに手に入れてる」

「非核三原則らないも同然ですね。なんでそこまでするんですか」

「まあはっきり言うたら、敗戦のあとで、世界のなかで発言力を持つために、核兵器をつくる能力を持たなあかんって、それで原子力開発を推し進めてきたわけや。しかし、その原発でできるプルトニウムというのは、核分裂性のプルトニウムの濃度が低いわけ。そやし、高性能な原爆はつくりにくい。しかし高速増殖炉を動かすと、核分裂性の高い濃度のプルトニウムが手に入る。そやから、どうしても高速増殖炉を動かしたい。それが『もんじゅ』や。『平和利用』なんていうのはウソもええとこで、一番根本は軍事目的や」

「原発からつくられる電気が全体の三割にもなってるのに、原発に反対するのは無責任っていう声もありますけど」

「三割というのは大きすぎる。いますべての原発を止めても電力はやってゆける。多くの国民は政府や電力会社のウソの宣伝に騙されているだけや。代わりのエネルギーをどうするかは、じっくり研究すれば出てくるわ」

太田の話は、整然としていて分かりやすい。聞き終え、部屋を出ようとした洋子の背中に、

「この間のソ連の記事なあ、あれ良かったよ。理性的やし、貴重な解説やった。あんた、ソ連に行ったことあるんやなあ」

「ありがとうございます。はい、若いころ、モデルやってて、その関係で行ったことあるんです」

「へえ、モデルやってたんかあ、そうかあ、さもありなんやなあ」

「先生、おおきに」

京都大学の敷地を出て、洋子は若いころときどき泳ぎにきた臨海浦の浜に足を向けてみた。この辺りは当時のままで、人の手がまるで入っておらず、静かに波が寄せては返していた。波打ち際にたたずんで、洋子はふと自分の行く末を考えた。湯崎の旅館を継いでほしいと耕治とジュヴィの二人から懇願されている。耕治が手掛けてきた旅館業を、一代で終わらせてしまうのは、あまりにも忍びないという思いも洋子にはあった。だが、若い日にマルクス主義者として生きてゆきたいと決意した、その思いを、いま自分は貫けているのかと自問するとき、このままでいいのだろうかという思いがよぎるのだった。一人の女として、未婚のままで老いてゆくことに悔いはなかったが、このままでいいのかという思いがいつもあった。

「拓……」

洋子はそう口に出してつぶやいた。

黒沢は、いまの私をどう思うだろうか、洋子は黒沢の声を聞いてみたかった。海を眺めながら、この海の遠く南にはインドシナ半島があり、黒沢はカンボジアの田舎の村に多くの犠牲者とともに眠っている。そう考えると、黒沢が眠る地に行ってみたいという衝動が突き上げてくるのを感じていた。

家に戻ると、しのぶが良の手首に包帯を巻いていた。

「良、どうしたん」

と洋子は尋ねた。

良は答えない。

「男の子と喧嘩したんやて。この子、木の棒を持ってチャンバラみたいに二人を相手に棒で殴りまくったらしいんやけど、一人の男の子に手首を噛まれたとかで、ちょっとやけど血が出てたさか、オロナインつけてこれ巻いてるんや」

しのぶが説明した。

「ははは……、良、男の子と喧嘩して面白かったやろ」

洋子は笑いながらそう言った。

良がにっこりした。

「あんた、何言うてるんな。女の子がそがな喧嘩してから、けしかけてどうすんのな」

しのぶがそう言った。

「良、お祖母ちゃんの言うことは間違ってるさかな、男も女も関係ないさかな。やられたら思い切りやり返したったらええさかな」

良は、ニコニコして洋子の顔を見あげている。

「お姉ちゃんに教えてもろた通りやったった」

良がそう言った。

「あんた、この子に何教えたん」

しのぶが険しい顔で洋子に言った。

「あのな、顔は叩いたらあかんね、危ないさかい。叩くときはな、男の子の右の手首を叩くんや。右手が痛うて使えんようになったらな、背中とかに蹴りを入れるんや」

良が正直にしのぶに答えた。

しのぶが血相を変えて怒り出すかと洋子は思ったが、意外にも大きな声をあげて笑い出した。それにつられて、洋子も良も大声で笑い出した。どうしようもない女たちだと、洋子は腹からおかしかった。

「洋子、あんた、今日はもう出ていく用事ないんやろ」

しのぶがふいに尋ねた。

「うん、ないよ。なんで」

「さっきジュヴィさんから電話あって、ええイカがよう け手に入ったさか、みんなで食べに来てって。良介はどうせ遅いし、三人で湯崎へ行こか」

「ほんまに、行こ行こ。良、よかったなあ、イカ天好きやもんなあ」

「うん、好き好き」

好物のイカの天ぷらが食べられるとあって、良は上機嫌だ。洋子は二人を乗せて耕治の旅館へ向かった。

シーズンは外れている時期だが、お客さんは数人入っているようだった。

「お客さん、この時期でもあるんやね」

「釣りと温泉が目当てのお客さんや」

ジュヴィが応じた。

「良ちゃん、包帯して、それどうしたん」

「喧嘩してん。後から首絞めたったら、あいつ、手首噛みやがった」

良がジュヴィに言った。

「女の子同士で、激しいなあ」

「女と違う、男や」

良はジュヴィを遮って言った。

「あれえ、良ちゃん、男の子と喧嘩したんかよ」

「だれに似たんやろなあ」

と、しのぶが言った。

「隔世遺伝ってこともあるしなあ」

と、洋子。

「どっちにしても、顔形は洋ちゃんに似てるなあ。さあさあ台所に行ってよ」

ジュヴィはそんなことを言いながら笑った。

「おっちゃんは」

洋子がジュヴィに問うた。

「もう帰ってくるはずやで」

台所に行くと、料理がすっかり並べられていた。

「すごいなあ……」

と、目を丸くして驚いたのは良だったが、しのぶも洋子も「わあー」と歓声をあげた。

イカは天ぷらもあり、刺身もあり、大根との煮つけもあった。それに大きくはなかったが、イガミの煮つけもあった。ほうれん草と人参の甘辛炒め、ワカメの酢の物、卵焼き、ひじきの煮物などが並べられている。

「ああ、もう来てたんやなあ。姉さん、洋ちゃん、良ちゃん、ようお越しです」

と言いながら、耕治が戻って来た。

「耕治さん、すみません」

としのぶが頭を下げた。

「なんのなんの、お客さんに出すもんばっかりで申し訳ないけど、なんせイカがようけ入ったんで、良ちゃんがイカ好きやって聞いてたさか。良ちゃん、腹いっぱい食べるんやで」

「おっちゃん、おおきに」

と良が大きな声で言った。

「洋ちゃん、ちょっと教えてくれへんか」

食事が進んできたころ、耕治が洋子にそう持ちかけてきた。

「なんですか」

「洋ちゃん物知りやからね、ちょっと教えてほしいんやけど、バブルが終わって、これからどうなるかってことや」

「わあ、経済問題かあ、あんまり分からんでえ」

と、洋子は予防線を張った。

「もともと日本の景気は経済成長でな、よかったやろ。そやけど、プラザ合意みたいなことやって、あの辺りから景気が落ちてきた。俺はあれは間違ってたって思てるんやけど、どうなあ」

耕治は真剣に話しだした。

「プラザ合意って、要するに資本主義の親分はアメリカで、そこが赤字やし助けたらな、親分がこけたら子分もこけるさかって、それは避けなあかんって、そういうことやったんでしょ」

洋子はそう説明した。

「うん、そいで、アメリカを助けたるために、まあ円高にして、日本の品物がアメリカで売れんようにしたわけや」

「うん、そいでドルを安くして、アメリカの製品を海外に輸出して、安いから売れるようにした」

「そういうことで、日本は景気が悪なった。悪なったさか、金利を下げて銀行からカネを借りやすなったのはええけど、企業は借りたカネで土地を買ったり、株に手を出した。白浜でもな、ホテル円月島が田辺のどっかに土地買うたらしいわ」

「そうそう、そこなんやて、おっちゃん。私はそのやり方が間違ってたと思う。その土地、ホテルが何のために買ったんか分からんけど、どうせ大阪かそこらの企業に転売して儲けようって腹やろ。でも、絶対失敗すると思うで」

「というと……」

「銀行からカネを借りたら、その資金で会社の仕事に励んだらええのに、土地とか株とか、仕事をせんとあぶく銭を稼ごうとしたわけなん。それって、まともな資本主義と違うもん」

「なるほど」

「よこしまなカネ儲けに走ったら、必ずしっぺ返しが来るねんて。結局、バブルもつぶれた」

「ということは、洋ちゃんはこの先、どうなると思うん」

「それは分からへんけど、日本の経済は巨大な輸出企業ばっかり応援してきたツケが回ってきたんと違うん」

「どういうこと」

「なんでって、おっちゃん、景気っていうのは国民の消費が支えてるんやで。ていうことは、国民の懐が寒なったらあかんねて。消費税みたいなやり方は逆やもん。輸出企業の税金をまけてやって、まけてやった分を国民から吸い上げて穴埋めするって、そいが消費税やもん。そいでは景気はようならんし、悪なってゆくわ」

「洋ちゃんは、まだ景気が悪くなると……」

「ようなってゆく要素がないもん。悪なることばっかりやってるやん」

しのぶと良は食事を終えて、ジュヴィと一緒にロビーに行っていた。耕治はコーヒーを淹れながら、もうひとつ意見を聞かせてほしいと言った。

「中国のことなんやけどな。戦争中、ま、あがなん時やったさかやけど、大陸でカネ儲けばっかりやってた。そやけど、腹の底では八路軍を応援してたんや、貧乏人の味方やったからなあ。洋ちゃんと違って社会主義のことは分からんけどな、どうも、いまの中国は変やと思うんやな。洋ちゃんはどう思う」

「おっちゃんの言うの、当たってると思うで。誰が考えても、大躍進とか文化大革命とか、まともなやり方やないし、この先、どうなるか分からんわ」

「あの、医者の張君って、エリートの共産党員なんやろ。洋ちゃん、意見が合わんのと違うんか」

洋子は、おっちゃんには話してもいいと思ったから張についいて話した。

「あの人はエリートやけど、実は面従腹背なんや」

「面従腹背って……、そら面白いなあ」

「そうなんやけど、本人は大変やと思う」

「そらそうやろなあ、病院ではもう中堅クラスの幹部になってくる歳やろうしなあ」

「そうやなあ、働き盛りってとこやと思うわ。いま、フランスの大学病院に研修に行ってるわ」

「そうかあ、どうせ国費で行くんやから、期待されてる人材なんやろうなあ」

「そうみたいやで」

耕治は少し考えているように間を置いて言った。

「洋ちゃん、張君を思ってるんかあ」

「ああ、そういう話かあ……、どう言うたら分かりやすいかなあ。恋人って言うたら、ちょっと違うんやなあ。じゃ、男の友だちかって言うたら、それもちょっと違うん。だから、パートナーっていうことにしてる。おっちゃんには分かりにくいやろなあ」

「洋ちゃん、あれか、洋ちゃんのなかでは黒沢君がまだ大きな存在なんか」

「そうなんかなあ、いつもあの人の夢を見るし、なかなか忘れらへんなあ」

「ううん、可哀そうになあ、洋ちゃんもやけど、張君もなあ」

「そうやねん、可哀そうな娘やねん」

そう言って洋子は笑った。

「洋ちゃん、出来んやろうなあ。何もかも忘れるような素敵な男が現れたら別やけど、現実にはそんな男おらんもん」

「うぅん、もう結婚はせえへんのか」

「なるほどなあ……」

そう言ったまま、耕治は黙った。

洋子はもう三十代後半だ。昔のように、何もかも素敵な男など、実際にはいよう筈がないことは分かっていた。男から思いを打ち明けられ、会って話をしても、交際をするという気持ちにはなれないのだった。帯に短したすきに長し、そういう感じなのだ。適当なところで見切りをつけて結婚する、洋子にはその選択肢は考えられなかった。我慢しないといけない結婚生活を送るよりは、独身のまま自由に暮らす方が性に合ってると思っていた。ただ、子どもを産みたいという気持ちが、ときにはげしく湧きあがるのであった。しかし、それも一時のことだった。月日はそうして過ぎて行った。

（七十九）

良は、生来の性格からなのか、それとも萩原家の解放的な環境からなのか、はたまた母親代わりでいつも傍らで面倒を見てきた洋子の影響からなのか、明るくて奔放な女の子に育ってきた。良の通った保育園は、富田川を渡った向こうにある「町立しらとり保育園」だった。そこは西富田小学校区とは別だったため、保育園からの友だちでの友だちとは小学校入学と同時に別れることになった。保育園小学校に上がった直後は、保育園からの友だちが一人が一人もいなくて少し寂しそうだったが、それも少しの間で、明るくて奔放な性格がすぐに周りを巻きこみはじめた。も学校のころは男の子でもそうだが、女子でも明るくて活発な子が目立つ存在になるものだ。良は、まさしくそんな女の子として小学校生活を送った。その良が、五年生あたりから洋子の部屋に来ては、本を貸してほしいと言うようになった。洋子の書棚には子どもが読めるような本は少なかったが、それでも良は外国の小説を見つけては読んでいた。良は六年生になってからクラスで一番背が高くなった。手足が伸び、乳房がふくらみかけていた。でも体形はどことなくアンバランスで、洋子はまるで当時の自分を見ているようだった。洋子は、裏の山のなかで走り回っていたものだったが、最近の子どもたちは山のなかでは遊ばない。しかし、良は白浜駅前にある少林寺拳法の道場にもう二年近く通っている。週に一回だったが、女の子の仲間も数人いて、楽しそうで続いている。

良介は、良が幼児のころにはよく外に遊びに出かけていたが、良が大きくなるにつれて二人で外出することが減って来た。母親のいない女の子をどう育てるか、良介は良介なりに考えていたが、思春期の入り口にさしかかってきた良とどう接するか、試行錯誤の毎日であった。

洋子は何かにつけて良を連れ出した。良の母・縁が死んでから、洋子はこの子の母親代わりになろうと思い、そう接してきた。もちろん、母親の代わりにはなれないのは百も承知だが、洋子はいつもそばにいて愛情を注いであげようと努力してきた。

良は、幼いころから「お姉ちゃん、お姉ちゃん」と洋子になつき、洋子の言うことをよくきいた。だが、最近は納得が行かないときには反抗してくるようになった。洋子は内心、困ったなと思いながらも、そろそろ思春期がやって来たかと、自立してゆく良が頼もしくもあった。良介は、「自分の娘やけど、何かの拍子にドキッとするほどきれいやなあって感じるときがあるんや」と、洋子に言うことがあったが、洋子は無理もないと思うのであった。良は、萩原の血だけではなく縁の血も混じって、洋子とはまた違った美貌が育ってきていた。

これまで、良は洋子の部屋で寝起きをしていたのだが、六年生のある日、「お姉ちゃん、自分の部屋が欲しい」と言い出した。洋子は、中学校になったらそれを言うだろうなと思っていたのだが、良は予想より早くそれを言い出した。

「一番向こうの部屋だったら使えるわ。あんたのお母さんが塾で使ってた部屋やけど、ちょっと広いで」

「狭いより広い方がええもん」

「そか、あそこはまだ色んなもん置いてるけど、ちょっと片づけたらすぐ使えるわ」

「うん、ええよ。ほいたら、ベッドと机と向こうへ移してもええんかあ」

「うん、ええよ。お父さんに土曜日にでも移してもろたらええわ」

「やったあ。そやけどな、私がおらんようになったら、お姉ちゃん、寂しいないかあ」

良は、そんなことを洋子に尋ねた。

「そら、寂しいわあ。寂しいけど、すぐそこにおるんやさか大丈夫やで。遠くに行くんと違うからな」

「そやな」

良はすぐに納得した。

良は、洋子ほど速く走れなかった。ただ、良は少林寺をやっているせいか、跳躍力に優れていて高跳びが好きだった。洋子は、家の裏の田んぼに藁を積みかさね、細い竹で手製のバーを作って良に走り高跳びを教えた。洋子は背面跳びができないので、ベリーロールを教えた。良はすぐにベリーロールを会得して、六年生のときに約百六十センチを記録したが、小学校では走り高跳びの競技はなかった。洋子は中学校での記録更新に期待していた。


珍しく地区委員長の木下から職場に電話があった。相談したいことがあるから帰りに地区委員会に寄ってほしい、とのことだった。

「洋ちゃん、ご苦労さん」

そう声をかけてきたのは、山城公だった。

「おっちゃん、こんにちは。お久しぶりです」

「新聞社、忙しいかあ」

「いまはそうでもないです」

「洋ちゃん、デスクやもんなあ、大変やろ」

「はじめはそうだったけど、もう慣れました。おっちゃんは、今日は会議ですか」

洋子が、そう言ったところに木下がドアを開けて会議室から出てきた。

「ああ、忙しいのにすまんなあ。こっちに入ってよ」

洋子が会議室に入ると、公もついて入ってきて、三人になった。洋子は、「ええっ、おっちゃんも話に入るんかあ」と不思議に思った。

「ちょっと、お茶淹れるわな」

と言って、木下はポットの湯を注いだ。

洋子は、公が同席しているし、すぐに話を切り出さずに、委員長がお茶を淹れるなどと、これは何か特別の話のようだと直感した。

「萩原さん、来てもらったのは、折り入って頼みがあってな、そいで小さいときから萩原さんを知っている山城さんにも来てもろうたんや」

「はい、何か特別の話みたいですけど、何ですか」

と、洋子は尋ねた。

「実はなあ、次の県会議員選挙に出てほしいんやけど、引き受けてくれへんやろか」

「はあっ……」

唐突な、まったく予想もしない話だった。洋子は面食らって、言葉がすぐには出てこなかった。

「驚いてるなあ」

「そら、驚いてますよ。いったい、どういうことですか」

公はお茶をすすりながら黙っている。

「田辺市から立候補してほしいんや」

居住地が違っていても、県会議員はどこからでも立候補できることは洋子も知っていた。

「なんでまた、私なんですか。法的には白浜町民の私でも立候補できるのは知ってますけど、しかし、こあなんいますけどねえ」

田舎ではやっぱり田辺市民が立候補するほうがええと思
「まあ、普通はそう考えるんやけど、萩原さんはそれなりに有名で顔も広いし、言うてみたら知名度というか、知顔度というか、よう知られてるしな」

木下が言った。

洋子は、これって、新聞記者を辞めて立候補してほしいという話だろうし、だから落ちた場合の身の保証も考えてのことだろうと思った。

「当選せんかったときは、私の生活はどうするんですか、専従になれということですか」

「やっぱり、あんたは察しが早いなあ。万が一の場合はな、そうなると思うけど、われわれは萩原洋子が出たら当選できると思うてるんや、なあ山城はん」

公は、にこっとしてうなずいた。

「おっちゃんが同席してるってことは、おっちゃんもそう思ってるってことなん」

「洋ちゃん、わしは洋ちゃんとは近すぎるし、この場に出るの嫌やったんやけどな、まあ、地区の副委員長やしな、そうも言うてられんさかな。そやけどな洋ちゃん、新聞記者はもうええやろ。やるだけやったんと違うか。あんたは、このまま新聞社にいて退職まで記者をするつもりなんかあ。そあなつもりないやろ。はっきり言うて、新聞記者の代わりは他にもおるわだ。そやけど、田辺市のわずかな県議の一人て、これはなかなかおらんねて。洋ちゃんは最適やわ」

「おっちゃん、いくらなんでも、そいは贔屓の引き倒しやわ」

「そあなんこと言うても、何にも説得力ないわ。洋ちゃんがどういう人物かは、周りの人間がみな知ってるて。あんたほど候補者に適任は他にないよ。歳も若いしな」

と、木下が追い打ちをかけるように言った。

「……」

洋子は、黙った。お茶を一口飲んだ。

「いまここで返事してってことと違うんやで。じっくり考えてほしいんや。われわれも、萩原さんなら要請に応えてくれるやろうって、そういう期待もあって頼んでるんや」

「まあ、話の向きは分かりましたけど、それにしてもにわかなことで、落ち着いて考えんと答えが出ません。選挙までおよそ三年やなあ……。こあな頭を抱えるような話だとはつゆ知らず、あーあ、来んかったらよかったわ、おっちゃん」

「ははは。そいでもな、お父さんが生きてたら、きっと応援してくれると思うわ。洋子、やってみたらええわって、そう言うに決まってるわ」

公からそう言われて、洋子は父の姿を思い浮かべた。

その夜、洋子は良介と向き合っていた。良は、宿題をやっているのだろう、部屋の隅の机に向かっている。

「兄、どう思う」

「そうやなあ……」

と言ってから、良介はしばらく黙っていたが、やがて口を開いた。

「客観的に見たら、地区も、ってことは県委員会もやろけど、ええとこへ目をつけたなあって思うなあ。そやけど、俺としては身内やからなあ、複雑やなあ」

「ええとこへ目つけたって思うん」

「それは思うなあ。萩原洋子は紀伊水道新聞の一人の記者やけど、まあ、俺が言うのもおかしいけど、お前、高校時代から有名やからなあ。長距離の県の記録持ってるし、モデルやってたってこともあるし、記者になってからも名前がしょっちゅう出てきてるしなあ。知名度あるからな、それに若い女性やしな、候補者としてはうってつけやもんなあ」

「兄、面白がってないかあ。私は切実な問題を提起されてるんやで」

「いや、分かってるって。お前が自分で決めたらええと思うけど、俺の意見は、やってみるのもええと思うよ」

「ほんまにもう、けしかけてるとしか思えんなあ」

「いや、ほいでもな、考えてみ、ソ連や東欧を見て、世の中のほとんどは共産党らてもう終わったて、そういう風に思ってるんやで。党の支持者はごく少数派でな、多数はな、あいつらいつまで共産党やってるんな、時代遅れもええとこやって、そあに思うてる人がいっぱいおるわけや。そういう情勢やからな、若い女性が前面に出てきて訴えるっていうのは、そら話題になるし、風を起こせる、とまあ地区委員長は考えてるんやろうなあ。その狙いは間違ってないわだ」

良介は笑ってそんなことを言った。

洋子は、良介と話をしていて、兄がどう思っているのかがよく分かった。「こいつ、はっきりと口に出して『やれ』って言わんけど、そう言ってるんと同じやな」と、洋子は兄の胸の内を察した。

部屋に戻って、洋子は机に頬杖をついた。

誰かに相談するような問題ではないと、洋子はそれはよく分かっていた。日本の革命は議会を通じて促進してゆくという、党の不動の方針がある。議会の内外で統一戦線をつくり、国民のなかで多数派となってゆく、そのために、市町村で、都道府県で、国で、それぞれの議員が役割を果たしているし、全国の支部が頑張っている。理屈の上では百も承知のことだ。だが、実際に自分に立候補してと提起され、突きつけられるのと、また意味が違うのだった。

黒沢がいればどう言うだろうかと、洋子は考えた。「やればいい」と言うだろうと思った。張は、自ら民主化運動に身を置こうと動き出している。あの、ある意味で命がけの活動のことを考えれば、県会議員選挙への立候補など、何ほどのこともないと張は言うだろうと思った。一番仲のいい由紀はどうだろうか。「私、アナウンサーで応援に行くわあ」などと言うに決まっていると、洋子はそう思った。「そんな無謀なことはやめときなさい」と、そう言ってくれそうな人が見つからなかった。

頬杖をつき直したとき、充電器に立ててあった携帯電話が鳴った。半年前から持っているムーバの携帯電話は会社のものだったが、会社以外にも数人の親しい人には番号を知らせていた。

「はい、萩原です」

「あ、洋ちゃん、うちや」

由紀だった。

「なんや、いま由紀ちゃんのこと考えてたとこやで」

「なんな、でも、あんたに考えてもろてもなあ、ええ男ならええんやけど」

「そうかよ。ほんで、これにかけたら料金高いで」

「そやし、用件だけ。来月の第二金曜日の晩、旅館空いてるやろか、子どもと白浜に行くさか、親戚の旅館に予約してくれへん」

「ええけど、何しに来るん」

「前から、サファリに連れてったるって言うてたんやけどな、延び延びになってたんや」

「あんた、サファリって古いなあ。いまはな、アドベンって言うんや」

「ああ、そかそか、アドベンな」

「うん、アドベンチャー・ワールドや。お目当てはパンダかあ」

「そうみたいやで、可愛いんやて」

「まあ、パンダ目当ての観光客が増えてるもんなあ。なんてえ、来月の第二金曜日やな。分かった、訊いてみる。満杯で詰まってたら、うちに泊めたげるわ。ちょっと話もあるんや。旅館、確かめて、あしたでも返事するわ。ほなな」

ベッドに入ってからも、地区委員長からの提起を考えると、なかなか眠りに落ちなかった。

「しかしなあ、社長はどう言うやろうなあ」と、洋子は考えた。洋子のポジションはデスクだ。紀伊水道新聞の毎日の紙面づくりの責任者といってよかった。もし、洋子が抜けたら、多分デスクは社長がやらないと、他の記者に任せるわけにはいかないだろう。谷本は、「それは困る」と言うだろう。「そんなこと、私の知ったことではありません」などと、自分勝手な言い分が通用するほど大人数の会社ではない。一人が欠けたら右往左往する零細な会社だった。とても、選挙に出るから退職しますとは言えないなあと、あれこれのことが頭のなかを駆けめぐるのだった。

母親は真っ向から反対するだろう、と洋子は思った。耕治は、ジュヴィは、どう思うだろうか。みんな、洋子が日本共産党の党員だと知っている。知ってはいるが、それは政治家になることとは結びついていない。考え方、思想として共産党だとは思っているだろうが、洋子が政治の世界に入って行くなどと、そんなことはこっから先も考えてはいないのである。

「私は、ただ単に思想のためだけに党員になったのか」

と、洋子は自問した。だが、そんなことは自問するまでもないことだった。マルクス主義者として生きるとは、反動とたたかうということ、社会の進歩のためにたたかうということだと、洋子はそのことを肝に銘じてきたのだった。一九七五年の春、ベトナム人民の勝利に励まされて党に入って以来、洋子はいつもその初心を心に持って生きてきたのだった。「汝の道はそこにある、かあ」

と、洋子は宙を見ながらつぶやいた。

由紀は、予定通り月が変わってから白浜に来た。

「党がいつ、そんな話をあんたに持ってくるんかと思うてたわ」

由紀は、開口一番そう言った。

「ええ、何てよう」

「そうやろ、誰が考えてもな、あんたみたいな人間が立候補せんで誰がするんよ」

「由紀ちゃん、あんた、それ本気で言うてんの」

「ああ、本気やで。遅いくらいやわ。そやけどまあ、やっぱり来たかあって感じやな。やったらええわ。うち、大学のころの連中みなに言うて、南紀州へ集合って声かけるさかな」

由紀は、もう乗り気になっている。

「あんたなあ、ちょっと落ち着いてよ。まだやるとも何とも言うてないのに、そあに簡単に決めんといてよ」

「何言うてんの。断る理由ら一つもないわ。そやろ、あんた、どんだけ迷ったあげく党に入ったん。ベトナムの仲間が体張ってたたかうこと思うたら、何ほどのこともないやん。そんな話が来るのはな、天命やね」

「由紀ちゃん、あんたほんまに簡単に言うなあ」

「ははは」

由紀は大きな声をあげて笑った。

「あんたなあ、そんなに腹が決まらんのだったら、もう一回な、カンボジアへ行っといで。行ってな、黒沢さんの声を聞いといで。頑張れよって、そう言うてくれるわ。そいで、南十字星を見て決心しといで」

「サザンクロスかあ」

「そや、理想を求める星や。どっからでも、かかって来いってな、若いころ、あんたとそあに言うて笑うたの覚えてるか」

由紀はそう言って、笑いながら洋子を見た。


（終章）


盆の送り火を焚いてからまだ十日ほどだが、田の畔を吹き過ぎる風には秋の気配が混じっている。しのぶは、裏山のふもとの、昔は薪を積んでおくために使っていた小屋の戸を引いた。いまはもう使わなくなった昔の農機具などが、そこにはたくさん置かれていた。日ごろ使っている鎌が古くなったので、保管していた鎌を取りにきたのだった。小屋のすぐ横には、これまたいまは使っていない一番小さな井戸がある。周囲から雑草が井戸の上に伸びているが、量は少ないが谷からの水が絶え間なく流れ込んでいる。しのぶは、傍の石垣に腰を下し、しばらく前から物思いにふけっていた。考えることがいくつもあった。萩原の家に嫁いできてからの半世紀を、しのぶは折あるごとに考えるのだった。

戦前に生まれた節乃は大阪で、和一は東京で、それぞれが無事に暮らしている。良介は縁に早くに死別したとはいえ、再婚をせず良を育てている。しのぶは、この良が可愛くて仕方なかった。だが、大きくなるにつれて、良はしのぶの言うことよりも洋子の方になびくようになった。その洋子は、末っ子で、しかも同性だから一番可愛い子どもだ。だが、一番可愛いということは、意に添わなくなると一番憎たらしくもあった。自分の思うようにはならないままに、歳月が過ぎてきたとしのぶは思うのだった。考えてみれば、洋子は可哀そうな子だっ

てたから」
良は、「赤旗」記者の募集の記事を見たのだろう。
「しっかり勉強したら、良もなれるよ」
洋子がそう言うと、良は笑った。
耕治の旅館は、夏のシーズンが過ぎ少し暇になってい
た。秋にかけて、関西方面からの釣り客が多くなり、特
に週末は予約で埋まっている。
「なあ洋子ちゃん、まだずっと新聞社で働くつもりか」
そう訊く耕治の口調はいつになく静かだった。
「そうやなあ、いま色々と考えてはおるんやけどな
……」
「ほいたら、ここをやってくれる気持ちはあるん」
ジュヴィも流しからやって来て、耕治の隣に座って洋
子に訊いた。
「実はな、おっちゃんとジュヴィさんに言うとかなあか
んことあるんや」
二人は、黙ったままで洋子を見つめた。
「ここだけの話にしてよ、誰にも言わんといてな。実は、
党の方からな、田辺の県会議員に出てくれって頼まれて
るんや」
「ええっ……」
と耕治は言って、ジュヴィと顔を見合わせた。
「選挙に出るん」
ジュヴィが訊いた。
「ううん、まだ決まった話と違うんやけど、出てほし
いって頼まれたんや」
「いやあ洋子ちゃん、最近の共産党はええとこあるなあ、
洋子ちゃんに言うてくるとはなあ……」
耕治は何を思ったか、そんなことを言った。
「おっちゃん、どういうことなん」
「いやあよう、共産党て言うたらカチカチに固まった連
中やて、世間ではみなそう思うてるやろ。俺は前々から、
もうちょっと考えたらどうなよって思うてたんやて。洋
ちゃんならもってこいやて。いや、共産党を見直した
わ」
洋子は少し驚いた。耕治がそんなことを考えていたの
かと、洋子も耕治を少し見直した。
「フランスではな、ていうても昔のことしか知らんけど
な、うちが学生のころのパリの共産党は、そら人気あっ

たわ。レジスタンスの活動にはみんな気持ちでは協力せなって思うてたし、ナチスが倒れてからは、共産党はある意味で英雄みたいやったもん。ところが、日本はまるっきり違うさか、わたしびっくりしたもん」

「ジュヴィさん、フランスと日本では事情がまったく違うもん」

「そうなんやて、アカアカ言うて、まるで特別な人間みたいに言うさか、うち、こっちに来たころはおかしかったわ」

「そいで、洋ちゃん、出るんやろ。万が一すべったらここを継いだらええわ。ていうか、洋ちゃんなら受かる可能性大やわ」

耕治は笑いながらそう言った。

「おっちゃん、面白がってないかあ」

「ちょっと楽しい話やな」

「あんなあ、楽しむような話と違うんやで」

「でもな、うちも賛成やわ。受かったら受かったでええやん。旅館の若女将は共産党の県会議員ってね」

「ジュヴィさんまで調子に乗らんといてよ」

「しかし洋ちゃん、真面目な話、もし出るとしたらやで、これは田辺では一大決戦になるなあ。共産党の可能性もうんと開けるけど、逆風もうんと強なるやろし、新聞記者よりやり甲斐があるんと違うか」

「おっちゃん、そう思うか」

「思うなあ、そういう向かい風に立ち向かってゆくの、洋ちゃんの運命やわ。洋ちゃんがやるって言うんなら、俺もいっちょ大応援するで」

家に戻ると、ジョンと良がいなかった。

「良、ジョンと出て行ったんかあ」

母に尋ねた。

「そうやろ、さっきジョンとほたえてたさか」

良は、暇があったらジョンを連れ出していた。今日はどこへ行ったんだろう。

「あんたの若いころとおんなじや。ジョンも可愛がってくれるん、よう知ってるわ」

「どこへ行ったんやろなあ」

「分からんなあ、『平った』の方か、坂巻の畑の方か、それか遠の鼻か」

洋子は台所に座って、コーヒーを淹れようとした。

「お母ちゃんもコーヒー飲む」

「うん、淹れるんなら飲むわ。あんた、さっきからどこ行ってたん。木下さんから電話あったでえ。またかけるて言うてた」

「木下さんかあ、多分、夕方の行動のことやろ。さっきは耕治のおっちゃんとこや。三人で喋ってたんや」

母にも選挙のことを言うべきか、もっと先に話すべきか、洋子はちょっと迷ったが、母にはもう少し考えが煮詰まってから話そうと思った。

「お前、おったんか。お、コーヒーやな、俺にもくれよ」

今朝はクラブがないのか、良介が珍しく家にいた。

「クラブはないいん」

「今日は昼からや」

親子三人だけがテーブルに座ってコーヒーを飲んだ。

「三人だけて珍しいなあ」

ふと、しのぶがそんなことを言った。

「そやけど、良が生まれてきてよかったわ。あがらのあとがなくなるとこやったわ」

「まだ、分からんわ。良やて、大学へ行ったらどこへ行ってしまうか、先のことら分からんわ」

良介がそう言った。

「いいや、良に言うてるさか大丈夫や。大学は行ってもええけど、卒業したらこの家に戻って来てよて言うたあるんや」

しのぶがそう言ったので、良介と洋子は笑った。

「気の早い話やで。その時になってみんとそあなん分からんわだ。そんときは、本人も大人になってるしな」

「いいや、良と約束したもん」

しのぶは確信しているかのように言った。

「良も、いよいよ思春期やし、こいからやなあ」

良介が感慨深げにそんなことを言った。

「良、この間な、お祖母ちゃん、大きなったら新聞記者になろうかなあて言うんやよ」

「あ、それ、私にも言うてたわ」

「そら、お前の影響や」

良介が言った。

「お姉ちゃんはかっこええって、学校でもみなそう言うてるって、そあなこと言うてたよ」

良の授業参観や運動会には、欠かさず洋子が行っていたし、その話は以前から聞かされていた。良には、洋子は自慢のお姉ちゃんだった。

洋子は、久しぶりに「平った」まで登ってみた。気持ちのいい風が頬を撫でてゆく。子どものころに比べると住宅が増えたが、それでも見渡す限りの田んぼが色づいて、刈入れの季節がすぐそこに来ていた。

突然、背の低い雑木が揺れジョンが飛び出してきた。

「ジョン、ここに来てたんかあ、良はどこ」

ジョンが跳びはねている。

「良、良」

洋子は叫んだ。

「お姉ちゃーん」

と声のする方にふり返ると、林に入ってゆく際にある大きな椎の木に上っている良が、洋子に向かって笑いながら手を振っていた。

（第八部・向かい風　終）

〈補足　田辺貝釦労働争議のことなど〉

田辺貝釦労働争議、日置木材労働争議、富田砥石労働争議は「戦前の三大労働争議」と呼ばれています。小説『南紀州』では第一章の「灰色の雲」で、富田砥石争議を扱いましたが、その時代的背景を探るうえで、田辺貝釦争議と日置木材争議のあらまし、そして全熊の活動について記しておきます。

田辺貝釦労働争議

一九二九年当時、貝釦は田辺町での生産額が県下の殆どの部分を占めていた。貝釦の製品は主に、南米、欧州、カナダに輸出されていた。

一九三〇年（昭和五）、十八の工場主からなる田辺貝釦相互会が、貿易不振などを理由として下請の穴明同業組合に二割の賃下げを通告した。貝ボタン工場の女子労働者の多くは被差別部落出身であり、賃下げが発表された夜、ただちに南紀州無産青年連盟（無青連）、田辺浜仲仕組合青年部（浜青）が主導して工場代表者会議が開かれ、賃下げ反対の要求書を作成した。

しかし、業者側は要求書を無視したため、従業員側は五月三十一日、六工場の従業員がストライキに突入した。そして、他の工場従業員もこれに同調し、田辺で史上初のストライキが行われた。

スト参加数は約二百人で、全貝ボタン工の七十％に達した。工場主側は「九月末まで二割賃下げし、採算をみたのち十月から賃金を協議する」と回答。

争議団はこれを拒否。田辺警察署長が、工場主側六人、争議団代表八人と会談し、「割賃下げは一割、犠牲者を出さず、歩引き統一、仕事をふやす」との条件を示し、合意した。

労働者たちは賃金を一割減らしたが、この過程で団結の力に目覚め、「田辺貝釦工組合」を結成し、全熊野労働組合協議会（全態）加盟を決議した。

そして、「今まで長いものに巻かれろ式に、どんな不当なことでも涙をのんで耐えて来たが、時勢の力はいつまでも我々を眠らしておくものではない。今回の争議は我々をして団結の力がいかに強いかを知らしめた。今後は各地の労農団体との固き握手の下に、無産階級の生活の向上を計る」と宣言した。

一九三一年五月一日、田辺地方における最初のメーデーが行なわれた。結成された田辺貝釦工組合は、田辺郵便局員で「戦旗」支局長の糸川寿一を非公然の組合書記とし、末広町を中心に活動、階級的な自覚を高めていった。

他方、業者側の集まりである相互会は、不況を理由に賃下げを行おうとした。こうした情勢の中で田辺貝釦工組合は、

①首切り、賃下げ、休業絶対反対
②万止むを得ず休業するときは休業手当を支給せよ
③組合員以外のものは使用絶対反対
④団体交渉権を認めよ

との四項目の要求書を相互会に提出した。

業者側は、四項目の要求をすべて拒否したため、十五工場の約百人の組合員がストに入った。

最初の団交の席上、業者側は①の要求を認めたが、残りの三項目は認めず、とくに③の組合員以外の使用反対に難色を示した。

組合側は、「組合員以外のものを使用する工場の賃金が低いため、組合員を使用する業者は販売競争で不利な立場にある。従業員を全部組合員として工賃を統一することは、業者間の乱売を防ぐためにも必要」と主張したのに対し、業者側は「その問題は田辺と朝来だけではできない、未加入の紀州貝釦をどうするか」と逆襲

して受け付けず交渉はもの別れとなった。

これを不満とした組合側は、各工場主を個別に訪問し、第三項承認をとりつけた。そしてはじめの要求四項目のほかに、①争議費用全額工場主負担、②争議中の日給支給、③争議による解雇反対の三項目を追加要求し、再び業者側代表と交渉を開始した。ところが組合側有利のうちに進められている団交席上へ争議団がデモを行ない、警官と小ぜりあいとなって三名が検束されるという事態が発生した。

警察の介入は業者側を力づけた。争議団側は最高指導部を組織し、任務分担をおこない、街宣と資金獲得の一石二鳥をねらって生魚や石けんなど日用品を売ってまわる行商隊を組織して持久戦に備えた。

争議団は、湊青年会館において「工場主糾弾演説会」を開いた。争議団、応援団員ら約二百人や市民の聴衆も多く、窓という窓は鈴なりの人だかりとなった。

争議団員や来援の人々が演壇に立って発言すると、警官が「注意」「中止」を命じた。しかし、弁士に手を触れさすなと浜青組合員が仕事着姿で腰に手カギをさして演壇を固めた。会場内は緊迫し、最後に登壇した山上為男が、「工場主にデモをかけろ」と叫び、テーブルの上に飛び上って、「起て！」と叫ぶや、上衣を脱ぎ会場へ投げ捨てた。聴衆は総立ちとなって会場からなだれ出た。

デモ隊は工場主の門灯や窓ガラスを破壊するなど暴動化した。これを知った田辺署は、管内非常召集をして御坊や南部署に応援を求め、深夜トラックで二十余人の警官が来援した。

翌日、午前二時に五十人の警官隊が争議団本部をはじめ、各所で峻烈凄惨を極めた検挙が行なわれた。女子を含めて約四十人近くの検挙者を出した。多くの活動家を奪われて、争議団の組織は壊滅した。

この弾圧後も田辺貝釦工組合は存続したが、戦時へと時代が流れてゆくもとで戦闘性は失われていった。

日置木材争議

日置の木材は、杉、檜は少なく、主には松、樅などであった。筏は組まず所有者の焼印を入れ一本一本上流から日置川に流し、川口の止場《とめば》で集材した。大雨時には海に流出し、四国に漂着することもあった。

一九三一年七月、船積賃金の値下げが行われ、木材水揚げ労働者百人に怒りが広がった。全熊（全熊野労働組合協議会）書記局はただちに糸川寿一、浜田幸一郎、藍畑喜一郎らを日置に派遣し、争議の指導にあたった。八月、木材水揚げ労働者九十人が日置クラブに籠城し、ストライキを開始した。これに同町の坂本地域や安宅地域の木材労働者百人も同調しストライキに入った。

全熊の顧問弁護士・堀田馨一が新宮から来町し、木材の談合入札に絡んで製材四業者を詐欺脅迫容疑で周参見署に告発した。周参見町長や駐在部長らが調停に入り、業者側と相談して調停案を作成し、争議団に提示した。

争議団はこれを拒否し、逆に葬儀費用千円を要求した。業者側はこれに応じず争議が激化した。

警察は、田辺から七人、周参見から四人、串本から三人の応援を送った。争議団は、盆の八月十四日夜、争議報告演説会を開き、聴衆は千三百人という多数を数えた。業者側はその数の多さに驚き、調停案を撤回し、従来通りの条件で合意し、金一封を出して解決した。

争議の勝利後、日置木材労働組合が結成され、全熊に加盟した。これに対抗して、製材業者たちは第二組合の共立組を結成した。

製材業者側は、日置木材労働組合の労働者を排除し、第二組合の共立組の労働者だけを雇用すると発表した。木材労働組合は勝浦町で開催中の全熊第三回大会に浦四郎、奥村栄一の二人を送り応援を求めた。

この要請を受け、全熊の大会に参加していた浜田幸一郎、糸川寿一、海野勝一、山上為男ら二十三人は、発動機船で勝浦港を出発した。この応援部隊は、共立組とのトラブルを予想して独身者ばかりで組織し出発した。

ところが海上の波が高く、潮岬沖で皆が船酔いになり、さらに江住沖で発動機が故障し漂流を続けた。ようやく周参見港に上陸し、山上為男、津山新一らが「バタコ」で先発し、残りの十数人は二里の夜道を歩いて日置に向かった。先発の報せで、日置からは握り飯をもって迎えに来てくれた。

日置大橋で合流した争議団は五十人を数え、そこから日置クラブまでデモ行進をした。行進の途中、製材工場主の自宅に押しかけ小競り合いをしながらまた行進。クラブに到着し人数を点検すると森田のおっさんがいないことが分かり、再びデモで駐在所に向い、森田のおっさんを奪還して戻った。

この夜のデモ行進に参加した人数は、大阪日日新聞によれば百十人で、デモは計画的なものではなく、労働歌を歌いながら、「工場主をやっつけろ」と叫び、行進を妨害する共立組の者を旗竿で打ちながら進み、次第に高揚し、工場主宅の門灯やガラス戸などを壊した。

森田のおっさんを奪還して凱歌をあげたモ隊は、検挙を予想して争議団本部の表戸を釘付けにし、机などでバリケードをつくり籠城した。

一方、警察側は御坊、南部、田辺、串本から警官三十五人が応援に入り、周参見署長の指揮のもと日置クラブをとり囲んだ。やがて裏口が破られ、大乱闘になったが、三十一人が検挙された。騒ぎにまぎれて脱出した数人も志原海岸で逮捕された。

日置木材労働争議は、弾圧に屈しないで、全熊の指導のもとに闘争が続けられた。差別なく仕事をさせよとの争議団の要求には道理があり、町民の支持もあった。

工場主を相手にしたたたかいであったが、工場主間に不和があり、また、共立組に対しても強い批判を加えながらも、同じ労働者として「ゆっくり考えてみてくれ」と呼びかけた。「労働者への裏切り行為をして一時は資本家に可愛がられても、労働者の生活は守れない。同じ労働者の立場にあるものとして我々は喧嘩をしたくない」と呼びかけた。

全熊野労働組合協議会

南紀州、特に田辺から新宮にいたる地方での戦前のたたかいを考えるとき、この全熊野労働組合協議会の存在をぬきに語ることはできない。この全熊の活動は一九三〇年から一九三三年までのわずかな期間だが、この地方の労働運動に大きな役割を果たした。

全熊は、一九三〇年六月一日、古座町末座で結成大会を開いた。

司会は洞儀三、議長に森岡辰男を選出、大会宣言と規約を可決。休憩後、午後二時から再開し、行動原則と綱領を採択。役員を選出した。

執行委員長…浜中種吉（太地）

常任書記……森岡嘉彦

あとは不明。

続いて演説に入り、海野勝一、野上増市、田中太平次、東紘二、近藤幸吉、森岡辰男、浜中種吉、村畑信喜が登壇したが、村畑は「中止」を食らった。

全熊第二回大会は、一九三一年一月二日、田辺町元郡会議事堂にて開催され、二百人が参加した。田辺署の二十人の警察官が警戒にあたった。

藍畑由松が司会。森岡辰男を議長に、撫養弥七を副議長に、成瀬利男、海野勝一の二人を書記に選出。

森岡議長のあいさつのあと、各界からの祝辞と祝電。その後、常任書記・森岡嘉彦の活動報告が行われた。

さらに、産業別労働組合を組織すること、全熊書記局を田辺に置くこと、会費を統一すること、を決議した。

続いて演説に入り、森岡嘉彦、海野勝一、藍畑由松、藍畑喜一郎、撫養弥七、小山幸次、北原清七、撫養えん、大久保さだ子、渡辺力松、坂口三次、撫養よし子などが登壇したが、多くが「注意」「中止」となり、「警官横暴」の声が上がった。

この大会から書記局は田辺に置かれ、浜田幸一郎、糸川寿一、藍畑由松の三人が常任書記となった。

第三回大会は、一九三二年一月二日、勝浦町幼稚園で開催。

この大会では、「満州事変」以後の情勢について報告があり、闘争方針を討議した。

加盟団体は、太地労働組合、古座川木材労働組合、勝浦那智自由労働組合、田辺貝釦労働組合、田辺浜青年労働組合、富田砥石労働組合、日置木材労働組合（日置クラブ）であった。この大会には、新宮から新宮労連の活動家や吉村製糸の女工も参加した。書記局は田辺から太地に移った。

また、日置から参加した浦四郎、奥村栄一の要請をうけ、日置木材争議支援を決議した。

全熊はその後、尾鷲土木争議、新宮集文社争議、新宮木材ゼネスト、田辺吉村製糸争議などを指導し、大きな役割を果たした。

当時、全協（日本労働組合全国協議会）の活動は、全熊の活動と表裏一体だった。特に、全協中央からのオルグであった和田は、全熊のなかに「戦闘化同盟」の名で全協フラクション（支部）を組織する目的を持っていた。

そのため、和歌山市から井戸貞三が田辺に潜行し、田辺貝釦、浜青、富田砥石の全熊加盟の労組から十人余りが集まり、「全熊戦闘化同盟西牟婁地区協議会」を組織し、責任者に浜田幸一郎、オルグに糸川寿一、会計に尾崎五十一を決めた。

また、森岡嘉彦の一周忌記念除幕式の夜、太地町の旅館に東牟婁から宮本光夫、室和夫、沢田豊重、坂地雄三らのメンバーが、田辺から来た糸川らと会談し「全熊戦闘化同盟東牟婁協議会」を組織した。責任者は宮本光夫。

一九三三年二月、全協和歌山支部の金喜奉の指導のもと、全熊がその総力をあげてたたかった富田砥石労働争議は、村政刷新同盟という村民の大衆組織との共闘、統一戦線に発展し、児童の同盟休校、村税滞納、村役場の占拠などの村民的行動を組織するという政治闘争に発展、村長、助役、村議の総辞職、砥石労働者の四割賃上げの実現という歴史的な勝利をおさめた。

しかし、同年四月、特高警察が和歌山県下でいっせいに行った全協大弾圧で、全熊に結集していた指導者と活動家がことごとく検挙された。

侵略戦争の渦にすべての国民が呑み込まれて行った時代に、南紀州の地で労働者階級のたたかいの先頭に立った全熊野労働組合協議会。そこに結集した青年男女の輝かしいたたかいの旗はこうして失われたのであった。

（参考文献）
小川龍一・「紀南社会運動史」

あとがき

『南紀州』という長編小説を書こうと思い立った気持ちの底にあったのは、その時代のなかで、人はどう生き、どうたたかい、それをどう未来につないでゆくのか、それを探求してみたいというものでした。また、人として生きてゆくことは、かけがえのない価値を持っているという思いでした。それは一人ひとりの尊厳を守るということになると思います。この小説を書きはじめたころ、新型コロナウイルスによる死者が広がりはじめましたから、なおさらのように尊厳ということを意識せざるを得ませんでした。

人が生きるというテーマが、この作品のなかで十分に探求できているかどうか、読み返してみて、はなはだ心もとない気がしています。人の命は、鴻毛よりも軽いとされた時代があったし、それはいまもあります。人の尊厳は、現実の社会でいかに花開いてゆくのだろうかと、それを探りたい思いが、社会主義をめざして苦闘しているベトナムや、ソ連邦が崩壊して混迷しているウクライナへと、僕の足を向かわせました。そして、そこで出会った多くの市井の人たちと語り合うエネルギーでもありました。

南紀州は、原発の建設を許さなかった半島です。三重県の芦浜では、当時、国と電力資本が襲いかかったところで、流血のたたかいが起きました。その直中にいた手塚征男さん宅に伺って、当時のことをお聞きしました。和歌山県に住んでいる僕には、それは初めて聞く、知らないことばかりで、ほんとうに驚きの連続でした。当時、中部電力や関西電力がどんな狡猾な手段で原発を建設しようとしたのか、それを許さなかった人々のたたかいの歴史を、この物語から少しでも知っていただければと思います。フクシマの事故を経験したいま、「原発ゆるすまじ」の思いを込めて書きました。

この物語の最後に登場する萩原良という、これから思春期を迎える一人の女性の物語を書いてみたい、この思いが大きくなってきています。文学は何を成せるのか、何を成すべきか、それを考えながら書き続けているのですが、これはとても大きなテーマで、これからも自問と苦闘の連続だと覚悟しています。

ともあれ、パンデミック（ウイルスの世界的流行）の時代をどう生き、どう変革してゆくのか。資本主義の矛盾を乗りこえ、新しい社会をめざすたたかいはどうあるべきなのか。今度は、良という一人の女性の苦闘を通してそれを探りたいと思っています。

最後になりましたが、出版を励ましてくださった「本の泉社」の新舩海三郎さんをはじめ、ハノイやキエフやパリの街角で、見知らぬ日本人の問いかけに快く応じてくださったみなさん、また、貴重な助言をくださった方々に、心からの感謝の気持ちを捧げます。

祥賀谷　悠

祥賀谷　悠（しょうがたに　ゆう）
和歌山県に生まれる
日本民主主義文学会所属
e-mail：syogatani@snow.ocn.ne.jp

続・南紀州《みなみきしゅう》　向かい風

2021年４月９日　初版第１刷発行

著　者　祥賀谷 悠
発行者　新舩 海三郎
発行所　株式会社 本の泉社
〒113-0033 東京都文京区本郷2-25-6
TEL. 03-5800-8494　FAX. 03-5800-5353
印刷・製本　亜細亜印刷 株式会社
ＤＴＰ　木椋 隆夫

ISBN978-4-7807-1995-6　C0093